RESGATES

RESGATES

Jan Marc

Supervisor geral:
Gustavo L. Caballero

Revisão de textos:
Juliana Rizzuto

Capa e Diagramação:
Décio Lopes

ISBN: 978-85-88886-87-2

EDITORA ISIS LTDA
www.editoraisis.com.br
contato@editoraisis.com.br

Em memória ao meu marido,
um homem acima de todos

Índice

Agradecimentos

Primeiramente a Deus por todas as coisas, e que me capacitou a escrever essa obra.

As minhas filhas, Ericka e Valeria, bênçãos na minha vida e incentivadoras na minha arte.

A você, querida "Julia", amiga, exemplo de vida, mulher nota mil.

Ao meu editor Gustavo Caballero, pela confiança e apoio na edição deste romance.

A todos que por detrás dos panos colaboraram na produção de Resgates.

Finalmente, ao querido Caio César, anjo que me impulsiona à altos vôos no exemplo de suas restrições físicas.

Infância e Juventude

Uma vida vazia, insípida e infrutífera! Eis os meus dias.

Como herança, um velho casarão caindo aos pedaços, povoado de fantasmas e recordações. Sem dúvida, sobrepujando-se as más.

Meia dúzia de gatos vagabundos, companheiros fiéis da minha jornada, divide comigo os espaços da casa.

Na sala, um sofá tomado de pelos, desbotado, arranhado das brincadeiras dos bichanos. Cama dos dois machos. Bilu, cria da casa, Gugu, mestiço de vira lata e angorá, adotado recentemente.

Logo que o trouxe para a casa, Bilu tomou-se de amores, dividiu cama e comida incitando ciúme nas fêmeas.

Tempos depois, assumiam o amor para transtornos das gatinhas manhosas. Fazer o que? A emancipação estendia-se também ao reino animal.

Compreensiva, eu entendia perfeitamente que sentimento tão belo acontece independente de idade, cor, sexo, etc. Um conceito que conservo a anos.

Aposentada, sem parentes vivos e poucos amigos, as horas passam preguiçosas. Os dias parecem semanas e estas meses. Os anos? Chego a perder a noção julgando-os séculos.

Embora acostumada a ser só, a solidão muita vezes me pega de surpresa. É preciso muita cautela para não sucumbir aos efeitos maléficos. As alternativas me parecem o mesmo que dar murro em faca. Entre algumas, recorro a eletrola comprada a décadas, e, ao lado da relíquia, transporto-me a mundos de sonhos ao som dos bolachões de óperas.

Mimi, recente inquilina, chegou à sala em miados carentes. Contornou minhas pernas estendidas, esfregou o lombo em busca de colo e carinho. Afago-lhe o pelo branco, macio como algodão. Ela encolhe-se como um novelo de lã, se põe a ronronar minutos depois num sono gostoso.

Procuro um filme romântico na tevê, talvez um musical, documentários, entrevista com gente culta e inteligente... Só bacharia! Filmes violentos, eróticos, novelas incentivando adultério, revolta dos jovens, exploração da miséria humana. Como se não bastasse, uma figurinha entrevistada por alguém inexperiente no ramo.

Aonde anda a censura para o controle de programas em horário não permitido para menores?

Desliguei o aparelho, indignada com a falta de qualidade das produções. Perguntei-me: "Por que um veículo de comunicação gigantesca não leva aos lares exemplos de moral, em vez da decadência humana"?

Coloquei Mimi na cama, retornei ao mesmo lugar.

Na cadeira de balanço, olhava a foto emoldurada em Jacarandá que tinha à frente. O preto tornara-se cinza, e o branco, ocre pálido pelos anos. A foto pendurada na parede, passara a ser meu portal de entrada para o túnel do tempo.

No centro, a figura de meu pai. Chapéu de aba, inclinada, o charme da época. Ao lado direito, Cristina, a filha mais velha. No oposto, euzinha.

Papai era um homem bonito e elegante. Cabelos negros, sedosos, repartidos ao meio. Olhos grandes, sedutores, queixo másculo exibindo uma covinha no centro. O sorriso charmoso, idêntico ao de Gregory Pec, meu galã preferido.

Belos atributos físicos eram distribuídos nos quase dois metros de altura. A privilegiada formação corpórea, levava vantagem sobre os rapazes do bairro. Suspiros eram provocados nas moças onde quer que chegasse. Minha mãe não escapava à lista.

Aproximava-se o baile da primavera, evento em que as moças esperançosas, buscavam encontrar o príncipe encantado. Mamãe apostou com as amigas que faria par com meu pai durante o baile. Prepotente e vaidosa, jurou ganhar o desafio.

Acostumada aos mimos do pai, pediu que ele importasse da França o melhor tecido para a confecção do vestido. Não foi difícil atender-lhe o pedido sendo proprietário da loja de moda mais requisitada do lugar.

No dia da festa, era a própria Cinderela! Vestido rendado, sapatos forrados do mesmo pano, um diadema imitando diamantes a coroar a cabeça altiva. A negra e longa cabeleira destacava os olhos amendoados, verdes, como duas esmeraldas. Orgulho do pai, descendente de libaneses.

Sua entrada no salão causou admiração aos jovens, e inveja às moças.

Os rapazes a cercaram no privilégio de uma dança. Desdenhosa, recusou os convites, foi juntar-se a irmã adotiva, e ao grupo das amigas.

– Vocês viram o fora que dei àqueles petulantes almofadinhas?

A irmã censurou-a.

– Achei ridículo Carolina!

– Não me confunda com aquele bando de anõeszinhos metidos em casacas maiores que os defuntos!

Uma das amigas apontou com a cabeça.

– Olhem só quem está chegando!

O frenesi tomou conta das moças. Antonio cruzava a porta de entrada. Todos os olhares se voltaram para meu pai.

A irmã comentou num suspiro.

– O príncipe encantado chegou sem o seu cavalo branco! Quem de nós escolherá para a primeira dança?

– Você ainda tem dúvidas, minha irmã?

– Eu não. Disse uma das amigas. Claro que você será a felizarda.

Mamãe olhou para as outras. – Meninas! Tirem o cavalo da chuva, pois não há chances para nenhuma de vocês.

Astuciosa, colou-se à frente de Antonio impedindo-lhe a passagem.

– Olá Antonio! Pensei que você não viria ao baile.

– Perder a chance de dançar com tão lindas senhoritas? – ele respondeu.

Por toda a noite, Carolina teve exclusividade da companhia de Antonio.

A partir de então iniciaram o namoro, seguido de noivado e casamento marcado para dentro de um ano.

As famílias dos noivos, descendentes de sírios e libaneses lotaram a igreja.

Pouco mais das 21, os noivos deixaram a festa, seguiram para a fazenda de tia Paula, onde passariam a lua de mel.

A primeira desavença do casal aconteceu no segundo dia. Num passeio, a cavalo, avistaram o carro da prima vindo na direção oposta. Silvia encostou o veiculo a uma cerca, e chegou cumprimentando-os alegre. Usava um vaporoso vestido estampado, onde as formas arredondadas das ancas sobressaíam-se no andar. O decote mostrava os fartos seios saltitantes a cada passo. – Olá, pombinhos, disse, beijando-os.

Antonio fez-lhe um elogio: – Que prazer vê-la tão disposta! Você não tem medo de andar nesses campos sem um segurança para protegê-la dos gaviões?

Ela sorriu: – Aqui não corro esse perigo

– Você não concorda comigo, Carol?

Mamãe não respondeu de imediato. Dirigiu a Silvia um olhar medindo-a de alto a baixo. – Acredito que você está exagerando, querido. Afinal, minha prima não é nenhum modelo de beleza. Não resta dúvida que é bonitinha, mas um tipo comum no lugar.

– Papai tentou consertar a indelicadeza. – Talvez aqui. No Rio, tenho certeza de que não passaria despercebida pelos rapazes.

– Agradeço a gentileza, Antonio, mas Carolina tem razão. Por isso, a desnecessidade de proteção.

Mamãe abraçou o marido pela cintura, cortou o papo. – Vamos, amor! O sol começa a esquentar, e minha pele é muito sensível aos raios.

– Também tenho pressa de chegar em casa. – Disse Silvia. – Até mais, primos. Deu partida no carro, e minha mãe fechou a cara.

– O que foi amor?Sente-se mal?

– Enojada!

Inocente aos ciúmes despertados na esposa, ele acrescentou. – Com certeza foi a coalhada que comeu há pouco.

– Não me passe atestado de otária com suas desculpas tolas. Tenho que precaver-me daqui por diante para não ser passada para trás.

– Não entendo onde você quer chegar.

– Pobrezinho! Você se desmancha em bláblábla com aquela sirigaita, e ainda quer me pedir satisfação?

Foi então que papai percebeu os ciúmes doentios da mulher. Abriu um sorriso, mostrou a fileira de dentes perfeitos. Abraçou-a, beijou-a intensamente e fingiu não entender o despeito da esposa.

Ajudou-a a montar, convidou-a ir ao moinho antes de retornarem.

Mamãe recusou o convite mostrando-se ofendida. – A sua exibição com Silvia tirou-me a vontade de continuar a cavalgada.

– Tolinha! Não diga que está com ciúmes? – Disse afagando-lhe os cabelos. – Não vê que eu só estava sendo gentil com a dona da casa?

– Isso porque estava na minha presença. Faço ideia do que teria acontecido se você estivesse a sós com aquela sonsa!

– Querida, estamos em plena lua de mel! Acha que eu seria capaz de comportar-me como um cafajeste?

– Homens como você, não costumam desperdiçar oportunidades de bancar o galã. quando encontram um rabo de saia que lhes dê bola.

A paciência chegou ao limite. Desmontou-a do alazão. – Chega de tolices! Agora vou ensinar-lhe a respeitar um homem honesto. Tomou-a pela cintura, procurou os lábios da esposa para amansá-la num beijo. Ela virou o rosto e tentou desvencilhar-se do abraço. Papai dominou-a, a levou para o meio do matagal. Arrancou-lhe as roupas, possuiu-a sob uma frondosa mangueira. Perguntou depois do ato: – E agora? Continua em dúvidas em ser a única mulher que desejo?

– Não meu querido. Quero que repita o que acabou de fazer.

Anos depois, ao tomar conhecimento desse fato, imaginava minha mãe em gemidos prazerosos sob o corpo do meu pai. Era algo realmente inacreditável. Mas como tudo é possível nesse louco mundo...

Por uns tempos, as demonstrações de ciúmes cessaram, devido a intervenção de uma amiga íntima: – Carolina! Escute o meu conselho. Se você continuar com essa maldita doença, seu marido vai acabar trocando-a por outra. Será que não enxerga que ele só tem olhos para você! Vá por mim que sou macaca velha.

Dois anos depois, mamãe ficou grávida de minha irmã.

As crises de ciúmes voltaram, transformando a vida de meu pai em um verdadeiro inferno. Não havia dias, em que chegando do trabalho, não fosse coberto de insultos e de falsas acusações. As defesas de nada adiantavam para acalmar a fúria desenfreada.

Disposto a não dar motivos para brigas, papai cortou os jogos de carta com os amigos, as peladas de futebol e o chope no bar da esquina. Em prisão domiciliar, ocupava-se dos reparos no casarão preenchendo o tempo. Feliz, minha mãe inventava mil coisas para conservá-lo preso as teias armadas.

Mas o cabresto ficou ameaçado, com a chegada dos novos inquilinos na casa vizinha. Uma familia constituída de pai, mãe e uma filha adolescente, cheia de encantos físicos.

Mal ouvia a voz de Maria Luiza ou Malu, como os pais a chamavam, mamãe corria à janela para espreitar entre as frestas, as roupas da mocinha. Normalmente, mini short acompanhado de camisetas sobre a pele mostrando os atributos.

Papai estava proibido de ir ao jardim pela neurose da esposa, aumentada com a gravidez.

Durante as refeições, ela recomendava entre os dentes. – Antonio, se eu o pegar de olho naquela casa, fique certo que a cobra vai fumar. Ele fazia ouvido de mercador, enquanto ela prosseguia no próprio desvario. – Pensa que eu não vejo os olhares melosos de você para aquela Lola disfarçada? Qualquer dia dou uma de maluca e meto a vassoura naquela bunda empinada.

– Meu bem, você está imaginando coisas. Ela é apenas uma menina! Se duvidar, só está querendo se aproximar de nós, até pelo seu estado.

– Mamãe ironizou. – Pobrezinha! Acho que vou contratá-la como babá quando nosso filho nascer. Encarou-o de mãos nas cadeiras. – Só mesmo na tua cabeça pode passar uma ideia dessa! Será que não percebe que ela quer chamar-lhe a atenção para os peitos saltitantes? Olhe bem! Ela que se cuide ou vou apelar para o candomblé.

A gestação chegava ao fim.

Durante o jantar, meu pai objetava sobre o pedido da esposa. – Eu não vejo necessidade de ficar em casa, sei lá por quanto tempo, se sua mãe prontificou-se a ficar consigo até depois da criança nascer. Você sabe que nessa época, o serviço é redobrado. Compreenda, quando o bebê nascer, minha presença será mais útil. Que é que você diz dessa proposta?

– Você é quem sabe. Não posso exigir que fique se não é do seu desejo.

– Querida, não leve as coisas por esse lado. Escute: – Bebês costumam acordar à noite e não deixar a mãe dormir. Entende o que digo?

– Se você me amasse de verdade, ficaria comigo para confortar-me nesses últimos dias. Mas parece que seu trabalho é mais importante do que eu. Eu devia estar louca, quando quis ser mãe do filho de alguém que pouco se importa com a mulher.

Chegando aos limites papai extravasou. – Sabe de uma coisa não tenho mais saco pra aguentar seus fricotes. Vou para o quarto ver se consigo dormir. Chega de ouvir tanta merda.

O nascimento da minha irmã trouxe trégua aos conflitos do casal. Minha mãe desvelava-se em atenções com a filha, dividindo com ela, o amor pelo marido.

Por sua vez, papai não ficava atrás em zelo e carinho. Diariamente trazia-lhe brinquedos e guloseimas, paparicando-lhe sem limites. A principio, mamãe não se incomodava, ate porque, o amor dispensado á Cristina, o prendia em casa, e assim, longe das sirigaitas.

Com o tempo, começou a sentir-se postergada e passou a implicar com as gracinhas de papai dirigidas à Tininha.

– Você virou um verdadeiro bobão depois dessa menina nascer. É Tininha pra cá, Tininha pra lá... Quanto a mim, não lembra sequer de trazer um alfinete! Parece que nesta casa só existe sua princesinha.

As desculpas de meu pai, só complicavam as coisas. – Tudo bem, querida. Amanhã trarei um agrado para você.

– Agradeço desde já. Não precisa se incomodar comigo só por que o lembrei. Estou acostumada a ser tratada como a empregada.

Nesses altos e baixos, vim ao mundo pouco antes de Tininha completar dois anos.

Mais uma mulher a dividir o amor do marido!

Mamãe transformou-se numa mulher azeda, enrustida e mal-amada. Ciumenta ao extremo, passou a ver as filhas como rivais.

Meu pai compensava a carência de afeto materno, cobrindo-nos de atenções e brincadeiras.

Nas noites frias de inverno, ele forrava nossas camas com um espesso cobertor, deitava sobre ele, aquecendo os lençóis. A seguir, chamava-nos. – Podem vir filhinhas.

Certa vez, olhando o ritual, perguntei por que ele tinha de deitar-se em cima das cobertas após estendê-las. Pegou-me no colo, colocou-me na cama. Fez o mesmo com Tininha. – Que tal está agora?

– Quentinha como a gente gosta.

– Agora você sabe a resposta da sua pergunta.

Depois do beijo de boa noite, parava na soleira da porta. – Durmam bem, meus anjos.

– Você tambem, paizinho. Respondia-mos em coro.

Não me lembro uma só vez, de ter recebido um beijo de minha mãe, antes de dormir. Contudo, não posso queixar-me da educação por ela ministrada.

Aos 6 anos, desejei aprender balé. A idade em que pousara para a foto a minha frente.

Tininha fazia aulas de canto clássico, com uma senhora aposentada do coro do Municipal.

A tendência para as artes, na familia, era algo comum. Tia Paula dedicava-se a pintura em óleo sobre tela, a filha Silvia, ao piano, minha avó tocava violino em festas, e casamentos na igreja. Mamãe iniciava as primeiras aulas no instrumento, quando teve de interromper pelo noivado. O casamento a fizera desistir de vez.

O desejo de ser bailarina surgiu, quando a professora convidou-me a fazer parte do balé que seria apresentado no colegio em homenagem ao dia das mães.

Dediquei-me com amor aos ensaios, e fui escolhida como a melhor aluna. Após a apresentação, recebi congratulações da mestra pelo excelente desempenho.

Apaixonei-me pela arte e pedi à minha mãe para continuar as aulas. Ela não se opôs, matriculando-me numa escola particular. Aos 10 anos, tornei-me a primeira aluna da escola.

A professora sugeriu que mamãe me colocasse no corpo de baile do Teatro Municipal.

– Essa menina tem talento e dará uma ótima profissional.

Mamãe agradeceu o conselho, e ficou de providenciar o mais rápido possível.

Em casa, extravasei a euforia cobrindo-a de beijos. A seguir, perguntei quando iria começar as aulas.

Ela não deu atenção, continuou a arrumar a mesa do lanche.

Devido a insistência, ela deixou o que fazia, sentou-se, apontou a cadeira ao lado para que eu fizesse o mesmo:

– Escute bem: acho bom esquecer essa bobagem de ser bailarina. Não quero para minhas filhas uma profissão mal-vista pela sociedade.

Interferi: – Mas mamãe...

– Psiu! Cale-se que ainda não terminei. Até agora não me opus, por você ser ainda uma menina. Mas aviso-lhe: tire essa ilusão da cabeça porque jamais consentirei nesse absurdo.

– Mãe, a senhora sabe que meu sonho é ser bailarina. Por favor, eu imploro. Não faça isso comigo. Deixe-me continuar no balé.

– Não insista e não tente apelar para o seu pai. Escolha outra coisa como... como: música, pintura, escultura ... ou qualquer outra coisa que não seja uma profissão considerada imoral.

Suas palavras foram um balde de água fria, nos meus sonhos. Tentei contestar.

– Por que Tininha pode estudar canto no Municipal, e eu não posso fazer balé?

– É diferente! Uma cantora lírica é um orgulho para os pais e a sociedade.

– Mas...

– Assunto encerrado! Não se fala mais nisso nesta casa, entendeu? Agora venha ajudar-me a terminar de arrumar a mesa.

Papai notou meu silencio na hora do jantar.

– O passarinho comeu a língua da minha princesa?

Mamãe dirigiu-me um olhar que me fez ignorar a pergunta do meu pai. Ele notou meu embaraço.

– Olhe para mim, querida, em vez de olhar sua mãe. O que foi que aconteceu?

– Vamos, responda ao seu pai. Disse minha mamãe, confiante.

– Mamãe não quer que eu continue na escola de dança.

Ele assanhou-me os cabelos:

– Então é isso? Papai dará um jeito de convencê-la a mudar de ideia.

– Você me surpreende Antonio. Acaso não sabe da má fama dessa profissão?

– A língua do povo gosta de ferir a todos. Eu não vejo nada de mal nisso.

– Não! O que você acha de mulheres que não formam familia, porque a profissão vem em primeiro lugar? Rodam o mundo em apresentações e todos sabem que tem amantes em cada lugar que se apresentam.

Papai encarou-a.

– Acho que você exagera. O que hoje é visto como vulgar, daqui uns anos será tido como normal. O que não se pode é frustrar os sonhos das crianças.

– Na sua tolerância! – ela completou. – Vamos, então, dar tempo ao tempo. Por enquanto, continuo mantendo esse conceito. Se você quiser ir contra, passarei a responsabilidade da educação de Júlia a você.

– Infelizmente não posso assumir esse compromisso. Se não fosse preciso trabalhar dez horas por dia, eu pegaria com prazer esse encargo.

Essa foi a minha primeira decepção, inicio das tantas que viriam.

Duas semanas, antes de completar 11 anos de idade, paizinho perguntou o que eu gostaria de ganhar de presente.

– Uma bicicleta! Pedi aos pulos.

– E qual a cor escolhida pela minha princesa?

– Rosa e com uma cestinha prateada.

– Tem certeza de que não quer uma caixa de tintas para os seus quadros?

– Obrigada, paizinho. Mas... Não ando com vontade de pintar.

– Tá bom! Vou providenciar a bicicleta cor- de-rosa.

Pulei, ao pescoço, de papai cobrindo-o de beijos.

A um canto do quintal mamãe observava. Aproximou-se sem pressa, queixou-se ao chegar.

– Quem me dera ser merecedora de tantos agrados, do marido, quanto vocês, do seu pai!

Para evitar atritos, meu pai nos deixou dizendo que precisava trabalhar:

– Logo mais continuaremos a conversa. Beijou a testa de mamãe e saiu apressado.

O destino traçava planos para a familia, dignos do mais terrível pesadelo.

Senti uma estranha vontade de chorar, ao ver meu pai atravessar a rua de ombros caídos. Corri até ele, à direção dele, abracei-o, dizendo que o amava muito.

– Obrigada, amor. Papai tambem é louco por você e sua irmã.

Debruçada ao portão, acompanhei-o com o olhar até desaparecer dobrando a esquina da rua.

Passava do meio dia.

Impaciente com a demora do marido, minha mãe o cobria de ofensas. Por duas vezes pedira a empregada para esquentar o almoço e a fez voltar com as travessas. Quando o relógio marcou uma hora, ela ordenou:

– Odete! Sirva o almoço que não iremos esperar mais tempo por Antonio.

Tininha retrucou:

– Mãe, espera um pouco que o paizinho deve estar chegando.

– Pois quando chegar comerá requentado e sozinho, para aprender que nesta casa temos horário para tudo. Não duvido que ele esteja dando trela a alguma sirigaita que encontrou no caminho.

Ousei enfrentá-la. – Papai não é disso. Eu vou esperar por ele.

– Se fizer isso ficará sem almoço. Ela respondeu com os dentes trincados.

Odete começou a servir-nos. Ao som da campainha, correu a porta dando graças a Deus.

– Deve ser o seu Antonio.

O sorriso murchou ao ver o estranho.

– O senhor deseja alguma coisa?

– Vim trazer um recado.

– Pode dar a mim que a patroa está almoçando.

– Eu posso esperar então? Tem que ser com ela.

Odete abriu a porta convidando-o a entrar. Chamou mamãe de onde estava:

– Dona Carolina, este moço quer falar com a senhora.

Eu e Tininha trocamos um olhar interrogativo, continuamos a refeição enquanto mamãe foi atender ao senhor. Um segundo depois, ouvimos o seu grito desesperado, e a seguir, Odete correr ao lado dela, a tempo de ampará-la no desmaio.

Tininha e eu fomos ajudá-la, e ao estranho, a colocá-la na poltrona. Odete foi à cozinha, voltou com um copo de água. Aspergiu a água na testa e em todo o rosto de mamãe tentando reanimá-la.

O sinistro mensageiro enxugou a calva com o lenço.

– Desculpe pelo transtorno.

– Mas afinal, o que foi o que o senhor disse para fazer dona Carol desmaiar?

Ele a pegou pelo braço, levou-a a um canto da sala para que não ouvíssemos.

– Ai meu Deus do céu! Coitado do seu Antonio.

– O que foi que aconteceu com meu pai? Gritei desesperada agarrada à sua saia.

Odete pediu à minha irmã:

– Tininha! Corre à casa da dona Elza e diga pra ela vir aqui, que preciso de sua ajuda.

Nesse ínterim, mamãe voltou a si, caiu em pranto.

Dona Elza chegou nesse momento:

– Pelo amor de Deus! O que está acontecendo nesta casa?

– Meu pobre marido foi levado às pressas para o hospital. Segundo os médicos, ele está muito mal.

O mundo desabou sobre mim!

– Calma, Carol. Vou pedir que Malu a leve de carro para saber como está Antonio.

– Eu vou também.

A vizinha respondeu afetuosa. – Julinha, criança não pode entrar no hospital. Papai vai ficar logo bom e você poderá ficar com ele o tempo que quiser.

– Jura que é verdade o que a senhora está dizendo?

Ela olhou-me carinhosa.com amor:

– Querida, estaremos rezando para que isso aconteça.

Todas as orações foram inúteis para alcançar a graça. Dois dias depois, meu pai veio a falecer não resistindo aos ferimentos.

Ainda conservo na memória, as cenas do velório nesse casarão.

Ao lado do esquife, mamãe chorava copiosamente a morte do marido. Dirigia-lhe perguntas, como se fosse possível serem respondidas:

– Por que você tinha de me deixar tão cedo,Antonio?! O que eu vou fazer da minha vida com duas filhas menores, sem você para darme apoio?

As vizinhas ao redor, tentavam consolá-la. Abraçada ao corpo, ela jurava-lhe amor eterno, levando amigos e parentes juntarem-se à dor.

No último adeus, ao descerem o caixão na sepultura, ela clamou desesperada:

– Não me deixe Antonio. O que vai ser de mim sem você!

Dona Elza, e uma das cunhadas, ampararam-na antes de ela desfalecer.

Os dias que se seguiram foram de tristeza, dor e saudade.

Meses depois, Tininha e eu soubemos por Malu, como acontecera o fatídico acidente. "Papai voltava para casa, no estribo de um bonde lotado. Uma lotação de passageiros, vinda em sentido contrário, evitando atropelar um pedestre imprudente fez uma manobra arriscada. Desgovernou-se, e veio de encontro ao bonde. Meu pai foi atingido e arremessado à rua, com o choque. Foi levado ao hospital com ferimentos gravíssimos, e traumatismo craniano.

Com a morte de papai, carinhos, presentes e cama quentinha deixaram também de existir. Dois anos depois, as juras de amor feitas por minha mãe diante do esquife, jaziam enterradas com ele.

Num fim de tarde, mamãe chegou acompanhada de tio Marcio, surpreendendo as filhas.

– Meninas, Marcio e eu decidimos nos casar. Ninguém melhor do que o irmão do pai de vocês para continuar criando-as.

Tio Marcio, em nada nos fazia lembrar papai. Cabelos claros, altura mediana, um corpo chegando a obeso. Sentimentos e virtudes nem de longe comparadas as do irmão. Viúvo, com uma filha pouco mais velha do que Tininha e eu, o casamento com a cunhada, representava para ele a união do útil ao agradável. Desprovido de romantismo e sutileza, convenceu minha mãe a aceitar o pedido de casamento, usando da rudeza peculiar.

– Eu preciso de uma mulher para cuidar de mim e da minha filha, e você, de um homem para ajudá-la a criar as suas, e esquentar sua cama nas noites frias.

Não adiantaram nossos rogos para dissuadi-la das novas núpcias. Não gostávamos de tio Marcio, embora nada tivéssemos contra sua filha, f sua filha Clarice. O oposto do pai! Dócil, tranquila e prestativa.

Mamãe estava firme na decisão. – Quer gostem ou não, vocês terão de acostumarem-se com meu novo marido. Não tenho como continuar a educá-las sem uma presença masculina nessa casa. Com o tempo se acostumarão com Marcio e quem sabe, um dia, virão aceitá-lo como pai!

– Nunca! Ninguém substituirá o lugar de papai nesta casa. Disse Tininha. Apoiei sua resposta. – Jamais tio Marcio, ou qualquer outro homem ocupará o lugar do paizinho

Tornaram-se marido e mulher numa cerimônia espírita no casarão, com a presença dos parentes e alguns amigos.

Anos mais tarde, Tininha, iniciou a carreira de canto lírico.

Mamãe não cabia de satisfação, ao saber que ela integraria o elenco da próxima ópera.

– Que maravilha! Finalmente terei o prazer de ver minha filha integrando o quadro de cantores líricos do Municipal.

A noticia propagou-se na vizinhança.

Bem poucos foram ao espetáculo, pois naqueles anos, só pessoas de posses podiam dar-se ao luxo de frequentar o ambiente.

A estréia foi um sucesso.

Terminada a apresentação, o coro voltou ao palco para receber os aplausos. Na primeira fila de cadeira, Tininha encontrou o sorriso de um simpático rapaz. Acenava o lenço, repetindo entusiasmado:

– Bravo! Bravo!

As cortinas foram cerradas, e a imagem do rapaz continuou-lhe à mente.

À noite, alugou meus ouvidos e os de Clarice, em comentários sobre o dito rapaz. Iam de príncipe encantado, ao amor da minha vida:

– Vocês precisavam vê-lo. Que sorriso, que olhos, que voz! Tomara que ele volte amanhã ou não sei se terei fôlego de cantar sem a presença dele.

– Nossa! Pelo visto você se apaixonou mesmo! Quer saber da minha opinião: Duvido que ele não volte.

– E se você estiver errada nas previsões?

– Ah, Tininha, se eu... Sabe o que mais: Você é bonita, jovem e uma artista de futuro. Se não for ele o seu príncipe encantado, com certeza, logo aparecerá o verdadeiro.

Ela ficou triste:

– Mas eu queria tanto vê-lo novamente!

Na noite seguinte, ela o encontrou no mesmo lugar. O coração de Tininha disparou a mil, as pernas tremeram, e não soube como conseguiu chegar ao camarim.

Mamãe tinha um compromisso com o marido e pediu que Clarice e eu fôssemos em seu lugar. Era tudo que queríamos.

No camarim, esperávamos ansiosas para as congratulações.

Ao chegar, tinha um sorriso de ponta a ponta de orelha e um brilho diferente no olhar. Depois dos abraços, ela sentou-se ao nosso lado e eufórica, falava sobre o fã.

– Logo vi que havia algo mais, para você estar com esse brilho nos olhos. – Comentou nossa prima.

Ela puxou-nos a um canto. Ele estava no mesmo lugar. Minha irmã levou a mão ao coração, deu um suspiro melancólico:

– Pena que ele não venha me procurar.

– O que tem de ser seu, lhe virá às mãos. Eu disse animando-a.

Descíamos a escadaria do teatro, felizes e dando risadas.No meio da escada, ouvimos uma voz masculina às nossas costas dirigida a minha irmã:

– Que sorte encontrar a linda cotovia acompanhada só de moças.

Tomada de surpresa e emoção, Tininha apertou meu braço com força:

– Ai! Não acredito que seja ele. No minuto seguinte ele estava ao lado dela.

– Posso acompanhá-la, meu rouxinol, de ópera?

Clarice antecipou-se:

– Será um prazer. Assim chegaremos ao ponto de ônibus sem sobressaltos.

Fernando, um jovem simpático e elegante, emitia confiança. Dei o braço à Clarice, atrasei o passo, fingi ajeitar as meias:

– Vamos dar um tempo para eles, eu disse num sussurro.

Gentilmente, ele ofereceu para levar-nos de táxi. Tininha agradeceu, disse que não precisava se incomodar. Clarice facilitou:

– Por que não? Fernando não me parece nenhum bicho papão e, caso ele se atreva a mostrar a outra face, somos três para enfrentá-lo.

Sorrimos à brincadeira. Fernando fez sinal ao táxi. Clarice e eu fomos na frente, espremidas como sardinha em lata, proporcionando ao casal 40 minutos de intimidade e um novo encontro.

Mamãe já havia se recolhido ao quarto quando chegamos. Tiramos os sapatos de saltos seguindo para o nosso quarto em silencio.

Empolgada, minha irmã relatava o que conseguira saber sobre Fernando, inclusive, moradia e profissão:

– Tem 23 anos éperito contador e o mais novo dos irmãos. Meninas, ele está caidinho por mim! Confessou que desde que me viu no palco, não consegue deixar de pensar em mim.

Rodopiava no quarto, imitando Ginger Roger nos musicais.

Tio Marcio pigarreou. Voltamos a fazer silêncio antes que mamãe viesse saber o que acontecia.

O noivado aconteceu no Natal, seis meses depois de se conhecerem.

As cadeiras não foram suficientes para acomodar a familia paterna. Dona Elza gentilmente nos cedeu algumas.

Com um sorriso radiante Tininha exibia o anel de noivado às amigas. Aproximou-se de Clarice que se achava com o namorado, não perdeu a oportunidade de fazer-lhe uma brincadeira. Esticou a mão.

– E aí prima! Vê se o Luciano se anima a fazer o mesmo que Fernando. Alias, já não é sem tempo.

Meu futuro cunhado passou a frequentar o casarão quatro vezes na semana. A principio, divertia-se com a futura sogra, chegando a elogiar o comportamento crítico. Contudo, as semanas seguintes conseguiram mudar-lhe a opinião. Bom observador, Fernando percebeu que os comentários tidos como espirituosos, não passavam de disfarçada ironia. Por fim, enxergou a mulher dominadora, autoritária e insensível, escondida sob falsa aparência. A custo, Fernando engolia os pré conceitos racistas, ultrapassados.

Um dia, cheguei à sala para pegar algo que precisava e ouvi o que ele dizia:

– Tininha, tenho pensado muito sobre essa ideia de morarmos aqui depois do casamento. Desculpe, mas com o temperamento de sua mãe, será difícil acostumar-me a ouvir as críticas pejorativas dela a tudo e a todos, sem contestá-la. Pense bem.

– Bobagem. Você só precisa ser paciente. Concordo que conviver com ela é um tanto difícil. Mas no fundo, ela é uma ótima pessoa. Temos de pensar que é só por pouco tempo. O suficiente para compramos a nossa casa.

As previsões de Fernando realizavam-se pouco depois do casamento. Mamãe trouxe o inferno para a vida do casal. A qualquer atraso do genro, insinuava à Cristina que o marido devia andar de paquera ou nos bares com os amigos.

– Ora, mamãe! Nando não é disso. Com certeza ficou preso no escritório a pedido do chefe.

– Não está mais aqui quem falou. Se quiser continuar bancando a otária, é problema seu. Prometo não abrir minha boca alertando-a sobre as safadezas dos homens. Só peço que não me venha chorar ao ombro quando descobrir que ele está de caso com alguma vagabunda.

Mamãe continuava a levantar suspeitas, sem medir consequências:

– Abre o olho com a Malu! Sempre foi chegada a homem casado e, mais dias menos dias, seu marido cairá na cantada dela.

As sementes de dúvidas, regadas diariamente, começaram a germinar.

Tininha parecia nossa mãe nos tempos em que papai vivia. Quando Fernando regressava do trabalho, inquiria-o com mil perguntas, como um promotor ao criminoso:

– Onde você esteve até agora? Com quem? Estava sozinho ou acompanhado?

Ele apontava a hora no relógio de pulso:

– Meu bem, só estou atrasado dez minutos. Fique certa de que quando eu não depender de condução, assinarei o ponto nesta casa na hora exata. De acordo, dona encrenca?

– Não me chame disso fugindo à responsabilidade.

Paciente, Fernando fazia-lhe um carinho no rosto, tentando acalmar a fera:

– Amor, não precisa ficar com ciúmes. Vamos! Dê-me um beijo para encerrar o atrito.

Numa das vezes, ela virou-lhe o rosto, recusando o beijo. Meu padrasto chegou, assistindo o final da cena. Indiscreto, não se conteve:

– Nando, tem certeza de que essa é mesmo Tininha?! Está me parecendo mais a Carolina nos dias de TPM. Desculpe pela intromissão, mas eu poderia saber o motivo?

Meu cunhado não escondeu:

– Acredite que tudo isso, é porque cheguei atrasado alguns minutos.

Marcio deu uma d escandalosa gargalhada. Bateu no ombro de Fernando, opinando sobre mulheres:

– Algumas esposas só se realizam quando tem o marido sob cabresto. Ainda bem que a Carol nunca deu uma de mandona pra cima de mim. Talvez por eu ter aberto o verbo antes da gente casar. Esse negócio de mulher ficar cobrando tudo do marido, não bate comigo. Ai dela se virasse a cara quando eu a fosse beijar. Dava-lhe um trato para aprender a tratar com respeito o seu homem.

Por sorte, a coisa não complicou, graças a intervenção de Odete chamando-os para jantar.

Encerrei as atividades artísticas, para aprontar-me para o concurso público, anunciado nos jornais. A possibilidade de tornar-me funcionária de um Órgão Federal, trouxe-me tranquilidade quanto ao futuro.

Meti a cara na apostila, consegui a vaga no Ministério.

A principio, custei a adaptar-me no ambiente de fofocas, ociosidade, e má vontade dos colegas no atendimento ao público.

Tornei-me amiga de um simpático casal, Ângela e Fonseca, ambos desquitados e vivendo juntos a alguns anos. Amanda e o marido vieram mais tarde, aumentando o rol de amigos.

Logo a seguir, estourou a revolução. Prisões efetuadas em massa, sem provas contundentes aos suspeitos comunistas. A censura atingia a tudo e a todos; televisão, jornalismo, melodias, opinião pública do povo, etc., etc., e tal.

A opressão deixou 80% da população em suspense. A ditadura gerou desconfiança entre amigos. Ninguém confiava nos vizinhos para queixas e reclamações.

Os 20% restantes, aplaudiam de pé o novo Regime.

Os mais corajosos desafiavam a situação, abrigando em suas casas, parentes e amigos fugindo à caçada.

Malu não escapou de expor-se ao perigo.

Certa tarde, procurou-me aflita:

– Júlia, estou num beco sem saída! Imagine você, que o meu primo..., aquele que conseguia colocar pessoas pela janela, nos empregos públicos, chegou hoje pela manhã pedindo-me abrigo.

– E por quê?

– Disse que havia brigado com a mulher e não tinha aonde ir.

– Mas com tanto hotel!

– Pois é. Isso me deixou encafifada. Disse que era apenas por um dia, até arranjar um lugar pra ficar. Claro, de inicio não fiz objeção, mas agora, começo a recear, que ele se abanque em minha casa. Tenho medo de ficar mal-vista nesse lugar. Ela olhou-me angustiada. Cá entre nós. Estou desconfiada que ele possa estar metido com o pessoal da esquerda. O que você me aconselha a fazer?

– Seu caso é complicado! Se eu estivesse no seu lugar, só o deixaria ficar essa noite. Mostraria os inconvenientes, e com certeza, ele há de compreender.

– Vou fazer isso. Depois lhe conto as novidades.

No dia seguinte, acabava de chegar à cozinha para o café, quando ouvi a campainha. Olhei entre as frestas da janela e vi minha vizinha.

– Caiu da cama ou vai fazer exame de sangue a essa hora?

– Nada disso. Vim só avisar que o Flavio já foi embora.

– Tão cedo?

– Ia dar 5 horas, quando ele me acordou avisando que estava indo. Antes de sair, tomou café, agradeceu comovido a estadia. Disse que estava à minha disposição para o que eu precisar. Graças a Deus estou livre dessa preocupação.

O clima no Ministério era tenso. Antes do golpe, muitos funcionários vangloriavam-se de serem amigos pessoais do Presidente. Com a intervenção dos militares, os mesmos servidores escondiam-se sob as mesas de trabalho, ao ver a policia chegar para rápida inspeção.

Inocente ao que acontecia, pedi explicações ao Fonseca. Respondeu em tom jocoso:

– Minha amiga não se meta nisso! Quanto menos souber, melhor. Essa turma andava metida em agremiações suspeitas e agora se borra com a possibilidade de vir a ser presa como subversiva.

– Verdade?

– Como dois e dois são quatro. Mas a policia não dorme! Primeiro prende e depois... Sorte de quem sai do xilindró com vida.

Os sindicatos eram os mais visados. Diariamente eram invadidos e vasculhados minuciosamente. Na linguagem atual, "um pega pra capá".

Eu datilografava um documento, quando vi um rapaz encostar-se ao balcão de atendimento. Deixei o que fazia indo atendê-lo. – Posso ajudá-lo?

O sorriso iluminou o rosto simpático:

– Certamente! Eu gostaria que você me informasse o que fazer para dar entrada nesse pedido.

Ensinei-lhe o procedimento, e agradecido deixou o lugar. Na entrada do prédio, deu meia volta, tornando a chegar ao balcão.

– Esqueceu alguma coisa? Perguntei da mesa.

– Sim.

– Estou a seu inteiro dispor.

Estendeu-me a mão:

– Cometi uma falta imperdoável com moça tão simpática. Apresentou-se. – Chamo-me Sergio. E você? Com quem tenho a sorte de falar?

Estiquei timidamente a mão enquanto ensaiava o melhor dos sorrisos ao apresentar-me: Sou Julia, a sua disposição.

Desinibido,ele comentou:

– Voltei porque notei que não usa aliança de compromisso. Você aceitaria jantar comigo após o expediente?

Era a primeira vez que recebia um convite para jantar com um rapaz. Senti-me a própria adolescente indecisa na resposta. Temia ser confundida com uma moça leviana, aceitando de cara o convite de um estranho. Mesmo vibrando de alegria, tentei disfarçar o entusiasmo seguindo as regras das moças de familia. – Acabamos de nos conhecer e...

– Compreendo. Que tal amanhã ou sábado?

A vontade era aceitar para ontem! Mas...

– Combinado. Fica então para o sábado.

Em casa, levei a novidade quentinha para Clarice. Desde a mudança temperamental de Tininha, ela passara a ser minha confidente.

Deu-me os parabéns, desejando que eu me acertasse com Sergio. Aproveitou a oportunidade de estarmos a sós, falou dos planos para breve. – Você será a primeira a saber. Luciano e eu decidimos ficar noivos antes do Natal.

– Sua, traidora! Se eu não me abro, com certeza você guardaria segredo até o dia. Hein?!

– Claro que não. Só esperava uma oportunidade para lhe contar. Você sabe muito bem que não escondo nada de você.

Caí na risada.

– Por que está rindo? – Ela perguntou.

– Veja se não tenho motivos?! Você vai ficar noiva ao mesmo tempo em que eu. Jura que guarda segredo do que vou dizer?

– De pés e mãos juntas.

– Sergio é o meu primeiro namorado.

– Pois saiba que Luciano também. Quando ele surgiu na minha vida, eu começava a desanimar de casamento.

– Confesso que não me sinto segura que aconteça o mesmo quanto a mim e Sergio, devido a mãe que tenho.

Clarisse sorriu assentindo. Vamos torcer para tudo dar certo.

Clarice ficou noiva, com casamento marcado para dentro de um ano.

Meu namoro com Sergio se tornava firme, sem que ninguém em casa desconfiasse. Sergio insistia em ir à minha casa, para assumir o compromisso. No entanto, eu protelava o encontro com minha mãe, imaginando a reação dela ao ser apresentada ao meu namorado. Detalhe: Sergio era mestiço, descendente de pai afro e mãe portuguesa.

Num dos encontros, não encontrei desculpas para dissuadi-lo da intenção, ao sentir que o namoro corria perigo:

– Júlia, começo a suspeitar que você não me ame o bastante.

– Por que você diz isso, meu bem?

– Sei lá! Está sempre me barrando quando toco em falar com sua mãe sobre nós!

– Está certo. Se isso é muito importante para você, vou avisá-la que o levarei no próximo sábado. Mas nunca duvide do meu amor.

A partir desse dia, perdia o sono, imaginando os apelidos que minha mãe daria a Sergio após conhecê-lo. Eu faria ouvidos de mercador até que ela cansasse. O importante era continuar com Sergio, e quem sabe, constituir família como qualquer moça sonhadora. O que menos me preocupava, era a opinião da família. E que família! Uma mãe dominadora, um padrasto alheio, e agora os desentendimentos entre minha irmã e meu cunhado.

Próximo a chegada de Sergio, fui ao portão esperá-lo. Minha mãe foi junto. Fez-me varias perguntas, desejosa de conhecer antecipadamente o perfil de Sergio.

– Ora mãe! Ele é um tipo comum de rapaz. – Disse, pensando encerrar o assunto. Mas ela insistia:

– Você não poderia ser mais clara?

Dei um longo suspiro mostrando enfado e dando-lhe a ficha: – alto, moreno, nem gordo, nem magro. Advogado, educado, de bons princípios e filho único. Está satisfeita?

– Agora sim. Ficaria muito chateada, se tivesse gasto meu tempo com aquele bolo especial, para um sujeitinho sem eira nem beira.

"Espero que diga o mesmo depois de conhecê-lo". Pensei.

Ele apontou na esquina. – Ele está chegando! – Disse animada.

– Quem? Só vejo um neguinho comprido vindo nessa direção.

– Por favor, mãe! Não me faça passar vergonha.

– Pera lá! Não diga que o tal do doutor é aquele tição com pinta de tuberculoso! E ainda tem coragem de pedir que eu não a envergonhe? Francamente, Júlia. Você deve estar muito desesperada para arrumar um crioulo magro e desengonçado.

Retirou-se em seguida, para não receber Sergio.

A sala estava vazia, quando chegamos. Pedi que Sergio me aguardasse, enquanto ia avisar minha mãe da sua presença. – Volto já.

Encontrei-a na cozinha, cochichando com Odete. Assim que me viu, perguntou se o "macaco" já estava na sala. Debochou voltando-se para Odete. – Não esqueça de levar uma penca de bananas junto com o bolo.

Controlei-me ao máximo para não extrapolar meus limites:

– Por favor, mamãe. Espero que o trate como a um igual.

– Igual?! Escutou o que ela pede, Odete?! Desde quando eu tenho a pele escura e o cabelo encaracolado? Saiba que vou fazer das tripas coração para não bancar a mal-educada diante do doutorzinho.

– Obrigada, e, por favor, não demore.

Sentada a cadeira à frente de Sergio, mamãe o examinava de alto a baixo. Por minha vez, eu me encontrava tensa, esperando a qualquer momento uma menção indiscreta dirigida a ele.

Remexi-me impaciente ao ouvi-la pigarrear. Engoli a seco, ouvindo-a dirigir-se a ele com desdém: – Desculpe. Mas você deve gostar muito de praia, não é mesmo?

– É verdade. Só sinto não ter tempo de desfrutar desse prazer com mais assiduidade.

– Você fala a serio, doutor?

– Por favor, dona Carolina. Peço-lhe que me chame apenas de Sergio.

Ela fingiu não ouvir continuando as alfinetadas. – Então... está explicado a cor moreninha, ou melhor, esse tom de pele puxado para a meia noite.

Naquele momento, ele sentiu o racismo disfarçado. Esforçou um sorriso enigmático antes da resposta:

– É muita gentileza sua chamar-me moreninho. Se prestar bem atenção à minha cor e ao tipo de cabelo, verá que descendo de negro. Ah, ia esquecendo. E de uma mulher branca, européia.

Mamãe agravou a situação:

– Isso é comum nesse país! Porém, com certeza, seu pai deve ser escurinho só na pele. A alma deve ser branca.

– Dona Carolina, queira perdoar-me. Escurinho, é cinema quando as luzes se apagam. Quanto à cor da alma, não me consta que a ciência tenha chegado a descobrir tal absurdo. Pelos meus poucos conhecimentos, o que sempre soube é que existem almas boas e más.

Intimamente, aplaudi meu namorado pelas sábias respostas.

Sem saída, mamãe chamou Odete para servir o bolo. Terminou de comer, desculpou-se alegando dor de cabeça, e bateu em retirada para o quarto.

Sergio ganhara uma ferrenha inimiga, ao imprensar a fera.

A partir dessa noite, ela não reprimia a língua na presença de Sergio. Bastava ver um mestiço na televisão, para agredi-lo com termos vulgares e pejorativos.

Sergio aguentou mais do que eu esperava. Por três meses, sofreu na pele o preconceito racial. Até que numa noite, pediu para acompanhá-lo ao jardim. Precisava levar uma conversa séria comigo. No íntimo, eu pressentia do que se tratava, porém, rezei, rogando que estivesse enganada.

Sentamos no banco, ao lado da roseira amarela. Sergio pegou-me as mãos, colocou-as entre as dele, e a voz soou-me sentida:

– Querida, sou louco por você, e saiba também, que foi muito difícil tomar essa decisão. Não podemos continuar com esse namoro.

Pronto! Lá se iam meus sonhos de amor por água a baixo! As lágrimas começaram a rolar.

– Por favor, não torne ainda pior essa despedida. Deus sabe o quanto sofri pelo racismo de sua mãe! No entanto, até a pouco, eu mantinha a esperança de que ela terminasse por me aceitar na família. Paciência tem limite, minha querida. E cheguei aos meus. Decididamente, jamais poderemos ser felizes num casamento em que impera o preconceito.

Implorei:

– E se eu lhe pedisse mais um tempo? Vou falar a ela que o amo e que estou disposta a ficar consigo mesmo contra a vontade dela.

– Não acho uma boa ideia. Nunca ela vai admitir em mudar a opinião pessoal. Conheço gente como ela.

– Eu não acho justo de sua parte, romper o namoro, simplesmente porque minha mãe não o aceita. Você está me excluindo de sua vida sem se importar com os meus sentimentos.

– Não é verdade! Por amar demais você, preocupo-me com o nosso futuro.

– Explique-se.

– Júlia, não entende que estou querendo poupá-la de dores e humilhação? Se dependesse só de nós, eu concordaria com a sua sugestão num piscar de olhos. Mas não se trata disso. Temos que pensar nos filhos que virão do casamento. Qual seria sua reação vendo seus filhos rejeitados pela avó? Sergio interrompeu por alguns minutos. Olhou-me dentro dos olhos e perguntou:

– Você seria capaz de manter o relacionamento filiar sem indispor-se com sua mãe? Claro que não! Respondeu sentindo minha hesitação. Compreende agora porque abro mão da minha felicidade?

Ele estava certo!O que eu teria a contestar diante de inquestionável altruísmo?

Retirei minhas mãos das suas, sequei as lágrimas. Minha voz era um sussurro de mágoa e pesar:

– Você me convenceu de uma triste realidade, a qual jamais havia pensado. Diante disso, não vejo outra saída para continuarmos nossa vida. Afaguei-lhe o rosto: – Foi muito bom conhecê-lo! Quem sabe numa outra dimensão possamos vir a ser felizes.

Trocamos um abraço caloroso, selando o fim de um relacionamento amoroso e que poderia durar para sempre.

Separamo-nos, com a certeza de que não mais nos encontraríamos.

Eu estava com a alma destroçada. O amor acontecera em minha vida como a brisa rápida do pôr do sol.

Sobre o travesseiro, eu chorava a perda do homem amado, do beijo que não havia provado, do sonho interrompido. Tudo pela intolerância de minha mãe.

Por toda a noite, revirei-me na cama sentindo-me a mais frustrada das mulheres.

Cheguei à repartição abatida e com grandes olheiras pela noite mal dormida.

A aparência cansada e vampiresca chamou a atenção de Amanda. – Nossa! Passou a noite na orgia ou brigou com o namorado?

– Terminamos!

– Não!!! Vocês estavam se entendendo tão bem! Eu já estava até fazendo planos para os trajes que usaria no casamento.

Desabei em choro. Ela confortou-me com palavras de apoio, terminei por falar dos motivos que levaram ao rompimento.

– Desculpe querida. Mas com uma mãe dessas, ninguém precisa de inimigos. Não chore mais. Um dia você encontrará alguém que a fará feliz.

– Obrigada pelo desejo, mas não tenho esperanças de que venha acontecer. Às vezes, sou obrigada a acreditar que vim ao mundo para resgatar coisas que ficaram pendente numa vida anterior. Embora meu mundo seja um mar de dissabores, luto e dor, não ouso rebelar-me, baseada em minha crença. Estou convicta de que minha dívida é muito grande. Entretanto, peço a Deus que me dê força e longevidade para saldá-la.

– Concordo com esse pensamento, mas nada de deixar a peteca cair. Bola pra frente, e não deixe os contratempos vencerem sua proposta.

Ângela e Fonseca chegaram à minha mesa a tempo de ouvir as palavras de Amanda.

– Ora vivas! Amanda dando uma de positiva. – Ele colocou a mão na testa da colega. – Aleluia! Pensei que estava com febre.

– Isso não é hora de brincadeira. Nossa amiga está infeliz com o fim do namoro.

– Fala sério! É verdade Júlia?

Depois de abraçar-me com pesar, Carlos prosseguiu. – Não se entregue ao momento. Diante de você, está um exemplo desmentindo que nem sempre o primeiro amor é o verdadeiro. Como todos sabem, Ângela e eu não tivemos sorte no casamento. Entretanto, o destino deu-nos nova oportunidade de refazermos nossa vida. Há dez anos, vivemos juntos em paz e amor. Ainda não casamos, porque Ângela se recusa.

Ela respondeu convicta:

– Você sabe bem que dispenso o papel legalizando a nossa situação. Bem casados são aqueles que bem vivem!

– Viu só! Por enquanto, respeito a opinião de minha companheira. No entanto, futuramente terá que refazer essa opção. Quero deixar meus bens para ela quando passar dessa para a outra.

O amor e a amizade são sentimentos quase idênticos. Porém, eu ficaria indecisa se tivesse de tomar partido de um e outro.

Enquanto o amor entre um homem e uma mulher é exigente e dominador, por sua vez, a amizade está ligada ao incondicional.

Ah! O que eu não daria para decifrar os mistérios entre o céu e a terra!

Alegrias e Dores

A casa estava em festa comemorando a gravidez de Tininha e o noivado de Clarice.

Meu padrasto não poupou dinheiro para a festa em familia. A mesa estava sortida de salgadinhos, doces e bebidas. A animação era geral no grande clã formado de libaneses e brasileiros.

Numa grande roda, a conversa girava entre os futuros pais, de gêmeos e o casamento da noivinha para breve.

Para não chamar a atenção, eu ouvia os comentários em silêncio. Motivos não faltavam para minha discrição. A dor do namoro desfeito ainda perdurava apesar dos meses. Entretanto, eu estava prevenida para as possíveis perguntas que viriam por parte dos parentes.

Odete trouxe o pernil de carneiro, assado acompanhado de molho de hortelã. Houve uma trégua no falatório, a turma caindo em cima como moscas. Servidos, voltaram aos lugares colocando os pratos no colo, elogiando a cozinheira.

Tia Zara, irmã mais velha de meu pai, lambeu os dedos, voltou-se para mim. Pronto! Eu podia adivinhar o que viria. Bebeu um bom gole de vinho e fez a pergunta que eu esperava:

– E você, Julinha? Quando é que vai nos dar tambem a alegria de uma festa pelo noivado?

– Só depende de minha mãe, aceitar o candidato.

– Eu?! – ela contestou. – Até parece que tenho alguma coisa contra seus pretendentes! Faça o favor de consertar o que disse antes que eu pareça uma megera.

Tia Zara notou meu sorriso irônico. – Me explica essa historia direitinho, Júlia. É verdade mesmo que Carol tem a ver com o final do seu namoro com Sergio?

– Mas é claro que não! – mamãe respondeu indignada.

Não perdi a oportunidade de descarregar a mágoa que eu mantinha contra ela. Impus um tom irônico na voz ao acusá-la:

– Ela só colaborou para que não desse certo. E sabe por quê?

– Diga.

– Porque nunca vai se libertar do preconceito racial. Sergio foi obrigado a tomar medidas extremas para evitar consequências mais graves.

Ela encarou a cunhada censurando-a com o olhar:

– Carol! É difícil acreditar que você conserve um absurdo desses, numa época em que as pessoas aceitam tudo com naturalidade.

– Por favor. Respeite minha opinião. O que você acha ilógico, para mim é uma questão de princípios. Jamais aceitarei de bom grado, o casamento de brancos com negros. E mesmo que eu viesse a aceitar semelhante despropósito, o que diriam os amigos? – Tia Zara deu uma sonora gargalhada. Prosseguiu:

– Não sei se a você é pior o preconceito ou o medo da opinião alheia. Francamente, Carol, você me surpreende cada vez que a ouço. Imagine se você tivesse de enfrentar uma filha solteira e grávida, como foi o caso de Maria Antonia! Acho que você tentaria o suicídio. No entanto, eu fechei os ouvidos ao disse me disse da vizinhança, e hoje minha filha está casada e feliz com o seu filho. Outro exemplo: Lembra as calunias que inventaram os fofoqueiros quando Maria Clara decidiu ser freira?

– E como!

– Pois então! O importante é não brecar a felicidade dos nossos entes queridos, dando ouvido à meia dúzia de línguas ferinas. Veja o exemplo de Miriam, minha irmã. Não passa de uma solteirona, frustrada e infeliz, arrependida de ter se deixado conduzir pelas opiniões das amigas. Carol! Aceite meu conselho. Comece a avaliar esses conceitos antes que chegue à velhice e que se torne uma velha ranzinza, insuportável e que ninguém deseja ter por perto.

Ao lado, tio Marcio escutava a conversa. Com seu jeitão desprovido de sutileza, Interrompeu bruscamente a conversa. – Gente, acho bom encerrar por aí esse papo furado. Não gastei uma grana firme para a festa dar em merda.

Felizmente, Clarice levantou a taça brindando a todos e tio Omar começou a sessão de piadas descontraindo o ambiente. Os festejos duraram até altas horas da madrugada, quando todos se retiraram exaltando a qualidade da celebração.

Em nosso quarto, começamos a desembrulhar a pilha de presentes. Primeiro os dos gêmeos, ocupando menos espaço. Depois os de Clarice; aparelho de jantar, bateria completa de cozinha, panos para usar por mais de vinte anos, talheres... Até enceradeira estava incluso para a futura "prendas do lar". Profissão, aliás, pejorativa, às diversas atividades exercidas no lar. Ninguém se importava em valorizar o trabalho da esposa como administradora da renda mensal, da enfermeira, babá, educadora dos filhos... Sem mencionar a auxiliar de escritório nos trabalhos trazidos para casa pelo marido, conselheira em grandes decisões, a amiga e cúmplice em todos os momentos e, sem duvida, a amante fiel do esposo.

Embora todas as atividades citadas, e outras mais, muitas dessas admiráveis mulheres recebiam em troca, broncas e insultos quando o jantar atrasava. Não raro, alguns dos consortes chegavam às agressões físicas. Isso aconteceu até elas aprenderem a se defender com a colher de pau, amedrontando os machões com pretensões de senhor e amo.

Como nem tudo que é bom dura sempre e não há mal que um dia não acabe. A emancipação feminina chegou dando um basta à condição da mulher. Com isso, os anos dourados debandaram, levando junto os mascarados príncipes encantados.

Estava quase amanhecendo quando terminamos de guardar tudo num velho armário. Caímos na cama, exaustas pelo trabalho, a boca seca pelo longo tititi.

Aos oito meses, minha irmã parecia um balão de gás pronto a explodir. 30 quilos a mais, uma barriga enorme impedindo-a de ver os pés, as pernas inchadas como dois pilões, arrastava-se pesadamente pela casa. Quase sempre, fazia uso da cadeira para um breve descanso.

Fernando, mais gentil e afetuoso com o estado da esposa, dedicava-lhe tempo integral nos sábados e domingos, satisfazendo-lhe todos os desejos. Quanto a ela, mostrava-se dócil e amorosa, desfazendo o conceito de que mulheres grávidas enjoam os maridos. Talvez pelo comportamento amoroso, Fernando ignorava as intromissões da sogra na vida particular dele. Até os sete meses da gravidez, tudo transcorria bem entre o casal.

Uma manhã quando saía para o trabalho, passou em frente da casa de um amigo e este o levou para dentro do terreno, oferecendo-lhe:

– Nando!Vou vender o carro pois estou num sufoco danado e preciso de grana. Dá só uma olhada no menino. Ta novinho em folha apesar dos anos.

– Quanto você quer nele?

– Uma bagatela.

Deu o preço, e Fernando animou-se.

– Cara! É pegar ou largar. Dúvido você encontrar por menos um carro neste estado. Como disse, estou no desespero. Preciso do dinheiro para pagar uma divida de jogo.

– Fechado – disse Fernando. Quando voltar do trabalho eu lhe dou o dinheiro e levo o "bichinho" para casa.

Motorizado, Fernando encostou ao portão de casa, tocando insistente a buzina. Tininha arrastou-se à porta da rua para identificar o escandaloso.

Ao vê-la, ele balançou a chave indo ao seu encontro:

– Venha ver a jóia que comprei para levá-la a uns passeios.

Durante o jantar, mamãe conseguiu estragar a alegria. Dirigiu-se ao genro criticando-o pela aquisição:

– Não sei até quando você continuará o mesmo desajuizado! Em vez de juntar dinheiro para as possíveis emergências dos filhos, sai gastando o pouco que tem em luxo. – Olhou para o marido esperando apoio. – Você não está de acordo comigo, querido?

Com a boca cheia ele respondeu:

– Ora mulher! Não me meta nas suas opiniões. Porém, se quer mesmo saber, acho que o Nando está bem crescidinho para saber o que faz. Além do mais, não temos nada a ver com a vida deles. Já basta a nossa para cuidarmos.

– Só estou falando, porque amanhã ou depois é capaz de nos pedir dinheiro, quando estiver duro. Carro é outra familia! Vai precisar de dinheiro para a gasolina, para pneus e quando der enguiço.

– Quanto a isso fique descansada, dona Carolina. Não pretendo ocupá-la nem que fosse a última pessoa do mundo. Os bancos estão aí para servir os clientes nos apertos.

Encostou os talheres e levantou, convidando Tininha para experimentar o carro. Olhou Clarice e para mim. – Se vocês quiserem, podem vir tambem?

Não iríamos perder por nada a ocasião de dar uns giros pela cidade.

Enquanto dirigia, Tininha censurou-o por estar correndo e depois, pelo modo como havia tratado nossa mãe:

– Nando, você deveria medir as palavras ao dirigir-se minha mãe. Afinal, moramos e comemos em sua casa. O mínimo que eu lhe peço, é que a respeite enquanto estivermos sob o mesmo teto.

Ele deu um sorrisinho irônico:

– Só estou lá por sua causa. Quanto ao respeito que você pede pela jararaca, é impossível. Quem quer ser respeitado tem de aprender a respeitar. Enquanto ela me tratar como se eu fosse um moleque, vou dar-lhe o troco merecido. Saiba mais! Quando os bebês nascerem, vou tratar de arrumar uma casa para nós. Não quero que eles sejam criados com a megera.

– Não diga! E onde você vai arrumar dinheiro para comprar uma casa se gastou o que tinha na compra deste carro? E vá sabendo que não pretendo sair do casarão, para me enfiar num buraco com janelas e porta. Meus filhos serão criados com espaço e o conforto que sempre tive.

Nando encostou o veiculo na calçada, indignado com as palavras de Tininha.

– Então é assim? Você vai contra seu marido e pai dos seus filhos para tomar a defesa da cascavel? Juro que jamais esperei que o seu amor fosse tão mesquinho.

– Olha bem como fala! Se você me acha mesquinha, o que dizer de você, um ingrato, que cospe no prato de quem lhe ajudou.

– Ingrato é o cacete! Eu já vi que não dá para a gente continuar o papo. Sua querida mãezinha conseguiu o que queria. Vai vibrar quando souber que brigamos. Agora preste atenção no que eu vou dizer. Só ficaremos naquela casa até os bebês nascerem. Entendido?

– Não conte comigo para segui-lo. A não ser que encontre algo no nível que estou acostumada. Caso contrário, você irá sozinho.

Bufando de raiva, Fernando ligou o motor e, o que deveria ser um gostoso passeio tornou-se briga feia entre marido e mulher.

Chegou ao quarto, pegou as cobertas, o travesseiro, subiu ao sótão para passar a noite. Da escada Tininha insistia:

– Volte aqui, seu teimoso. Está agindo como criança!

Ele continuou a subida sem dar-lhe atenção. Entrou, bateu a porta com força sem sequer voltar-se e desejar-lhe boa noite.

Só voltou a dirigir-lhe a palavra, quando avisado de que chegara a hora de levá-la à maternidade.

O orgulho ferido, não deixou brechas para a emoção. Chegou ao quarto, perguntou friamente a Tininha se estava tudo pronto.

– Sim. Estou apenas esperando por mamãe.

– O quê? Aquela megera não bota os pés no meu carro nem que a vaca tussa. Se quiser, que vá de táxi ou ônibus. Vamos de uma vez antes que eu dê de cara com ela e estrague meu dia.

– Mas... Eu não irei sem ela!

– Sou seu marido, e espero que tenha consideração comigo pelo menos neste dia. E então?

Minha irmã não teve outro jeito. Entrou no carro e pediu que Odete avisasse mamãe do que acontecia.

Enquanto isso, eu recebia o telefonema avisando-me que chegara a hora de Tininha ganhar os gêmeos. Coloquei o telefone no gancho, e dei a noticia à Amanda:

– Vou ter de sair para dar uma força em casa. Minha irmã está indo para a maternidade.

– Dê-lhe os parabéns e não se preocupe com isso aqui. Ângela e eu daremos conta do serviço.

Deixei a Repartição numa louca correria ao ponto de ônibus. Felizmente o motorista, um desses loucos do volante, ganhou as ruas em louca disparada, ignorando os apelos dos passageiros.Puxei o cordão, dando sinal de que desceria no próximo ponto. Na ansiedade de chegar em casa, desci um ponto antes.

Os sapatos de salto nas calçadas quebradas, impediam-me de andar mais rápido. Lamentava-me pela falta de atenção, quando reconheci o Citroen de Fernando ao virar a esquina. Acenei, e ele parou deixando-me entrar.

Ao lado de Tininha eu tentava confortá-la:

– Calma, minha irmã. Mais um pouco e esses gemidos de dor se tornarão risos de alegria.

– Deus a ouça! Ressentida com o marido ela sussurrou:

– Pior do que esse sofrimento, é ver quanto o pai dos meus filhos mudou.

Penalizada, tentei remediar a situação:

– Paciência, Tininha. Dê tempo ao tempo e essa fase passará como tudo na vida.

Depois de levarem Tininha, meu cunhado e eu permanecemos no saguão. Embora tentasse não demonstrar, eu sentia a preocupação de Fernando na ruga entre os olhos.O amor por Tininha continuava apesar dos pesares. O vai e vem das pessoas no lugar começou a sufocar-me. Chamei Fernando para darmos umas voltas pelo jardim enquanto aguardávamos alguma noticia.

Enquanto andávamos, a tensão dele crescia à medida que os minutos passavam:

– Vamos, Fernando, relaxe. Tudo vai sair bem.

– Estou rezando para isso e tambem, para que Tininha aceite a proposta que eu lhe fiz. È impossível ser uma verdadeira familia enquanto estivermos sob o teto de sua mãe.

A religião que praticava, dava-me forças para superar não só os próprios dissabores, como tambem, a ajudar aos que passavam por provações. Tomei as mãos de Fernando entre as minhas num gesto compassivo:

– Cunhado, temos de ser pacientes, esperar que as más fases passem.

– É fácil dizer!

– Concordo com você que o difícil é esperar. O ser humano é assim mesmo! Quando acontece de tudo correr bem, achamos que é premio justo aos nossos méritos. Nem em sonhos questionamos, se verdadeiramente temos direito a eles. Porém, quando a roda da vida gira no sentido contrário aos nossos desejos, questionamos os porquês, como se fossemos vitimas de cruel injustiça.

– Ora, Júlia! Quem em sã consciência aceita o mal da mesma forma que o bem? Não somos santos para gostar de ser punidos sem se importar com motivos. E por quais cargas d'água eu continuaria sendo humilhado, apenas para não desagradar sua irmã. Você sabe quanto a amo e que, se fosse por uma boa causa, eu jamais iria contrariá-la. Ele segurou-me pelos ombros e tinha, no olhar, o mesmo pedido de súplica:

Júlia, por favor, ajude-me a convencer Tininha a deixar aquela casa.

– Conte comigo para isso, mas não pense que será fácil. O que está acontecendo entre vocês é uma questão de entendimento.Começo a acreditar que vocês estejam sendo vítimas de um Karma mal resolvido no plano espiritual.

– Desculpe, mas não acredito nessas coisas. Tudo deve ser resolvido neste mundo, segundo o que aprendi.

– Contudo, existem as leis de causa e efeito tanto no plano físico como no espiritual. Isso você e ninguém poderá negar. Ou você deixou de acreditar que além da matéria possuímos um espírito e uma alma que serão julgados segundo os erros pornôs praticados!

Fernando calou-se sem argumentos. Prossegui convicta:

– O pior cego é aquele que não quer ver! E você está me parecendo um desses. Confie em Deus.Como Pai, continuará nos dando oportunidades de corrigirmos os erros cometidos. E se acaso o tempo for curto nesse sentido, haverá outras encarnações para fazê-lo.

– Nessa linha de pensamento, a humanidade se tornaria uma nova versão de Sodoma e Gomorra. Quem não gostaria de voltar á Terra num outro corpo?

– Não é tão fácil como você pensa. Antes, o desencarnado terá de passar por um longo aprendizado. A vida pregressa será esquecida, entretanto, a consciência permanecerá desperta acusando-o dos males cometidos.

– Você se refere... Ao Purgatório?

– Talvez...O certo é que só depois de arrependidos,e com direito à escolha da família em que encarnaremos, teremos a chance de expurgar o mal anterior ao voltarmos à Terra.

Terminamos o lanche, seguimos para colher informações com a atendente.

Depois de ligar para o Centro Cirúrgico, afirmou que tudo correra bem e que logo a paciente seria levada para o quarto.

Abracei Fernando parabenizando-o.

– Se não tivéssemos terminado de tomar café, iria convidá-la para brindarmos com uma cerveja.

– E eu sentiria muito em recusar, pois você sabe que não bebo álcool.

– Mas hoje eu a faria abrir exceção.

– Talvez!

O medico nos viu e aproximou-se. Abraçou Fernando com um largo sorriso:

– Parabéns, papai. Os gêmeos são fortes e sadios, e sua esposa passa muito bem.

– Doutor! Quando poderemos vê-los?

– Logo que quiser. Os bebês já estão no berçário e dona Cristina já foi levada para o quarto. A vovó coruja já se encontra lá.

Fernando segurou-se até ver o médico pelas costas.

– Puta que pariu! – Desculpa, mas a cobra tinha que anteceder-se a mim. Estou louco para ver minha mulher e tenho que esperar sua mãe liberar o quarto.

– Darei um jeito de tirá-la de lá para que você possa ver Tininha. Vou levá-la à lanchonete e você terá uma hora para desfrutar da companhia de sua esposa.

– Obrigada, cunhada. Vou precisar mesmo de um tempo para as desculpas necessárias. Depois irei ver meus filhos. Ele me puxou pelo braço, fez uma brincadeira:

– Não esqueça de colocar arsênico no refrigerante da "mãezinha".

Expirado o prazo, fui ver minha irmã. Sobre a cômoda um lindo buquê-de-rosas vermelhas enfeitava o quarto:

– Nossa, que lindas! Ao lado, uma caixa de bombons. – E esses ma... ra..vi..lho...sos bombons? Quem os trouxe?

– Fernando. Ela respondeu com um sorriso.

– O pilantra deve estar aprontando algo para conseguir o que quer – disse mamãe desdenhosa. Espero que você não caia nessa lábia por esses agrados. Lembre-se de que pau que nasce torto morre torto. Se eu fosse você, pediria a enfermeira para jogar as flores na lata do lixo e quanto aos bombons, o mandaria...

– Chega mãe! Em vez de ficar atiçando Tininha contra o marido, a senhora deveria estar curtindo os netos que lhe deram. Lembre-se de que Fernando tem participação nessa alegria.

– Olha só a tia solteirona tomando as dores do cunhado!

– Devo à senhora o titulo de solteirona. Contudo, não vou permitir que estrague tambem a felicidade da minha irmã. Arre! Não sei como a senhora não passa mal com tanto veneno nessa língua!

Irada, ela reagiu:

– Não pense você que por estar com essa idade, vai me desacatar como se eu fosse uma igual. Sou sua mãe e exijo respeito. Se você está mal-satisfeita comigo, as portas estão abertas para deixar minha casa.

As lágrimas vieram-me aos olhos, mas as retive:

– Só não o faço porque ela pertence também a mim, como herança de meu pai. Tomada de amargura, ouvi minha própria voz vaticinando como um anjo:

– Um dia, quando a senhora precisar dos meus cuidados, há de se arrepender dessas palavras.

– Só se for para colocar-me a mortalha! Isto é! Se eu for primeiro do que você.

Peguei o ônibus e sentada no último banco, meditava sobre o que teria levado minha mãe a tornar-se uma pessoa tão fria e insensível.

A saudade de meu pai apertou, e me senti completamente órfã.

Clarice custou a acreditar no que se passara:

– Meu tio Antonio foi um santo, aguentando o gênio de tia Carolina por tantos anos. Ainda bem que meu pai é muito diferente. Com a pressão alta e a diabete, já teria empacotado se não tivesse pavio curto.

– Por falar em tio Marcio, o que o médico achou dele na última consulta?

– Recomendou a mesma dieta, e manter os remédios que vem tomando. Porém, duvido que ele obedeça. Meu pai está pouco se importando com a saúde. Vive dizendo que prefere morrer a ter que deixar a cerveja e a linguiça frita.

– Vamos falar em coisa melhor. Como está ficando seu vestido de noiva?

O rosto de clarice iluminou-se. – Está lindo! Mas... Ainda bem que faltam poucos meses para o casamento. De outra forma, teria que mudar o modelo. Cada vez que o experimento, a costureira tem que abrir um pouco.

– Você tem sorte de não ser filha de minha mãe. A essas alturas, ela já teria mandado você para a casa de tia Paula ou para um convento para ter esse filho.

– Desculpe, prima, mas agradeço a Deus por não ser.

Os desentendimentos na vida de Fernando e Tininha tornaram-se mais frequentes. O sexto sentido avisava-me que a separação não demoraria.

Meus esforços em levar o casal, outra vez, à harmonia, de nada valiam, em detrimento às intrigas da minha mãe.

Numa noite, quando jantávamos, minha previsão era confirmada. Fernando chegou à sala carregando uma mala.

Surpresa, ao vê-lo, Tininha perguntou:

– Onde é que você vai com essa mala? Está pensando em viajar sem me comunicar?

– Você está enganada. Não pretendo viajar. Cheguei ao meu limite, e vou deixar esse inferno antes que cometa algum desatino.

– Espere! Você não pode deixar essa casa assim desse jeito. Como vou cuidar dos meus filhos sem o pai?

Ele gargalhou. – Aleluia! Estou admirado de você ter lembrado que eles têm pai.

– Não brinque, Nando. Por que não me avisou que tinha encontrado uma casa para nós?

– Tentei falar-lhe por varias vezes, mas você vinha com desculpas que estava ocupada. Cansei de esperar e... estou indo.

– Você não pode deixar sua mulher e filhos sem uma pensão.

– Tranquilize-se. Não sou nenhum irresponsável. Conheço meus deveres para com meus filhos.

– E quanto a mim?

– O advogado se encarregará dessa parte. Passar muito bem!

– Se você sair por essa porta, pode ter certeza d que nunca mais me verá e a seus filhos.

– Não tenha tanta certeza. A Lei não impede pais separados de continuar ter contato com os filhos. Meu advogado lhe porá a par de tudo.

Mamãe ameaçou intervir.

– Cale-se. Não permito que a senhora abra essa boca para meter-se no que não lhe compete. Já basta o tempo que se intrometeu na nossa vida. Enviou-lhe um olhar desdenhoso enquanto dizia. – A senhora deve estar realizado com o que conseguiu.

Fernando saiu batendo a porta.

Tininha encostou os talheres choramingando. Embora compadecida, fiz-lhe ver a verdade, quanto sua parcela de culpa na separação era grande. – Acredita agora no que cansei de avisar? Se tivesse ouvido meus conselhos em vez dar ouvidos a nossa mãe, não teria perdido o marido.

Clarice andava ocupada com os preparativos do casamento, e meu padrasto nervoso, pela demora do alfaiate em entregar-lhe o terno que usaria.

Minha mãe já lhe chamara a atenção por varias vezes:

– Vai com calma, Marcio. Você acaba passando mal. Teimoso, não dava ouvidos a quem quer que fosse, desforrando a raiva na cerveja e na linguiça. Aconteceu o que já esperávamos. Ao sair do trabalho sentiu-se mal, e dois colegas prontificaram-se para levá-lo ao pronto socorro:

– Não há necessidade – disse descartando a ideia. – Ajudem-me a chegar em casa e ficarei bem.

Ao vê-lo, minha mãe e Clarice horrorizaram-se do branco de suas faces, do suor escorrendo na testa, chegando ao peito e molhando a camisa.

Os homens ajudaram-no a chegar ao quarto e deitá-lo na cama. Clarice agradeceu e correu a chamar o médico da familia com urgência.

Pouco depois ele chegava:

– Que foi que aconteceu com Marcio?

Informado, franziu o sobrecenho, passando aos exames formais. Guardou o material, fazendo uma observação que deixou esposa e filha aflitas:

– Não sei como o Marcio conseguiu chegar vivo em casa.

– Seu estado é tão grave assim?

– Sim, Carolina. Será preciso interná-lo com urgência. Vou providenciar a ambulância para levá-lo ao hospital. Seu estado inspira preocupação e cuidados.

Após a remoção, Clarice chorava copiosamente, e mamãe maldizia a sorte. Pedi que Tininha levasse os gêmeos para o quarto, enquanto tentava controlar a caótica situação.

Minha preocupação dirigia-se à Clarice. Desesperada, chorava sem cessar, sem ouvir os meus conselhos sobre o mal que poderia causar ao bebê. A meu pedido Odete foi preparar um chá.

– Escute-me, por favor! Sei que é difícil ter controle em certas situações, mas pense no bebê. Você o está expondo a risco se não tentar controlar-se.

– Estou tentando! É muito fácil pedir calma quando se está de fora. Duvido que você ficasse calma, se fosse o seu pai que estivesse no lugar do meu.

Calei-me. Fui à cozinha, apressei Odete com o chá.

A cada toque do telefone, Clarice sobressaltava-se antes de atender a ligação.

Cheguei com a bandeja, a tempo de ouvir o que Clarice dizia a nossa tia:

– Ainda não temos noticias, tia Zara. O pior, é que estamos proibidas de visitá-lo enquanto estiver no CTI.

O telefone não parava de tocar. A familia e amigos mobilizavam-se para saber do meu padrasto.

Finalmente às 20 horas, convenci Clarice a descansar um pouco. – Tente relaxar querida. Prometo avisá-la assim que tiver alguma notícia sobre tio Marcio.

Aconselhei minha mãe a fazer o mesmo e a sós abri as cortinas da sala aspirando o ar noturno.

A noite estava estrelada com uma lua gigantesca. Em cima do muro, dois gatos desfilavam faceiros, emitindo miados lânguidos. Invejei os bichanos, desejando estar no lugar da fêmea.

Alcoviteira, estalei os dedos, chamando-os. Rapidamente, corri a cozinha para pegar uma tigela com leite. Coloquei-a sobre o parapeito, e, no minuto seguinte, o casal pulou a janela, o rabo abanando agradecido.

Eu os afagava, conversando amigavelmente enquanto eles se deleitavam na bebida. Clarice interrompeu o momento raro:

– Julia! Por favor venha rápido aqui

Meus temores realizavam-se. O lençol sobre a cama de Clarice mostrava uma grande mancha vermelha:

– Meu Deus! – levei as mãos à cabeça sem ação imediata. Agradecia a Deus por Tininha ter viajado com as crianças, poupando-a desses desgostos.

– Chame tia Carol para saber o que eu faço.

Ao ver o sangue, mamãe foi taxativa:

– Menina, você está abortando! Vou chamar agora mesmo o doutor Irahy.

– Por favor, tia, não faça isso. Não quero que a vizinhança venha saber que estou grávida.

– Mas você precisa ser socorrida!

– Mãe, faça o que ela pede. Se a hemorragia continuar, eu mesma tratarei de chamá-lo.

Clarice estava firme na decisão. – Não quero que o chamem. Tenho certeza de que com a ajuda de tia Carol resolveremos o problema.

Eu contestei:

– Clarice, os médicos são como padres nas confissões. Não saem por aí contando o que acontece com os pacientes.

– É verdade! – concordou minha mãe. – Deu um suspirou e deixou escapar. – Ainda mais essa, depois do que houve com seu pai. Até parece que Deus está nos abandonando nas mãos das desgraças.

– Não diga blasfêmias, mãe! Deus é Pai amoroso e não padrasto vingativo.

– E se fosse? Estaria no direito Dele, castigar os pecadores!

– Se Ele agisse dessa maneira, há muito, o mundo estaria despovoado.

O telefone tocou. Mamãe deu meia volta para atender:

– Deixe que eu atendo. Clarice precisa de seus cuidados.

Abalada com o novo fato, as mãos me tremiam ao levar o fone ao ouvido e a voz engasgou quando atendi:

– Alô! – A pessoa do outro lado pediu:

– Eu gostaria de falar com dona Carolina, por favor.

– Quem deseja?

– Doutor Fragoso. Sou o médico que atendia ao senhor Marcio.

Atendia?! Por que ele usava o tempo passado referindo-se a meu padrasto?

Minhas pernas tremerem como vara verde. Sem coragem de cobrar-lhe a dúvida, respondi:

– Minha mãe está dormindo. Se for algo urgente, fale que transmitirei o recado em seguida.

– Até prefiro falar com você. O que tenho a dizer é triste e embaraçoso. O senhor Marcio acaba de falecer!

Deixei o fone cair das mãos e abafei o grito.

– Alô, alô! Você ainda está aí? – Escutei a voz do médico aflita, quando voltei ao aparelho. Automaticamente respondi:

– Sim. Levarei a noticia à minha mãe. Ela entrará em contato com o hospital.

"Senhor, ajuda-me mais uma vez a suportar essas provações!"

Dirigi-me ao quarto com passos lentos e pesados, a cabeça girando como os ponteiros da bússola, descontrolados, imaginando a reação de ambas ao receberem a notícia. Quanto à minha mãe nem tanto, pois sempre fora uma mulher forte, e a nova viuvez seria aceita como consequência natural da vida. Mas... e Clarice? Em risco de um aborto... seja o que Deus quiser!

Mal ouviu a notícia do óbito, passou a ter contrações. O sangramento aumentou, indicando que o feto não sobreviveria.

Corri ao telefone pedindo a presença do médico. Minha suspeita foi comprovada. A pobre Clarice ficou arrasada com as duas grandes perdas num pequeno espaço de tempo.

O casamento foi adiado.

Passados seis meses do luto, casavam-se no casarão, numa cerimônia discreta com a presença dos nossos parentes e os do noivo.

A casa pareceu maior, depois da partida de Clarice.

Ao voltar do trabalho encontrava os gêmeos dormindo, mamãe assistindo as novelas e Tininha ocupada no tricô. A monotonia residia no velho casarão como convidada especial.

Aos domingos, para fugir das lembranças, almoçava com Amanda, quando não, com Ângela e Fonseca. Antes do compromisso, levava os gêmeos à praça para se divertirem nos brinquedos com as outras crianças.

Jack e Josh cresciam saudáveis, alegres e incrivelmente semelhantes. Havia dias em que eu os confundia sem poder identificar um e outro. Tininha pôs fim à dúvida, mostrando-me o sinal no braço de Josh:

– Está vendo essa pintinha? De agora em diante você saberá quem é quem.

Josh nascera com o mesmo sinal do meu pai. – Com certeza ela crescerá com o tempo, não é mesmo?

– Hã, hã! Isso é bom, pois quando tiver namorada não correrá o risco de ser confundido com o irmão.

– Desde que não seja inverno! Gracejei.

De 15 em 15 dias, Fernando visitava os filhos. Trazia-lhes brinquedos e bombons, deixando-os alegres e excitados participando das brincadeiras.

A mando de minha mãe, Odete colocava avental nos meninos. Principalmente quando o pai vinha visitá-los.

Por mais de uma vez, Fernando havia-lhe pedido:

– Por favor, Odete, não coloque esse troço nos meninos.

– Mas se eu não fizer isso, eles vão lambuzar a roupa de chocolate.

– É preferível, a ficar parecendo duas menininhas!

Ela sorriu e concordou. – Você tem razão. Mas dona Carolina me obriga a fazer.

– Tinha que ser ideia da bruxa velha. Imagino a educação que ela está passando para os meus filhos! Estou pensando seriamente em tirá-los desta casa em quesó há mulheres. Meninos criados sem uma presença masculina, acabam ficando efeminados. Não quero vê-los passar por vexames quando começarem no colégio.

– Odete assentiu. – Eu tive um sobrinho criado por minha mãe e uma tia e sei bem disso. O coitadinho passou os piores perrenhos quando começou a estudar. Vai num vem era chamado de mariquinha e mulherzinha pelos colegas. Pior é que quando cresceu, acabou virando a mão.

– Avise a Cristina que na próxima visita, quero vê-los vestidos como meninos. Caso ela não me leve a serio, vou colocar o fato nas mãos do meu advogado. E se ela persistir, apelarei para a guarda dos meus filhos.

Fernando cumpriu a promessa. Meses depois, minha irmã foi intimada a comparecer à primeira audiência.

Em casa, o ambiente era de orações na iminência de ficarmos sem as crianças. Os santos nos escutaram. O juiz revogou o pedido, pela falta de provas contundentes.

Sem dar-se por vencido, Fernando conseguiu nova apelação com o advogado. Por sorte, Tininha conseguiu uma advogada especializada nessas causas. As esperanças renovaram-se com a segunda audiência.

Devido os argumentos apresentados pela magistrada, o juiz deu ordem de arquivar o processo até as crianças atingirem cinco anos.

Passei a fazer uso da Bíblia em busca de auxilio para a ameaça que nos rondava. Abria a esmo uma página e deixava os olhos caírem em uma frase. Antes de dormir, peguei o Livro Sagrado. "Feliz o homem que põe sua confiança no Senhor!" Essa frase tocou fundo em meu peito, como um anúncio de vitória.

Aproximava-se a audiência, e a tensão crescia visivelmente em Tininha. Há dias vinha notando a falta de apetite e estabilidade emocional abalada. Aconselhei-a a procurar um médico, em vez de continuar com os chazinhos e calmantes da Flora. Não que eu tivesse algo contra essas alternativas, mas no caso de minha irmã, achei melhor recorrer aos cuidados da medicina convencional. Ela reagiu, dizendo que era só questão de tempo para surtir efeito.

– Essas alternativas só produzem efeito em pequenas alterações. Você vive se queixando de enjoos, dor de cabeça, dor nos seios, febre e outros sintomas que precisam ser vistos. Por favor, Tininha, faça o que eu lhe peço.

– Tá bom! Tá bom! Vou pensar no caso.

– Vou lhe dar o cartão da minha médica para que marque uma consulta. Voce vai gostar da doutora Emilia. Ela é uma pessoa especial, tanto quanto uma ótima profissional. Não esqueça de telefonar para o consultório.

Fui trabalhar mais tranquila, depois de Tininha prometer que atenderia meu pedido.

No trajeto, eu olhava o movimento nas ruas, limpando os vidros embaçados do ônibus com uma das mãos. Era uma manhã de primavera, abafada, com chuva miúda, esporádica, um sol tímido e indeciso escondendo-se atrás das nuvens. Distraída com os desenhos formados pelos respingos, puxei o cordão dando sinal em cima do ponto. O motorista desconsiderou, e fui parar adiante. O ônibus arrancou, e foi então que me lembrei de ter esquecido o guarda chuva no banco. Em vão tentei alcançar o veiculo. numa corrida. O jeito foi enfrentar o mau tempo, desviando das poças d'água na calçada, e dos carros ao passar atirando nos transeuntes água suja. Em boa hora, decidi trocar a saia bege pela preta. Do contrario, estaria arrependida amargamente. Ainda assim, havia manchas claras sobre ela.

Antes de iniciar o serviço, dirigi-me ao banheiro para remover os resíduos de sujeita na roupa Aproveitei para secar os cabelos e por fim, cheguei a minha seção com um sorriso cordial dirigido a todos:

– Bom dia, gente!

– Aleluia, respondeu Fonseca. Pensei que hoje você não viria.

– Bem que vontade não me faltou de ficar na cama. A causa do atraso é sempre o mesmo. A condução. E com esse tempo, a coisa fica ainda pior. Voltei-me para Amanda. Percebi que ela estava desanimada. – E você, amiga. Não estou gostando nada dessa carinha triste. Brigou com o maridão?

– Não. Graças a Deus está tudo bem entre nós.

Não quis insistir, apesar da nossa amizade; meu perfil encaixava-se no das pessoas discretas, respeitando os problemas alheios. Caso minha amiga precisasse de apoio, eu estaria ao inteiro dispor.

Iniciei a organizar os processos dos contribuintes, mas logo me senti incomodada, como se estivesse sendo observada. Numa olhada de soslaio, dei com meu fã secando-me com os olhos. Aloísio aproximava-se dos50, solteirão como eu, ideias ultrapassadas como o bigodinho que usava, à moda dos galãs dos anos de 1940. Hããã! tinha horror a homem de bigode!

Desde que eu entrara para o Ministério, via-me cercada das gentilezas de Aloísio. Bombons, flores e doces da confeitaria Colombo, faziam a festa de Amanda e Ângela, no final do expediente. Tudo, a fim de, conseguir uma aproximação. Ignorando a minha indiferença, armou-se um dia de coragem ensaiando uma leve cantada de namoro. Com muito tato, dei-lhe um "chega pra lá", ainda ressentida com o final do namoro com Sergio. Desde então, eu andava de pé atrás, a qualquer investida do sexo oposto. Contudo ele não desistiu. Certo dia, atrasei-me na saída do expediente e sozinha terminava de arrumar a papelada sobre a mesa. Aloísio chegou encostando-se ao meu lado:

– Júlia, você teria cinco minutinhos para me ouvir ?

Olhei à hora no relógio de pulso:

– Desde que você seja rápido! Como vê, estou atrasada.

– Prometo que serei breve.

Iniciou um blaábláblá cheio de floreios e entrou no assunto do seu interesse:

– E então, Júlia, será que posso ter esperanças quanto a você?

Fingi não ouvir e ele prosseguiu;

– Você sabe quanto a admiro e as intenções que tenho para com você. Eu ficaria muito feliz se você aceitasse ser minha namorada e futuramente minha esposa. Tenho um apartamento confortável e condições financeiras para fazer de você minha rainha. Encorajado pela minha mudez, ele achegou-se, impondo à voz um tom meloso:

– É muito triste um homem chegar aos 50 e não ter uma mulher para esquentar-lhe o corpo nas noites frias. Está me ouvindo, Júlia?

Deixei de lado o sentimento de repulsa que sentia por ele, reprimindo o riso e mantendo-me serena:

– Continue, Aloísio. Estou ouvindo-o. O que eu não quero é perder o ônibus.

– Diga-me então o que acha de tudo que falei.

– Desculpe-me... Eu estava distraída. Pode repetir?

– O que você responde à minha proposta de casamento?

– Estou lisonjeada, mas preciso de um tempo para pensar.

O sorriso aflorou mostrando a obturação de ouro no canino:

– Certo! Esperarei o tempo que for preciso sem sequer pressioná-la.

O relógio da parede marcava vinte minutos após a hora da saída. – Ah, meu Deus. Perdi o ônibus!

– Perdoe-me. A culpa é minha e vou corrigir meu erro levando-a em casa no meu carro.

Depois de tanta abobrinha, ser obrigada a ouvir um papo nostálgico e careta até minha casa?! Era demais para a minha sensibilidade.

– Obrigada, Aloísio, mas não quero tirá-lo de seu caminho. De meia em meia hora, tem ônibus para o meu bairro.

– Eu insisto, Júlia.

Fazer o que? Acabei cedendo à oferta movida pela educação.

Fui ter com Amanda, ao vê-lo dirigir-se a meu encontro. – Amiga, desculpe atrapalhar. Estou me esquivando da cobrança do Aloísio.

– Eu imaginei quando o vi levantar-se. Senta aí que preciso desabafar com você.

– Eu sabia que alguma coisa não ia bem consigo.

– Acho que não dá pra esconder de você. Quando me perguntou se eu havia brigado com o Zé Luis, não me sentia bem para entrar em detalhes. Pensando bem, não acho justo levar meus problemas aos tantos que você tem.

– Ora, Amanda. Amiga é para essas ocasiões.

– Eu e o José andamos meio atravessados, mas nada sério. O que realmente tem me deixado amuada é a falta de grana. Meu filho anda adoentado e os preço dos remédios não respeitam os bolsos. Fora o leite especial que ele precisa tomar. Ultimamente, o pagamento do mês tem dado só pra quinze dias. Até o próximo salário, fico no maior aperto. Felizmente, minha mãe tem me socorrido aliviando um pouco a barra. Por isso ando meio acabrunhada.

– Sinto não poder ajudá-la. Lá em casa estamos na mesma situação. O que alivia, é a pensão que minha mãe recebe do papai. Apesar de ser uma mixaria, dá para pagar a mensalidade do colégio dos gêmeos.

– Se meu marido não fosse um irresponsável não estaríamos nessa situação. Você não faz ideia do meu constrangimento ao recorrer à minha mãe nas minhas necessidades. Fazer o quê? Se não coloco o orgulho do lado, a dispensa fica vazia. Amanda sussurrou. – Cá para nós. Só não deixo o Zé porque o amo. Mas se ele continuar bancando o esperto não terei outro jeito.

Ela continuou a desenrolar o rosário de mágoas, até que uma senhora encostou no balcão a espera de ser atendida.

Esperei algum funcionário ir-lhe ao encontro, como se não conhecesse a má vontade geral.

Interrompi a conversa e fui atendê-la:

– Boa tarde, senhora. Em que posso ajudá-la?

– Graças a Deus apareceu uma alma caridosa para ajudar-me.

Sorri, dei uma desculpa tola pela falta dos colegas.

– Não se importe! Estou acostumada a isso.

Tirou da bolsa um envelope, espalhando um monte de papeis e documentos sobre o balcão:

– Minha filha, sou pensionista e vim pedir revisão da pensão antes que fique ainda mais defasada.

Dei uma rápida olhada no contracheque:

– Pelo que vejo, está correta.

Ela riu;

– Filha. Quando comecei a receber o beneficio, ele equivalia a dez salários mínimos. Hoje, como você mesma pode ver, mal passa de três. Como então diz que está certa?

– Senhora. Infelizmente não há nada o que fazer nesse sentido.

– Como não? Perdi seis salários e não há jeito de reivindicá-los?

– Trata-se de uma Lei do Governo.

Tentei explicar, o que intimamente achava absurdo e desrespeitoso. A atitude do Governo relativa à contribuição dos falecidos parecia um acinte ao mesmo.

Depois de ouvir-me, soprou ruidosamente demonstrando indignação:

– Esqueço que nesse país o cidadão é considerado um zero a esquerda! Só somos lembrados em época de eleições. É quando todo bunda mole corre atrás de votos com promessas que jamais serão cumpridas. Meu consolo é saber que quando essa raça morrer vai pagar com juros e correção nos quintos do inferno, o que ficaram devendo aos pobres.

Deu meia volta e saiu falando sozinha.

Como essa criatura, centenas de aposentados e pensionistas chegavam diariamente com as mesmas reclamações. Pagamento atrasado. Salários defasados. A cara do nosso país!

À tardinha, a chuva caía em meio aos raios de sol! O espetáculo chamou-me a atenção como nos tempos de menina. Veio-me à mente a canção que Tininha e eu cantávamos nesses dias. "Sol e chuva casamento de viúva". "Chuva e sol, casamento de espanhol".

Também Amanda estava absorvida nessa cena rara da natureza. Parecia em transe ou para ser mais clara, desligada desse mundo. Continuei o serviço, sentida por deixar cena tão magnífica.

Amanda chegou á minha mesa, puxou uma cadeira, sentou-se. O rosto dela denotava uma expressão angelical parecendo flutuar em nuvens. Ao falar, a voz era mansa e melodiosa:

– Júlia, estou fascinada com a visão que tive há pouco! Os raios de sol refletiam na vidraça, quando de repente começou a chover. A chuva caía entre eles, como uma cascata prateada e luminosa descida do céu. Nunca vi nada igual! Não ria com o que vou dizer! Senti-me arrebatada a outra dimensão do universo, e juro, minha vontade foi nunca mais voltar a esse mundo. Dá para acreditar?

– Plenamente! Já passei varias vezes por essa experiência.

– Acredite ou não, essa visão aliviou a tensão que eu estava. Meu espírito está leve e cheio de esperanças como um milagre.

– Bravos! Isso acontece quando se confia em Deus! Não basta apenas saber que Ele existe. Até o diabo sabe disso. O importante é o amor e a confiança que depositamos Nele e em Sua misericórdia.

Ao chegar em casa, encontrei mamãe com um olho na tevê, e o outro no crochê. Logo que me viu, estranhou minha presença àquela hora:

– Ué! Tão cedo de volta?

– Vim de carona com uma colega. Onde é que estão -todos?

– Tininha está no quarto. Disse que não se sentia bem e foi deitar um pouco. Odete foi comprar ovos.

– E os meninos?

– Na casa de seu Francisco jogando com os netos.

– Vou ver como ela está e depois pego os garotos na escola.

Abri as cortinas e ouvi minha irmã gemer baixinho;

– Está sentindo alguma dor? Perguntei preocupada ao seu lado.

– Meu seio esquerdo está doendo desde cedo. Como se não bastasse, estou com enjoos e febre.

– Marcou a consulta com a médica conforme prometeu?

– Não. Esqueci. Minha cabeça anda a mil com a espera da sentença da guarda dos meninos.

– Tininha. Não brinque com a saúde. Você tem dois filhos para criar.

– Se o pai não conseguir tirá-los de mim! Tentou deixar-me tranquila. – Não se preocupe tanto com o que sinto. Tenho certeza de que essas dores são apenas frutos de minha ansiedade.

– De qualquer modo vou ligar para a doutora e marcar uma consulta.

– Deixe para depois do julgamento.

Dei-lhe a bolsa de água quente, para colocar na região dolorida. – Vou pegar os gêmeos e aproveito para comprar analgésico.

– Obrigada. Tomei o último a coisa de meia hora.

No caminho de volta, ouvia as queixas de Jack contra o irmão.

– Tia, você sabe que o Josh em vez de brincar comigo e os garotos, fica na cozinha pra ver a avó deles fazer biscoito.

Compadeci-me de Josh vendo-o cabisbaixo e tomei- lhe a defesa. – Querido, as pessoas não são todas iguais nas preferências. Seu irmão é mais sensível e por isso prefere ver dona Zilma fazer biscoitos.

– Eu sei, tia. Mas fico morrendo de vergonha.

– Mas não devia. Quem sabe seu irmão tem dom para cozinheiro.

– Cozinheiro?! Isso é coisa de mulher! Por causa disso fico morrendo de vergonha. Outro dia o Carlinho, o chamou de...

– De?

– Tenho vergonha de dizer.

– Fale, querido. A tia não vai se zangar com você.

Jack baixou a cabeça. – Chamou Josh de mariquinha.

– Não liga pra isso, amor. Não devem ter falado por mal. Mas se acontecer novamente, falarei com os pais dele.

Josh deu o ar da graça:

– Tia, eu nem ligo. Na escola, tem uns garotos que vivem me chamando de mulherzinha, porque eu gosto de ficar com as meninas no recreio.

– Ah, é, seu malandrinho! Tão pequeno e anda tirando a chance dos colegas de arrumar namorada, hein?

O juiz deliberou ganho de causa para Tininha.

No dia seguinte, Fernando a procurou inconformado com a decisão. Em bom tom de voz dizia para quem quisesse ouvir. – Não pense que porque ganhou a guarda dos meninos vou ficar de braços cruzados. Só ficarei descansado quando tirar meus filhos desta casa. Não estou aqui para vê-los efeminados.

– Não diga asneira e, por favor, modere a voz para não chamar a atenção dos vizinhos.

– Que se danem vizinhos e quem quer que seja! Quando estive aqui da outra vez, notei que Josh está começando a desenvolver trejeitos femininos ao conversar. Deus me livre de ter um "fresquinho" como filho. Mas se eu bobear, não duvido que venha a tornar-se criado em meio a fofocas e crochês da avó. Fora os paparicos de sua irmã.

– Acho bom você ter cuidado com a língua.

– Preste bem atenção, Cristina. Se eu notar que Josh continua a desmunhecar, as coisas irão engrossar.

**

O desquite foi homologado.

A seguir, Fernando assumiu a filha de três anos, fruto da união que passou a ter logo depois da separação. As visitas aos gêmeos rarearam, e parecia ter abandonado a promessa feita à Tininha. Mais tranquila, ela decidiu cuidar da saúde tão abalada.

Na véspera da consulta, pediu que eu a acompanhasse ao consultório.

Liguei para Amanda, avisando que faltaria ao trabalho.

– Vá tranquila que tudo ficará sob controle. Ligue depois para me dar noticias.

Na sala de espera aguardávamos ser chamadas. Tininha parecia calma, enquanto que eu me segurava para não demonstrar nervosismo.

O sorriso com o qual fomos recebidos pela doutora, teve o poder de relaxar minha tensão. Sentamo-nos, enquanto ela distraia-nos contando um caso interessante que lhe havia acontecido. Finalmente, dirigiu-se à Tininha:

– E o que a trouxe até aqui?

Tininha especificava os sintomas, levando-me a arregalar os olhos. Esqueci de onde estava. Como se fosse uma menininha aprontando artes, interrompi-a bruscamente:

– Por que você escondeu tudo isso de mim?

Ela sorriu:

– Porque você não é médica. Além do mais, não queria trazer-lhe mais preocupações.

Balancei a cabeça, contrariada.

– Calma Júlia. Sua irmã me parece alguém muito sensata. Vou passar aos exames e logo saberemos o que ela tem.

Minutos depois voltavam. Pela expressão no rosto da medica, havia algo sério. Contudo, esperei pacientemente a doutora terminar de escrever o prontuário e entregar a Tininha.

– Cristina. Vou pedir com urgência uma mamografia e uma ultra-sonografia das mamas.

– É tão grave o que tenho?

– Por enquanto nada posso afirmar. Encontrei um grande nódulo no seio esquerdo e gostaria de avaliá-lo para evitar complicações.

Tininha foi direta:

– Doutora, eu estou com câncer?

– Não vamos nos precipitar dando nome ao que ainda não conhecemos. Pedirei tambem uma biópsia para descartar toda suspeita.

Foi então que a ficha caiu:

– Ah, meu Deus! Tenho dois filhos para criar!

– Por favor, Cristina, não se desespere. È comum algumas mulheres apresentar esse tipo de problema. No entanto, depois de feitos os exames necessários, são descartados como algo insignificante. Não se aflija por antecipação. Em alguns dias saberemos o que tem realmente.

Tentei confortá-la:

– Escutou o que a doutora disse? Vamos Tininha, confie. Tudo dará certo.

De regresso a casa não trocamos qualquer palavra.

Nossa mãe nos esperava ao portão, ansiosa por saber o resultado da consulta.

Informada, passou a andar de um lado a outro da sala inconformada com situação, como se a filha já estivesse condenada. Quando cansou, ergueu os braços, clamou ao céu sem medir palavras. – Não acredito que

Deus vá me castigar levando tambem minha filha! Será que não basta ter ficado viúva duas vezes?

Censurei-a:

– Mãe!!! Meça suas palavras antes de falar.

– Você diz isso porque não é mãe. Minha filha é séria candidata a um câncer de mama e ainda sou criticada por preocupar-me com ela!

Segurei Tininha pelo braço levando-a para a cozinha:

– Vamos tomar um cafezinho para nos reanimar .

Logo que foi para o quarto, liguei para a clinica para marcar os exames.

– Só daqui a uma semana. Disse a atendente.

– Meu bem, a médica pediu que eles fossem feitos com a máxima urgência. Por favor, consiga-me um encaixe para amanhã.

– Vou tentar, senhora. Deixe o seu telefone que ligarei assim que tiver uma posição. Mas não garanto.

Implorei a Deus que ela tivesse sucesso.

Por volta das 18 horas, recebi o telefonema. A moça conseguira encaixá-la para a manhã do dia seguinte. – Muito obrigada, querida. Estaremos aí às 8 horas em ponto.

Em seguida, fui levar a notícia á minha irmã. Diferente da reação que eu esperava, ela respondeu desinteressada:

– Não sei por que a pressa em saber o que tenho.

– Porque... porque quanto mais cedo soubermos o que tem, melhor para todos.

– E se minhas suspeitas forem confirmadas?

– Você deveria pensar justamente ao contrário. Levante esse astral!

Enquanto esperava ser chamada, Tininha reclamava pelos cotovelos:

– Sou a mais infeliz das mulheres! Mal amada, desquitada, e agora, candidata a essa maldita doença.

Eu fingia não escutar, folheando uma revista atrasada alguns anos. Por fim, não aguentei continuar ouvindo as lamúrias. Deixei-a na sala de espera e fui dar um giro lá fora. Antes avisei:

– Fique atenta ao seu nome.

– Você não vai entrar comigo?

– Eles não permitem acompanhantes.

– Não demore.

Pouco depois voltava e Tininha já havia sido chamada. Sentada ao lado de duas mulheres, eu ouvia a conversa contra meus princípios. Uma delas queixava-se da infidelidade do marido, a outra, aconselhava-a a dar o troco pela falta.

Pensei com os meus botões: "Com uma amiga dessas, ninguém precisa ter inimigos! Tem gente que adora ver o circo pegar fogo."

A "conselheira" passou a citar exemplos de outras amigas, passando pela mesma situação:

– Vai por mim, Teresa! Homem só aprende a respeitar esposa, quando leva um bom par de chifres.

– Você tem certeza? – perguntou a que era traída.

– Vá por mim que tenho experiência.

Era demais para mim, continuar ouvindo o monte de asneira da pretensa entendida em assuntos de casais. Salva pela presença de Tininha, levantei indo ao encontro dela.

– Qual foi o parecer do médico?

– Apenas perguntou quem me atendia, e disse que enviaria os resultados para o consultório da doutora Emilia conforme ela pediu.

Dispensei Odete do fogão, a fim de liberar a ansiedade que me encontrava. Fiz quibe de forno e tabule para o almoço. Como era cedo, resolvi fazer os biscoitos preferidos dos meninos para o lanche da escola.

Josh ficou ao meu lado observando o movimento enquanto eu abria a massa. – Tia, deixe-me ajudá-la.

– Ótimo. Preciso mesmo de um ajudante. Dei-lhe um pedaço de massa, e ele começou a recortar estrelas e meias-lua.

Quando terminou colocou as mãos na cintura:

– Vê se está bom, Dinda.

– Está ótimo.

Deu uns pulinhos e disse orgulhoso:

– Vou contar pra Luizinha que eu ajudei você a fazer os biscoitos.

Lembrei do que Jack havia falado:

– Meu bem, acho melhor você ficar quieto.

– Por quê?

– Vai que a mãe dela não a deixe ajudá-la na cozinha! Ela vai chamá-lo de mentiroso e ficar com ciúmes de você.

– É mesmo! Então vou ficar de bico fechado.

– Agora vá chamar seu irmão e vão para o banho. O almoço está quase pronto.

A vizinha deu-lhes a carona de sempre, e fiquei de pegá-los na saída.

– E a mamãe? Perguntou Jack.

Fiz-lhe cócegas na barriga:

– Mamãe está dodói e não poderá ir.

O carro se afastou, e eu continuei acenando, orgulhosa da beleza e da educação dos meus sobrinhos.

Durante a tarde, fiz companhia à Tininha, distraindo-a com um romance. Quando dei fé, ela adormecera. Fechei o livro, mais tarde saberia se a história estava lhe agradando.

Avisei Odete que estava indo pegar os meninos na escola.

Cheguei ao portão, justamente quando a sineta tocava encerrando as aulas. Espichei-me olhando por entre as cabeças das mães para ver meus meninos. No pátio, a agitação de um grupo de estudantes chamou-me atenção:

– Dá nele, Marquinho. Assim ele aprende a ser homem.

Meu coração disparou, ao mesmo tempo em que via Jack pedir ajuda ao inspetor. Abri caminho á força, e agarrada às grades gritei:

– Jack! Venha aqui. Mas ele não ouviu continuando o caminho.

Desesperada, perguntei por Josh ao porteiro:

– Ele está na sala da diretora fazendo curativos. Jack está com ele.

– Por favor, deixe-me entrar. Sou tia deles.

Ele abriu o portão e segui apresada para o lugar

Encontrei meu sobrinho com a boca, joelhos, e braços sangrando. – O que foi que aconteceu, perguntei aflita.

– Josh envolveu-se numa briga com alguns meninos – respondeu a diretora. Coisas de meninos! Como você pode ver, não foi nada grave. Apenas uns arranhões.

– Mas se eu não fosse chamar o inspetor, eles tinham machucado meu irmão. Respondeu Jack amarrando a cara.

A atitude demonstrada pela mulher, não condizia com sua posição no colégio. Indignada, abri o verbo enquanto esperava os curativos.

Desvelos e Temores

– Essa não é a primeira vez que meu sobrinho sofre agressões pelos colegas. Antes, eram apenas verbais, agora os garotos resolveram partir para a física. A senhora deve estar lembrada da última vez que estive aqui. Vim queixar-me sobre os termos usados contra Josh. Pelo que vejo, a senhora não tomou as devidas providências ou os meninos teriam aprendido a lição. Aviso-a, que se o colégio continuar permitindo esse tipo de comportamento entre alunos, meus sobrinhos serão obrigados a deixar essa instituição.

A diretora desculpou-se:

– Mais uma vez sinto muito pelo acontecido e prometo convocar uma reunião de pais para expor o que está acontecendo. Logo que tiver dia e hora, enviarei pela agenda dos seus sobrinhos.

– Espero que a senhora providencie o mais rápido para não ter outra surpresa desagradável. Vamos meninos. Em casa cuidarei desses ferimentos.

Josh levantou, e vi que mancava;

– Querido, aguarde-me aqui com seu irmão enquanto vou chamar um táxi. Você não tem condições de ir a pé.

A diretora ofereceu-se:

– Não há necessidade. Eu mesma os deixarei em casa. É uma forma de desculpar-me pelo transtorno.

Não questionei. Ela não fazia mais do que a obrigação.

Logo que desceu do carro, Jack correu chamando a avó. Ainda na porta, ela perguntou:

– Quem foi que fez isso com meu anjinho?

– Um colega me chamou de... Posso dizer, Dinda? – Fiz que sim com a cabeça. Ele falou ao ouvido da avó. – Me chamou de veado! Minha mãe levou a mão à boca perguntou:

– E o que foi que você fez?

– Dei um chute nas pernas dele, ele me jogou no chão e me bateu forte. A gente demorou porque fiquei esperando a diretora fazer curativo nos machucados.

– E sua tia Júlia? O que foi que fez quando viu você desse jeito?

– Ela deu uma bronca na diretora e falou para mandar uma carta parao pai do garoto.

– Muito bem! Agora vão trocar-se para jantar.

Tininha ouviu os comentários e me chamou ao quarto:

– Que foi que aconteceu com Josh?

Contei-lhe a história.

– E como ele está agora?

– Alguns arranhões, mas nada de grave. Amanhã estará novo em folha.

– Tomara que Nando não venha saber disso! Será um prato feito para voltar àquele assunto. Por favor, previna os meninos para não falarem sobre isso quando o pai vier visitá-los.

Como um vendaval, meus meninos invadiram o quarto:

– Olhe só o que fizeram com o Josh, mãe. – Disse Jack mostrando os curativos. Atropelando as palavras eles repetiram o que a mãe estava ciente. Ela abriu os braços, convidando-os:

– Venham que a mamãe quer dar beijinhos no dodói de Josh.

Saí de mansinho, deixando-a curtir os filhos.

Nessa noite sonhei com meu pai, o que não acontecia havia anos. A aparência, era de alguém por volta dos 30 anos. A pele viçosa, os cabelos negros, a covinha marcando o queixo, o sorriso encantador como eu lembrava. Falávamos telepaticamente, e de repente a expressão dele ficou anuviada. Parecia preocupado. Tomou-me as mãos, olhou-me fixamente, enviou uma mensagem.

– Repita, paizinho. Não consigo entender.

Os olhos encheram-se de tristeza :

– Filhinha, prepare-se para um forte golpe em sua vida.

"Ah, meu Deus! O que será que vem agora?"

– Paizinho... Tem a ver com morte de algum amigo ou na família?

Ele assentiu.

– Quem?

– Eu não tenho autorização para responder essa pergunta.

– Ao menos, diga-me quando acontecerá para eu estar preparada.

– Dentro de seis meses.

Tocou meu rosto, e as lágrimas lhe desceram as faces.

– Poupe essas lágrimas, querida, para quando chegar a ocasião.

– Por favor, paizinho, faça alguma coisa de onde você está!

– Infelizmente nada posso fazer para deter a mão do destino. Apenas Deus tem esse poder.

Revoltada, comecei a reclamar da minha sina. Papai censurou.:

– Não reclame, Júlia. Esqueceu que foi você quem escolheu passar por tudo isso.

– Que Deus me perdoe! Mas começo a arrepender-me de ter optado em levar essa vida de dores. Se eu pudesse imaginar o que iria passar, preferiria continuar meu caminho por inúmeras encarnações.

– Você precipitou-se ao pensar que resgataria todos os erros nessa vida. Agora é tarde para arrependimentos! Ninguém pode expurgar em breve tempo o mal acumulado por séculos.

– Então...

– Filinha! Não é verdade o que você está pensando. As provações que tem passado são os débitos que estão sendo saldados. Quanto maiores os infortúnios, menor a dívida. Confio na sua fortaleza para suportar as adversidades que estão a caminho. Você sairá dessa vida com créditos para uma nova encarnação.

– Como?

– Com o tempo você entenderá a que me refiro.

A imagem de meu pai começou a esvaecer como a neblina aos raios de sol.

– Por favor, não vá embora. Fique mais um pouco comigo.

– Meu tempo acabou. Tenho que regressar ao meu mundo. Adeu...uus.

Acordei molhada de suor, chamando por meu pai na tentativa de detê-lo. Uma saudade dolorida como nos primeiros tempos da perda, bateu forte no peito e na alma. Ajeitei os travesseiros e encostada à cabeceira da cama, revivi o lugar em que estivera no sonho. Sonho? Verdadeiramente, eu tinha dúvidas quanto a isso! Tudo parecia de uma realidade possível de ser tocada, e sentida. O perfume das flores enfeitando o campo, o vento soprando na relva, o murmúrio das águas no lago, o bater das asas dos pássaros...

A paisagem era bem diferente da que vi em sonho, logo após a passagem do meu pai. "Encontrava meu pai na abertura de um túnel longo, e escuro. Confiante, segurei-lhe a mão, e ao fim, uma claridade ofuscante obrigou-me a fechar os olhos por segundos. Ao abri-los, divisei uma espécie de hospital através da luz. No instante seguinte, estávamos num corredor muito iluminado: – Onde estamos, perguntei a ele.

Na enfermaria dos recém-chegados, onde eles receberão tratamento dos males que os levaram à morte.

Mais adiante, chegamos à ala dos suicidas. Vagavam cabisbaixos de um lado a outro, mostrando fisionomias pesarosas, arrependidos do ato cometido.

Finalmente, entrei no espaço daqueles cujas vidas foram abreviadas por acidentes ou por mãos criminosas. A maioria dos pacientes mostrava-se revoltado, enquanto a outra parte ouvia resignada as lições passadas pelos guia espirituais."

Divagando nos pensamentos, acabei esquecendo a hora. Quase oito! Dirigi-me ao banheiro, joguei água fria no rosto, desejei que a previsão de meu pai escorresse ralo abaixo.

O cheirinho gostoso de café chegou ao banheiro. Enxuguei o rosto, e encontrei Odete colocando-o no bule. Enchi minha xícara e o efeito da bebida reanimou-me para mais um dia de trabalho.

Antes de sair, recomendei à Odete, que lembrasse à Malù de levar os meninos à escola.

A pilha de papel sobre a mesa desanimou-me. Suspirei, abri a gaveta, guardei metade dos documentos para serem revisados em outra hora. Êta servicinho chato e monótono! Pensei enquanto me livrava do excesso. Bocejei e resolvi dar uma esticada na mesa de Ângela:

– Olá, amiga! Atrapalho?

– Corta essa! Puxa uma cadeira que tenho novidades para contar.

Ângela começou a falar sobre a família e a queixar-se dos enteados. Eu a ouvia pacientemente. Por fim, perguntou:

– E você? O que me conta de novo?

– Além da expectativa do resultado dos exames de Tininha, a cisma com o sonho que tive ontem com meu pai.

– Recebeu algum aviso?

– Acredito que sim! Só sei que desde que acordei estou angustiada, como se algo muito ruim estivesse me rondando.

Pertencendo à mesma religião, Ângela mostrou-se interessada em saber o que ele dissera. Ao fim da narrativa aconselhou-me:

– Realmente, é um sonho muito explicito, mas não se pode afirmar que seja premonitório. Aconselho-a a esquecer, até para não angariar negatividade para a sua casa. Reze, e peça ao Pai para afastar todos os males que acaso estejam destinados a acontecer.

– Fiz isso quando acordei. Contudo, não posso afastar da memória a tristeza que vi nos olhos de papai. O pior, é que independente da minha vontade, Tininha surge como suspeita.

Ela sorriu:

– Deixe de bobagem! Isso você tem à mente, preocupada com o resultado dos exames.

– É possível. De qualquer modo, esse papo deixou-me mais aliviada.

– E o Aloísio? Continua dando em cima de você?

– E como! Recebi uma carta dele cobrando-me a resposta do pedido de casamento. Com toda essa agitação, acabei esquecendo de dar-lhe retorno.

– Pois faça logo que puder antes que ele entenda a demora como um sim. Já começo a sentir pena dele.

– Ele que espere! Tenho muito mais a preocupar-me do que pensar na proposta ridícula dele.

O sorriso da médica, murchou, depois de passar os olhos nos exames. Uma ruga na testa, denotava apreensão a cada folha vista e revista. Finalmente, encostou a papelada, retirou os óculos, e olhou compadecida para Tininha.

Minha irmã inquietou-se na cadeira:

– Doutora Emilia, sinta-se a vontade para dizer sem meias palavra o que tenho. Estou condenada à morte?

– Meu bem, não seja tão radical. Há varias probabilidades de vencermos a doença.

Um frio repentino obrigou-me a esfregar os braços. A seguir, uma cólica avisava um provável desarranjo intestinal. Completando o quadro típico, de nervosismo, um enjoo subiu-me à garganta fazendo-me disparar ao banheiro.

O que tinha no estômago, e no intestino, foi lançado na privada. Baixei o tampo,e sentada nele, eu chorava a má sorte de minha irmã. Implorava ao alto que transferisse a doença para mim. "Meu Deus, meu Deus, por que me abandonastes? Eu repetia as palavras de Jesus na cruz. Misericórdia de Tininha que tem dois filhinhos para criar"

Lavei o rosto e voltei ao lugar ocupado antes.

A primeira quimioterapia foi marcada.

Tininha estava abatida e apreensiva com a reação do tratamento. Pedi um mês de licença no Ministério para dedicar-me integralmente a minha irmã. No dia D, acompanhei-a à Clinica. Ao âmago chorava com ela, sofria com ela, e morreria por ela.

A cada seção voltava mais fraca e deprimida. A ânsia de vômito, os desarranjos intestinais, as noites de insônia, roubavam-lhe as forças que ainda restavam. Ao longo do tratamento a linda cabeleira já não existia, obrigada a usar peruca ou lenços na cabeça. Os ossos da face e do corpo, à mostra, deuxavam-na envelhecida precocemente.

Ao saber do estado dela, Fernando telefonou desejando fazer-lhe uma visita. Fui taxativa:

– Esqueça. Tininha não vai querer recebê-lo.

– Mas por quê? Afinal, ela é mãe dos meus filhos.

– Pena que você só tenha lembrado tardio.

Cortei novos argumentos apresentados:

– Desista! Jamais ela aceitará a compaixão do ex-marido. Nem mesmo terá conhecimento desse telefonema para poupar-lhe angústia e ressentimentos.

– Não seja cruel! Juro-lhe que só vim saber da doença dela dias atrás. Acredite ou não, continuo a amá-la como antes.

– Imagino como ela ficará feliz ao saber disso. – Ironizei. – As chances de provar o que diz terminaram quando você colocou outra no lugar dela. Não acha que é muito tarde para arrependimentos? O mínimo que pode agora fazer por ela, é respeitar-lhe o curto tempo de vida.

– Ela está tão grave assim?

Não houve resposta. Do outro lado da linha escutei o lamento:

– Pobre da minha Cristina.

Desinteressada nas explicações tardias do meu ex-cunhado, encerrei o telefonema, pedindo que não voltasse a ligar.

As esperanças voltaram após a última tomografia. O tumor havia regredido pela nova medicação . Um remédio em final de experiência, testado em pacientes cujo câncer estava adiantado.

Logo, a alegria ficou reduzida a total desesperança. A junta médica detectou metástese no fígado e no pâncreas. Apenas um milagre poderia resgatá-la das garras da morte.

Arrasada pela condenação de morte, dediquei-me com empenho redobrado o serviço de enfermagem. As poucas horas de sono, o corpo mal nutrido, a ansiedade da cura, levou-me ao desgaste. As costas pareciam ter uma faca cravada entre as vértebras e as pernas, quilos de chumbo. Não fosse a solidariedade de Malu, eu não resistiria à terrível fase

A mesma Maria Luiza, que anos atrás foi coberta de insultos e pragas por minha mãe, servia agora de baluarte para a fortaleza ameaçada de desabar.

Numa tarde em que Malu me substituía, eu descansava na varanda, quando Clarice chegou carregada de embrulhos. Trazia um bolo de nozes que Tininha adorava frutas e biscoitos. Ajudei-a com os pacotes e fomos para a cozinha. Ajudei Odete a arrumar a mesa do lanche, enquanto Clarice fazia café. A seguir, pegou uma bandeja no armário, encheu um copo com suco de mamão, e uma boa fatia do bolo.

– Venha comigo levar esse lanche para Tininha. Ela chamou-me.

Tininha ensaiou um sorriso ao nos ver.

– Olhe o que eu trouxe – disse Clarice – Fiz esse bolo especialmente para você.

– Quem dera eu pudesse comê-lo todo.

– Pelo menos a metade, gulosa.

Tininha tomou apenas dois goles do suco e provou o bolo.

Clarice e eu nos esforçávamos para reter as lágrimas, condoídas pela cena. Clarice retirou a bandeja prometendo voltar mais tarde.

Nem eu nem Clarice pudemos saborear prazerosamente as guloseimas. Apenas um cafezinho. Em contrapartida, minha mãe elogiava tudo comendo até se fartar.

Fomos para a varanda, e Clarice entrou em sua vida particular.

Casada a cinco anos com Luciano, a lua de mel continuava como no dia do casamento. Perguntei como ele estava.. Os olhos brilharam ao falar:

– Perfeito como sempre! Luciano é o homem que sempre desejei para marido. Às vezes, me pergunto o que seria de mim sem ele.

– Que Deus continue abençoando vocês.

– Amem! – Clarice prosseguiu vibrando. – Imagine que ontem fomos jantar num restaurante recém-inaugurado. Uma gracinha! Comemos uma picanha, tomamos vinho, e dançamos como, há muito, não fazíamos. Para encurtar a história, saímos de lá meio grogues, Luciano cheio de gás. Em casa, ele abriu uma garrafa de champanhe guardada para o aniversario de casamento e colocou uma música romântica no som. Menina, o sofá da sala é testemunha do que rolou até as quatro da madruga!

– Hã, hã, hein! Não duvido que daqui a nove meses tenhamos novidades.

Ela ficou tristonha .

– Quem dera! Não fosse o aborto antes do casamento estaríamos com a casa cheia de crianças.

– E quanto à adoção de um bebê?

– Já fiz de tudo para convencer meu marido, mas ele continua firme contra essa opção. Diz que não quer criar filhos dos outros e vir a se arrepender mais tarde. Tem medo de que a criança em vez de benção torne-se um transtorno para a nossa vida.

– Verdade?! È de admirar esse pensamento, vindo de alguém que sempre foi tão aberto às necessidades de todos! Será que não passa pela cabeça dele que a adoção é um ato de caridade?

– Realmente não dá para entender.

– Vou citar um caso que talvez mude a opinião dele. Tempos atrás, atendi uma senhora muito simpática na Repartição. Conversa vai, conversa vem, falou-me sobre os quatro filhos homens que teve e da menina que resolveu adotar. Os biológicos sempre foram rebeldes, sem nunca demonstrar qualquer afeto pela mãe. Casaram-se, cada qual tomou seu rumo, frios e distantes, só lembrando da mãe pelo seu aniversario. Quanto à menina, sempre mostrou-se dócil e amorosa. A mãe ficou viúva, entregou-se à tristeza, pelas dificuldades financeiras e pela falta dos filhos. Conclusão. A moça casou-se e levou a mãe para morar junto. Hoje ela vive feliz com a filha adotiva e os netos que ela lhe deu. Diga ao Luciano que tire essa ideia da cabeça, pois tudo nessa vida é uma questão de sorte!

Continuamos a trocar ideias, até que escureceu e Clarice foi despedir-se de Tininha.

O temperamento alegre e descontraído de minha prima amenizou meu espírito agitado pela cruel realidade que vivia.

Fernando tornou a ligar ignorando meu pedido.

– Você novamente? Atendi contrariada.

– Tive que fazê-lo, depois de saber por Malu o que você tem passado desde que Tininha adoeceu. Vim propor a você, colocar uma enfermeira para dar-lhe um pouco de descanso.

O orgulho falou mais alto.:

– Obrigada, mas não temos necessidade.

– Como não! Tininha precisa de uma profissional. Não seja cabeça dura num momento tão critico. Esqueça as nossas divergências e pense primeiro no bem-estar de sua irmã e no seu próprio.

Dei-lhe uma estocada: – Por acaso a consciência lhe pesa?

– Garanto que menos do que a da sua mãezinha, Isto é, se ela tiver alguma.

– Isso não é hora de relembrar e cobrar o que já passou.

– Contudo, é o que você faz comigo quando desejo o melhor para Tininha. Não desejo que ela passe os últimos momentos num quarto frio de um hospital. Acredito que nem você.

Compreendi então, que Fernando continuava amando minha irmã. Deixei mágoas e orgulho no passado, e fui sincera:

– A sua sugestão é muito boa. Mas não temos condições de bancar uma enfermeira e toda a aparelhagem necessária.

– Não se importe com isso. Eu cuidarei de todas as despesas.

Avisei Tininha que teríamos uma enfermeira para os seus cuidados:

– Onde você vai arranjar dinheiro para pagá-la?

– Não se preocupe. O importante é proporcionar a você um pouco mais de conforto.

– Olhe-me dentro dos olhos e diga quem está por trás disso? Ela perguntou desconfiada.

– Ninguém, querida. Se ficar acima das minhas posses pegarei um empréstimo no banco.

– Me engana que eu gosto. Você nunca foi de dar um passo adiante de suas posses. Qualquer coisa me diz que Nando está metido por trás disso. Por favor, Júlia, não a perdoarei se estiver me escondendo a verdade.

Não tive coragem de mentir. Calei-me. Tininha continuou convicta da suspeita:

– Eu sabia que tinha partido dele essa proposta. Pois lhe diga que prefiro morrer sem apoio, a aceitar qualquer coisa que venha dele.

– Saiba que essa foi minha postura quando ele se ofereceu. Porém, a oferta comprovou o que ele havia dito antes.

– O quê?

– Que continuava amando-a e que se fosse possível trocar a própria vida pela sua, não pestanejaria sequer um só minuto.

Notei-lhe uma réstia de luz nos olhos sem vida.

– Ele... Ele disse isso?

– Hã, hã. E não tive dúvidas que era sincero.

– O pior, é que tambem eu, continuo amando-o apesar de tudo.

A confissão de Tininha encorajou-me a falar sobre o desejo de Fernando fazer-lhe uma visita. A reação de minha irmã pegou-me desprevenida:

– Vê-lo antes de partir me faria muito feliz! Mas falta-me coragem para recebê-lo do jeito que me encontro.

– Jura que fala sério?

Concordou com um aceno de cabeça. O que eu não faria para realizar um desejo seu!

Perguntei quando poderia marcar o encontro. Ela questionou. – Você está louca! Jamais permitirei que Fernando veja como estou.

Respondi entusiasmada:

– Deixe comigo. Basta uma leve maquilagem para deixá-la novamente linda.

Liguei para meu ex-cunhado falando sobre o encontro. Agradeceu emocionado, e a visita foi marcada para o dia seguinte, à tarde.

Na promessa de deixar minha irmã bonita, dediquei-me com afinco a cobrir as olheiras e as manchas do braço com corretivo. Uma suave base rosada corroborou o meu trabalho, deixando a pele com aparência sedosa e fresca. As sobrancelhas foram delineadas. Nas pálpebras superiores, um toque de sombra azul e finalmente o batom em tom de cobre completou o visual digno de capa de revista.

Troquei a camisola simples, por uma de cetim com renda e por fim, coloquei a peruca.

Entreguei-lhe o espelho para ver se estava a seu gosto. Ela beijou-me:

– Obrigada, Júlia, você conseguiu fazer milagre nesse cadáver ambulante.

– Não diga isso! – Bronqueei. Em breve, você mesma estará em condições de arrumar-se para as festas.

– Vou fazer de conta que acredito. Valeu a boa vontade.

Dei uma olhada geral, satisfeita com o ambiente. As violetas na janela, a lavanda de jasmim envolvendo o ar, os lençóis brancos como a neve. Não fosse a mesinha repleta de remédios e os apetrechos de uso em torno da cama, ninguém diria tratar-se do quarto de doente terminal.

Eram quase 15 horas, quando levei minha mãe ao shopping.

Mamãe estava empolgada com os vestidos na vitrine. Entramos na loja e experimentou alguns, decidindo-se por preto com bolinhas brancas. Na hora de pagar ela pechinchou com a vendedora:

– Filha faz um bom desconto que levo também a bolsa.

Cutuquei-a quando a moça nos deixou: – Mãe, você me mata de vergonha com essa mania de desconto.

– Grande coisa! Eles já estão ganhando e reganhando com esses preços.

– Mas não estamos em feira livre para regatear mercadoria.

– Ora, Júlia, quem não chora não mama. Vou deixar para comprar os sapatos e a bolsa, naquela loja ao lado da escada rolante. Os preços daqui estão muito salgados.

Mamãe fez a festa com o dinheiro ganho no jogo do bicho.

Dias antes, sonhara com uma vizinha escandalosa. Ao acordar, chamou Odete para ir à banca de jogo a poucos metros de nossa casa. Deu-lhe o papel anotado com a dezena e uma boa quantia para a aposta. À tarde, Odete foi pegar o resultado e voltou gritando do portão:

– Dona Carol. Deu vaca na cabeça! A senhora limpou a banca do bicheiro.

Ela respondeu:

– Sonhar com aquela fulana, é tão certo acertar na vaca, como ganhar no cavalo no dia de São Jorge.

Duas horas depois, reclamava das pernas doendo e dos sapatos apertados:

– Vamos, Júlia, não aguento sequer dar mais um passo. Se duvidar, acabo voltando descalça para casa.

Achei ótimo, louca para saber o resultado do encontro do casal.

Em detalhes, Tininha falava sobre os minutos passados com Fernando: – ... Pegou minhas mãos e beijou-as. Naquele instante, lembrei dos anos em que éramos felizes. – Minha irmã fitou-me com olhos marejados: – Júlia, por que a felicidade é tão breve? Quando Nando entrou neste quarto, as esperanças renasceram. Como se fosse possível ter alguma. Maldita doença que chega como um ladrão roubando vidas! Eu daria minha alma ao diabo para viver mais uns anos, ver meus filhos crescerem, desfrutar a vida ao lado do homem que amo. Para esse fim, eu não vacilaria em sofrer eternamente as penas do inferno.

– Cale-se. Você não sabe o que diz. Que Deus a perdoe por essas palavras.

Eu refletia em meu quarto, se não fora um erro o encontro de ambos. Os breves momentos de prazer e alegria, ao lado do ex-marido, incentivaram-lhe esperanças como as do náufrago ao encontrar o objeto de salvação. No entanto, a melancolia sobrevinda agravou-lhe o estado já tão complicado.

A chegada da enfermeira possibilitou meu retorno ao Ministério. Eu precisava urgente deixar o ambiente de casa antes que sofresse um colapso nervoso.

O vai e vem das pessoas, a papelada para ser inspecionada e despachada para Brasília, ocupava-me o tempo de um modo natural e sadio.

Certa manhã, ao sair para o trabalho, mamãe gritou da porta da rua:

– Júlia, sua tia Miriam ficou de vir jantar hoje conosco. Procure não se atrasar.

– Ainda bem que a senhora lembrou. Terei tempo de preparar-me para as rabugices dela. Não se esqueça de pedir à Odete para fazer a sopinha que ela gosta, isto é, se não quiser ouvir reclamações durante o jantar.

Tia Miriam era o protótipo da solteirona recalcada e pessimista. A um simples espirro, alertava:

– Cuidado com pneumonia. E trate bem da gripe para não virar tuberculose. Quem lhe conhecia o negativismo, não se atrevia a falar em doença. Qualquer dor de barriga preconizava apendicite, diverticulite, ou pior, câncer de intestino. Mas não se restringia apenas em dar uma de falsa médica e urubulina. Assim como minha mãe, a língua não cabia dentro da boca. No seu entender, não havia namoro que não terminasse em gravidez. Ao ver um casalzinho aos beijos, fazia a previsão furada:

– Hum..mmm! Aqueles dois ali, vão acabar trepando no muro sem se importar com a gente. Qualquer dia ela aparece de barriga, e o pior, casa de véu e grinalda como se fosse uma virgenzinha pura e inocente. Tia Miriam fazia um muxoxo. – Só se for nos dentes!

Terminei de jantar e pedi licença com a desculpa de que precisava descansar. De onde eu estava, ouvia as duas matraqueando sem parar. A impressão que davam era de quem venceria a disputa de melhor fofoqueira. De repente, um som imitando metralhadora que reconheci imediatamente. Houve uma breve trégua seguida de gostosas gargalhadas.

Na linha de frente, minha mãe respondeu com um pito. – Miriam! Outro desses e você vai rasgar a calcinha!

– Sinto muito Carol, mas não dá para segurar. De quem foi a ideia de botar couve de bruxelas e batata doce na sopa?

– Vai botar a culpa nos legumes? Aliás, você sempre arranja um bode espiatório como desculpa para os seus puns.

– A Zara diz o mesmo.

– Quer saber o que eu acho? A culpa é da idade. Conheci uma senhora que fazia isso na missa, a cada vez que levantava do banco.Um dia, quase morro de vergonha ao ver o sorriso de um homem ao meu lado. Com certeza, deve ter pensado que fui eu.

Daí em diante, a casa parecia um campo de batalha em ação. De um lado, o bombardeio de tia Miriam, deixando o ambiente impregnado de pólvora. Do outro, minha mãe em arrotos ensurdecedores. Tia Miriam levantou-se e uma saraivada de bombas acompanhou-a até à porta ao compasso dos passos.

– Arre, Miriam, não esqueça de tomar um remedinho quando chegar a casa.

– Não será preciso. Até lá, vou soltando o restante no caminho.

Finalmente o armistício esperado com a retirada de tia Miriam.

No Ministério, só se falava no assunto em voga. O mais recente avanço da tecnologia moderna chegado ao país. O famoso computador. A nova estrela da década e sonho de consumo de todos. O que ninguém imaginava, é que num futuro breve, o bendito sonho tornar-se-ia o vicio da comunidade jovem e o pesadelo de muitos pais.

Uma hora antes de findar o expediente, comecei a arrumar minha mesa.

– Já vai se mandar? – Perguntou Amanda.

Brinquei:

– Quero ver se consigo chegar a tempo de desfilar de maiô no concurso Miss Brasil.

Ela deu uma gargalhada.

– Você ri? – continuei satirizando – Com esse corpinho de sereia e essa carinha de Audrey Hepburn, as outras que se cuidem. Tem mais! Se por acaso não ganhar a coroa, vou encher a cara de vodca e botar a boca no trombone.

– Você é admirável, Júlia. Deus que a conserve sempre com esse espírito alegre entre os infortúnios. Tenho notado você menos triste, termos modernos nas conversas....Sei lá! Sinto você mais segura.

– O que você vê é apenas a máscara que uso para disfarçar a face interior. Só Deus sabe o que faço para não deixar a peteca cair. Quanto aos termos, tem a ver com a convivência diária com os meninos e suas gírias. Agora, deram para me chatear quando uso obséquio no lugar de favor, senhor idoso, em vez de coroa, bacana, no lugar de legal e outros vocábulos que estou acostumada. Dizem que eu estou por fora da onda.

– Daqui mais uns tempos, sou eu quem passará por essa reformulação. Não sei onde essa garotada vai parar com tanta palavra nova.

Encontrei mamãe e tia Miriam conversando na varanda. Logo que bateu o olho no comprimento da minha saia, botou as mãos na cintura;

– Nossa! Como você está pra frente! Qualquer dia vai entrar na moda da minissaia.

– Eu até concordaria se tivesse um belo par de pernas. Porém, como não tenho, falta coragem de botar esses caniços de fora. Vou ficar parecendo um sibiti de saias.

– E o que é sibite?

– Segundo uma amiga nordestina, um pássaro do nordeste de pernas muito finas e longas. Pedi licença para ver como andava o movimento na cozinha.

Baixei o tom de voz ao chegar.

– Odete! Pega a vassoura e a coloque virada para baixo atrás da porta. Não esquece de jogar sal no fogo.

– Você num tem jeito, menina! Um dia a dona Miriam me pega fazendo isso e sou eu que vou ficar em maus lençóis.

– Psiuiuu. Fale baixo que ela tem ouvidos de tuberculosa.

– Eu faço a sopa do mesmo jeito que estou acostumada?

– Nem pensar. Esqueceu da última vez que minha tia tomou dela?

Caímos na gargalhada lembrando o caso.

Fui ao quarto de Tininha.

Ela dormia. Tirei a concentração da enfermeira no livro que lia. – Como ela passou hoje?

Olga balançou a cabeça em desânimo – Se você se refere a dor, graças à morfina está livre delas. Contudo, o estado dela se agrava dia a dia.

Abracei-a molhando-lhe o ombro. Olga consolou-me com tapinhas nas costas. – Vamos, Júlia, você precisa continuar forte para arcar com a responsabilidade dos seus sobrinhos.

Pus-me ao lado da cabeceira de Tininha, tocando-lhe a testa fria e pegajosa, enquanto Olga media a pressão e tomava-lhe o pulso.

– Nós a estamos perdendo, minha amiga. Vou chamar o doutor Irahy para orientar-me no que faço daqui por diante.

Sozinha, eu acariciava-lhe os cabelos, fitando o rosto anguloso e desprovido de cor. Implorei a Deus para levar-me no lugar dela: – "Misericórdia Senhor! Eu sou só, sem marido e filhos para deixar saudade. Por favor, não a leve. Dê-lhe mais um tempo de vida para ver seus filhos crescerem."

Tininha deu um fraco gemido. Segurei-lhe as mãos. – Quer alguma coisa, minha querida?

Ela abriu os olhos e fez sinal para que eu me aproximasse. Colei o ouvido quase aos lábio delas, para ouvir o que dizia.:

– Julinha, cuide dos meus filhos como se fossem seus. Cubra-os de amor como eu...

– Por favor, não se canse. Logo, você mesma poderá fazer isso. Tininha deixou a cabeça cair nos travesseiros, olhos fechados e respiração difícil.

Olga retornou ao quarto.

– Você já chamou o médico?

– Ele está vindo para cá.

– Desabei na poltrona, entregue a minha dor.

O doutor Irahy guardou a aparelhagem na maleta. Com passos miúdos dirigiu-se a mim, com expressão contrita:

– Júlia, ela está morrendo!

– Não!!!

Meu grito ecoou no casarão, levando consigo o desespero da alma. Num impulso coloquei-me junto ao leito de morte. Mamãe chegou, oferecendo-se para ficar em meu lugar. Ignorei a oferta. Nem que o mundo viesse abaixo eu me afastaria de minha irmã nesse momento.

A respiração foi-se tornando mais fraca e dificultosa.

– Por favor, Tininha, não nos deixe. Precisamos de você nessa casa. – Pedi.

Em resposta, a mão dela pressionou a minha num gesto de despedida. Os olhos vidrados de minha irmã encontraram os meus ao exalar o último suspiro. Tudo ficou em silêncio.

Desesperada, sacudi-a pelos ombros chamando seu nome. – Volte, Tininha. Seus filhos precisam de você.

A morte a levara em seus braços cumprindo, sua missão macabra.

Os gêmeos cresciam belos e saudáveis.

Aos 16 anos, Jack vivia cercado de garotas. Havia uma em especial, mas que ainda não tinha o prazer de conhecê-la. Nos fins de semana, ninguém o segurava em casa. Festinhas em casa dos colegas, praia e cinema.

Nessas saídas, eu sempre recomendava:

– Respeite a sua garota e nada de avançar o sinal.

Ele sorria, entendendo aonde eu queria chegar:

– Quanto a isso não tenha receio. Minha mina é moça ajuizada e de familia decente.

– Pensei que fosse uma dessas garotas mais assanhadas que os rapazes. As meninas de hoje pouco se importam com o que pode acontecer depois de uma aventura.

– Tia, fique tranquila que não sou bobo de estragar meu futuro por uma bela carinha.

Diferente do irmão, Josh preferia a companhia de dois colegas de turma: Diogo, e sua namorada a tiracolo, e Cyd ou Cidinho para os amigos. Esse costumava vir de mala e cuia para o fim de semana, enquanto o outro, só aos domingos, acompanhado de Isabel para o reforço da matéria que tinha dificuldade. Josh o havia feito prometer não ficar de namorico durante a aula, se quisesse que Bebel continuasse a vir.

Num desses dias, chamei Bebel para um lanchinho e ela queixou-se:

– Tia, dá para acreditar?

– O que menina?

– O Josh teve a coragem de dizer pro Diogo, que não dava certo eu vir junto.

Tive de sorrir entendendo meu sobrinho Caxias: – Meu bem, Josh faz questão de não misturar estudo com distração. Sempre foi assim desde que entrou no colégio. Suas notas eram as mais altas da turma, e no boletim escolar só havia notas azuis. Jack era meio malandro! De vez em quando, a diretora me chamava ao colégio por causa das notas vermelhas em História e Geografia. Traquilizei-a: – Deixa comigo que vou falar com ele sobre a sua apreensão.

Jamais, qualquer suspeita levou-me a duvidar da masculinidade de Josh. É certo que ele era mais dócil e afetivo do que seu irmão, e preferências comuns ao sexo oposto. Contudo, se fosse necessário, ele partia para uma boa briga levando a melhor. Por algumas vezes, tive oportunidade de vê-lo desacatar um colega no ginásio, por uma tola ofensa. Foi preciso a intervenção do inspetor para apartá-los. O saldo foi um olho roxo no colega, promovido pelos punhos fortes. Devido sua complexão desenvolta, era sempre solicitado pelo irmão em uma rixa com desafeto.

**

O carteiro chegou ao portão com a correspondência. Fechei a mangueira do jardim e fui atendê-lo.

– Bom dia, Júlia. Amanheceu disposta, hein?

– É o jeito! Se não der água às plantas, não tenho flores na primavera. O que é que você traz aí de novidade?

Procurou entre as cartas o que desejava.:

– Aqui está! Preciso da assinatura de dona Carolina para esse telegrama.

– Ela está dormindo. Posso assinar em seu lugar?

– Com certeza! Assine aqui, por favor.

– Huumm! De quem será? Há tempos não recebemos sequer uma carta.

Ele piscou um olho:

– De repente, alguém comunicando a fortuna deixada por algum parente.

– Seria uma boa surpresa. Olhei o carimbo. Fora postado na cidade onde morava Silvia. Cismada, e, ao mesmo tempo curiosa, levei a mensagem à destinatária.

Ela virou e revirou o telegrama ante a minha impaciência. – Vamos, mamãe. Abra-o de uma vez para sabermos do que se trata:

– Calma menina!

"Carol! Estou doente. Preciso de Júlia para me ajudar. Obrigada." – É de Silvia. Está doente e pede que você vá até lá para ajudá-la. Deve estar muito mal para pedir seu auxílio. Se ao menos tivéssemos seu telefone para saber seu estado!

– Sempre achei um absurdo a falta de comunicação entre a nossa familia. Isso, desde os tempos de tia Paula. O pessoal fica doente, e morre, e só vamos saber depois do funeral. Ainda bem que continua morando no mesmo lugar.

– E dali só sai para a cidade dos pés juntos! E então? Você tem ideia de quando poderá fazer a viagem?

– Primeiro tenho que avisar no Ministério.

– Quanto a isso não haverá problemas. Suas amigas estão aí mesmo para dar conta do recado na sua ausência.

Fez uma pausa, e como não podia deixar de ser, o seu negativismo veio à tona: – Júlia! Acho bom providenciar urgente sua ida ou estará sujeita a chegar e encontrá-la enterrada.

– Arre! A senhora e seus pensamentos fúnebres. Hoje mesmo vou falar com Ângela, e amanhã, vou ver se Malu pode ajudar Odete nos serviços. Tenho também que falar com os rapazes sobre esse imprevisto, pois não tenho previsão de volta. Conforme for, comprarei a passagem para depois de amanhã no primeiro ônibus.

– Tomara que eu esteja errada! Mas algo me diz que ela vai passar desta para outra, do mesmo jeito que a mãe.

– Vire essa boca de urubulina para outro lado.A senhora bem sabe que esses pensamentos negativos atraem o mal. Lembra da previsão feita a Samuel quando soube que ele iria aos Estados Unidos para fazer aquele curso?

Ela baixou a cabeça, pesarosa:

– Você continua achando que eu tive culpa no desastre?

– Não de todo, pois a senhora não era o piloto! Contudo, na ocasião, repetia da manhã à noite para todos desta casa, que se fosse ele desistiria de viajar de avião com tantos desastres aéreos. Não deu outra! O pobre não teve a chance nem de chegar ao lugar.

– Isso não passou de coincidência.

– Infelizmente, suas previsões para as desgraças costumam realizar-se. Se eu fosse a senhora, aproveitaria esse dom para prever os números que serão sorteados na loteria. Comece a pensar no que digo, e quem sabe, sairemos do aperto que passamos.

– Chega, Júlia, depois diz para todo mundo que sou eu a intransigente .Quero ver quando você tiver a minha idade.

– Peço a Deus que me leve antes ou me conserve do jeito que sou.

Cheguei à fazenda pouco antes do meio-dia.

Meu primo, Camilo, recebeu-me de pijama, convidando-me a entrar e sentar num sofá sujo e de molas soltas. Sua aparência nem de longe lembrava o rapaz charmoso e bonito que eu conhecera anos atrás. Desanimado, falava sobre a monotonia dos dias, a falta de recursos para uma reforma na fazenda e a doença da irmã.

– Está tudo precisando de um trato. Pasto, curral, sem falar na casa que está caindo aos pedaços. Quando chove é um transtorno. Baldes e panelas por todo canto pelas inúmeras goteiras no telhado.

– E os empregados? Não poderiam consertar o mais urgente?

Ele deu uma risada. – Fale no singular. Tivemos que dispensar todos, menos Bastião, cria da casa. Para agravar a situação, veio a doença de Sivia.

– E como ela está? Ficamos preocupadas com o telegrama.

– Vou levá-la até o quarto dela, e ela lhe dirá o que tem.

Camilo levantou-se e arrastando os chinelos conduziu-me até o quarto da irmã. Enquanto caminhávamos, ele falou por alto sobre o enfarte que ela sofrera. Ao terminar, mostrei-me indignada:

– E por que você não nos comunicou? Eu viria em seguida para dar-lhes apoio.

– Bem que mencionei essa ideia, mas ela recusou-se dizendo que iria dar-lhe trabalho.

Os degraus da escada levando ao andar superior rangiam a cada passo:

– Cuidado com o degrau à sua frente – avisou. – Está solto.

Apoiando-me ao corrimão, cheguei ao fiml com um suspiro de alivio.

À porta do quarto, Camilo avisou que desceria para ajudar Bastião:

– Se precisar de algo, é só chamar.

– Obrigada.

Segurei a maçaneta com firmeza ao abrir a porta. Ao soltá-la, ameaçou cair. Com jeito consegui recolocá-la no lugar. O quarto estava escuro, abafado e cheirando a mofo. Antes de dirigir-me a Silvia, fui à janela abrir as cortinas desbotadas pelo tempo. Os fracos raios de sol, da manhã de outono, penetraram timidamente no lugar. A brisa pegou carona, e o mausoléu centenário deu lugar a um ambiente iluminado e fresco.

Segui para a cama onde estava Silvia e ela esboçou um sorriso bonito apesar da idade. Dobrei-me para beija-la, e ela bateu na cama, oferecendo um lugar para eu sentar.

Silvia esboçou um sorriso, bateu na cama, ofereceu um lugar para eu sentar.

– Estou feliz por você ter atendido o meu chamado. Desculpe-me pelo transtorno que lhe causei.

– Se você continuar com essa bobagem, juro que da próxima vez vou ignorar qualquer pedido.

Ajeitou-se nos travesseiros, outra vez desculpando-se:

– Acredite. Fiz tudo para poupar-lhe a vinda a esses confins de mundo... Mas não tive outro jeito. A quem recorrer se não a você, estando impedida de cuidar da casa sabe-se lá até quando! Camilo viu-se impossibilitado de lidar sozinho com a Fazenda. Quanto a Isaac, as funções de padre prendem num convento distante. Só vem aqui duas vezes por ano para saber se continuamos vivos.

Silvia calou-se, refletindo nas palavras. Continuou a seguir:

– Querida, isso é apenas um desabafo. Não interprete como revolta ao que tem acontecido em minha vida. Apesar dos pesares, as recordações dos tempos em que a felicidade morava nessas paragens, servem de consolo para a rotina dos dias. Afinal, para que a vida tenha sentido, é preciso trazer para o presente as coisas boas que ficaram no passado. Até porque, a essa altura da vida, o futuro só avivará o arrependimento de não ter vivido a vida quando eu podia.

A serenidade de Silvia tocou-me fundo à alma, identificando-me com o pensamento dela. Como eu, Silvia não casara. Diferente de mim, chovia pretendentes para desposá-la. Nunca entendi o que a levara a entrar para o triste rol das solteironas; bonita, rica e talentosa! A jovem mais cobiçada daquela época. Assim dizia minha mãe.

Enquanto discorria sobre a filosofia da vida, eu percorria com o olhar os traços do rosto de minha prima, comprovando a verdade ouvida.

Embora a admiração nutrida por essa prima, não pude evitar a compaixão e a piedade vendo-a prostrada no leito, abandonada pelos amigos, sem um companheiro para dividir alegrias e tristezas, condenada a viver de recordações. Naquele momento, tive um vislumbre do que seria tambem minha vida num futuro não muito distante.

"Nossa carga de expiações neste mundo deve ser muito pesada!"

A esse pensamento, veio tambem a mente o "porquê" de tudo isso. Incógnita indecifrável para o homem e a mulher. Tentei expulsar a pergunta, consciente de invadir o mistério dos desígnios do Absoluto. O importante é conhecer a finalidade do "para que" nas experiências do dia a dia.

Por duas semanas, trabalhei como faxineira, cozinheira e auxiliar de escritório entre outros serviços. Ajudei Camilo a organizar a papelada do imóvel, caso viessem a colocá-lo à venda:

– Por mim, amanhã mesmo eu a venderia por qualquer preço. Disse ouvindo a insinuação:

– Com o dinheiro arrecadado, saldaríamos os impostos atrasados, compraríamos uma casa mais central onde houvesse recursos médicos e ainda sobraria um pouco para as emergências.

– E então? O que os impede de tomar essa decisão?

– Silvia! Ela se opõe a deix...

Camilo engoliu a frase vendo a irmã descer a escada. Correu-lhe ao encontro, amparando-a:

– Por que você não me chamou para ajudá-la?

– Porque como vê, ainda posso andar.

Depois de acomodar-se numa poltrona ela dirigiu-se a nós com um sorriso:

– Pronto. Podem continuar o que diziam.

Recebi um olhar do primo, entendi como sendo para silenciar o assunto. Discordei, diante do caminho que duas pessoas idosas teimavam continuar.

– Desculpe, primo, mas acho que devemos chegar a um bom senso sobre o que falávamos.

– E eu poso saber o que?

– Como não! De mais a mais, pelo que Camilo ia dizendo, você... Bem, você é a única que se opõe a colocar a fazenda à venda.

– É verdade!

– E você tem em vista outra solução para o bem estar de todos?

– Não!

– E o que a prende a um lugar sem vida, longe de vizinhos e de socorro para os imprevistos da idade?

– Sei que ambos estão cheios de razão, mas não posso me imaginar vivendo num lugar que não seja este. Júlia, nasci, cresci, e passei toda a minha mocidade entre esses caminhos de terra batida, essas árvores em torno da casa, o som do riacho embalando minhas noites como cantiga de ninar. Conheço cada palmo de terra que vai da entrada da casa até os olhos perdererem de vista. Aqui plantei meus sonhos, enterrei meus entes queridos e a esperança de um dia formar uma familia. Minhas raízes estão fincadas neste solo. Se um dia deixar este lugar, morrerei como qualquer arbusto ou a mais alta das árvores ao ser arrancada do seu habitat. Compreende agora por que não posso deixar o que faz parte de mim?

– Nem ao menos deseja tentar? Até orquídeas, acostumadas ao clima quente, sobrevivem a baixas temperaturas!

– Na minha idade, as consequências das mudanças radicais são perigosas.

– Admira-me esse pensamento, vindo da boca de uma espírita. Nossa doutrina é baseada em mudanças.

Ela baixou a cabeça. Continuei:

– Pense bem, Silvia. Mudanças são necessárias para reciclar a vida. Liberte-se do que não tem mais utilidade e desfrute das coisas novas enquanto é tempo. O ciclo da vida só faz sentido, pelas renovações mostradas a cada período.

– Vou pensar no que diz.

– Não demore a decidir-se, pois o tempo é amigo, e muitas vezes, inimigo em certas situações. Eu gostaria de quando voltar, levar boas noticias para casa.

Duas semanas após meu regresso, liguei para Silvia para saber da sua decisão. A resposta cheia de reticências, não deixou duvidas que todo o balábláblá gasto durante a minha estadia tinha sido em vão. conversa

Por duas vezes tentei ainda convencêla, mas terminei desistindo. Minha prima continuaria cozinhando a decisão em fogo brando, até chegar a hora da morte dois anos depois.

Por conseguinte, Camilo não vacilou. Sozinho e doente vendeu em seguida a fazenda, comprou uma casa no centro da cidade, e pelo seu último contato, encontrara uma jovem senhora para sua companheira.

Passei a conter despesas, preparando-me para os gastos da colação de grau do ensino Médio e o aniversario de 17 anos dos meus sobrinhos.

Josh pareceu decepcionado ao saber que não ganharia roupas de grife pelo Natal. Menos vaidoso, Jack aceitou numa boa depois das explicações.

Entristeci-me, ouvindo Josh queixar-se:

– Sendo assim, terei de renunciar aos eventos no Municipal .

– Não vejo motivos!

– Tia, eu não estou a fim de passar por canário de uma muda só! As pessoas que costumam ir aos espetáculos estão sempre variando os trajes.

– Você vai para exibir-se ou por gostar de arte?

– Dinda! Por favor, não complique. O que meus amigos e colegas vão pensar...

Cortei-lhe o pensamento:

– Sinto muito que você esteja mais preocupado com a opinião alheia, do que propriamente com o que tanto gosta. Isso é pura vaidade!

– Você está parecendo criança! Interveio o irmão. Por acaso está pensando que alguém vai notar sua roupa no meio de tanta gente?

Josh sentou-se, cruzou as longas pernas, ficou pensativo.

Aliviando a tensão, arrepiei-lhe os cabelos, convidando-o para um programa que não dispensava:

– Querido, que tal esquecer das roupas e vir comigo ao supermercado?

Sorriu satisfeito e foi colocar os tênis.

Deixei por conta de Josh a escolha das verduras e frutas. Acostumado desde pequeno a fazer-me companhia nas compras, ele se tornara um especialista no ramo. Tentei ajudá-lo na escolha das batatas, acabei levando uma palmadinha na mão e uma chamada:

– Tia, deixe tudo por minha conta. Olhe só que batatas mais horrorosas que você ia levar pra casa!

– Tudo bem! Não está mais aqui a ajudante.

Deixamos para comprar por último os produtos de limpeza. Esses costumavam ficar por minha conta, quer dizer, até esse dia. Ao pegar a caixa do sabão em pó que costumava usar, ele pediu licença repondo-a na prateleira:

– Hã, hã. Não usaremos mais essa marca.

– E por quê?

Pegou outra marca bem mais cara, discorrendo sobre a vantagem. – Esse sim, é o melhor sabão em pó! Deixa a roupa branquinha como neve. É preferível você pagar um pouco mais e levar algo que realmente funcione.

– Como é que você sabe disso?

– Pelas camisas, cuecas e lençóis do Cidinho. Tive de perguntar à mãe dele, o que usava para deixar as roupas clarinhas. Foi então que soube que só usa esse produto desde que foi lançado no mercado.

Encarei-o surpresa:

– Então coloca outra caixa no carrinho. Mais alguma indicação?

– O detergente! Outro dia vi a quantidade usada por Odete ao lavar uma loucinha, com o que você costuma comprar. Foi quase o vidro inteiro. Aconselho-a a levar este pois rende três vezes mais do que o outro e você só vai pagar um pouco mais.

– Esquece que estamos em regime de contenção de despesas?

– Mas não de inteligência! Tem economia que não vale a pena.

Ele estava certo. Peguei uma embalagem, e Josh estalou a língua nos dentes:

– Leve dois que não precisará preocupar-se em comprar outro até o fim do mês.

Coloquei as mãos nas cadeiras:

– Escute agora a minha sugestão: Por que em vez de Literatura, não opta por Economia? Você daria um ótimo consultor de finanças!

– Sei disso. Mas só morto abriria mão do meu sonho! Um dia me tornarei um escritor mundialmente conhecido.

Tempos Ditosos

Estávamos nas vésperas da Copa do Mundo.

1.420 dias após a anterior, o patriotismo dos brasileiros despertava outra vez do sono profundo.

Na terra onde canta o sabiá, de reis e rainhas coroados na hilária monarquia... Em que mulheres melancias e outros adjetivos atribuídos aos encantos femininos faziam a festa de uma sociedade decadente. O brasileiro, comumente absorto em bobagens, alheava-se aos reajustes do Governo.

Na histeria coletiva, 99% da população, não tomava conhecimento do aumento da gasolina, do feijão, do arroz, da carne, do frango, das passagens dos coletivos... O que realmente importava na ocasião, era exibir no peito a camiseta verde e amarela como símbolo de um nacionalismo futebolístico.

Em profusão, ruas e sacadas de prédios, veículos, e tudo que estava à vista, ostentavam orgulhosamente a linda Bandeira Nacional.

Como moscas no mel, o "enxame de patriotas"cercavam as bancas dos camelôs na disputa de bonés, meias, pulseiras, esmaltes, e outras bugigangas mais. Nunca, em tempo algum, a demanda da febre pelo verde e amarelo fora tão grande.

Nas escolas, o Hino Nacional ganhou novo sentido para os alunos. Passou a ser visto como, "a música de apresentação dos jogadores da seleção brasileira".

As crianças esforçavam-se para decorar a difícil letra, algo gravado apenas, na minoria da minoria dos filhos da Pátria.

Numa tarde, em que eu passava em frente à escolinha da minha rua, ouvi a professora avisar no alto-falante;

– Vamos, crianças, se vocês não decorarem o Hino até a abertura da Copa, ficarão comendo mosca ao ver os jogadores cantar

"Cantar? Pouco deles tem noção da letra." Pensei continuando o caminho:

O grande evento, sobrepujava em loucura o carnaval, estréias internacionais dos conjuntos de rock, promoções de cerveja nos supermercados, e por que não, a disputa entre Fla X Flu.

Por um mês, o Brasil ficava em estado de hibernação em seu berço esplendido! Nada funcionava em dia de jogo, além dos telões nas praças publicas, shoppings e biroscas. Mal o sol dava as caras, éramos acordados por explosões de morteiros, "cabeça de nego" e outros mais. Até o início do jogo, a cidade parecia um conflito entre coreanos e americanos. De repente, o silêncio sepulcral anunciava o segredo de 22 homens e uma bola nos pés. Era hora de ir ao supermercado vazio.

Goooool do Brasil! O eficiente narrador esportivo, cuspia as cordas vocais no microfone. A saraivada de fogos recomeça na vizinhança em meio a puta que pariu, porra, caral... e outros preciosos vocábulos, hoje tão comuns na boca de famílias, ditas respeitáveis. .

A bola rolava no campo entre unhas roídas, suores nos peitos dos homens, e a preocupação das respectivas mulheres com um possível enfarto.

Um vizinho passou mal pela emoção, no intervalo do jogo.

A ambulância chegou como um raio, freou bruscamente, deixou um fedor de borracha queimada na rua. O enfermeiro agilizou o colega. – Vamos de uma vez com essa maca antes de começar o segundo tempo. Quase tão rápido como a viatura, o homem foi levado para o veiculo em companhia da esposa. Um filho chegou à janela:

– Mãe, quebra esse galho. Só posso ir quando terminar o jogo.

Se eu fosse chegada a comemorações, teria organizado uma de arrasar ao término da Copa.

As consequências desse período alucinatório foram sentidas na volta às aulas. A carga horária foi acrescida, compensando as faltas, e os alunos passaram a ter aulas aos sábados para desgosto.

Jack era um dos muitos a reclamar:

– Droga! Agora que eu começava a ficar craque na bola, vou ter de parar por uns tempos.

– Ué! Arruma um jeito de transferir as peladas para os domingos. – Sugeriu Josh.

– E a Helô? Vai ficar uma arara se eu fizer isso.

Josh desdenhou:

– Bobão! Não acredito que por causa de uma garota vai abrir mão do que tanto gosta?

– Acontece que ela não é só uma garota. É a moça que amo, muito mais importante do que futebol.

– Babaquice de adolescente!

– Não torra Josh! Vou cair fora antes de você começar a engrossar.

– Vai para onde? Ah, já sei, ironizou. – Pra casa da namoradinha.

– Isso mesmo. Ficamos de pegar uma prainha à tarde compensando o sábado. Quer vir com a gente?

– Nem morto! Tenho coisa melhor a fazer. Daqui a pouco Cidinho está chegando para estudarmos a matéria dessa semana.

O dia amanheceu radiante! Um céu anil, sem nuvens, prometia uma noite de Lua e estrelas.

Era meu aniversário! Como nos demais anos, convidei os amigos para o churrasco e o bolo. Na sexta feira, Fonseca lembrou: – Não esqueça de comprar carvão, e, é claro, colocar a cervejinha para gelar. O resto é comigo e com o Zé.

Às 7 horas, eu já estava armada da vassoura para um trato no quintal. Ano passado, esquecera-me de varrer o lugar da churrasqueira e levei o maior pito dos churrasqueiros.

Madrugador, Josh adiantara-se na limpeza dos acessórios necessários. Sobre a pia, os espetos reluziam à luz do sol.

– Nossa! Vou ter de usar óculos escuros para não cegar meus olhos com o brilho. Como você conseguiu deixá-los desse jeito?

– Segredo! – Disse vaidoso.

– Tudo bem.

Depois de dar-me um beijo, perguntou se o café estava pronto. Aproveitei para ir às forras:

– Nan, nam, nim! Só quando você me contar o que usou para esse brilho.

– Ta legal! Esponja de aço, e aquela pasta de limpeza que compramos por último. Aproveite para falar com Odete para usá-la nas panelas. Elas estão precisando de um capricho.

Terminamos o café, passamos a retirar a louça que seria usada no almoço:

– Deixa por minha conta a decoração, pediu Josh. Vou pegar umas flores na casa da Malu para fazer um lindo arranjo no centro da mesa.

– Para que tanto trabalho para um churrasco?

– Não importa. Hoje é um dia muito especial, e faço questão de que tudo esteja bem organizado. É meu presente de aniversário para a tia mais maravilhosa desse mundo.

Meus olhos encheram-se de lágrimas.

– Ei! Faça-me o favor de não chorar para não deixar esses olhos avermelhados. Isso cai muito bem em vampiros. Não num anjo como você!

Saiu apressado para colher a flores, deixando-me com a responsabilidade da louça. Minutos depois, ele voltava carregado de flores silvestres:

– Tia, onde você guarda aquela jarra de cristal que eu amo?

– Na arca da sala.

Terminou o arranjo e voltou para me ajudar. Ao ver a louça sobre a toalha de linho, relíquia do casamento de mamãe, ele meneou a cabeça desaprovando:

– Dinda! Nada de economia para expor o que é belo. Usaremos a porcelana e os talheres da vovó.

– Por favor, Josh. Tenho medo que venham a ser quebrados.

– O. k.! Mas esses copos feiosos vão cair fora daqui.

– Nem pensar pegar os de cristal! Esses eu guardo para o casamento de vocês.

Ele deu uma gargalhada:

– Você e seus sonhos!

Retirou as mãos da cintura, e foi providenciar o que faltava.

Voltei para a cozinha, ajudei Odete a descascar as batatas para a maionese. Adiantei o menu, antes que os convidados chegassem e não pudesse lhes dar a devida atenção. Tirei o avental, e fui ver como tinha ficado o trabalho de Josh.

O efeito da mesa estava à altura de qualquer jantar elegante. Verdadeiramente, meu sobrinho fora dotado de qualidades especiais em vista de ser um jovem bonito e atlético.

– Adorei! Disse contemplando o bom gosto.

Ele aproximou-se:

– Você merece muito mais!

Às 10 horas, Amanda chegou com a familia. Estava impressionada com a decoração da mesa:

– Quem foi que fez essa obra de arte?

– Advinha? – Perguntei.

– Você?!

– Quem sou eu! Peguei o braço de Josh:

– Eis o autor da obra.

– Jura?

Josh perguntou se ela havia gostado, mesmo:

– Adorei! Agora já sei a quem procurar para decorar minhas festinhas. Eu não sabia que você levava jeito tambem para isso. Parabéns!

Zé Luis aproximou-se da roda:

– Realmente, está superbacana. – Dirigiu-se a mim:: – Cadê a cervejinha gelada?

– Na geladeira. Pode pegar para você e sua mulher.

Indiscreto, comentou com a mulher ao entregar-lhe a lata:

– Você deveria se mirar no exemplo de Júlia.

– Sobre...

– Chegamos cedo e Júlia já preparou o acompanhamento do churrasco. Se fosse você, ainda estaria colhendo as batatas para a maionese.

– Acontece que ela não é casada com você! Duvido que estivesse tudo pronto com um homem que quer tudo na mãozinha.

Zé Luiz não gostou da resposta. Coisas de machão! Engrossou o tom da voz avisando-a:

– Está querendo baixar o barraco? Ande! Vá pegar outra lata de cerveja para mim.

– Por favor, ainda se usa.

– Não diga! Vá de uma vez que estou mandando.

– Desde quando você é meu senhor e dono? Se quiser vá você mesmo que não sou sua escrava.

Para acalmar os ânimos, fui buscar o que ele pedia.

Zé aproximou-se de Josh. Olhou com um sorriso cínico a bermuda estampada que ele usava. Não perdeu tempo na alfinetada:

– Bermudinha bonita, hein? Na loja que você comprou vendem para homem?

Ele respondeu a altura: – Apenas para decoradores de festa e homens educados.

– Com essa, vou enfiar a viola no saco!

E saiu para acender a churrasqueira.

– Não liga para as gracinhas sem graça do Zé. Gosta de tirar sarro com a cara dos outros, mas não admite que curtam com a dele.

– Vê se não começa, mulher. Ele disse de onde estava. A seguir perguntou a Josh:

– Onde é que anda o seu irmão? Foi bater uma bola?

– Não. Foi pegar a namorada para almoçar com a gente.

– E você? Não vai fazer o mesmo com a sua?

Desconcertado, respondeu:

– Por enquanto estou sozinho. Preciso preparar-me para o vestibular.

– Corta essa Mané! Uns trancos nas "minas" de vez em quando, não atrapalham os estudos.

Fonseca chegou buzinando. Zé Luis correu prestativo para abrir o portão:

– Aí, furão! Onde é que você andava para chegar a essa hora?

– Perdemos a hora de levantar e o carro custou a pegar. Já acendeu a churrasqueira?

– Claro! Se eu fosse esperar pelo"boa vida" aí nem às 16 a carne ficaria pronta.

Zé interrompeu ao ver Jack chegar com a namorada:

– Hummmm! O garoto tem bom gosta para as meninas. Da só uma olhada naquelas pernas e no traseiro. Cidinho vinha atrás. – E quem é aquele com short apertadinho de veado? Acaso você o conhece?

– Psiuuu, cara, aquele é o amigo inseparável do Josh. Em vez de você ficar prestando atenção em quem chega, faz favor de pegar as sacolas dentro da mala do carro.

Os convidados chegaram juntando-se à turma no alpendre.

Jack apresentou a namorada a todos. Fiquei encantada com Heloisa, uma jovem bonita, educada e graciosa.

Muito descontraída, pegou os copos usados na mesinha, e os levou para a cozinha:

– Por favor, Helô, deixe isso e vá ficar com Jack. – Pedi.

– Jack está acostumado a ficar com os amigos e eu a dar uma ajuda quando é preciso. Voltou em seguida, e tirou uma caixinha da bolsa, embrulhada para presente:

– Espero que você goste, tia.

Abri a embalagem e dei com uma delicada correntinha dourada com uma plaquinha gravada o meu nome:

– É linda! Gostei tanto que vou usá-la agora. Ajude-me a colocá-la no pescoço.

Heloisa encantou aos meus amigos com o jeitinho carinhoso e simpático. Durante o almoço, revelou atributos raros para uma moça moderna. Não era à toa que os olhos de Jack cintilavam ao falar seu nome. Eu já a imaginava vestida de noiva e Jack ao lado do altar esperando-a com um sorriso apaixonado. Sonhos de tia solteirona e romântica. Os gêmeos eram minha grande esperança de ver a familia crescer novamente, após tantas perdas dos entes queridos. Apavorava-me pensar, um dia ficar sozinha sem a companhia de sobrinhos netos. Nas orações, eu rogava a Deus que se viesse a passar por essa privação, que Ele me levasse cedo.

A tarde caía, sem um sopro de brisa. Apesar da previsão de chuva para a noite, o céu continuava azul sem ameaça de nuvens pesadas.

Cortei o bolo, rejeitando que cantassem parabéns e soprar as velinhas trazidas por Ângela.

– Aniversário sem cantar parabéns, é igual a velório sem vela e defunto! – Disse Zé Luis.

– Cruz credo, Zé, vira essa boca de urubu para outras bandas. – Censurou Amanda.

– Vocês acham que eu falei alguma besteira?

Fonseca bateu-lhe amigavelmente nos ombros:

– Não beba mais não, amigo. Daqui a pouco você está chamando urubu de meu louro e papagaio de periquito.

Ele não se importou com a chamada e passou a ensaiar arranjos no violão. Logo, um coro de vozes desafinadas e carregadas na cerveja, tomou conta do ambiente. Num sopro, apaguei as dez velinhas, representando décadas a menos da minha idade.

Depois de servidos de bolo e sorvete, os jovens se dispersaram para ver o programa favorito na tevê.

Fonseca foi fazer companhia ao colega e amigo, enquanto as esposas e eu trocávamos novidades. Ângela baixou o tom de voz:

– Meninas, vocês não sabem o bafafá que deu na sexta-feira, logo depois que deixaram o Ministério.

– Não brinca!

– O quê?! Dois homens chegaram como quem não quer nada. Dirigiram-se á mesa de Carlito e perguntaram pelo Armando. Sem saber das intenções, Carlito pediu que eles aguardassem, dizendo que Armando tinha ido ao banheiro. Assim que o mais forte bateu o olho no Armando, levantou da cadeira e saiu em sua direção. Pegou o Armando pelo colarinho e disse entre os dentes. – Olhe aqui, cara, sabe com quem está falando? – O pobre de amarelo ficou verde!: – Desculpe. O senhor deve estar me confundindo com outra pessoa.

Amanda interrompeu. – Bem feito para aquele metido! E ele reagiu?

– Como? Você precisava ver o tamanho do gorila.

– E Carlito? Não foi socorrer o amigo? – Perguntei. Ela balançou a cabeça, negando.

Amanda não acreditou:

– Logo o Carlito que é metido a brigão!

– Como você disse, é só metido. Na hora H, ficou de longe assistindo o colega sendo imprensado pelos brutamontes.

– Mas afinal! De que o acusavam?

– De estar dando em cima da mulher de um amigo.

– Ah, essa não! Aquele cara de fuinha dando uma de Casanova? É ruim, hein!

– Há gosto para tudo.

– E aí?

– Quando vi que o Armando ia levar a pior, obriguei Carlito a dar uma força:

– Posso ir, mas não sou besta de enfrentar aqueles touros. Vou inventar uma mentira para livrar a cara do paspalho. Meteu-se entre os três e disse que Armando era gay.

Amanda e eu caímos na gargalhada:

– E depois? E o que foi que aconteceu – perguntei curiosa.

– Meninas, o cara deu-lhe uma palmadinha no rosto. – É verdade o que o seu colega está dizendo, bicha? Armando não viu outro jeito de escapar de passar a noite no pronto socorro. Ou confessava ou entrava na porrada. Botou as mãos na cintura, deu uma requebrada, e fingiu raiva de Carlito.

– Xi! Você não tinha nada de abrir a boca para contar meu segredo. Como é que vou encarar o pessoal na segunda-feira? Para terminar a história, os malandros se desculparam e saíram dando risadas.

– Vou contar para o Zé. Ele vai adorar encarnar no Armando.

A campainha soou:

– Quem será a essa hora?

– Algum retardatário. Vou pedir ao Fonseca para botar mais carne no espeto.

Ao portão, um rapazinho esperava com um arranjo de rosas vermelhas:

– Para dona Júlia, disse entregando-me.

– Tem certeza de que não errou de endereço?

Ele sorriu, mostrou o cartão: – A senhora pode conferir.

Dei-lhe uma gorjeta e segui com as flores para o alpendre. Amanda gracejou ao vê-las:

– Olha só, Ângela. Nossa amiga anda de segredos para conosco. – Vai! Diga logo que é o pretendente.

– E que pretendente! Falei amuada.

– Aloísio da repartição?!

– O próprio. Não se cansa de esperar pelo meu sim. É bom que espere sentado ou ficará com as pernas cheias de varizes.

– Estou contigo. Homem depois dos 50 começa a bichar.

Amanda endossou:

– Ângela tem razão. É reumatismo, gota, bico de papagaio e outras doenças da idade. Tudo isso, e mais um bilau sem utilidade. E por falar em idade? Onde anda dona Carolina que não deu o ar da sua graça?

– Mamãe amanheceu atacada da sinusite. Nesses dias, ela só sai da cama para fazer o que a Odete não pode fazer por ela. Agora, digam-me uma coisa:

– O que é que eu faço com isso?

– Se a sua mãe quiser enfeitar o quarto com elas, tudo bem. Senão, joga na lata de lixo.

A temporada de espetáculos foi aberta com a estréia do balé russo. Por nada deste mundo, eu perderia a chance de realizar-me na estrela principal. Josh acompanhou-me com Cidinho, esquecido das roupas de grife.

Após a apresentação, os rapazes levaram-me para lanchar onde estavam acostumados a ir. Juntaram-se a uma mesa em que estavam dois amigos comuns. A conversa descontraída levou-me a dar gostosas risadas.

Sentia-me jovem como eles, o espírito rejuvenescido pelo frescor da juventude. Essa época passara por mim como um voo de potentes turbinas.

A chuva miúda da véspera, persistia na manhã de sábado.

A previsão de tempo anunciava uma massa de ar frio vinda do sul:

– Beleza! Exclamei depois de ouvir o rádio. Vou preparar o espírito para prisão domiciliar até segunda feira.

Nesses dias, eu procurava o que fazer evitando as horas arrastarem-se como uma anciã nos seus chinelos.

Dei uma ajuda à Odete, e fui ao quarto dos meninos arrumar as gavetas bagunçadas As de Josh nem tanto, mas as do irmão, assemelhavam-se a um ninho de rato. Gastei um bom tempo para colocar ordem no caos.

Segui para o quarto de minha mãe. A idade a deixava preguiçosa e desorganizada. Mais ainda que Jack! No armário, uma verdadeira confusão de roupas, misturadas aos cobertores e colchas. Esvaziei-o e passei a separar peça por peça deixando-o arrumado por alguns dias. O que não servia, coloquei numa caixa para doar às Instituições carentes.

Olhei o baú aos pés da cama, indecisa se o abria. A arca servia de depósito de velharias, dezenas de fotos desbotadas, dos antepassados e outras recordações.

Por inúmeras vezes, tentei conhecer a família, mas a quantidade de fotografias desanimava-me. Peguei algumas a esmo para minha mãe fazer o reconhecimento logo mais à tarde.

Tomei um banho, almocei, e fui para o meu quarto descansar um pouco.

A melancolia me invadia contemplando o branco do céu, a garoa caindo preguiçosamente no silêncio reinante. A saudade bateu forte, ao desejar voltar aos tempos de criança ao ver as vidraças embaçadas. Desejei ter a companhia de Tininha para brincarmos de jogo da velha. Afastei-me da janela, os olhos marejados de água.

Sobre o travesseiro, os pensamentos saltitavam de um ponto a outro, e lembrei da visita de Fernando a pouco menos de um mês. Chegou sem avisar, trazendo consigo a filha do segundo casamento. Esperta e graciosa, logo que viu Jack, pulou ao seu colo num gostoso abraço. O irmão a levou para ver os passarinhos na gaiola, deixando-nos a sós. Perguntei sobre a sua saúde, notando-o abatido e magro.

– Não estou nada bem! Fui ao médico a pedido da minha esposa, e depois dos exames pedidos, soube que tenho leucemia.

Levei a mão na boca, surpresa e pesarosa com a triste notícia – Sinto muito, Fernando. E quanto ao tratamento? O médico indicou-lhe algo?

– O tratamento já foi iniciado, mas a cura, só depende de um doador compatível com a minha medula.

– A chance está nos seus filhos!

– Por isso estou aqui.

– Conte comigo para o que precisar. Falarei com os meninos, e tenho certeza de que eles estarão prontos para servi-lo.

– Obrigado Júlia. Eu a avisarei logo que o médico achar necessário.

Infelizmente, a medula dos filhos não serviu.

Apontei-lhe alternativas tidas como eficientes no seu caso.

– Já experimentei todas essas sem obter resultados positivos. Desgraçadamente, tenho de cruzar os braços sem condições de derrubar essa maldita doença.

– Parece clichê, mas enquanto há vida há esperanças.

– Não no meu caso como no de Tininha.

– Não desanime. De repente surge o doador que precisa.

– Júlia, pelo prognóstico médico meu tempo de vida é curto. A fila de espera é muito grande, e até que apareça alguém...

Pobre Fernando! Tão moço e sem esperança de futuro. As incríveis surpresas da vida!

Jack avisou que chegaria tarde em casa.

Josh fora ao cinema com Cyd e talvez dormisse na casa dele. A casa assemelhava-se a um mausoléu na ausência dos rapazes.

Peguei as fotos e fui sentar-me ao lado de minha mãe. Pedi que ela identificasse as fotos que havia separado. Contrafeita, olhou-as sem interesse:

– A maioria dessas pessoas estão mortas a décadas! Não devem existir nem mesmo os ossos.

– Não importa! – Mostrei alguém de chapéu coco e paletó apertado num barco: – Quem é esse?

– Seu avô com pouco mais de 30 anos, num passeio de barco com um amigo.

Interessei-me ao ver um rapaz entre duas moças:

– E esses?

– Filhos de um tio. Todos foram criados pela irmã. Eram lindos quando jovens!

– Estou vendo. E eles chegaram a casar?

– Só o rapaz. Esse negócio de ficar escolhendo marido por beleza, deixa muita moça no caritó. Há muitos anos, não tenho notícias deles. A essas alturas devem descansar em paz.

Numa foto maior, minha mãe de mãos dadas com um rapaz. – Algum fã?

– Seu tio Marcio.

– Vocês parecem namorados nessa foto.

– E éramos!

– A senhora está brincando, não é mesmo?

– E o que eu ganharia com isso? Eu o conheci primeiro que a seu pai.

– Incrível que eu só tenha tido conhecimento desse fato por uma simples curiosidade. Por que a senhora nunca fez menção sobre esse namoro.

– Porque não achei necessário.

– Pois agora terá de contar essa história direitinho.

– Marcio estudava no mesmo colégio que eu. Nos intervalos das aulas, costumávamos ficar juntos e daí para o namoro foi um pulo. Todos os dias, terminada as aulas, ele levava-me até o portão de casa, e um dia, resolveu pedir consentimento ao meu pai para namorar em casa.

Papai aceitou-o com gosto, por ele descender também, de libaneses. Essa foto foi tirada quando eu estava com 16 anos.

– Isso é outra história!

– Prossiga.

– Desde muito novo, Marcio não podia ver rabo de saia sem arriscar um flerte. Certo dia, eu bordava uma toalha do enxoval, quando uma amiga chegou esbaforida, dizendo que o vira aos beijos com uma moça. Encostei o bordado e fui à sua casa pedir satisfação. Ele não estava, e,Antonio convidou-me a entrar ao ver-me nervosa. Trouxe-me um copo de água com açúcar e quando viu que eu estava mais calma perguntou o que acontecera. Depois de saber o motivo da minha presença, ele tentou desculpar o irmão:

– Marcio é muito volúvel, mas tenho certeza de que ele a ama. Basta um pouco de paciência e tudo se ajeitará entre os dois.

– Paciência! Olhe bem para mim! Por acaso tenho cara de otária para aceitar a traição como se fosse normal?

Ele sorriu: – Isso é com você!

Eu me sentia rejeitada e a pior das tolas, Caí em pranto molhando o ombro de seu pai. Antonio afagou-me os cabelos:

– Não chore! – Meu irmão não merece essas lágrimas.

Marcio chegou a tempo de ouvir a frase:

– Por que você está dizendo isso à Carolina?

Enxuguei o rosto, tomei a frente, socando-lhe o peito:

– Porque você é um canalha safado e infiel! Até quando você pensou continuar me fazendo de boba?

– Não sei do você está falando?

– Dos seus beijos com aquela sirigaita.

– Quem foi que lhe disse isso?

– Não interessa. Ao menos seja homem para confessar ou desmentir essa historia.

Imprensado, ele não teve como safar-se. – Desculpe, Carol. Eu estava esperando uma oportunidade para lhe falar sobre ela.

Ferida em meu orgulho, esbofeteei-lhe o rosto. – Então é verdade, seu moleque! Se minha amiga não me contasse o que viu, eu continuaria bancando a idiota. Nunca mais volte a me procurar. Ele avisou que passaria na minha casa para dar satisfação do rompimento ao meu pai.

– Poupe seu tempo. Eu mesma lhe direi o mulherengo que ia ter como genro.

Sai furiosa, sem sequer agradecer Antonio pela gentileza. Deus põe e o homem dispõe!

– Isso é verdade! Quem diria que depois de enviuvar do irmão, a senhora viria a casar-se com ele.

Entramos pela noite, mamãe contando histórias hilárias dos tempos de jovem. Por estranha coincidência, os casamentos na família assemelhavam-se aos das antigas tribos hebréias. Cunhados contraiam novas núpcias com a viúva do irmão, primos com primas...

Eram quase 23 horas quando Josh chegou com Cidinho. Foram direto à cozinha, procurando comida. Ouvi a voz deles, avisei do quarto que o jantar estava no forno.

Resolvi levantar para saber se precisavam de algo. Minha presença os fez interromper os comentários sobre o filme que assistiram.

– Continuem. – Parece bem interessante, interpus-me na conversa.

– Muito, respondeu Josh. Tive de segurar as pontas para não chorar. Não foi Cidinho?

– Pra não chorar?! – Tia, você precisava ver! Esse tolo quase arranca o nariz de tanto se assoar.

– Meu nariz estava entupido.

– Ai, ai! Você acredita nessa desculpa, Dinda?

Encarei meu sobrinho, conhecendo sua sensibilidade.

– Outro dia, eu e ele assistíamos um filme na televisão, quando seus olhos encheram-se de lágrimas. O namorado da jovem despedia-se convocado pela guerra.

– Não tenho culpa de ser assim. Com certeza, devo ter puxado alguém da família.

Minha mãe chegou nesse momento:

– A mim, asseguro-lhe que não foi. Com certeza, sua tia. Mas de qualquer forma, um homem deve controlar suas emoções. Reconheço que seu pai tinha razão quando se opunha que os filhos fossem criados por nós. Ainda bem que Jack não puxou a frescura das mulheres.

Tomei a defesa do meu sobrinho: – Mãe, os tempos são outros e as pessoas não se envergonham de demonstrar os sentimentos. Antes, os maridos não podiam ajudar as esposas no serviço doméstico sem serem vistos como maricas.

– Essa modernidade só trouxe lixo para a sociedade. Drogas, namoros vergonhosos, gays... E chamam isso de liberdade! Para mim não passa de deslavada libertinagem.

– Concordo que hoje, a permissividade sem limites, leva muita gente a cometer imprudências. Contudo, a abertura de expressão, tem pontos positivos.

– Cite pelo menos um. Pediu minha mãe.

– Hoje, as pessoas assumem sem medo seu papel na sociedade.

– Como assim?

Josh tomou a frente impedindo o amigo de continuar suas opiniões liberais:

– Vó, o que o Cidinho quer dizer, é que hoje os homens assumem profissões, antes consideradas femininas. Por exemplo: decoração, arquitetura, balé...

– Para muita gente continuam sendo profissões de mulheres. Felizmente vocês escolheram fazer outra coisa. Seria uma vergonha ver você ou Jack, metido numa calça mostrando os documentos e dançando na ponta dos pés.

Josh chamou o amigo para jogar cartas prevendo um atrito a qualquer instante.

Os meninos completavam 17 anos.

Na volta do trabalho, passei na padaria para pegar a torta,e os salgadinhos encomendados na véspera.

Poucos convivas! Amigos mais próximos, a namorada de Jack, e meus amigos de trabalho.

Depois de servir o bolo, deixei a sala livre para minha mãe ver televisão.

A turma reunida na varanda, parecia preocupada com o que iria usar na festa de formatura. Aceitei algumas sugestões das mulheres sobre os trajes, pensando tirar partido de alguma. O assunto voltou-se para o vestibular.

Helô tentava dissuadir Jack de fazer administração de empresa. – Se eu fosse você, tentaria fazer o que sempre gostou.

– Amor, não é tão simples como você pensa, ele respondeu com doçura. As aulas são muito caras e não temos condições de pagá-las.

Faço Administração de Empresa e quando conseguir um bom emprego corro atrás da minha meta.

– Tudo bem! Só que você esquece que na escola de aviação, exigem idade máxima para fazer o curso.

– E daí?

– Está vendo tia! Esse menino não leva nada a serio. Voltou-se para Josh:

– E você, cunhado? Está firme em fazer Literatura?

– Mais do que nunca! Não abro mão do meu ideal por nada deste mundo. Minha cabeça fervilha de ideias e preciso levá-las ao mundo na forma de livros.

– É isso aí! Ainda vou ver seu nome encabeçando a lista dos mais lidos e vendidos.

– Podes crer. Um dia farei um best seller baseado na vida de tia Júlia.

Sorri abraçando-o: – E não será por falta de bagagem que você deixará de fazê-lo! Garanto mais de 800 páginas de aventura, drama e comédia.

Bebel,cabecinha de vento, namoradinha de Diogo, tratou de levar o assunto para um rumo mais descontraído:

– Gente! Quero saber se vocês estão firmes e fortes para a festa da Cíntia?

Todos levantaram o dedo, menos Josh:

– Estou fora. Não vou perder a apresentação de Aída por causa de uns embalos.

– Pô, cara. Deixar de curtir o sonzão para ver ópera no Municipal! Desculpa tia, mas isso é coisa de careta. Criticou Diogo

– Cada um na sua!

– Falou! Aposto que Cyd também não vai!

– Acertou. Pertencemos a galera da cultura. Respondeu Cidinho

– Eu diria, quadrada! Vocês não sabem o que vão perder seus bolhas. O pai dela contratou uma banda supimpa de rock. Pelo que ouvi falar, vai rolar bebida como cascata. Vou começar a preparar o estomago desde a véspera para tomar todas. Vai ter garotas aos montes.

– Êpa! Não gostei desse lance. Está escutando, Jack? Ai de você se der mole para alguma!

– Hiiii! Coitado do Jack. A polícia vai ficar de olho a noite inteira.

Jack acalmou Helô: – Fica fria! Você sabe que só tenho olhos pra você, gatinha.

Comecei a preocupar-me pela demora de Amanda. Adivinhando meu pensamento, Josh perguntou:

– Cadê tia Amanda que ainda não chegou? Será que esqueceu do nosso aniversario?

– Pois sim! Mais fácil esquecer-se do próprio. Ligou avisando que iria atrasar-se.

– Então deve estar chegando.

Passei uma rodada com a bandeja de salgadinho:

– Ô de casa! Estou entrando. Gritou Amanda do portão. Josh foi ao encontro. Entregou-lhe o presente num abraço gostoso:

– Este é para você, se não der ou não for do agrado, pode trocar.

– Claro que ele vai adorar, disse Zé Luis. Dirigiu-se a Josh cochichando-lhe ao ouvido:

– A ideia de comprar a camisa rosa foi minha.

– Onde anda o seu clone? Amanda perguntou.

– Com a namorada dando um arraso nos salgadinhos.

– Tomara que deixe um pouco para mim.

Fui juntar-me a turma dos barnabés.

Amanda falava da viagem de sua mãe ao Nordeste, à casa dos irmãos. De dois em dois anos, dona Amélia visitava os três solteirões. O marido dava-lhe a maior força, para esse descanso dos serviços domésticos. Normalmente ficava fora por um mês e meio.

– Seu Vicente deve estar morrendo de saudade, não é mesmo? – Perguntei

– Apesar de não parecer se incomodar, acredito que no fundo fique torcendo para que volte logo.

– E não é para menos. Por que ele não fica com a sua irmã até dona Amélia voltar?

– É ruim, hein! Diz que não gosta de incomodar. Mas está pensando passar uma semana com ela por causa das netas. Segundo ele, quando vai para lá não sente nada no coração. È só voltar que começa a se queixar de dores no peito. Vá entender!

– Da última vez que estive com ele, estava entusiasmado para fazer ponte de safena no próximo ano.

– É verdade. Acho que está muito certo, até porque ele é ainda é muito novo.

– E alegre! Arrematei. – Eu e a Ângela quase fizemos xixi nas calcinhas de tanto rir com as piadas que nos contou no aniversário do Rodrigo. E por falar no teu filho, como ele anda nos estudos.

– Do mesmo jeito! Empurrando com a barriga. E você, com os gastos e preparativos da formatura dos meninos?

– Adiantados. Só falta comprar os sapatos. Ficaram de comprar no sábado. Essa garotada está sempre inventando moda como se dinheiro desse em pencas. Imagine que não tem seis meses que comprei um All Star para Jack, e ele está me cobrando um mais moderno para ir à festinha na casa de uma colega. Desse jeito, só arrumando outro emprego.

– E eu não sei! Rodrigo, um pirralho que mal saiu das fraldas, bate o pé para não usar outras roupas que não sejam jeans, e tênis.

– Ainda bem que não tenho filho adolescente.

– Você tem sorte, Ângela. Por isso seus cabelos não precisam de tinta.

– O pior é quando cismam de sair. Pode chover canivete que Jack não dispensa uma festinha. Só durmo quando ele chega em casa. Respirei. – Alguém sabe informar quando essa chuvinha vai nos deixar?

– Prepare-se para mais uma semana de chuva. Esqueceu que estamos na Primavera? Estamos longe de ter bom tempo.

**

Zé Luis ofereceu-me carona ao final do expediente.

Desde que entramos na Presidente Vargas, o assunto de Amanda era a volta de dona Amélia nos próximos dias.

– Seu Vicente deve estar soltando foguete, não é mesmo?

Ela sorriu:

– Acho que sim. Quando liguei avisando-o, disse que voltaria em dois dias para dar uma faxina na cozinha.

– E sua irmã vai trazê-lo?

– Não dá pelo colégio das crianças. Ele está acostumado a ir e voltar de ônibus.

Aproximava-nos da estação do meu bairro, e pedi ao Zé:

– Não precisa levar-me em casa. Desço no mercadinho para comprar pão doce, e frutas. Lá em casa ninguém passa sem isso. Beijei-os, prometendo visitá-los no domingo.

– Vá mesmo. Rodrigo vive perguntando por você.

– Eu também estou com saudades dele. Dê-lhe um beijo bem gostoso.

Quando cheguei, encontrei minha mãe fanhosa, espirrando toda hora. – Hi...iii! Lá vem gripe.

– Estou aqui que não me aguento. Meu corpo só pede cama.

– Viu se está febril?

Há pouco coloquei o termômetro e marcou trinta e sete e meio.

– Vá deitar-se enquanto providencio uma canja com Odete.

Devido à gripe de mamãe, fiquei de molho no sábado e domingo, dando-lhe chazinhos e canja.

Na terça feira, estranhei não ver Amanda e o marido no trabalho. "Ou Rodrigo está doente, ou algo muito sério aconteceu para a falta de ambos no serviço."

No final da tarde Ângela chegou à minha mesa com cara de enterro:

– Que foi que houve?

– Tenho uma noticia muito triste para lhe dar.

– Pelo amor de Deus! Diga que não tem a ver com os meus sobrinhos!

– Não.

Benzi-me.

– Amanda ligou-me para avisar o falecimento do seu Vicente, minutos atrás.

– Não acredito! Como foi isso?

– O coração! Desde que acordou não se sentia bem, mas não quis incomodar Amanda. A sorte foi ela ligar para saber se ele precisava de alguma coisa da rua, e pela sua voz, sentiu que ele não estava bem. Foi à casa dele, e vendo seu estado chamou imediatamente o médico. Custaram tanto a atendê-lo, que quando chegou o socorro não tinham mais nada a fazer.

– Que tristeza! Na sexta feira Amanda falava da sua alegria pela volta da esposa...

– A morte não manda aviso prévio.

– Coitada da Amanda. E dona Amélia já está sabendo do ocorrido?

– Já. Imagino como ela deve estar depois da notícia. Ficou de ir para o aeroporto, ver se conseguia passagem no primeiro voo para o Rio. Daqui a pouco vou pegar o Rodrigo na escola, e levá-lo para minha casa, até que Amanda resolva os procedimentos necessários.

– Vou ligar em seguida para ela.

A morte súbita de seu Vicente atingiu a todos. Amigos, colegas, principalmente a família. Dona Amélia só conseguira voo para o dia seguinte. As horas passadas acordada no aeroporto, somadas a dor da perda, deixaram-lhe marcas visíveis no rosto. Acompanhada da filha, foi direto para a capela funerária.

Sentada ao lado do esquife, olhava o corpo do marido alheia a tudo. Eu sofria sua dor, recordado a passagem de Tininha.

Após o sepultamento, a filha Luiza, levou Amanda, Rodrigo e a mãe para a casa da praia, retornando à véspera da missa de sétimo dia.

Os rapazes saíram para o colégio, e fui vistoriar as roupas que usariam a noite.

Helô viria almoçar conosco, e empreguei o tempo para fazer um prato que os meninos adoravam.

Mal humorada Odete reclamava de Heloísa:

– Essa moça parece que não tem casa! Todo sábado e domingo vem filar a comida aqui.

– Você está ficando uma velha ranzinza e impertinente. Ela é jovem, e quer ficar junto do namoradinho.

– Então que leve o Jack para a casa dela para dar trabalho a sua mãe.

Ajudei-a no serviço a fim de não continuar ouvindo as queixas.

Jack chegou, trocou o uniforme do colégio pela camisa do time de futebol. Fez um sanduíche e saiu mordendo-o.

– Mal chegou já vai sair de novo?

– Os caras estão me esperando para começar o jogo.

– Não vá esquecer de pega Helô na volta.

Os acordes da Cavalleria Rusticana chegavam à cozinha em meio ao apito da panela de pressão. De colher de pau em riste, eu imitava o maestro com sua batuta. Odete que não era chegada ao clássico torceu o nari:

– Esse menino só puxou o lado de vocês! Onde já se viu um rapaz de dezessete anos, passar o dia inteiro escutando esse troço!

– Gosto não se discute.

– Só estou dando minha opinião. Não consigo me acostumar com o jeitão esquisito deste menino! Ele devia ser como o Jack. Namorar, ir às festas, jogar futebol, mas prefere ficar enfiado no quarto com o Cidinho.

– Você hoje está mesmo azeda, hein? Andou sonhando com coisa ruim?

– Pra falar a verdade, sonhei! Só que não vou contar para ninguém.

– Também não faço questão de saber.

O dia transcorreu sem novidades.

Ao cair da tarde Helô foi para a casa. Pedi que ficasse de olho em Jack quanto às bebidas:

– Fique sossegada. Ficarei na sua cola até por causa das outras garotas. Se der sopa, elas caem em cima dele.

– Bobinha! Jack só tem olhos para você. A que horas vocês pretendem ir?

– Lá para as 21. A gente se vê.

Da porta ouvi a bronca de Jack dirigindo-se ao irmão:

– Você é mesmo um chato! Não custava nada você trocar o Municipal para ir comigo à festa.

– Já disse que não estou com vontade. Você sabe bem que não suporto esse tipo de diversão. Não sei por que faz tanta questão que eu vá se tem Heloisa à tiracolo a noite inteira.

Jack saiu batendo a porta. Desviei o caminho para o alpendre, evitando tomar partido.

Os meninos terminavam de se arrumar. Estranhei não vendo Cyd:

– Ué! Você hoje vai sozinho?

Josh respondeu as volta com o nó da gravata:

– Ficamos de nos encontrar em frente ao Teatro. Devo chegar tarde em casa, porque ficamos de nos encontrar com uns amigos em Copacabana, depois do espetáculo.

– Tenha cuidado com a barra pesada. Todos mundo sabe que a droga costuma rolar solta naquelas bandas.

– Sei disso, mas você tambem sabe que não tenho amigos viciados. Pediu-me ajuda para o que fazia, e olhou-se vaidoso no espelho: – Estou bem?

– Lindo! Só falta a colônia para agradar as meninas. Mulher adora homem perfumado.

– Dessa vez não teremos garotas para encher o saco. Só iriam atrapalhar com suas chatices, o grupo de candidatos a escritores. – Tem certeza de que não quer ir conosco?

– Depois desse comentário contra as mulheres...

– Você é diferente! É inteligente, culta, e sabe falar sobre assuntos variados. Olhou a hora:

– Nossa! Vou chamar um táxi senão chego atrasado.

No jardim, Jack esperava por Helô, impaciente. – Não sei por que mulher demora tanto a se arrumar para sair! Reclamou ao ver-me.

– Calma meu filho! Nós mulheres temos prazer em caprichar no visual para o homem que amamos. Paciência que ela deve estar chegando.

Pelas frestas da janela, vi quando ela chegou e trocaram beijos apaixonados. Quando entraram elogiei Helô:

– Você está linda! Voltei-me para Jack. – Cuidado com os gaviões em cima da sua namorada.

– Esse perigo eu não corro! Começou a desfilar fazendo pose de modelo na passarela, seguro da elegância:

– E então? Vai dizer que seu gato não está a sua altura?

– Convencido! Está vendo como seu sobrinho é prosa?

Sorri: – Eu sou suspeita em falar, mas sei que ambos arrasarão na festa.

Helô o apressou: – Vamos Jack. Está ficando tarde.

– Você tem dinheiro para o táxi a volta? Perguntei.

– Não se preocupe. Costumo pegar carona com um dos amigos.

– Mas, por favor, que não seja com quem esteja bêbado. Outro dia fiquei muito triste, quando soube da morte de quatro rapazes que voltavam de uma festa. Todos estavam de fogo, inclusive o motorista.

– Quanto a isso fique tranquila.

– Avise-me quando estiver voltando.

– O. k.! Sei que você não dorme enquanto eu e Josh não chegamos.

Jack abraçou-me: – Tia, eu a amo muito.

– Como se eu não soubesse! Mas duvido que mais do que eu.

Meu coração ficou apertado, como acontecia todas as vezes que meus sobrinhos saiam à noite. A violência nas ruas passara ser o grande vilão dos meus temores; balas perdidas, o uso drogas transformando os usuários em bestas humanas, e uma infinidade de perigos aos quais os inocentes estavam expostos. Era impossível distinguir na multidão o anjo celeste do anjo caído. Se outrora, lugares e aparência das pessoas serviam de sinal de alerta para os riscos, hoje, os indícios estavam em pane, impedindo o reconhecimento dos bons entre os maus, e vice versa. Os demônios estendiam seu império a lugares sofisticados, onde seus soldados de expressões angelicais e uniformes elegantes misturavam-se ao exército mundano.

Na cadeira do meu quarto eu rezava, pedindo proteção para meus sobrinhos:

"Para que? Quem implora ao alto dorme sossegada confiante na proteção."

O que faço é como acender uma vela a Deus e ao diabo!

Fazer o que se as labaredas da minha humanidade estavam acima de qualquer fagulha espiritual!

Entreguei-me a "sorte" de mais uma noite passada em claro.

Primavera sem Flores

Novembro, mês que eu gostaria que fosse riscado do calendário.

Mal entrava, e eu torcia para ver o final. A antipatia tinha motivos de sobra! Perdi meu pai, minha irmã, e o namorado, justamente nesse "bendito" mês.

Pertencente à primavera, passei a não ver sentido nos versos e canções exultando a beleza, e os amores desse tempo. Meus joelhos estavam feridos de tanto rezar no temor de algum mal em caminho.

A casa entrou num silêncio pesaroso com a ausência dos rapazes. Fui para o meu quarto, sentei na cadeira em frente ao oratório, acariciando a gata de estimação. Pensava no que fazer amanhã de almoço. Normalmente, era Josh a sugerir o cardápio de domingo, devido o agito, acabei esquecendo de perguntar-lhe. Agora, ficava sem saber o que tirar do freeze. Os pensamentos voaram para o Natal.

A gata impacientou-se, coloquei-a na sua caminha, e, segui para a cozinha para tomar um copo de leite. Na sala, mamãe cochilava em frente à tevê, acordei-a, ajudando-a a ir para o quarto.

Meu bumbum doía. Acomodei-o com uma almofada macia, retornei a leitura. Pouco depois, sobressaltei-me com o bater de asas e os pios da coruja no silencio da noite.

Pensei em minha mãe e Odete, duas supersticiosas de carteirinha assinada. Se estivessem acordadas, estariam se benzendo acreditando que o crocitar era presságio de morte.

O incidente despertou-me para um dia em que entrei no quarto de minha mãe. Ainda não eram 7 horas, e ela já estava com o radinho de pilha colado ao ouvido, ansiosa para ouvir o horóscopo. De nada adiantava eu dizer, que aquilo não passava de bobagem. Desta vez fui além, ouvindo o cara que era entrevistado dizer: – "Um raio não cai duas vezes no mesmo lugar".

– Mentira, mentira e mentira! Disse indignada. Quem nos dias atuais dará ouvido a ditados populares! Nem mesmo eu, acostumada a ouvi-los desde criança. Crendices, ditos, e superstições fazem parte do paganismo, civilização voltada para os mistérios irracionais. Quem professa uma fé, sabe que a única verdade é Deus, e a única certeza, a morte. O resto é balela para manter a ingenuidade do povo presa aos propósitos dos astutos. É inacreditável – prossegui! Em pleno século da tecnologia avançada, ainda existe quem espere o horóscopo como oráculo, para saber as cores da roupa a usar, o número de sorte, e outros absurdos. Se a senhora duvida das minhas afirmações para dar crédito a esse fulano, saiba que as condições atmosféricas são imprevisíveis por não serem Matemática.

– Você e seu cepticismo! Ela criticou.

Eu estava longe de me considerar criatura cética. Acredito em coisas inexplicáveis, na verdade, e creio que os homens podem chegar a conhecê-la pela fé, pelo amor e pela caridade. No entanto, essa questão balançava meus princípios, pelo comportamento atual das pessoas. Pareciam viver num mundo particular, sem tomar consciência dos vizinhos para um cumprimento. O mais chocante era a hipocrisia demonstrada durante, e após a missa nos domingos! Na hora do aperto de mão, sorrisos gentis e bondosos. Mal deixavam o templo, empinavam os narizes, entravam em seus carros, retornavam a cegueira habitual.

Tive dúvidas, se num futuro próximo, eu não estaria fazendo parte desse grupo que abandonara a escola da vida, antes de chegar a formatura. Meu pai sempre dizia que nesse mundo tudo pega menos osso partido de perna. Adágio popular!

O mundo parecia-me atravessar a crise transitória da adolescência. Maldito ciclo das novas descobertas, das confusões mentais e inseguranças mil.

Lembro-me de como foi difícil deixar a infância para trás, aceitar os mamilos despontar em caroços dolorosos, quadris arredondados, a primeira menstruação. Ai de mim não fosse Tininha como instrutora, para atravessar esse vale ambíguo!

Nesse estágio em que a criança ficava para trás, e o adulto estava a milhares de quilômetros, senti-me perdida nesse universo complicado. As novidades, chegadas nas asas do vento, causavam-me curtos circuitos na mente, medo, e pânico de caminhar com meus próprios pés. Tudo parecia girar ao contrario dos ponteiros do relógio.

Finalmente, adaptei-me ao meio ambiente no exemplo dos outros jovens. A maneira de falar, de vestir-me, trouxe proteção ao conflito pessoal.

De repente, tudo passou num piscar de olhos! Poucas sequelas. A mais grave, a frustração de deixar escorrer no ralo, as paixões de verão, as loucuras da época, enfim, os anos dourados da vida, agora enferrujados.

Cheguei à maturidade com uma bagagem de boas e más experiências. Não me queixava do excesso, como tantos outros a qualquer infortúnio. Mas para isso, tinha de matar um leão a cada dia para não ver meu mundo despencar entre amarguras e sofrimento. Dediquei-me a ser sal da terra e luz do mundo contrariando o óbvio.

Por incrível que pareça amigas e vizinhas recorriam aos meus conselhos para os problemas conjugais. Logo a mim, que até então, não provara sequer um só beijo de amor!

O dom de conselheira crescia com os anos, incoerente com a qualidade dos dias. Porém, eu continuava firme na proposta de ajudar meus semelhantes a encontrar a paz, e lógico, de um dia vir a ser feliz. A intenção não era correr atrás da felicidade, pois sendo ela um estado de espírito, só precisava de uma boa garimpada no veio de ouro, para a fortuna vir à tona.

" Mel e leite, correriam a seguir na terra prometida."

A casa continuou em silencio pesaroso pela ausência dos rapazes.

Voltei à leitura, sem deixar-me coagir por crenças e superstições. A essas alturas, o pássaro "agourento" teria encontrado um galho seguro para romper a noite.

Na cômoda, o relógio marcava 3h12. Meus olhos pesavam, mas eu lutava para não dormir. Levantei e fui fazer café para afastar o sono.

Da cozinha, ouvi a chave girar.

– Ainda acordada, Dinda? – disse Josh ao chegar e ver-me ao fogão.

– Não consigo dormir enquanto vocês não voltam para casa.

– Jack ainda não veio?

– Ainda não! Pensei que fosse ele.

Ele sorriu, beijou-me a testa antes de dirigir-se ao quarto:

– Vá dormir Dinda. Ele não deve demorar.

– Aliás, já devia estar em casa. Sempre é o primeiro a chegar. O pior, é que até agora não deu um telefonema avisando quando viria.

– Vai ver ficou sem créditos. Não esquenta, Dinda, assim que ele chegar peço para ir ao seu quarto para que fique tranquila.

Os ponteiros do relógio corriam deixando-me aflita. 4h20 e nada de noticias de Jack. Meu coração começava a apertar, a garganta ressecada pelo nervosismo, os pensamentos em desordem. Por mais que me empenhasse, não conseguia ficar calma. A imaginação corria solta fantasiando cenas de pesadelo. Larguei o livro, acendi uma vela para o seu anjo da guarda, implorei proteção, angustiada e desesperada.

Voltei à cozinha a fim de fazer um chá de camomila. Sentei, tentei relaxar enquanto a água fervia.

O telefone tocou.

A respiração ficou suspensa, e as pernas paralisadas. Ao quinto toque Josh foi atender. De orelha em pé, fiquei atenta à conversa.

– Alô!

O tom de sua voz mudou: – Por favor, seja mais claro. Não consigo entender o que diz pela barulheira. De onde você fala?

Cheguei à sala segurando-me nas paredes. Sem se dar conta de a minha presença Josh dirigiu-se ao quarto, apressado.

– Josh! Gritei alcançando-o:

– Tomada de angústia e aflição, sacudi-o pelos ombros. – Responda pelo amor de Deus! Diga-me o que está acontecendo.

Abraçado a mim, respondeu mantendo-se calmo:

– Dinda, procure ficar calma. Jack sofreu um acidente.

– Ah meu Deus! Foi grave? Como ele está?

– O médico pediu que eu fosse ao hospital, mas não entrou em detalhes sobre o seu estado. Disse que Jack foi colhido na calçada por um carro descontrolado.

– Bem que pressenti algo ruim rondar a casa.

– Agora preciso me trocar para ir até lá. Procure relaxar. Você está sem dormir há quase 24 horas.

– Você acha que poderei dormir sem saber como está meu menino? Espere enquanto calço os sapatos para ir com você.

– Nem pensar! Desculpa, mas do jeito que você está só irá complicar. Prometo lhe dar noticias logo que souber como ele está.

– Não, não. Preciso ir junto.

– Por favor, Dinda. Faça o que eu lhe peço.

Talvez Josh tivesse razão: – Tudo bem! Mas quero saber da verdade assim que você souber.

– Juro que direi. Dinda! Enquanto termino de me arrumar, telefone para o Cid pedindo que venha para cá. Vou sentir-me mais seguro com o seu apoio.

– É uma boa idéia, querido. Depois, vou saber com Helô se ela tem mais informações para nos dar.

– Mas vá com cuidado. Talvez ela ainda não tenha conhecimento do acontecido.

– Obrigada por lembrar-me.

Uma voz sonolenta atendeu após vários toques: – Alô!

– Querida, desculpe por ter de lhe acordar a essa hora.

– Não tem problema, tia. Aconteceu alguma coisa?

Usei de tato. – Você sabe dizer se Jack veio direto para a casa depois de a deixar?

– Pelo menos foi o que disse. Depois de uma pausa falou: – Só... Só se ele resolveu dar uma esticada na casa de algum colega.

– Talvez seja isso. Mais uma vez desculpe. Fiquei preocupada com a sua demora e...

– Compreendo. Logo mais terei uma conversa seria com ele. Já devia estar em casa pelo tempo que me deixou.

Não quis esticar a conversa, para não deixar transparecer meu nervosismo:

– Obrigada, e desculpe mais uma vez.

– Se precisar de algo não se acanhe em ligar.

Os primeiros raios de sol invadiam a casa, as nuvens no meu espírito continuavam.

Sem conseguir afastar os olhos do relógio, a expectativa do telefonema de Josh crescia a cada giro dos ponteiros.

Na cozinha, eu andava de um lado a outro como a fera enjaulada. Odete chegou enrolada no lençol, bocejou, parou na soleira. Ao dar de cara comigo perguntou surpresa:

– Aonde você vai a essa hora?

– Não consegui dormir. Por isso estou com as roupas de ontem.

– E por quê? Se teve insônia por que não me chamou?

Abracei-a, desabei meu pranto em seus ombros:

– O que foi menina?

– Jack!

– Que é que tem ele? Não diga que está doente?

– Antes fosse! Entre soluços coloquei-a a par da situação.

– Virgem Maria! O Josh ainda não deu notícias?

Assoei o nariz. – Ainda não.

Colocou-me sentada, e foi cuidar do café. De costas para mim, braços cruzados, esperava a água ferver em frente ao fogão, aconselhando: – Filha, não adianta a gente ficar pensando no pior. Vamos rezar, e esperar a misericórdia de Deus. Chorar não vai resolver nada.

Na sua simplicidade, Odete conseguiu acalmar-me.

O café ficou pronto, trouxe-me uma xícara fumegante do líquido quente e forte, com uma fatia de bolo:

– Vamos! Tome enquanto está quentinho e coma todo o bolo. Saco vazio não se põe em pé! Vai precisar de força para dar assistência ao seu sorinho. Colocou as mãos nas cadeiras, encarou-me desafiadoramente:

– E não se faça de dengosa com a intenção de passar por coitadinha.

A atitude fria não passava de máscara para encobrir o verdadeiro sentimento. Meu amigo Sandro, espírita como eu, alertara-me para a sabedoria dos humildes: "Júlia, se quer aprender a levar a vida numa boa, aprenda com os simples. Eles aceitam qualquer fato bom ou ruim, sem se precipitarem em conclusões". Comprovei suas palavras no exemplo de Odete.

– Odete! Ouvimos minha mãe chamar. Já fez café?

– Acabei de passar, respondeu da cozinha.

– Então me traga um pouco, por favor.

– Já, já!

– Quem está com você?

– A Julinha.

– Por acaso deu formiga na cama de vocês para madrugar? Ou será que essa reunião de cozinha tem algum motivo especial?

Levei o dedo à boca em sinal de silêncio:

– Psiuuu! Não quero que ela saiba por enquanto.

– A Júlia só levantou para beber água.

O telefone tocou.

– Dinda! Sou eu.

– Graças a Deus! Está tudo bem com Jack? O silêncio deixou-me ansiosa:

– Josh! Você continua aí?

– Sim, Dinda – Disse desanimado.

Fiquei histérica. – Como está o seu irmão? Não tente me esconder a verdade!

– Seu estado é muito grave. Os médicos estão se desdobrando para mantê-lo vivo, mas,...Um soluço entrecortou a pausa.

Transtornada, caí na cadeira ao lado, o telefone pendente sobre o colo. Comecei a pensar que vivia um pesadelo e que logo acordaria. A sala passou a rodar e a escuridão tomou conta do lugar. Odete chegou a tempo de evitar o desmaio. Sacudiu-me tentando trazer-me de volta a realidade. Amparando-me com um braço, pegou o telefone:

– Quem fala?

– Sou eu, Odete. O que foi que aconteceu à Dinda? Eu falava com ela, e de repente ficou muda.

– Agora ela está bem. E o seu irmão?

– Jack está muito mal!

– Ah, minha nossa Senhora!

– Odete! Preste atenção no que vou dizer. Helô está indo para pegar tia Júlia, e levá-la junto ao hospital. Avise a Dinda.

Helô acenou-me do táxi: – Está pronta para irmos?

No trajeto ela contou-me por alto o acidente. Fiquei revoltada ao saber da covardia do motorista. Indaguei. Alguém anotou a placa do carro?

– Não sei. O que lhe falei, foi o que a atendente me passou quando liguei para saber do Jack.

Josh esperava-nos à entrada do hospital ao lado de um senhor. Pediu licença ao nos levar para o saguão. Sentado entre eu e Helô, tentava confortava-nos com a situação melindrosa.

Helô enxugou as lágrimas:

– Você soube mais sobre o acidente? Josh meneou a cabeça. – Aquele senhor com quem eu conversava quando vocês chegaram, foi testemunha do ocorrido.

– E o que ele disse?

– Prefiro não repetir para não aumentar-lhe os sofrimentos.

Eu interferi:

– Se você não quiser falar, irei até ele para saber como tudo se passou.

– Tia! Foi tudo muito rápido e triste. Jack não tinha como escapar à fatalidade.

Ignorei o que ele dizia:

– Você irá chamá-lo ou terei de ir até lá?

– Se você insiste!

A testemunha sentou-se ao meu lado, e depois das condolências iniciou o relato.

... – foi quando atravessei a rua para comprar cigarro no botequim da esquina. Eu entrava, quando minha atenção foi despertada para um carro vindo em alta velocidade, cantando pneus. De repente, o motorista parecia ter perdido o controle da direção e o veículo começou a ziguezaguear no asfalto. Fiquei observando, preocupado com o rapaz no ponto de ônibus. Vi quando ele tentou subir no muro, ao ver o maluco aproximar-se velozmente. Ainda gritei de onde estava:

– Cuidado! Cai fora daí, rapaz. Infelizmente, meu aviso e a agilidade do garoto não foram bastante para evitar a tragédia. O carro subiu à calçada e colheu em cheio seu sobrinho, arrastando-o alguns metros. O pessoal do bar correu para prestar socorro a vitima, mas ninguém se animou a tocá-lo. Havia muito sangue na calçada e nas roupas dele. Liguei imediatamente para o pronto socorro, e...e o resto a senhora já sabe".

A mórbida curiosidade provocou em mim, a reação esperada por Josh.

Após o retorno do desmaio, a enfermeira aplicou-me um calmante a pedido médico. Apaguei.

Mais tarde, a voz das pessoas ao redor, informava-me de onde eu estava. Abri os olhos com esforço. As imagens distorcidas foram tomando a forma original Pedi a Helô, que não deixasse os médicos me deixar fora de órbita.

Ela apertou minha mão:

– Prometo. Beijou-me a testa, e saiu dizendo que pegaria um café forte para reanimar-me. Indaguei a Josh sobre seu irmão. – – Continua na mesma – foi a resposta.

A enfermeira chegou dirigindo-se a Josh. – O doutor Andrade deseja lhe falar.

Josh pediu que Helô me fizesse companhia . Recusei:

– Nada disso! Irei com você.

– Você não tem condições de deixar este quarto!

Desci do leito colocando-me ao seu lado:

– Vamos de uma vez! – Ele não teve como contestar.

Na sala do médico, o ouvíamos falar sobre o quadro com termos complicados, e pedi que fosse mais claro:

– Sinto muito, mas o quadro de Jack é irreversível! Os principais órgãos vitais estão comprometidos, sendo que os rins foram totalmente esmagados com o choque. Já usamos de todos os recursos, mas seu organismo não responde.

– O que isso quer dizer, doutor? – Perguntei na esperança de ouvir uma resposta consoladora.

– Não há mais nada a fazer::

– Aconselho-os a prepararem-se para o pior.

Baqueei à terrível sentença. Um copo de água foi o bastante para retornar ao normal. Fixei o olhar no médico em desafio:

– Se os seus conhecimentos de medicina chegaram ao limite, resta-me apelar para o médico dos médicos.

– Se a senhora acredita em orações, aconselho-a a iniciar.

Deixei a sala em desespero. Ângela e Amanda esperavam-me com Helô.

– Que desgraça, disse Amanda logo que me viu:

– Como ele está?

– Acabei de saber com o médico que o atende, que não há mais esperanças. Abracei-a em pranto:

– O que será de mim sem meu filhinho!

– Não desanime querida. Entregue nas mãos de Deus e confie. Tenho ouvido tantos casos que parecem fatais, mas para Deus nada é impossível. Ela animou-me, falando sobre o caso da menina que sobrevivera quatro minutos submersa na piscina. – Jack é jovem e forte. Há de tirar essa de letra.

Josh juntou-se a nós, chegando com o amigo inseparável. Cyd chorou ao meu ombro:

– Eu não acredito que isto esteja acontecendo. – Lamentava abraçado a mim.

A expressão cansada de Josh obrigou-me a pedir-lhe que fosse descansar um pouco:

– Durma um pouco e tome um banho para relaxar. Aproveite para falar com mamãe o que acontece. Coitada! Ela deve estar aflita sem noticias.

Ele recusou:

– Não posso me afastar até que Jack apresente melhoras.

Cid aprovou minha sugestão:

– Sua tia tem razão. Além do mais, você não come desde ontem à noite. Não queira dar uma de super-homem e deixar-nos ainda mais estressados.

Pela primeira vez, vi Josh descontrolar-se:

– Não acredito no que ouço. Como posso pensar no meu bem- estar quando meu irmão está às portas da morte!

– Querido! Aqui, todos passam pela mesma dor. Mas é preciso encarar a situação com bom senso, ou ela reverterá num tremendo caos. Cidinho terminou por convencê-lo.

– Tudo bem! Preciso mesmo de um banho e trocar essas roupas suadas. Volto em seguida.

Cidinho piscou um olho para mim:

– Fique tranquila, tia. Seu sobrinho estará em boas mãos.

A madrugada chegou sem haver qualquer alteração no estado de Jack.

Minhas amigas dormiam a sono solto no banco do saguão, enquanto Helô cochilava numa cadeira. Eu me encontrava só! A cena levou-me ao Horto das Oliveiras, depois da última Ceia. Talvez, nesse momento, eu sentisse o mesmo que Jesus ao contemplar os Apóstolos dormir depois de pedir-lhes que vigiassem com Ele. Imitando seu gesto, deixei-as descansar enquanto eu orava: – Pai, se for do seu desejo, afasta de mim esse cálice de amargura.

Acordei ao som dos sinos da Igreja vizinha, badalando incessante.

Amanda chamou Ângela num sussurro:

– Acorda dorminhoca que já passa 6 horas.

Ela espreguiçou-se, esfregou os olhos, deu um pito na companheira:

– Por que você me deixou dormir até agora?

Continuei fingir que dormia.

– Vou já à cantina a procura de um café para terminar de acordar.

– Espere-me que irei junto. Preciso comer alguma coisa para acalmar os roncos do estomago. – Pediu Ângela.

– Vou trazer alguma qualquer coisa para Júlia.

Abri os olhos:

– Não precisa. Vou tambem.

Tomamos um cafezinho com uma fatia de bolo, e voltamos em silêncio pelo mesmo caminho. No saguão, a recepcionista chamou-me:

– Bom dia, dona Júlia!

– Bom dia! Alguma novidade sobre o meu sobrinho?

– Acho que sim! O doutor Andrade pediu que a senhora fosse a sua sala.

"O que será que ele quer desta vez?"

Amanda notou a palidez em meu rosto:

– Fica fria, amiga. Nós iremos com você:

– Com certeza terá boas noticias para lhe dar.

Esbocei um sorriso indiferente sem dar crédito ao que ouvia. – Obrigada, mas prefiro ir só. Por favor, deixem-me preparar o espírito para receber o que ele tem a dizer.

Elas entenderam e saíram para o pátio.

Diante da porta entreaberta, eu olhava o movimento no corredor, buscando coragem para transpor o portal. De relance, vi dois funcionários, cabisbaixo, levando uma maca. Sobre ela, um corpo coberto com um lençol.

A cena deixou-me chocada e curiosa. Levantei, e corri para alcançá-los. Chamei-os:

– Ei! Por favor, esperem!

Pararam voltando-se ao apelo: – Alguma coisa, senhora?

– Sim, sim! Quem é que levam aí?

– Um pobre rapaz, vitima de atropelamento.

Impulsivamente retirei a coberta: "Deus, por que não levastes contigo ao Calvário, a morte? Por que consentes deixá-la roubar de nós,o que de mais precioso temos?"

O grito de dor ficou preso na garganta, no peito, no mais íntimo das minhas entranhas. Involuntariamente, acariciei o corpo frio e imóvel, contemplando o rosto branco como a neve. Tudo estava consumado.

Aniquilada pela dor, impedi os homens de continuarem o caminho agarrada a maca.

– Esse rapaz é seu parente? – Perguntou o mais velho.

Permaneci muda sem entender a pergunta. O outro comentou baixinho:

– Essa mulher deve ser louca. Não é melhor eu ir buscar alguém para levá-la e a gente poder continuar o caminho?

– Não precisa. Vou ver se a convenço de soltar a maca, e se ela quiser ir conosco eu não me importo. De repente, o rapaz era seu conhecido.

Acompanhei os homens a uma sala reservada. Junto ao corpo, fixei meu olhar na pulseira de Jack. O mais velho, acompanhou o olhar, e disse, antes de deixar o lugar: – Jack! Descanse em paz menino.

Meu corpo estremeceu, o sangue circulou a mil, fiquei como o bambuzal ao sopro do vento. A ficha caiu e com ela, um pranto convulsivo.

Apavorado, o funcionário mais jovem prontificou-se:

– Vou chamar um médico antes que essa dona caia dura no chão.

– Faça essa caridade, Miguel. Enquanto você vai, vou tentar dar-lhe um pouco de conforto.

Depois de beber o copo d'água que o senhor trouxera, dispus-me a seguir o corredor que levava ao saguão.

– Por favor! Espere meu colega voltar com o médico.

– Obrigada pela sua ajuda, mas não preciso de atendimento.

Minhas amigas correram ao meu encontro. Ângela ajudou-me a sentar:

– Onde você andava,amiga? Já rodamos tudo à sua procura.

– Estava com Jack.

– Com Jack?!

Elas trocaram um olhar interrogativo:

– Você quer dizer, com Josh, não é mesmo? Perguntou Amanda.

– Não. Foi mesmo com Jack.

– Espere! Deixe-me ver se entendo. Acaso Jack saiu da UTI?

– Já. Acabei de dizer que estava com ele. Deixei-o para pegar as roupas que usará ao sair.

Amanda pensou que eu havia pirado. Encafifadas, tentavam decifrar minhas palavras sem conseguir o intento. Por sorte, o médico chegou interrompendo as incríveis conclusões. Sentado ao meu lado, segurou-me as mãos, disse tristonho: – Dona Júlia, aceite meu sincero pesar. Jack faleceu há poucos minutos. Conte comigo para o que for necessário.

– Obrigada, mas o senhor já deu a sua colaboração.

Surpreso com a minha reação inesperada, ele perguntou:

– A senhora está bem?

A pergunta pareceu-me pilhéria. Num arremedo de sorriso, respondi olhando o vazio: – Não se preocupe. Sinto-me como se estivesse no lugar de Jack

– Tem certeza que não precisa de um calmante?

– Para quê? Os mortos não precisam de nada.

Outra vez pisei no palco de cenário mortuário.

Uma parte de mim encabeçava o elenco do drama, alheia ao protagonista. A outra, vagava no vale das sombras, reconhecendo os lugares que estivera a pouco mais de uma década.

A passividade continuou durante o velório, o sepultamento, e o retorno para a casa.

Duas semanas se passaram, sem que eu pudesse responder aos estímulos das pessoas, dos remédios ministrados pelo médico, das orações fervorosas na corrente de amigos.

Como alimento, apenas uma colher da sopa preparada por Odete, água, e às vezes, um copo de leite empurrado a força.

Um mês depois, eu havia perdido cinco quilos. A opinião geral: Eu não sobreviveria ao terrível golpe. No íntimo, era o que eu desejava ardentemente, e egoisticamente, esquecida daqueles que me amavam, desejosos da minha recuperação. Pobre Josh que sofria a morte do irmão, a tia a definhar, sem poder ser útil. Mas o destino traçava planos diferentes dos meus.

Uma semana após completar um mês de luto, sonhei com Jack. Lindo e sorridente, surgiu dentre altas e frondosas árvores, de bosque coberto de relva verde e cercado de flores silvestres. Parou à minha frente, abri os braços para matar a saudade dolorosa do seu abraço. Afastou-se com três passos para trás. Seus olhos fixaram-se em mim, suplicantes, enviou telepaticamente uma mensagem:

"Tia! Levante e continue a vida. Morri, porque meu tempo na terra terminou. Porém, os que continuam precisam de você, do seu carinho, e do seu amor. Não chore por mim. Eu estou bem! Cuide daqueles que precisam de você!"

A mensagem era clara! Não seria eu a impedir-lhe a caminhada recusando-me ao seu desejo.

Eu ainda sentia o cheiro e o calor do seu corpo quando retirei o lençol a me cobrir. Com dificuldades consegui sentar na cama e colocar os pés no chão. Tentei ficar em pé, mas as pernas recusaram-se obedecer ao comando. Caída ao chão, chamei por Odete.

– Você está louca! Disse ao ver-me. Por que não me chamou para vir ajudá-la? Na fraqueza que está poderia ter quebrado a bacia ou outro utensílio importante, gracejou.

– Ajude-me a ir ao banheiro que desejo toma um banho.

– Salve! Esse negócio de só tomar banho de gato já estava me dando nos nervos. Deixou-me sentada e voltou com um pijama.

– Chega de roupa de dormir. Por favor, pegue-me uma roupa alegre, de preferência, estampada de flores que voltei à vida.

Depois de dar um sorriso satisfeito, ela perguntou:

– Qual foi o passarinho que andou cantando à noite para você?

– Foi mais que um pássaro. Um anjo soprou ao meu ouvido que estava na hora de continuar a jornada.

Ela pareceu entender: – Hã, hã! Posso até imaginar a carinha dele.

– Pois coma também o queijo e as torradas.

– Calma! Lembre que não como a séculos.

No dia seguinte, mais forte e disposta, decidi fazer o que era preciso. Aproximava-se a formatura de Josh, e eu precisava livrar-me de alguns objetos lembrando Jack.

– Odete!Traga-me uma caixa bem grande ao quarto de Josh.

– Vai fazer o que com ela – disse ao chegar.

– Livrar-me das recordações penosas.

– Entendi. Tem certeza de que pode fazer isso num boa?

– Acho que sim.

– Se precisar de socorro é só chamar. Disse saindo.

Comecei pelas gavetas da cômoda. Num saco plástico, coloquei cuecas, meias, sungas e shorts de praia. Continuei retirando camisetas, em cores variadas, de grifes piratas, bermudas, e objetos de uso pessoal. Segui para o armário, abri a parte pertencente a ele.

Com amor, dobrei as calças jeans, os dois blazeres usados em festa, as camisas sociais, por último os tênis e o sapato preto. Numa última revisão, percebi ao fim do cabideiro as roupas que usaria na formatura. Sentei-me na beirada da cama, tocada de emoção.

A camisa continuava impregnada do perfume que usara ao experimentá-la, como se acabasse de tirá-la do corpo. Comprimi a peça no peito, aspirei a fragrância, lágrimas descendo pelas faces. Não era um pranto angustiado, doloroso, ressentido pela perda de quem tanto amei e que continuaria amando por toda a vida. Mas uma saudade confortante, uma espécie de bálsamo refrescante umedecendo a aridez da minha alma.

Terminei o serviço e fui à janela do meu quarto, debruçando-me ao parapeito.

A luz do sol obrigou-me a fechar por segundo, os olhos desacostumados à claridade. O aroma das rosas sob a janela, levou-me a abri-los e extasiar-me com as roseiras em flor. Abelhas voavam ao redor, disputando o privilegio do mel com pardais e colibris. A natureza seguia seu curso, independente das intempéries, e apesar dos maus tratos. Enquanto, a natureza humana, transformava o mundo em preto e branco a toda e qualquer agressão recebida.

Chamei Odete para compartilhar da alegria.

Ao meu lado, dava risadinhas, contagiada pelo meu deslumbramento. O resto da tarde, curti o exterior da casa, o que não fazia a mais de um ano.

Cyd apareceu para o jantar. Ao ver-me, surpreendeu-se com a roupa que eu usava:

– Que bom que você trocou o preto por esse vestido florido. Você está linda!

– Obrigada. Já era tempo de retornar ao mundo dos vivos.

– Aleluia! – disse mamãe levando uma garfada de espaguete à boca: – Finalmente vou ter companhia enquanto faço crochê.

– E eu, para trocar ideias.

Beijei a testa de Josh:

– Desculpe meu bem, pelo tempo que o deixei sozinho.

– Vou fazer um esforcinho!

**

Na varanda, esperávamos por Cidinho que ficara de levar-nos em seu carro para a solenidade do Ensino Médio.

Eu e Helô comentávamos o atraso, pois Cyd era conhecido por sua pontualidade britânica.

– Com certeza, surgiu algum imprevisto. Disse Josh.

– Tomara que lembre ao menos de telefonar. Estou preocupada em chegarmos depois de começar a cerimônia.

Josh pegou o celular:

– Vou ligar para ele e saber o que acontece.Em seguida perguntou:

– E aí, furão! Esqueceu da gente? Ouviu a resposta, deu um sorriso e desligou:

– Respirem aliviadas. Cid já está vindo.

Josh acomodou-se folgado, ao lado do motorista, enquanto eu, minha mãe e Helô, no banco traseiro como sardinhas em lata.

Cyd cortou caminho por um atalho, e, em vinte minutos chegamos ao lugar. Por sorte, chegamos ao final do discurso do orador:

– Ufa! Bendito atraso que nos salvou desse bláblábla cacete, comentou Josh.

Pedi silencio quando o diretor chegou ao palco. Trazia nas mãos um rolo, e pediu a um aluno que subisse, e colocasse em destaque o pôster de Jack. A foto em memória de Jack pegou-nos de surpresa. A seguir, o diretor do Educandário pediu silêncio para as palmas. Numa síntese da vida escolar, ele exortava as qualidades de Jack, como aluno, colega querido e excelente colaborador das festas promovidas.

O eco dos aplausos repercutiu no salão por longo tempo.

A emoção tomou conta do nosso grupo, trazendo-nos lágrimas. Inclusive mamãe, que eu julgava desprovida de glândulas lacrimais, tinha os olhos rasos d'água.

Josh recebeu o diploma de conclusão do ensino com louvor e distinção e antes de encerrada a confraternização, agradeci a todos pela homenagem prestada, e regressamos a casa.

Arrumamos as cadeiras, em círculo na varanda, e passamos a comentar sobre o evento.

Odete trouxe a bandeja com as taças e o vinho que eu havia reservado para a ocasião.

Josh ergueu sua taça, brindou:

– A você, meu irmão, pela amizade, o carinho, e as boas lembranças deixadas.

Respondemos em coro:

– Ao Jack

Foi minha vez de brindar:

– A você querido Josh, pelo orgulho que nos trouxe como primeiro aluno do colégio. – Helô continuou.

– À tia Júlia, exemplo de fortaleza para os fracos.

Cidinho foi o último a brindar:

– Quero saudar a duas grandes mulheres: dona Carolina por sua destreza em criticas hilárias e Odete exímia cozinheira de forno e fogão. Saúde a todos!

Josh o abraçou efusivamente:

– Esse é o meu amigo! Sem ele a vida não seria tão bela.

Fingi ciúmes:

– Quer dizer que fui passada para trás, hein?

Ele chegou ao meu lado:

– Dinda! Você sabe que em meu coração, você ocupa o o lugar de destaque. Um dia provarei essa verdade quando transformá-la em heroína do meu Best Seller.

– Palmas para o nosso futuro grande escritor! – Exclamou Helô.

– E quanto a mim, não dirá que se encontra em frente ao futuro Oscar Niemeyer da futura geração?

– Cyd, Cyd! Onde está a sua modéstia?

– O que vem a ser isso?

Gargalhadas.

Amanda e Ângela, acompanhada dos maridos, chegaram com pizzas e bebidas.

Talvez parecesse estranho, para os vizinhos, os risos e a comemoração pouco depois da passagem de Jack. No entanto, para nós pessoas de compreensão acima da média, oferecíamos a Jack o que ele gostaria de receber.

Passava das 23 quando todos bateram em retirada. Quer dizer. Quase. Cyd continuou tagarelando sobre a mova peça de teatro a ser lançada. Num descuido, bocejei e ele levantou. Olhou a hora no relógio de pulso, desculpou-se:

– Perdoe Dinda. Não pensei que fosse tão tarde. Está na hora de ir.

– Esqueça. Conservei a cama de Jack e você poderá dormir aqui.

– Mas... Não quero dar trabalho.

– Josh, pegue os lençóis e os travesseiros para o seu amigo. Agora me deem licença que não aguento de sono.

Os anos passaram sem que eu tomasse conhecimento dos dias e das semanas.

Josh chegou ao último ano da Faculdade de Literatura. Antes mesmo do diploma, escrevia contos para uma futura coletânea.

Entre os colegas, havia um estudante de Engenharia, e cuja empatia mútua, tornava-os inseparáveis na Faculdade. Conversa vai, conversa vem, Josh lhe falou sobre o projeto da coletânea. – E o que você vai fazer com esses contos?

– Sei lá! Aguardar até que alguma editora se interesse em publicar o livro.

– Até lá ficarão ocupando espaço nas gavetas! Não seria mais sensato tentar num jornal, e quem sabe, ganhar uns extras para os gastos?

– Isso é tão difícil, como encontrar editoras interessadas em obras de iniciantes.

– Tudo bem! Novatos têm que ralar muito para entrar no mercado. Mas você está com sorte. Tenho um tio que trabalha como editor no jornal... E se estiver interessado, poderemos marcar com ele qualquer dia.

Ele tocou a mão do colega:

– Pô amigo, valeu! .

Duas semanas depois Josh conseguiu o trabalho de free lance no Jornal.

O dinheiro ganho com as matérias, empregava-o em livros super atualizados na arte da escrita e em programas culturais. Seu tempo restringia-se ao emprego, Faculdade e eventos imperdíveis.

O único vício, a escrita! Bonito e charmoso, onde quer que fosse era alvo dos olhares femininos, e muitas vezes, dos rapazes com tendência a homossexualidade. Contudo, ainda não me dera o prazer de trazer uma namorada em casa. Eu começava a preocupar-me com o desinteresse pelo sexo oposto. Não que tivesse dúvidas quanto a sua masculinidade, mas pela baixas masculinas na família. O numeroso clã de libaneses estava reduzido à meia dúzia de homens de idade avançada, e um padre. Josh era a minha esperança de ver a continuidade da família com a sua descendência. Entretanto, eu evitava tocar em assunto relativo a namoro.

Alguns meses antes do seu aniversario, comprei um computador para dar-lhe de presente. Há tempos, queixava-se do leptop que Cyd lhe empresara:

– Assim que puder vou comprar algo mais possante. Esse já não está servindo para o que quero.

O aparelho custou-me os olhos da cara, mas eu estava feliz com a alegria que iria proporcionar. Para fazer-lhe surpresa, dei à loja o endereço de Amanda para a entrega.

Eu já imaginava o brilho nos olhos de Josh ao receber o presente.

Na véspera, liguei cedinho para Cyd:

– Querido, daria para você passar aqui em casa ainda hoje? De preferência, quando Josh estiver fora.

– Aconteceu alguma coisa, Dinda? Perguntou aflito.

– Não, meu bem. Está tudo ótimo. Preciso de um favor seu.

– Quantos desejar. Estaria bem para você por volta do meio dia?

– Ótimo!

– Então fica combinado. Estou morto de curioso. Daria para você me dar alguma dica?

– Logo você satisfará a curiosidade.

Almoçávamos, quando a campainha tocou:

– Deve ser o Cyd, disse levantando para atendê-lo.

– O que é que esse rapaz quer aqui a essa hora?Perguntou minha mãe.

– Ele veio a meu pedido. Por favor, não o deixe constrangido com suas piadinhas.

Puxei-o para dentro. Chegou em boa hora. Sente-se e almoce conosco.

– Nossa! Disse vendo na mesa o grão de bico e o quibe de bandeja. Esfregou as mãos, sentou-se à mesa. Hoje vou às forras.

– Aproveite que Josh não está.

– Mas...

– Não se preocupe. Odete fez um panelão sabendo como ele come. Segredei-lhe ao ouvido:

– Comprei um computador para dar ao Josh de aniversario Se tudo der certo, hoje mesmo ele poderá usá-lo. Cyd interessou-se pela marca.

– Caramba! Você deve ter pago uma nota por ele!

Disse o preço, mamãe se engasgou. Dei-lhe uns tapas nas costas, e ela exclamou:

– Isso é um roubo! Onde foi que você conseguiu tanto dinheiro.

– Consegui dividir em seis vezes.

– Que bom, disse Cyd. Assim não ficará pesado no seu orçamento.

– Para você, que não vai ter de tirar do seu bolso essa quantia todos os meses. – Censurou mamãe.

– Ele vai ficar morto de feliz. – Disse Cyd servindo-se pela terceira vez.

– Não tanto como você com esse grão de bico!

– Desculpe, dona Carolina, mas não dá para resistir.

Interrompi a conversa:

– Cyd, pedi-lhe que viesse, para montar o aparelho e programá-lo. Eu gostaria de surpreender Josh quando ele chegar.

– Claro!Logo que terminar o almoço, farei com prazer.

– Júlia! Se você quer mesmo que ele faça o que pediu, acho bom pedir a Odete que retire a mesa.Do contrário, ele só encerrará os talheres quando arrebentar o estômago.

Cyd deu uma risada: – Atenda sua mãe, Dinda.

Uma hora depois, o computador estava instalado.

Quando Josh chegou á noite, surpreendeu-se ao encontrar Cidinho:

– O que foi que aconteceu para você estar aqui? Convite especial da Dinda?

– Hummmm! Acho que sim.

– E que cara de mistério é essa? Cutucou-o na cintura:

– Vai cantando logo o que está acontecendo.

– Socorro, tia Júlia. Seu sobrinho vai acabar me matando de cócegas.

Respondi do quarto: – Os dois me aguardem que já vou resolver o caso.

– Qual foi o caso?

– Quer fazer o favor de me dizer o que esse "arquitetinho de meia tigela" está fazendo aqui?

Pisquei um olho para Cidinho:

– Veio ajudar sua tia a resolver um problemão ligado a você.

– A mim!?

– Venha, Cidinho. Vamos mostrar ao escritorzinho o trabalho que nos deu.

– Espere um momento. Vou tapar-lhe os olhos até chegarmos ao quarto.

Josh não se importou.

– Pronto, Cidinho.

Josh caiu sentado na cama, emocionado com o que via.

– E então? Gostou do presente?

– Tia, você é maravilhosa!

– Saiba que tambem colaborei para a surpresa.

– Nem sei como agradecer-lhes. Sentou-se em frente ao computador testando-o:

– Que beleza! Nunca pensei em aposentar a máquina de escrever tão cedo! Dinda, você é demais! Levantou-se, agarrou-me pela cintura e saiu rodopiando-me pela casa.

Nessa noite houve risos, alegria, e muita gratidão.

Josh

– Telefone para você, querido.

– Quem é Dinda?

– Um rapaz da editora... Desculpe, mas esqueci o nome.

Deixou o quarto de cuecas e descalço, esbarrando nos móveis, quase jogando Odete no chão;

– Vai com calma, menino. Qualquer dia você me manda, para o além, antes do tempo!

"Era sempre assim ao receber um telefonema de seu interesse". Mais agora, na esperança de uma resposta ao trabalho enviado.

Há quase dois anos, ele tentava publicar o primeiro livro, remetendo-o para as editoras de gabarito. Três meses depois, recebia como resposta uma carta atenciosa, jogando abaixo as esperanças. Algumas pediam que o material fosse enviado por Correio. Esse procedimento contribuía para a soma do que já fora gasto, em cartucho de impressora, papel A4, revisão do trabalho por um profissional, xeróx...

Josh maldizia a falta de sorte, a cada vez que jogava no lixo uma dessas cartas.

Paciente, eu mostrava-lhe a dificuldade encontrada nessa área ao vê-lo chateado: – Não desanime, filho! Nesse país ninguém apóia artistas ou literato. Continue tentando que um dia encontrará quem lhe dê o devido valor. Quem sabe, você poderia tentar no Exterior! Você fala fluentemente inglês e francês e, de repente, seria mais fácil conseguir lá fora. Por que não experimenta?

– Dinda! Caia na real. Se aqui é difícil imagine em outros paises.

– Eu discordo. Aqui, o Governo incentiva a leitura, mas com os preços absurdos dos livros, o povo não se interessa. Na Europa e nos Estados Unidos é diferente. As pessoas valorizam bons romances e a arte em geral. Quando um escritor cai nas graças do povo ele está feito! Lá não é como aqui, que o intelectual precisa rastejar para ter uma oportunidade. Escute o que digo. Se você quer ver seu trabalho valorizado, não custa nada tentar uma agência no exterior. Vai por mim que tenho experiência como artista plástica. Ele ficava a pensar mas não se decidia.

Após desligar, Josh chegou à cozinha com um sorriso de ponta a ponta. – Hirra! Seu sobrinho acaba de receber elogios de uma editora. Acho que enfim, chegou a hora do meu entra no mercado.

– Que notícia maravilhosa! E...E, para quando ele marcou encontro para se conhecerem?

– Ele não! Trata-se de uma mulher.

– Melhor ainda. Nós costumamos ser mais sensíveis do que os homens.

– Nem sempre. Há mulheres cuja sensibilidade se encontra no lugar errado.

Ignorei o que ele insinuava. Talvez tivesse sofrido alguma decepção amorosa e o momento não era propício para entrar em detalhes. Josh prossegui:

– Ficamos de nos encontrar amanhã em seu escritório.

– A que horas.

– As dez.

Pigarreei. – Essa editora está no rol das conhecidas?

– Hummmm! Não. Quer dizer. Não de todo. Seu nome não é totalmente estranho. Lembra do cartão que peguei na Biblioteca quando fui registrar o livro?

– Hã, hã!

– Semana passada, resolvi enviar um e-mail para entrar em contato.

– Que bom que ela retornou. Vou torcer para que tudo de certo.

– Para isso, vai depender da boa publicidade feita ao meu nome. Caso contrário, eu serei mais um desconhecido nas prateleiras das livrarias. A propaganda é a alma do negócio. De que vale lançar um livro sem o conhecimento do público e de bons críticos? Ninguém compra uma obra sem indicação de um amigo ou uma citação nas rádios e jornais. Portanto, para haver lucros para autor e editora, é fundamental uma boa divulgação do nome do autor e de sua obra. Prosseguiu depois da pausa:

– Para ser franco, não estou levando muita fé nessa editora. De qualquer forma, se ela propuser-me uma boa oferta, estou disposto a aceitar. Dinda! Preciso lançar esse livro antes que ele faça bodas de prata.

– Acho que você está certo.

Ele saiu saltitante, chegou à cozinha entre gritinhos:

– Não vai me dar parabéns, Detinha?

– Para com isso de Detinha. Deixe-me que estou cuidando do almoço.

– Tchau. Não quero pegar seu azedume.

No dia seguinte, ele levantou eufórico:

– Que tal eu estou, sua gorduchinha? Perguntou enquanto Odete servia-lhe o café.

Olhou-o de cima abaixo:

– Com essa pinta, de galã de novela, não precisa nem falar bem, quanto mais escrever! Aposto que a dona vai cair de quatro quando o conhecer.

Basta ser jovem e bonito para ter o mundo às mãos.

– E quanto a minha capacidade? Você acha que não conta.

– Isso é o de menos! Vá por mim. O que importa é você se dar bem.

Cheguei justamente no momento de ouvir o final da conversa.

Pela cara de Josh, vi que estava brabo com as palavras de Odete. Ignorei-os, limitando-me a dar o recado de mamãe:

– Odete! Mamãe pediu que levasse seu café no quarto.

– Eu já ia mesmo fazer isso. Dona Carol é igual mulher grávida! É só sentir o cheirinho de café e fica desejando tomar. Voltou-se para Josh:

– Pense bem no que eu lhe disse e depois diga se não tenho razão.

Ela saiu com a bandeja e Josh deu-lhe uma banana pelas costas.

Sentada ao seu lado, esperei terminar a refeição. Ele levantou mal humorado

– Espere! Deixe-me ver como você está, pedi numa tentativa de dispersar-lhe o aborrecimento: – Nossa! Você está lindo de morrer. Essa calça jeans com essa camisa azul ficou de arrasar. Só falta desfazer essa carranca para causar boa impressão nas pessoas.

– Vai ser difícil depois das abobrinhas que ouvi de Odete. Ela acabou de jogar um balde de água fria no meu entusiasmo.

– Não esquente com o que ela disse. No fundo, só deseja mostrar-se engraçada. Você sabe muito bem como ela o ama.

Tive sorte. Seu rosto descontraiu-se, e a serenidade costumeira desfez a expressão grave:

– O.k. Vou pegar minha pasta ou chegarei atrasado para o encontro com a ilustre senhora.

– Lembrei-o. – Não esqueça de ler minuciosamente o contrato antes de assinar.

– Dinda! Que recomendação mais tola. Acho que você continua me vendo como um menino de primário.

– Não na aparência externa e na cabeça. Quanto ao resto, você sempre o será apesar da altura e da idade que tenha.

**

O ônibus deixou-me a duas quadras do lugar.

Cheguei ao prédio, velho e sujo, no Centro da Cidade. Percorri os olhos no quadro à parede buscando pela Editora Tamoyo. O jeito foi perguntar ao homem de aparência desleixada, no balcão da portaria:

– Amigo! Qual o número da sala da Editora Tamoyo?

A falta de traquejo combinava perfeitamente com a pessoa:

– Tá bem na cara! Fica no sétimo andar.

– Sei disso. E qual a sala? Como o senhor pode ver está apagado.

Sem encarar-me continuou a rabiscar no papel:

– Fica em frente do elevador.

A indolência e a grosseria ficaram sem agradecimento.

Numa sacudida forte, o elevador parou no andar. Uma placa enferrujada pendurada à porta indicava a sala. Parado em frente, fiquei em dúvida de apertar o botão da campainha:

– Toco essa droga ou dou meia volta e vou embora? Pensei. – Como estou aqui, não me custa conhecer o local.

Uma mocinha mal-vestida atendeu a porta:

– O senhor é quem?

– Tenho um encontro marcado com dona Selma.

– Entre, ela ainda não chegou.

– Como faço? Espero-a aqui fora ou você vai deixar-me entrar.

– Ah, desculpe.

Passei na soleira e ela ofereceu-me uma cadeira empoeirada. – O senhor não repara a bagunça. Essas caixas chegaram ontem e ainda não tivemos tempo de tirá-las daqui.

Enquanto eu esperava, meus olhos corriam os quatro metros de espaço atravancado. Do meu lado direito, uma estante em petição de miséria, fazia divisão com a mesa que deveria ser da tal de Selma. A desorganização do ambiente era um convite para ser descartado sem mais demora. Entretanto, determinado a conhecer os planos da fulana, olhei à hora no meu relógio. Selma estava atrasada quarenta minutos. Puto da vida, perguntei a secretária. – Será que dona Selma vai demorar muito?

– Acabei de ligar e ela disse que estava chegando.

De saco cheio, bufei. A moça ofereceu-me um cafezinho:

– Se não for lhe dar trabalho...

– Não, não. Vou pegar num instantinho no bar da esquina.

– Não precisa. Muito obrigado.

– Tudo bem.

Voltou para a cadeira da chefe e ficou embromando no computador. 'Tá louca! Tomar café de botequim a essa hora é dor de barriga na certa'.

Eu olhava as pilhas de caixas, imaginando a travessia de um lado a outro.

Cheguei ao limite depois de quinze minutos:

– Vou embora que tenho compromissos marcados. Disse levantando-me do desconfortável assento.

– O senhor não pode esperar mais um minutinho?

– Diga a sua chefe que estive aqui e que ela faça o favor de entrar em contato comigo por e-mail ou telefone.

O ruído na fechadura a fez correr a porta:

– Deve ser ela.

Uma mulher baixinha, de aparência vulgar, entrou falando alto. – Essa droga de chave vive enguiçando. Dirigiu-se a mim:

– Desculpe o atraso. O trânsito hoje está um transtorno. Voltou-se para a porta, onde estava um funcionário que chegara junto. – Miguel, faça o favor de abrir caminho entre essas caixas.

Um rasgo foi aberto, passamos para o outro lado. Selma enfiava na gaveta, os bagulhos sobre a mesa, explicando a desordem como uma metralhadora disparada:

– Estou atolada de serviço e não tenho tempo para arrumar o escritório. Estou com dois lançamentos já marcados, e o cara do salão continua me enrolando.

Em seguida, passou a arrotar grandeza da antiga sede da editora. Continuou citando nomes famosos do meio artístico e que em breve, aumentariam o número de escritores promovidos pela Tamyo Editora. Começou a apresentar sinais de rouquidão, encerrou o blábláblá sem fim. Com a trégua, entreguei-lhe o rascunho do livro.

– Não precisava você traze-lo. Por que não enviou por e-mail.

Ela pegou os óculos, numa rápida olhada garantiu:

– Rapaz! Podes crer! Esse livro vai ser sucesso. Tenho faro para bons escritores.

Apresentou a cópia de um contrato de duas páginas:

– Só para você ter uma ideia.

Da mesma forma que ela fez com o rascunho, entreguei-lhe de volta:

– Quando precisar assinar o meu, eu o lerei com atenção.

– Tudo bem. Vou providenciar o mais rápido.

– Pensei que a senhora já o teria em mãos.

– Antes de mais nada, tire esse senhora. Ficaremos mais a vontade.

Aproveitou-se da minha inexperiência, rabiscou numa folha solta da agenda, alguns algarismos. Ao final da soma entregou-me o papel.

– O que vem a ser isso?

– O montante para o coquetel, e sua ficha catalográfica. Como deve saber, nenhuma gráfica imprime uma obra sem ela.

– E qual o prazo para ficar pronta?

– Ah, isso é rápido. 15 dias no máximo.

– Quanto ao coquetel, tenho que pagar adiantado. Quantas pessoa você pretende convidar?

– Talvez 50.

– Então é isso mesmo. Fique tranquilo que será dos melhores.

– A esse preço não duvido. Pechinchei. – Não dá para fazer por menos?

– Meu amigo, é o que todos pagam pelo espaço e pelos comes e bebes. Mas asseguro-lhe que ficará satisfeito. Vou reservar o melhor ponto do Rio para o seu lançamento.

Pensei:

"Afinal, a Galeria oferecida era o melhor ponto para eventos desse tipo."

– Qual a forma de pagamento?

– Vou abrir uma exceção para você. Dê-me dois cheques pré-datados. Um para a ficha, e o outro para garantir o cocktail e o espaço. Quando você pretende fazer o lançamento?

– Logo que o livro esteja impresso. Digamos, dentro de três meses.

– Para mim está ótimo. Levantou, esticou a mão para despedir-me.

Lembrei:

– Você esqueceu de me dar o recibo.

Ela bateu na testa:

– Estou sempre esquecendo de alguma coisa.

– Tomara que não esqueça do compromisso que tem comigo.

Fez uns garranchos num pedaço de papel, entregou-me como recibo.

Fiquei de enviar-lhe meus dados e ela de providenciar com urgência minha ficha.

Mal botei o pé na rua, arrependi-me de ter assumido o compromisso: "Seja o que Deus quiser."

**

– Dinda! Você sabe onde anda os Mocassins iguais aos de Cyd?

Respondi do quintal:

– Aqui fora. Odete os pegou para apanhar sol.

– Por favor, peça para ela os trazer para o quarto. Estou ocupado na escolha da roupa que usarei no noivado de Helô. Quando você puder, venha dar-me uma ajuda.

Após a morte de Jack, Heloisa continuou os estudos, formando-se em professora. Dava aula num colégio da Prefeitura e sempre que sobrava tempo, vinha fazer-nos uma visita. Dois anos após a morte, perguntei-lhe se estava namorando:

– Por enquanto não. Jack ainda está muito vivo na minha memória.

– Acredito. Mas você é jovem e não pode se prender ao que não tem volta. Tente arrumar um namorado para ajudá-la a tirar Jack do pensamento. Ela sorria encabulada:

– Tia, vai ser difícil amar alguém como amei Jack

– Eu sei, mas você deve tentar. Não será difícil a uma jovem bonita, educada, e culta, encontrar alguém que a ame e a faça feliz. Não duvido que haja muitos esperando a uma chance.

Ela sorriu:

– Você me fez lembrar de um colega de trabalho.

– Enviei-lhe um sorriso cúmplice:

– Então... Existe alguém na fila...

Helô consentiu:

– Há um professor na escola que arrasta asas para mim desde que iniciei a dar aulas. Só percebi quando uma colega me chamou a atenção. Nos intervalos, traz sempre guaraná, pastel ou qualquer agrado para mim. Achei que tudo não passava de gentilezas do André.

– E agora? – Suas faces ruborizaram-se. Segurei-lhe as mãos, olhos nos olhos enquanto falava:

– Não tenha vergonha de confessar. Afinal, já passou tempo demais desde que Jack se foi. Muitas viúvas não esperam nem metade para contrair novas núpcias. Você sente alguma atração por esse rapaz?

– Na verdade, sim.

– E por que teima em continuar sozinha?

– É complicado, tia. Tenho medo de ter uma recaída e fazer André infeliz.

– Eu não sou a melhor pessoa para aconselhá-la em matéria de amor, mas ouço dizer que nem sempre o primeiro namorado é o verdadeiro amor. Portanto, minha querida, de repente esse André é o homem de sua vida. Deixe o passado no seu lugar e viva o presente. Não faça como eu que abri mão do futuro.

– Você passou por uma decepção amorosa?

– Muitos anos atrás! Não vale a pena relembrá-la, pois como disse antes, meu arrependimento não vai trazer de volta o homem que amei.

– Ele morreu?

– Está casado, e, para mim, é como se estivesse morto.

– Quem sabe um dia vocês tornem a se encontrar e serem... e serem felizes.

– Essa esperança eu não guardo, até porque isso só seria possível com a morte da esposa. E desejo que o casamento dure por muitos e muitos anos.

Helô abraçou-me:

– Tia, você é uma mulher nota dez! Esse papo me fez muito bem. Vou seguir seu conselho como uma filha obediente e sensata.

– Ótimo! Quando o namoro estiver firme, traga o André para conhecermos.

Não demorou, e a mesa precisou ser aumentada para acomodar mais um amigo

Ficamos felizes com a escolha de Helô. André era educado, gentil, e com ambições para o futuro. Depois de cumprir o horário no colégio, à noite fazia Mestrado para tornar-se professor de Universidade.

Foi com imensa alegria que recebemos o convite de Heloisa para a festinha de noivado. Até minha mãe que não era chegada a badalações, animou-se a ir conosco.

Fui atender ao pedido de Josh. Encontrei-o de cara fechada como dera para acontecer diariamente desde que assumira o compromisso com a editora. Andava botando fumaça pelos ouvidos, ao tomar conhecimento das pilantragens de Selma.

O prazo de 15 dias para entregar-lhe a ficha catalográfica, caminhava para um mês. Ignorava e-mails e recados deixados com os secretários. Estava sempre fora do escritório, com o celular desligado ou fora de área.

O livro estava pronto para ser impresso, dependente apenas da bendita página.

Da ultima vez que ligara, o tal do Miguel deu-lhe a mensagem costumeira:

– Dona Selma não se encontra. Quer deixar recado?

– Brincadeira, cara! Cadê a ficha que ela ficou de enviar semana passada?

– Teve um probleminha, mas dentro de dois dias o senhor a receberá.

– Estou farto dessa enrolação! Semana passada, ela disse que estava pronta, e que enviaria a seguir. Afinal! Essa droga sai ou não sai?

– Tenha paciência. Essas coisas demoram a ficar pronta.

– Corte essa! Informei-me com um amigo escritor, com dois livros editados, e ele afirmou que sua editora não levou duas semanas para resolver a parada. Diga a Selma que espero até amanhã a solução desse problema. Depois desse prazo o nosso compromisso está desfeito.

Ajudei-o a escolher a camisa sem coragem de indagar o que o aborrecia. Perguntei a que horas Cidinho viria nos pegar.

– Ainda não marquei com ele. Pode ser às 20?

– Está ótimo.

Apesar da idade, mamãe continuava vaidosa. Toda semana a manicura fazia-lhe pés e mãos, arrumava-lhe as sobrancelhas e os cabelos. Uma vez por mês eu a levava ao salão para uma tintura nos cabelos, num tom puxado para o vinho. O batom era indispensável desde que se levantava. Dizia que velha de lábios sem batom parecia defunto. Mamãe aparentava quase dez anos a menos da verdadeira idade. E, se acaso, alguém lhe perguntasse indiscretamente quantos anos tinha, ela respondia:

– Tenho a idade que aparento.

Pronta para a festa, mamãe chegou à sala, empertigada no vestido cor de pêssego que eu lhe presenteara pelo aniversario. Os sapatos de saltos, ressaltaram-lhe o metro e setenta, deixando-a muito elegante. Ao vê-la, Cyd colocou as mãos na cintura:

– Nossa, dona Carolina! A senhora está de arrasar. Sem dúvidas vai chover pretendentes para um casamento.

Ela agradeceu com um olhar desdenhoso:

– Toma jeito, menino. Você acha que não bastam dois casamentos?

– Elizabeth Taylor deve ter casado umas cinco vezes! – ele retrucou.

– Estou longe de ser comparada a ela.

– Mas não em beleza!

Ela sorriu coquete, reverteu o elogio deixando Cidinho rubro:

– Só tornarei a casar se for com você.

Josh abraçou a avó, caiu na pele do amigo:

– Vó! Eu adoraria ter Cidinho como avô!

A risada foi geral. Encabulado, Cidinho gesticulava sem saber o que dizer.

Na festa, tive a oportunidade de rever antigos moradores. Mamãe, cercada de comadres de fofocas, dava gostosas gargalhadas a par das últimas.

A expressão de Helô era a da própria felicidade. Admirando-a, reconheci orgulhosa a minha contribuição para o desfecho.

Em uma roda de amigos, Josh divertia-se na conversa, abastecendo o copo de uísque. Pensei fazer sinal para moderar na bebida. Mas desisti. Estava aliviando a tensão provocada por Selma.

As poucas horas de sono bastaram-me para o descanso. Como de costume, levantei cedo e fui apreciar a bela manhã de sol. Sobre a cerca dividindo o terreno, a trepadeira estava coberta de florzinhas brancas e perfumadas. Ouvi um ruído e estiquei a cabeça procurando de onde vinha. A um metro de onde eu me achava, três cabras sobre duas patas, alimentavam-se das folhas verdes. O dono percebeu e veio tirá-las do lugar.

– Bom-dia, Júlia. Acordou cedo!

– É o costume, Pedro. Nem mesmo aos domingos fico na cama depois das cinco.

– Como vai Josh?

– Bem. Estou esperando que acorde para ir à praia com ele e o Cyd. Pelo jeito, vou ter muito que esperar. Ontem fomos a uma festa e ele bebeu mais do que o usual.

– Essa garotada adora dormir até tarde. Ainda mais depois de uma festa! Mudando de assunto, Júlia, como essa trepadeira está linda. O que foi que você fez par...

– Dindaaaa! Você já está com o seu biquinininho?

Josh chamava da porta da cozinha.

– Tchau, Pedro. Vou atender se quiser sair antes do meio dia.

– Tchau, Júlia.

Quando cheguei a água já estava no fogo para o café. Cyd colocava a toalha na mesa, e Josh pegava as xícaras no armário. Ambos usavam apenas as sunga de banho.

– Muito bem! Vocês estão se saindo melhor do que imaginei. Feliz da moça que os tiver por marido.

Cyd deu uma risada. Olhou para o amigo e respondeu;

– Escutou essa, Josh? Depois para mim>

– Tia, sou arquiteto e meus planos são traçados exclusivamente na minha área. Mulheres não entram nos meus projetos.

– Você quer dizer agora, não é mesmo?

– Agora e sempre. As moças de hoje só pensam em conforto e consumismo. Por que vou expor-me a ser mais um otário no mundo, na melhor das hipóteses? Estou com 27 anos, e passo muito bem sem elas. Desculpe, tia. Mas não vou me arriscar a levar um par de chifres com tantas maluquinhas loucas por um pato.

– Sempre existe uma ajuizada. – Retruquei.

– Quando você encontrar uma, apresente ao Josh. Sinceramente? Eu não acredito que haja alguma.

– Vamos deixar esse papo para outra hora.

Passei o café e fui arrumar os quartos enquanto eles serviam-se. Passei ao de Josh, surpreendi-me ao ver a cama ao lado da sua, intacta, com a colcha que Odete colocara no dia anterior.

Os dois travesseiros na cama de Josh apontavam onde Cyd havia dormido. Fiquei imaginando, como dois homens grandes como eles puderam dormi num espaço menor que um metro. Expulsei o pensamento, abaixei-me para esticar os lençóis. Um cheiro forte de ervas vinha de algum lugar. Abri a janela de ponta aponta, corri as cortinas, arejando o ambiente. Voltei para guardar os travesseiros, e senti alguma coisa sob a sola fina do chinelo. Uma bagana assemelhada ao cigarro:

"Esquisito". – Pensei, revirando o toco e aspirando o cheiro. – "Nunca soube que Josh ou Cyd fumassem. E isso..."

A ficha caiu! Não se tratava de cigarro e, sim, da sobra de um baseado. – "Meu Deus!"

Guardei a droga para mostrar-lhe numa oportunidade. De qualquer forma meu dia estava estragado.

Terminei o serviço e fui tomar café. À mesa, os dois conversavam, gesticulando eufóricos sobre o assunto. Josh notou minha mudez::

– A cobra engoliu sua língua?

Pensei num motivo como resposta. Com o achado, a vontade de ir à praia foi por água a baixo. No entanto, eu não podia levantar qualquer suspeita com uma desculpa esfarrapada. Cyd apressou-me, e não tive escolha:

– Tia. Vá trocar-se que sairemos em vinte minutos.

Conseguimos encontrar um lugar para estender nossas toalhas na areia. Depois de estender suas toalhas, os rapazes correram para um mergulho.

Testei com um pé a temperatura da água. Estava morna, e as ondas calmas convidavam a umas braçadas.

Voltei a sentar-me esperando os meninos regressarem. De onde eu estava, podia ver dois pontos pretos subindo e descendo sobre as ondas. Talvez em meia hora os dois estivessem de volta.

Domingo de sol e mar calmo, era o máximo de programa para os cariocas. Do meu canto, apreciava o desfile de sereias, focas e baleias. Felizmente, meu maiô comportado não deixava brechas para algum comentário malicioso. Além do mais, a magreza do meu corpo dispensava olhares prolongados, e com isso, sentia-me tranquila quanto às pelancas das coxas e a flacidez da bunda. Aliás, diga-se de passagem, no que antes eram firmes glúteos, viam-se duas linhas marcando o lugar, lembrando figuras de desenho animado:

"O tempo é o maior inimigo das mulheres!" – Pensei. Naquela época ainda não estava tão em moda o silicone e o botox, futuros recursos para a vaidade de muitas mulheres... E tambem dos homens.

Os rapazes chegaram. Cyd apressou-se em pegar a toalha e enxugar as costas de Josh. Retribuindo a gentileza, espalhou nas costas do amigo o protetor solar com massagens suaves. A respiração de Cyd alterava-se ao toque das mãos. Depois fez o mesmo com Josh.

Deixei-os a sós, e em direção ao mar, imaginava-me uma versão mais desabada de Esther Williams mergulhando nas ondas.

Cid fez questão de pagar o almoço. Camarões fritos com salada e arroz. Faminta como estava, escolhi peixe cozido com pirão.

O garçom arriou as bandejas, e eu caí matando em cima. Cid serviu Josh, e ambos começaram a descascar camarões. Numa troca de gentilezas, abriam a boca para aceitar o camarão descascado pelo outro.

Só fui perceber os gestos, depois de ter minha atenção desperta para os risos da mesa ao lado. Um grupo de pessoas, na meia idade, não tirava os olhos de Josh e Cyd. Um dos homens disse qualquer coisa, que não entendi, e o que parecia mais velho respondeu:

– Gay é uma ova! Aqueles dois não passam de duas bichas exibidas e descaradas.

Engasguei com uma espinhazinha, começando a tossir. Cyd ficou sem ação, enquanto Josh levantava-se em meu socorro. Enquanto Josh dava-me leves tapas nas costas e fazia sinal com os olhos e com o dedo na boca para Cyd calar-se. Estava nervoso, revirava os olhos com as mãos erguidas ao alto. Pedia com fervor:

– Ah minha Nossa Senhora. Ajuda a tia a desengasgar acendo uma vela para a Senhora.

Arrisquei com o canto do olho à mesa vizinha. Todos procuravam conter o riso levando as mãos à boca.

Finalmente pude respirar. Encostei o prato, levantei, avisei que os aguardaria lá fora. Eu não podia continuar calada, vendo meu sobrinho e o amigo passarem como..., como dois homossexuais às vistas daqueles debochados. Por outro lado, estava furiosa e, louca para dar a resposta merecida àquele grupo desqualificado, retrógrado e mal educado.

Aproveitei a deixa quando Josh disse que tambem terminara, e Cyd chamava o garçom para pagar a despesa.

Com um sorriso educado voltei-me para a outra mesa:

– Desculpe senhores. Posso ajudá-los no conceito que fazem dos rapazes?

Eles entreolharam-se constrangidos, surpresos pela pergunta. O velho que o havia chamado de bicha, encarou-me desafiadoramente. Por minha vez, enfrentei o olhar e com altivez perguntei:

– Se quer repetir a ofensa feita aos rapazes, não faça cerimônia. Estamos a duas quadras da delegacia, e o senhor só terá de apresentar provas do que disse para que eu retire a queixa.

Suas faces tornaram-se sem cor. Os outros tentaram aliviar a barra, dizendo que eu havia entendido mal.

Ignorei-os, dirigindo-me novamente ao velho:

– O senhor está de acordo com seus amigos?

Humilhado, ele respondeu com um olhar rancoroso:

– Sim. O que dizem é verdade.

– Sendo assim, também não posso provar que estou certa. Levantei um pouco a voz para ser ouvida pelos que estavam próximos:

– Aceite, senhor, o conselho de alguém que acompanha a época. – Tenha cuidado da próxima vez que fizer comentários maliciosos sobre desconhecidos. Pode ser que haja testemunhas ou um gravador ligado e não terá a sorte de livrar-se de um processo de difamação. Deve ser muito triste, além de feio, passar por esses transtornos na sua idade.

– Vamos garotos.

Tanto um como o outro, insistiam em saber desde que saímos do restaurante até o caminho de casa, o que me levara a tomar aquela atitude.

– Já disse que não interessa, e não adianta insistir. Esqueçam o que houve assim como eu.

– Dinda! Ao menos você poderia nos dizer de quem tomava a defesa?

– De alguém que não conhecemos e que estava sendo alvo das ofensas daqueles palhaços. Menti, para livrar-me das perguntas.

– Dá para entender isso, Cyd? Minha tia dar uma de advogada de defesa de um estranho! Dinda! Por favor, não entra mais nessa. E se o homem fosse alguém... Sei lá... Digamos. Um jurista conhecido?

– Claro que não. Aquele não passa de um velhote quadrado, preconceituoso e covarde. Está mais para boçal.

Antes de ir trabalhar passei no quarto de Josh. Já estava, ao computador, trabalhando o próximo livro:

– Estou indo, querido. Disse aproximando-me e beijando-o.

– Espere, tia. Vou mostrar-lhe o que aquela vadia enviou ontem.

Com o ultimato de Josh, Selma enviara por e-mail a ficha catalográfica.

– Ora vivas! Agora você pode tocar seu livro para a Gráfica. Logo será um dos mais vendidos no país.

– Aconselho-a a não soltar fogos antecipados. Dessa trambiqueira a gente espera tudo.

– De acordo. Agora que você tem o que faltava, quando pretende ir a Gráfica?

– Hoje à tarde.

– Hã, hã! E quanto ao numero de exemplares da edição? Vai manter a metade do que ela pediu?

– Lógico. Não estou aqui para arriscar uma grana alta antes de ver o trabalho de divulgação dessa editora .

– Você está mais do que certo. Acho que devia tambem dar uma chegada até lá, para marcar a data precisa do lançamento e pegar o recibo do cockteil que ela ficou de dar-lhe. Com essa espécie de gente não se deve bobear.

– Vou fazer isso ainda essa semana.

– Outra coisa. Quando for, vê se leva junto aquele seu amigo advogado para poder ficar descansado.

– Estive pensando o mesmo. Estive com ele na semana, passada e fiquei sabendo que anda muito ocupado. Portanto nem pensar em dar-lhe mais trabalho. Eu mesmo darei conta do recado.

**

Uma semana depois, marquei com Selma de pegar o recibo. Ela gaguejou, quis enrolar-me, dizendo que iria providenciá-lo para a próxima:

– Fique tranquilo. Enviarei por Correio.

– Prefiro ir pegá-lo pessoalmente. Preciso acertar com você outros assuntos de meu interesse.

– Tudo bem! Fica marcado então para a próxima terça, as 10.

– Por favor, não se atrase. Estou cheio de trabalho e não posso perder tempo.

Desliguei o telefone antes de dizer o que tinha engasgado contra ela. Não valia a pena. Mais um pouco e eu poderia voar com minhas próprias asas.

Trabalhei mais um pouco no novo livro, fechei o computador. Era quase meio dia, e tinha que estar no jornal às 13. Depois de um banho demorado, almocei e fui trocar-me.

Cheguei á redação indo direto a sala de Eduardo. Depois de uma leve batida, fui convidado a entrar. Estava ao telefone, em sua confortável poltrona giratória e fez sinal para eu sentar na cadeira a sua frente. Terminou, mostrou o sorriso simpático de sempre ao perguntar:

– E aí, garoto? O que trouxe de novidade para mim? Algo bom como os outros?

Entreguei-lhe o conto para ser avaliado para a coluna de domingo:

– Veja você mesmo e me diga depois.

Enquanto lia, percorri numa olhada a sala impecável. Peguei uma revista de moda sobre a mesa, virei as páginas, e numa delas vibrei de alegria. A foto de Cidinho encabeçava a entrevista relâmpago. Quase esqueço de onde estava dando vazão a euforia. A fotografia fazia jus ao modelo. Ele estava lindo! A mecha loira caída à testa, o sorriso franco mostrando os dentes perfeitos. Falava de sua visão futurista, relativa ao prédio que trabalhava, em fase de acabamento. Ao final, falou sobre o jardim, e outras áreas reservadas ao lazer sob sua direção:

– Danado! Nem para me avisar que sairia nessa revista.

Eu estava orgulhoso do meu amigo do peito. Pacientemente esperei que Eduardo terminasse a leitura para apresentá-lo a Cidinho.

Encostou os óculos, balançou a cabeça em aprovação: – Como sempre, está ótimo. Nem precisava você trazê-lo para o aval. Mas, de qualquer forma, não dispensaria o privilégio de ser o primeiro a lê-lo.

– Obrigada, amigo. – Levantei a revista, a altura dos seus olhos, apontei-lhe a foto: – Conhece?

– No momento não estou lembrando. Mas... não me é de todo estranho.

– Não diga que nunca ouviu falar sobre Cyd Siveira? Atualmente, ele vem sendo apontado como um dos arquitetos mais requisitados pelas grandes construtoras.

– Cyd, Cyd Silveira! Eduardo pensava apertando os olhos:

– Ah, sim! Aquele que revolucionou a arquitetura com o prédio recém-inaugurado na avenida...

– Esse mesmo.

– Você o conhece?

– Desde menino. Para seu governo, eu e ele somos unha e carne.

– Parabéns! Assim como ele, você tambem irá longe.

– Posso levar essa revista comigo. Pretendo dar-lhe um sabão quando estiver com ele, por ter feito segredo desse fato.

– É sua! Agora, diga-me como vai o livro? A tal da Selma já enviou o que você precisava?

– Foi preciso ameaçá-la de por um advogado para resolver a parada. Amanhã irei sem falta a gráfica. Espero que até o final do próximo mês, meu livro já esteja nas livrarias.

– Sinto não ter sido possível ajudá-lo nessa época. Como lhee disse, os amigos que tenho nas duas editoras que lhe falei estavam com as agendas cheias para esse ano. Quanto ao próximo, você terá a chance de escolher com quem deseja editar.

– Mais uma vez agradeço o favor e a gentileza.

– Que gentileza porra nenhuma. Eu é que agradeço a honra de colaborar para a fama de um grande escritor como você.

– Vou indo para a mesa de trabalho antes que o meu saco estoure!

Enquanto buscava idéias para um novo conto, olhei a foto do meu pai sobre a mesa. A última tirada antes de morrer. Senti um aperto no peito, recordando cenas da infância. Naquela época, ele não passava de uma vaga sombra esvoaçando entre eu e Jack no jardim. Uma sombra gigante participando das nossas brincadeiras. Nossas, uma pivica! Apesar da idade, lembro que Jack era o preferido, apesar de vestir o mesmo avental que Odete obrigava-nos a usar, e que papai odiava. A verdade é que eu o temia! Não foram poucas as vezes que levei bronca, pelo meu caminhar, pela fala mansa, por não gostar das brincadeiras perigosas.

– Deixe de ser maricas e vem jogar bola com seu irmão. Fala como homem! Parece que tenho diante de mim uma menininha dengosa. Você devia ser como seu irmão: Está sempre disposto a brincar de pular carniça, empinar pipa, ensaiar uma briga, enfim, brincadeiras de menino.

De repente, sem entender porque, entrei em conflito. Não sabia se realmente chegara a amar meu pai ou se aquela figura máscula atraía-me pela imponência da voz, pelos gestos rudes e a carência de um abraço por aqueles braços fortes.

Mergulhado no passado, murmurava questionando-me sobre a minha sexualidade:

– É verdade que as garotas não me atraem, mas não posso intitular-me gay, por ser alguém sensível, carinhoso com todos, e inclinado a gostar do que agrada as mulheres. Alem da Dinda, só Cyd pode preencher o vazio dentro de minha alma. Na verdade eu o amo. É nele que encontro o apoio, o carinho e a compreensão que sempre desejei encontrar em meu pai. Sei que essa verdade chocaria muita gente acostumada a ver o amor como um relacionamento exclusivo a um casal. Só os dotados de grande sensibilidade, podem dizer que a síntese do amor não está ligada ao sexo oposto. O amor é incondicional. Esse verbo para ser conjugado, é preciso primeiro descobrir no outro, qualidades, defeitos, virtudes..., enfim, tudo que falta para nos sentirmos completos.

– Ei, Jô! Falando sozinho?

A pergunta do colega trouxe-me das divagações à realidade. Tirei os olhos do porta-retratos, abri um sorriso sereno ao responder. – Estava lembrando do meu pai.

Deu-me uma palmada no ombro, disse contrito:

– É amigo. Quando temos o velho conosco, nunca imaginamos a falta que ele fará quando passar desta para a outra.

Não quis entrar em pormenores. Afinal, não era do seu interesse, e muito menos do meu, entrar em assunto familiar.

Olhei a hora no relógio de pulso. Quase 18. Logo terminaria o expediente.

Desci a rua, peguei a avenida lavando-me ao bar que marcara com Cyd. Sentei-me a um banco perto da janela, onde poderia ver o carro de Cidinho chegar.

Ainda era cedo para a freguesia usual. Apenas dois clientes ocupavam as mesas com canecos de chope, espumantes.

– Uma vodca com suco de laranja – pedi ao garçom que passava.

Enquanto bebia, olhava a chuva de verão cair pesada, fazendo os desprevenidos correr em busca da marquise. Os faróis de um carro estacionando em frente ao bar deixaram meus olhos ofuscados. Esfreguei-os a limpa-los, reconheciem seguida o carrão de Cyd.

Numa rápida corrida, deixou o carro e chegou à porta. Acenei, indicando onde me encontrava.

– Pô, amigo. Nesse escuro eu jamais o iria encontrar!

Sacudiu os cabelos retirando os pingos de chuva, e ajeitou-os com a mão. Trocamos dois beijinhos e um tapa de estalo no rosto.

– Tem muito tempo que está a minha espera?

– Uns quarenta minutos.

– Desculpe o mau jeito. Tive de atender um cliente de última hora. Ou melhor, um casal de clientes.

– Tinha de ser. Mulher acompanhada do marido só faz atrapalhar. E aí, seu malandro! Escondendo de mim suas entrevistas com o público?

– De que você fala?

– Bota a cabeça para funcionar.

Apesar da pouca luz, vi-lhe os olhos se fecharem tentando lembrar:

– Ah, já sei do que fala. Segurou-me as mãos enquanto desculpava-se do esquecimento:

– Tantos projetos em vista ...Por favor, perdoe-me por essa falta. Juro que não tornará acontecer.

– Espero. Do contrario, pensarei que estou sendo demais na sua vida.

Acariciou-me o braço, como fazia nas noites em que eu não conseguia dormir atormentado pelos traumas de infância:

– Você sabe que isso nunca acontecerá. Eu e você estamos ligados para sempre.

Peguei-lhe a mão, beijei-a com ternura.

– Mais alguma coisa, senhores? – perguntou o garçom á nossa mesa.

– O mesmo que meu amigo está bebendo.

– O.k.

A sós, eu o coloquei a par do meu dia de trabalho, do recebimento da ficha enviada por Selma, dos elogios do meu chefe.

– Dou-lhe os parabéns. Só não gostei da parte que se refere ao chefe. Ainda a pouco você achou estar sendo demais na minha vida. O que acha que eu sinto com um outro descobrindo seus valores?

– Ciúmes como eu!

Demos uma gostosa gargalhada. Com ares de seriedade, Cyd ironizou:

– Estamos parecendo um casal medíocre lavando a roupa suja fora de casa.

Comprimi-lhe as mãos nas minhas, encarei-o enchendo-me de coragem. Por fim, confessei o que há muito desejava:

– Cyd, eu o amo.

Seu sorriso apagou-se. O olhar iluminou as trevas do ambiente como mil sóis. Com uma das mãos, acariciou meu rosto. Sua voz estava emocionada e rouca ao dizer:

– Finalmente! Pensei nunca ouvir-lhe dos lábios essa confissão tão esperada. Eu tambem sinto o mesmo por você. Só nunca ousei tocar no assunto, temendo perder sua amizade.

Acendeu um cigarro, deu uma tragada e o passou às minhas mãos. Soprei a fumaça, brindamos ao sentimento.

Cyd aproximou o rosto a procura da minha boca. O primeiro beijo de amor. Doce e suave como mel! Verdadeiro néctar de Eros, sublime guardião dos mistérios insondáveis do amor.

No momento seguinte, o êxtase foi interrompido. Aos meus ouvidos a gargalhada do meu pai soou debochada, "viu como sempre estive certo?! Claro que você não podia dar em outra. Josh, você me envergonha nas profundas da minha cova".

– O que foi Josh? Sente-se mal?

O que eu poderia responder? Que meu pai criticava a minha conduta ao ouvido! Que eu estava num dilema, indeciso ao rumo a dar a minha sexualidade! Talvez fosse mais sensato e humano, abdicar da felicidade em favor do descanso dos mortos. Quem sabe, Jack tambem se revirasse na cova indignado com o irmão. E minha pobre mãe? Acaso iria contra a Igreja, homens e mundo aprovando o filho gay?

Dúvidas cruéis, que ficariam pendente enquanto eu não me libertasse dos fantasmas do tempo: "Gay, sim! Mas não egoísta e insensato, a ponto de ferir aqueles que esperavam o melhor de mim".

Empurrei a cadeira, levantei decidido a ir embora e romper com Cyd. Ao meu gesto, ele segurou com firmeza meu pulso. Perguntou confuso e preocupado:

– Aonde você vai?

– Embora.

– Vou com você!

– Esqueça. Tenho que dar um tempo para colocar as ideias em ordem. O que aconteceu entre nós me deixou fora de órbita.

– Eu não acredito que depois de descobrirmos a felicidade, você esteja fugindo dela. Acaso está arrependido de ter assumido esse amor?

– Não se trata disso. Até porque não conheço sequer um caso, de alguém fugir da felicidade.

– Mas a mim parece que estou diante do primeiro. Não deixarei que vá até dar-me uma explicação cabível para a sua intenção.

– Por favor! Não torne mais difícil essa decisão. Enquanto todas as dúvidas não forem solucionadas, peço que você não me procure. Conto com a compreensão que sempre demonstrou.

– Tudo bem, meu querido. Mas prometa-me que durante esse tempo não vai me esquecer.

– E precisa? Você vive nos meus pensamentos, nos meus anseios, em tudo que escrevo e faço de bom. Como eu poderia esquecê-lo? Quando voltarmos a nos encontrar, juro que nada e ninguém poderão impedir-me de assumir o que sinto por você.

Os olhos de Cyd estavam marejados de lágrimas. Peguei minha pasta sobre a mesa, fiz-lhe um afago nos cabelos:

– Paciência, meu amigo, meu amado.

Saíio mais rápido que pude antes que a coragem me faltasse.

Dias depois Dinda sentiu falta de Cyd. – Será que seu amigo está doente. Há cinco dias não vem aqui. Já ligou para ver se ele está doente?

– Tranquilize-se, Cyd já havia comentado comigo que iria afastar-se por uns tempos. Anda atolado de serviço. Por minha vez achei ótimo, pois preciso tambem concentrar-me no livro.

– Tudo bem! Mas acredito que encontrará tempo para vir almoçar conosco no domingo.

– Eu acho que não! Parece que vai viajar por esses dias e não sabe quando volta.

– A serviço?

– Quanto a isso não entrei em detalhes. Mas creio que sim.

Dinda pareceu não engolir bem minhas desculpas:

– Estranho! Sempre que tem de afastar-se, Cyd costuma avisar-me. Arrepiou-me os cabelos, e saiu dizendo:

– Tenho que acostumar-me com os novos tempos. Antes, os amigos pareciam mais apegados.

Parou à porta do quarto: – Você já marcou com a Selma?

– Hã, hã. Amanhã vou resolver o que está pendente.

– Que pena que Cidinho não possa ir junto.

– Tia! Sei me virar muito bem sozinho.

– Ta bom! Só dei meu parecer.

No dia seguinte, cheguei pontualmente à Editora Tamoyo.

Como da outra vez, tomei chá de cadeira naquela espelunca apelidada de escritório. Quinze minutos depois, saí dizendo que iria tomar um café e voltaria em seguida.

– Não quer que eu vá pega-lo? Perguntou a secretaria.

– Obrigado, mas prefiro ir. Assim, dou uma esticada nas pernas até a patroa chegar.

Ela sorriu ao termo e tentou desculpá-la:

– Deve ser a condução.

– Talvez. De repente, onde ela mora, os ônibus não têm hora de chegar. Felizmente não acontece o mesmo comigo. Por sinal, o trânsito hoje está num dos seus melhores dias.

Peguei a xícara de café e fui para a calada do bar. Pretendia ver a hora que a fulaninha chegava. Hoje, seria eu que a deixaria esperando.

Comprei uma revista, na banca ao lado, distraindo-me, fazendo hora para voltar à sala bagunçada.

Quando toquei a campainha, a secretária abrindo a porta ironizou. – Nossa! O café devia estar pelando. Dona Selma chegou a quase meia hora. Tinha que sair para resolver umas coisas, mas ficou aguardando por você.

Selma chamou-me:

– Entre, Entre, e sente-se aqui, Josh. Tenho duas noticias para te dar. Uma boa, e a outra um tanto cacete.

De pé atrás, cheguei à cadeira tão fuleira quanto à dona: – Que é que você tem de novidade?

– Qual das duas você quer ouvir primeiro?

Dei de ombros:

– Tanto faz!

– Vou falar da má. Ensaiou uma cara de desanimo, e atropelando as palavras jogou água na fogueira:

– Não será possível lançar o livro no lugar que havíamos combinado.

– Qual o motivo? – perguntei contendo a raiva.

– O secretário de Cultura fechou-o para reformas.

– E você só me diz isso agora? Por que não enviou a noticia por e-mail ou telefone?

– Porque soube ontem. E como tínhamos um encontro para hoje...

A perua continuava me enrolando.

– E agora? Você já tem em vista outro lugar?

– Vários! Respondeu tomando ares de dona da situação.

– Pegou uma lista escrita com garrancho e começou a ler. – Tenho um restaurante muito bom no Centro da Cidade... Dois escritores fizeram seus lançamentos a coisa de dois meses. Ficaram contentes com ambie...

Descartei:

– Não estou interessado nesse lugar. Além de, perigoso, é de difícil acesso para pessoas idosas e para quem não tem carro.

– Tudo bem! Interessaria a você na....

Ela indicou mais três nomes. Dois desconhecidos, e o terceiro numa área mal frequentada:

– Nenhum desses me interessa. Lembre-se de que paguei um preço alto pelo lugar e pelo cockteil, porque quero o melhor para o lançamento. Sendo assim, você me devolve o dinheiro e quando encontrar o que quero me telefona.

– Você é quem manda! Agora vou falar sobre a notícia boa:

– Que tal ter seu livro, nas livrarias, com o selo de ouro?

– Ora, Selma! Já gastei uma nota e nem sei se terei retorno com a venda. Como iniciante, não tenho pretensões de vê-lo com um selo de ouro. Vamos deixar como está.

Com astúcia, ela envolveu-me numa lábia, que certamente estava acostumada:

– ... e como está na moda os livros narrados em CD, nos poderíamos mandar fazer apenas cem para agradar as donas de casa, e o pessoal que não tem tempo para ler. Vai ser moleza vendê-los.

– E quanto isso me custaria?

Fez a conta rapidinha num pedaço de papel, mostrou-me: – O montante fica em dois mil e esses quebrados. Como tenho em minhas mãos o seu cheque de..., eu facilito o restante em duas vezes.

A sugestão dos CDs, era boa. Pensei:

"É uma boa ideia. Até porque, só terei de desembolsar uma parte da quantia no mês que vem."

Assinei dois cheques pré-datados diante de um sorriso aliviado. A cretina conseguira enrolar-me novamente.

Em direção ao ponto do meu ônibus, eu me maldizia;

– "Caiu como um patinho, hein! Em vez de levar a grana de volta ao bolso, contraí uma dívida com ela. Como é que pude fazer uma besteira dessas, sem saber a saída do livro? Tomara que eu esteja errado. Mas pressinto que estou fodido!"

Não bastasse a precipitação em cortar relações com Cyd, agora, entrava de gaiato no jogo dessa mulher enrolada e mau caráter. Começava a acreditar que a fase da urucubaca estava chegando. Tomara que com ela não venha junto a das vacas magras.

Mais um dia sem ver e falar com Cyd. Mais uma noite sem inspiração para o novo romance. Até quando terei forças para resistir a essa provação!

O livro ficou pronto.

Tudo estava perfeito. Encadernação, paginação e capa. Fora o melhor! O conteúdo das 400 páginas. Uma história voltada para os conflitos do homem, sua trajetória no mundo, e sua realização pessoal. Tudo isso numa linguagem atualizada, sem ser chocante, cujo tema abordava sem rodeios o amor em todas as formas. A intenção era despertar nas pessoas de cabeça retrógrada, os conflitos do ser humano como pessoa.

Lembro que ao ler alguns capítulos, Cidinho avisou:

– Cara! Está lindo. Mas acho que você pisou na bola.

Perguntei em que sentido, ele deu um sorrisinho moleque:

– Você saberá pelos críticos quando for lançado.

A par do que me acontecia, meu chefe ficou de arranjar um bom lugar para a noite de autógrafos.

Entre duas Paixões

O grande dia chegou.

Espaço lotado de amigos, colegas do jornal, parentes. Pouco mais de 90 pessoas.

Eduardo conseguiu um salão em local privilegiado. A condição. Fazer a abertura da noite de autógrafos. A objeção. Que o discurso fosse breve.

– Quinze minutos?

– Sete estourando – Pedi.

– É quase nada para fazer os elogios merecidos ao meu escritor favorito.

– Tudo bem! Dez, e não se fala mais. Eduardo extrapolou o trato. Quarenta minutos de sincero e eloquente louvor. Comovido agradeci os aplausos e passei à mesa para a seção de autógrafos. Dinda foi a primeira a receber o primeiro exemplar, de bônus, um beijo e a apresentação ao público como a "mulher Maravilha da minha vida".

Meus dedos doíam pela caneta de grosso volume, e o pescoço travado pela mesma posição. Vez ou outra, eu arriscava um olho, esperançoso de ver o fim da fila. Até o momento, Cyd não comparecera ao evento, embora tivesse recebido o convite das mãos de Dinda. Chequei à hora no relógio de pulso. Passava das21. O tiro saíra pela culatra. À sua ausência, desejei ardentemente ter ao meu lado a fonte de inspiração da minha obra, o personagem central da história. A precipitação em romper com a minha alma gêmea começava a entristecer-me.

Levantei os olhos da mesa e com satisfação vi o último exemplar para o autógrafo. Perguntei à linda jovem à minha frente:

– A quem devo dirigir a mensagem.

– Claudia.

Com o livro de volta, ela agradeceu com um sorriso encantador. – Obrigada Josh. Só sinto você não me reconhecer.

Fixei-a puxando pela memória. Desconcertado, tentei desculpar-me:

– Perdão... É imperdoável eu não lembrar de alguém tão linda como você.

– Por esse elogio está perdoado. Afinal, já vão alguns anos que não nos vemos. Vou dar-lhe uma dica para refrescar-lhe a memória. Havia uma mocinha sem graça, usando óculos e aparelho nos dentes, sua companheira de banco durante o último ano do ensino Médio...

– Cacá! Não acredito que você seja a mesma pessoa...

– A própria!

– E onde está aquela magricela de pernas finas como caniço, sem qualquer atrativo físico?

Ela deu uma gostosa risada. As covinhas marcaram-lhe as faces. – A única coisa reconhecível em você são essas duas covinhas. Levantei, e trocamos um abraço saudoso entre beijinhos.

Deliciei-me com o perfume que usava:

– Adoro esse perfume! Cabotine, se não me engano.

– Acertou em cheio. Eu também sou louca por ele.

Censurei-a por não ter se revelado antes da dedicatória: – Eu queria deixar o melhor para depois. Ela respondeu com um olhar sensual.

Eu estava encantado com a minha ex-colega. Havia alguma coisa naqueles olhos cinza que me deixavam hipnotizado. Melhor dizer! Claudia respirava magia, sedução e prazer. Nenhuma mulher mexera comigo, como essa ao meu lado.

Convidei-a para tomarmos um drinque e passamos a relembrar a época do colégio. Enquanto ela falava, eu não perdia um só dos seus gestos elegantes, ao mesmo tempo provocadores. A inclinação da cabeça ao colocar a mecha de cabelo atrás da orelha, deu-me vontade de beijar-lhe o pescoço de veias azuladas. A cada inspiração mais profunda, os seios arfavam no decote. Uma sensação gostosa, e nunca sentida, subia-me das coxas ao púbis, deixando-me lânguido. Não tive dúvidas de que Claudia era a imagem da feiticeira dos meus sonhos.

A voz rouca, mansa, quase inaudível, fez-me aproximar-me do corpo escultural dela. O cheiro da fêmea misturou-se ao Cabotine, quando ela falou ao meu ouvido: – Ainda continua dando prioridade aos estudos?

– Na minha profissão continua sendo importante. Porém, não só de estudos vive o homem, mas também das coisas boas da vida.

– O que, por exemplo?

– Cultura, Arte, Ópera...Segurei o impulso animal. – Uma boa transa com você.

– E quanto às gatas?

– Andam por telhados de zinco quente.

Caímos na risada. Involuntariamente nos abraçamos.

Por cima do seu ombro, vi surgir uma inesperada visita. Cyd entrava acompanhado de um amigo comum. Gelei de surpresa.

Desfiz o abraço, ao mesmo tempo em que senti o sangue fugir-me das faces. Claudia notou: – O que foi Josh? Parece ter visto um fantasma!

– Quase isso.

Cyd aproximava-se com Alex. Minhas pernas bambearam.

– Bem-articulado Alex abraçou-me.

– Chegamos tarde?

– Nunca é tarde para receber amigos. Respondi, a emoção sob controle. Cyd fez o mesmo. Seu abraço despertou-me a saudade de outros tempos.

Dirigi-me a Alex:

– Que prazer recebê-lo! Por onde você tem andado?

– Pelas construções, pelos bares da vida, por esse mundão de gente boa! Colocou um exemplar diante dos meus olhos:

– Posso contar com o seu autógrafo apesar do atraso?

– Pra já! “Para o querido amigo...”

Pelo canto do olho, vi a expressão ciumenta de Cyd. Não apenas por Alex, mas principalmente por Claudia. Era a primeira vez que me via com uma mulher. E que mulher!

Alex agradeceu, olhou para Claudia, jogou seu charme:

– E essa linda moça? Não vai nos apresentar?

– Desculpem. Esta é Claudia. Colega de escola.

– Hã hã! E pelo que vejo, a relação está além do vestibular, hein!

As cores voltaram-me ao rosto. Minha amiga sorriu consentindo na insinuação:

– Se depender de mim, juro que poderemos nos formar juntos.

– Essa é boa – disse Alex numa gargalhada espalhafatosa.

Num gesto estudado, dei-lhe uma palmadinha na mão, enquanto levava o braço no seu ombro. Claudia interessou-se em sondar a opinião de dois conceituados críticos literários. Convidou Alex para dar uma volta nas proximidades a fim de escutar os comentários. Com você irei até o fim do mundo.

– Porém, por favor, não esqueça de trazê-la de volta. – Brinquei.

Logo que se afastaram, Cyd deu vazão aos ciúmes. – É dessa maneira que você pretende se encontrar?

– Como assim?

– Ora como assim! Jogando-se para cima de Alex e dando a maior bola para aquela fulana.

– Não seja tolo. Claudia é uma antiga colega e Alex, alguém muito querido, que não vejo, há tempos. E você? O que faz aqui se eu não demonstrei desejo de vê-lo.

– Porque a saudade era grande e não podia desperdiçar a chance de sentir o calor do seu corpo num abraço.

– Você fez mal! Continuo ainda em cima do muro.

– Mentira! Você está buscando a oportunidade certa para descartar-se de mim, com a desculpa lavada de que resolveu ficar com essa vadia.

Num ímpeto de revolta, fui cruel: – Você tem razão.

Cyd respondeu irado:

– Pois prove o que diz. Vou esperá-lo lá fora e, se dentro de um minuto, você não aparecer, nunca mais me verá.

– Por que essa atitude radical?

– Porque sei quando devo sair do meio de campo com dignidade.

Ele retirou-se, deixando-me confuso e sem saída. Eu o conhecia o bastante, para saber que cumpriria o prometido. A verdade é que eu continuava a amá-lo e só em pensar em perdê-lo parecia-me pior que a morte.

Num banco em meio às árvores, Cyd fumava tranquilamente. Ao ver-me, jogou fora o cigarro, cruzou as pernas, dando lugar para eu sentar. Olhou-me de alto a baixo, sorriu, elogiou-me:

– Você está muito atraente nessa roupa. Aproxime-se. Juro que não mordo.

– Estou bem aqui. Tirei do bolso um cigarro que gentilmente ele apressou-se a acender. Agradeci, soprei a fumaça:

– Você ainda guarda esse isqueiro que lhe dei pelos seus 21 anos?

Como resposta, beijou o objeto antes de guardá-lo:

– E bem perto do coração.

Brinquei com a fumaça dando tempo de ele pronunciar-se: Cyd acariciou meu rosto, e foi direto a questão: – Jô! Até quando você pretende castigar-se a mim?

Não respondi e ele continuou: – Você não imagina o que tem sido meus dias desde que nos vimos pela ultima vez. Só durmo sob efeito de soníferos ou qualquer outra droga. No trabalho, é impossível concentrar-me nos inúmeros projetos agendados.Tentei sair com outros caras para tirá-lo dos meus pensamentos, mas foi em vão. Só consegui entrar em depressão. Hoje, você jogou abaixo as esperanças que eu nutria em aceitar-me de volta. Encontrá-lo com aquela mulher, fez-me sentir um idiota sentimental.

Segurou-me as mãos, implorou:

– Diga-me, Jô. Ainda represento alguma coisa em sua vida? Ou posso me considerar apenas um caso do passado?

Até uma hora atrás, eu responderia sem titubear:

– Você é parte de mim mesmo. Sem você sou uma alma morta, vagando nesse purgatório chamado mundo.

No entanto, o destino resolveu testar-me numa jogada suja. Usou a fêmea da minha espécie para deixar-me num impasse. Claudia surgira de algum lugar do passado, respirando sensualidade pelos poros, despertando meu lado macho, estimulando o membro adormecido.

– E então, Jô? Estou esperando sua resposta.

Retirei as mãos das suas, o coração apertado, as ideias embaralhadas, incapaz de uma resposta precisa:

– Não vou negar que Claudia mexeu comigo, contudo continuo a amá-lo da mesma maneira. Sinto que passo por uma transformação e que a partir de hoje só poderei ser feliz tendo você e Claudia na minha vida.

A gargalhada de Cyd mostrou clara a sua indignação:

– Mas que diabo você está dizendo? Um triângulo amoroso entre um gay, um indeciso e uma mulher!

Ele colocou a mão na minha testa retirou-a seguida: – Se você tivesse febre eu entenderia o absurdo que disse. Nesse caso, só posso pensar que está pirando.

– Sei que é difícil entender nem mesmo eu sei exatamente o que acontece. Estou dividido, alma e corpo. Claudia despertou-me desejos carnais, jamais sentidos, enquanto que você, completa minha parte espiritual.

– Isso quer dizer que...

– ... que não tenho condições de estender esse papo. Levantei. – Preciso voltar para junto dos meus convidados. Cyd segurou-me o braço:

– Quando poderemos continuar esse assunto?

– Eu entrarei em contato por telefone.

Inesperadamente, Cyd ficou à minha frente e sem que eu pudesse evitar, beijou-me apaixonado.

Censurei-o, afastando-o de mim: – Está louco?

– Desculpe, amor. Não tornará a acontecer.

Encontrei Claudia e Dinda num papo animado. Logo que me viu perguntou onde eu andava: – Lá fora, respirando um pouco de ar fresco.

– Eu e Claudia sentimos a sua falta.Estava sozinho?

– Com Cyd.

– E por que ele não veio falar comigo.

Dei de ombros.

– Se Maomé não vai à montanha, a montanha vai a ele! Vocês me dão licença enquanto vou falar com aquele ingrato.

– Ele já foi, Dinda.

– Não acredito que tenha ido sem ver-me.

– Pediu que eu me desculpasse junto a você. Estava com pressa devido a um compromisso

– Amanhã lhe darei uma bronca por telefone.

Uma vizinha retardatária chegou cumprimentando-me e Dinda a levou até minha avó.

Circulei no salão acompanhado de Claudia. Os conhecidos parabenizam-me pelo evento e pela “namorada”. Malu foi além na intimidade dos anos de amizade:

– Escondendo o jogo hein, Josh! Também com uma gata dessas tinha mais é que ficar na moita.

– Claudia é só uma antiga colega.

– Me engana que eu gosto! Voltou-se para Claudia na cumplicidade das mulheres:

– Querida, você é uma moça de sorte. Josh é o cara mais disputado entre as meninas onde mora.

Claudia apertou meu braço, deu a resposta com seu jeito solto e descontraído:

– É bom saber disso. Vou passar a ficar na cola dele.

O último convidado saiu próximo à meia noite. Preocupado em conseguir um táxi, Claudia ofereceu-se a nos levar em casa. Agradeci, e recusei: – É muita gentileza, mas não quero tirá-la de sua rota.

– Bobagem. Estou acostumada a rodar a essa hora e será um prazer servi-los.

Vovó interveio:

– Se a moça não se incomoda, eu muito menos. Não vejo a hora de chegar em casa e tirar esses sapatos.

Claudia abriu a porta do seu carrão:

– A senhora está mais que certa. Entre e acomode-se enquanto Josh decide-se.

– Gostei de você, menina. Parece não gostar de muita frescura como eu. – Disse vovó sentando-se no banco traseiro.

No caminho, Claudia convidou-me:

– Que tal, depois de deixar a Dinda e a vovó em casa, dar uma esticada até um barzinho muito legal em Ipanema?

Fiquei indeciso. A agitação do evento, o encontro com Cyd, e esse inesperado sentimento em relação à Claudia, deixaram-me em parafuso. Dinda xeretou como uma alcoviteira:

– Querido, espero que não recuse o convite de Claudia.

– Obrigada por tomar meu partido. Eu já começava a me sentir uma bruxa rejeitada.

Mulheres! Não tive como escapar ao cansaço. De todo modo, a aventura de estar só com a bruxinha; atraía-me.

Chegando, Dinda desejou-nos uma noite agradável e divertida.

Claudia piscou um olho: – Deixe comigo que farei com que seja inesquecível.

– Telefone para marcarmos um almoço aqui em casa.

– O.k.

Enquanto ela dirigia, eu disfarçava o olhar no par de coxas entreabertas, as mãos impacientes para tocar o que tinha entre elas. Suspirei aliviando o desejo,ela voltou-s para mim:

– Hum humm, conheço esse suspiro.

– E o que você acha dele?

Ela deu uma risada e uma palmada na minha perna:

– Paixão, meu caro. Vou ficar enciumada se escutar novamente.

“Você está redondamente enganada. – Pensei. – Isso quer dizer tesão”.

Na calçada do bar, tomávamos um drinque fazendo comentários sobre a noite de autógrafos. Claudia deixou-me alegre ao falar sobre o que ouvira de um dos críticos:

– Escutei claramente, ele afirmar gostar do seu estilo diferente na escrita, e do conteúdo ousado e chocante. O outro, o parabenizava pela sua coragem em abordar um tema tão discriminado na sociedade.

– Beleza! Essa era a intenção quando pensei na história.

O garçom aproximou-se, pedi que trouxesse algo para beliscar e outro uísque.

Um silêncio reinou sobre nós, incomodando-me. Cruzei as pernas, acendi um cigarro, soprei a fumaça olhando-a desfazer-se no ar.

– Você ainda não me disse o que faz. Perguntei curioso.

Lançou-me um olhar afetuoso:

– Neste momento, delicio-me vendo esses sedutores olhos verdes acompanhar a fumaça.

– É um hábito adquirido com esse vicio.

– Hã, hã.

Seu olhar persistente desconcertou-me:

– O que foi?

– Não canso de olhar para você. Pegou minhas mãos entre as suas. – Sinto que você e eu nos daremos muito bem daqui por diante.

A observação pareceu-me mais um convite para a cama, do que propriamente o inicio de uma amizade adulta. Terminei o uísque e pedi uma garrafa de vinho. Claudia perguntou se eu não temia os efeitos das misturas de bebida.

– Não. O máximo que pode acontecer, é não segurar minha ousadia diante de uma mulher como você. Quase soltava. "E transar com você aqui mesmo."

– Pago para ver até onde ela vai.

– Não entro nessa jogada, até porque me encontro com uma advogada.

– Quando não estou exercendo a profissão, sou apenas uma mulher comum, sedenta de atenção de homens como você.

– Atenções? E quanto ao amor?

Claudia deu um longo suspiro. Os olhos estavam sombrios ao responder:

– Meu caro, depois de um casamento desfeito e uma decepção amorosa, decidi esquecer esse sentimento.

– Talvez porque ainda não tenha encontrado o homem certo.

– E acaso ele existe?

Levantei os ombros:

– Neste mundo tudo é possível. Principalmente a uma mulher linda, charmosa e inteligente como você.

– Contudo, a demanda por belos corpos, e caras bonitas, é a responsável pela extinção do amor. Os homens só desejam sexo casual e nenhum compromisso.

– Acho que você exagera quando coloca o homem no nível dos animais irracionais.

– Sinto muito, mas é o que penso. Não passam de animais no cio.

O efeito do álcool levou-me a uma gargalhada:

– Você é o máximo, Claudia. Seu senso de critica, é tal qual o de qualquer mulher do povo ludibriada pelo macho. Como pude não perceber essa perspicácia nos tempos de escola?

– Por que naquela época, você não passava de um cdf metido, pretensioso, esnobando as garotas.

– E hoje? Será que continua me achando um sebo?

– Quer saber mesmo? Quando entrei na fila para o autógrafo, quase desisto ao ver a sua pose. Seu sorriso pareceu-me desdenhoso, como fazia com as meninas do colégio quando estavam a fim de um namoro.

– E o que a fez desafiar o conceito?

– Sei lá! Talvez a curiosidade, o desejo de saber o que pensa um escritor. Talvez, a atração que sempre tive por você.

– E não se arrepende de estar agora comigo?

– Nem um pouco.

– Olha que de repente, eu posso estar escondendo meus trunfos no bolso, como qualquer homem disposto a ganhar uma gata.

– Pode ser. Mas como boa jogadora, vou pagar para ver se é verdade.

Segurei-lhe o rosto, colocando-o a um palmo do meu. Seus olhos de um cinza felino fixaram os meus. Os lábios entreabertos ofereciam-se a espera de um beijo. Fechei meus olhos, relembrando o momento do primeiro beijo de amor. O sabor desse beijo, doce, ardente, e prolongado, levou-me a buscar outro, e mais outros.

Dentro das calças apertadas, meu pênis intumescia em espasmos, desejoso de penetrar o santuário sob a saia da minha companheira. A mão direita a abraçava, enquanto a esquerda, percorria ávida o decote a procura do mamilo. Ao toque dos meus dedos, ele cresceu, e ficou duro como o meu pau.

Claudia retirou minha mão e, levantando-se, puxou-me até o carro. Abriu a porta traseira, empurrou-me para o banco. Com gestos rápidos e precisos, desvencilhou-se da blusa e da calcinha. Montou nas minhas coxas as mãos hábeis abrindo o zíper da minha e deixando o indócil passarinho livre da gaiola. No instante seguinte, aprisionou-o num úmido e quente ninho, rompendo minha virgindade. Nas ondas de volúpia, desejei ser como Shiva, com inúmeros braços para abarcar o coro de Claudia. O movimento rápido dos seus quadris, levaram-nos a gemidos e a procurar as línguas. Num movimento inesperado inverti a posição. Pela retaguarda, investi em estocadas rápidas, levando-a a dar urros de prazer. No ápice do prazer, o céu desceu sobre mim levando-me a espasmos delirantes.

Praticante do Kama Sutra, Claudia empregou várias posições na repetição do ato, por mais duas vezes.

Esgotados, colocamos nossas roupas, e depois da troca de um beijo ela se pôs ao volante. Antes de ligar o motor, tocou meu pênis em repouso:

– No próximo encontro, o deixarei ainda mais feliz com a posição dos deuses.

Na minha cama, relembrava os momentos vividos. Por baixo do lençol, o membro avolumava-se aos pensamentos. Ainda sentia o perfume de Claudia misturado aos suores dos nossos corpos. Segurei o menino agitado, e corri ao banheiro para Dinda não ouvir meus gemidos de gozo.

No dia seguinte amanheci, assobiando pela casa. Dinda lançou-me um olhar matreiro:

– Pelo jeito, a noite deve ter sido muito boa!

– Maravilhosa!

Serviu-me o café, enquanto fazia elogios à Claudia. Por melhores que fossem os louvores não faziam jus ao que realmente merecia.

– Dinda, eu acho que estou apaixonado.

Ela deixou a xícara escorregar das mãos, sujando a toalha de café. – Mas já! Essa moça deve ter algo muito especial para conseguir essa façanha.

Sorri com a observação. "Você não faz idéia!" , pensei.

– E..., e marcaram de se encontrar novamente.

– Hã, hã. Logo mais à noite.

– Ora vivas! Tantos anos para encontrar alguém e agora parece que é para valer!

Dinda parou de estalo ao ver uma nota no jornal: – Veja a opinião desse critico sobre o seu livro. Arranquei-lhe o jornal das mãos:

– Ulálá! Claudia tinha razão. O cara gostou mesmo do que escrevi. Chamei Odete:

– Dete! Dá uma corridinha na banca para comprar esses exemplares.

– Para que tanto jornal – perguntou dinda.

– Preciso saber o julgamento dos outros.

– Você quer dizer, a opinião do outro que estava lá. Peça à Odete que compre somente o exemplar do jornal em que ele trabalha.

– Dinda! Quem pode dizer que não havia algum jornalista sem ser convidado entre tanta gente!

– Pode ser!

Apenas um jornal caía matando de pau sobre a minha obra. Dei pouca importância, pois a avaliação vinha de uma gazeta conservadora e de pouca saída:

– Esses cabeça de bagre continuam no século 19.

Dei-me por satisfeito, com a unanimidade de criticas. Se eu tivesse de receber uma nota de um a dez, eu estaria incluído no numero seis. Era um bom começo para um desconhecido.

Usei o celular para reaver o dinheiro deixado com Selma. Ela só atendeu o chamado, porque eu havia trocado o número: – Oi! È você?

– O próprio. Preciso falar sobre o motivo deste telefonema?

– Parece transmissão de pensamento! Eu ia ligar para você, avisando-o que seu dinheiro estará em sua conta logo mais à tarde.

Deixei as boas maneiras de lado. Gente como ela, era indigna de qualquer consideração.

Sem saco para ouvir um monte de mentiras, fui curto e grosso. – Escute bem o que vou dizer. Quero essa quantia depositada até a próxima sexta. Se você tentar me passar a perna como tem feito até hoje, vou meter-lhe um processo por má fé e apropriação indevida de bens alheios.

– Pera lá, Josh. Você não vai querer me imprensar na parede por uma ninharia.

– Nem que fosse a metade, eu não livraria a sua cara. A quase nove meses você tem me cozinhado em fogo lento nessa baba de quiabo! Que raios você pensa que sou? A paciência chegou aos limites. Ou devolve o que me deve numa boa ou terá de pagar na marra com juros e correção monetária.

– Mas... mas você não pod...

– Está avisada. Só aguardo até sexta-feira.

– Ta legal. Vou ver se consigo.

A malandra nem sequer havia providenciado o que as livrarias exigiam para ter meus exemplares nas prateleiras. Usei de artifícios, descobri que andava metida em outras falcatruas. A Tamoyo, não passava de um chamariz para os ansiosos e incautos novatos em Literatura. Pobre daquele que caísse nas armadilhas de sua dona.

Lutava com o nó na gravata quando Dinda entrou no quarto.

– Vai sair com o Cyd?

– Não. Vou jantar com Claudia.

– Jô! O que está havendo entre você e Cyd?

– Que me consta, nada. Por quê?

– Ele desapareceu desta casa e nem sequer um telefonema para saber como estamos. Isso é muito estranho. Tenho certeza de que você me esconde o motivo

– Tudo bem. Eu e Cyd resolvemos dar um tempo pelas más línguas.

– O que você quer dizer com isso?

– Ora, Dinda! Você sabe bem como esse povo vê coisas onde não existem. Cansei dos comentários maliciosos a nosso respeito.

– E porque não me disse logo a verdade?

– Para poupar-lhe aborrecimentos.

– Eu concordo com a sua decisão, mas daí, Cyd se afastar também de mim e de mamãe! Ela tem perguntado por ele todos os dias.

– Quando calhar de estar com ele, vou lhe falar sobre isso.

Voltei-me para o espelho. Em cada lado do meu reflexo, as duas pessoas por quem meu coração estava dividido. Entre as duas paixões eu balançava na indecisão da escolha. Meu corpo tendia por Claudia, a maga que despertara o homem dentro de mim. Cyd, minha alma gêmea, a identificação de mim como criatura humana. Verdadeiramente, eu não via solução para o dilema. Ambos estavam intrinsecamente ligados à minha condição humana. Se tivesse de optar por um deles, eu me tornaria um corpo a vagar no mundo, sem vida e sem alma. Um morto vivo em desterro numa pátria estranha.

Servi-me de uma dose dupla de uísque ao deixar o quarto para o encontro com Claudia. A bebida passara ser o salvo conduto na via do estresse.

Enquanto esperávamos o táxi no portão, Dinda sugeria que eu comprasse um carro:

– Pense bem no assunto. Uma condução própria vai poupar-lhe tempo para o seu trabalho.

– Tenho pensado seriamente no que diz. Mais um tempo e terei dinheiro suficiente para comprá-lo.

Ela fez uma brincadeira: – Até porque quando tornar-se conhecido, não poderá transitar tranquilo em ônibus e metrô.

– Você se refere a fama?

– Lógico.

Tive de rir:

– Sossegue. Dificilmente somos reconhecidos aonde vamos. A glória vai para os atores que interpretam os personagens das histórias.

O táxi chegou interrompendo o papo:

– Tchau Dinda.

Sobre o painel, um exemplar do meu livro. Peguei-o, fingi desinteresse virando as páginas a esmo:

– Você gosta de ler? Perguntei ao taxista.

– Sempre que tenho uma folguinha.

– E que tal esse livro? Ouvi dizer que está na lista dos dez mais lidos.

O rapaz ficou entusiasmado.

– Cara! Estou louco pra saber o final. Podes crer que o sujeito que escreveu essa historia tem uma visão de futuro muito avançada. Vale a pena você comprar.

Dei um sorriso satisfeito. Propositalmente, mostrei-lhe a terceira capa opinando sobre o autor: – E você viu como ele é jovem?

A foto era exata ao modelo.

– Sabe que passei batido! Deixe-me dar uma olhada.

Passei-o as suas mãos. O cara deu uma rápida olhada, e depois para mim: – Pera lá! Tornou a olhar e disse surpreso. – Fala serio! O autor é a sua cara.

Continuei sorrindo:

– Pô! Que sorte a minha pegar você como passageiro. Quando é que você pretende lançar o próximo. Saiba que serei um dos primeiros a comprar.

– Possivelmente dentro de um ano.

Em frente ao restaurante, puxei a carteira para pagar a corrida. Ele gesticulou recusando:

– Foi um prazer servi-lo. De mais a mais, ganhei o dia com o seu autógrafo. Quando precisar dos meus serviços é só ligar para esse número.

Empurrei a porta de vidro, chequei o lugar procurando Claudia. Ela acenou-me indicando o lugar. Trocamos beijos, e pedi ao garçom uma garrafa de vinho.

O espaço que ela escolhera era propício para encontros amorosos. Iluminação fraca, blues tocados ao piano e uma pista de dança para aquecermos os corpos na melodia sensual.

Pedi frutos do mar e uma garrafa de Veuve Cliquet.

– Vou ficar devendo, senhor. Desculpou-se o garçom. Temos um outro champanhe a altura desse.

Pedi que trouxesse.

Ele retirou-se, Claudia quis saber curiosa:

– Ao que iremos celebrar com o seu pedido?

Acendi um cigarro, depois de uma tragada coloquei-o no cinzeiro. Beijei as mãos de Claudia:

– Hoje faz seis meses que estamos juntos.

Ela sorriu: – Você também lembrou?

– Não dava para esquecer.

Claudia tirou da bolsa, um embrulhinho prateado. Abri a caixa, e lá estava a caneta que eu sonhava comprar.

– Gostou?

– Adorei. Você advinha até meus pensamentos.

– Fiz questão de dar-lhe algo para ser sempre lembrada.

Beijei-a com amor e paixão antes de retribuir o presente. Retirei do bolso do blazer, a surpresa que havia preparado. Trouxe sua mão direita para junto de mim, coloquei o anel de diamante no seu dedo anular. Os olhos dela brilharam marejados de lágrimas: – É lindo, Josh!

– Não mais que você, minha deusa. Use-o como símbolo do nosso compromisso.

Entre as garfadas do file de badejo ao molho de camarão, Claudia tecia planos para o final de semana no ap. de Cabo Frio:

– Troquei o tapete da sala pensando em curtirmos a lua cheia sobre ele.

O cheiro do amor exalava de seu hálito entrando em detalhes sobre a aventura:

– ...Depois, faremos amor na areia da praia e no mar.

– Você é mesma uma diabinha de saia!

– E você ainda não conhece o que aprendi com o chefe do inferno.

– Se pretende demonstrar no fim de semana, preciso preparar-me para não fazer feio.

Procurei no bolso o maço de cigarros: – Maldição!

– O que foi amor?

– Estou sem cigarros. Ela ofereceu-me os seus: – Obrigado, mas não gosto de mentolados.

Perguntei ao garçom se poderia encontrá-lo no restaurante, mas não trabalhavam com fumo.

– Desculpe, mas vou ter de deixá-la por alguns minutos. Deve haver algum nas proximidades.

– Não demore que já estou morrendo de saudade. Pediu Claudia.

O ambiente pouco iluminado fez-me tropeçar nas pernas de alguém quando chegava à porta. Num rápido reflexo, segurei-me na mesa evitando um tombo. Censurei o autor do descuido:

– Amigo! Aconselho-o a encolher essas pernas antes de provocar um acidente feio. O cara retirou as pernas e ia se desculpar, quando alguém me chamou.

– Jô!

Reconheci a voz de Cyd. Pus-me a procurá-lo ao redor:

– Aqui. Ele respondeu do final da mesa.

– Olá.

– Mas que surpresa agradável! Puxe uma cadeira e nos faça companhia.

– Obrigado, mas estou com Claudia.

– Tenho certeza de que ela não irá embora por aguardar alguns minutos.

Aceitei o convite e fui apresentado aos seus amigos gays, menos o que estava ao seu lado, que por sinal, só agora eu notava a presença. Com certeza, estaria praticando algo impróprio ao lugar.

– Jô, quero que conheça Mike, meu lindo namorado.

– Hu, hu! Exclamaram em coro os amigos.

– Oi. – Cumprimentei-o friamente, demonstrando desinteresse . A turma estava pra lá de marraqueche, a bebida rolando solta. Aproveitei o momento para segredar ao ouvido de Cyd:

– Se me chamou para conhecer seu namoradinho, vou deixá-los agora para que fiquem à vontade.

Ele acariciou-me o rosto:

– Não precisa ficar com ciúmes. Ele é só alguém para distrair-me um pouco.

– Prove então que fala serio.

– O que é que você quer que eu faça?

– Deixe-o e venha comigo para conhecer Claudia.

Ele deu uma risada: – Você me pede para deixar o bofe para ser humilhado por uma vadia? Acho que deve estar me confundindo com outra pessoa. Poupe-me de seus desejos sádicos.

– Cyd! Juro que a minha intenção é a melhor. Quero que você e Claudia se tornem amigos.

– Você deve ter bebido todas para ter a coragem de me fazer uma proposta indecente como essa. – Respirou fundo, deu vazão ao despeito:

– Foda-se você, sua paixão, e a piranha que o roubou de mim. Não estou a fim de entrar nesse jogo de três. Desejo que os dois se ferrem assim como você me ferrou.

Apoiou os cotovelos na mesa e as mãos à cabeça. Parecia arrasado. Após um longo e sentido suspiro, confessou:

– O pior de tudo é que não consigo deixar de ama-lo!

– Por favor, querido. Confie em mim. Nunca farei qualquer sacanagem que possa feri-lo. O que eu lhe peço é a chance de ser feliz.

Minhas palavras tocaram-lhe fundo:

– Tudo bem! Vou fazer o que pede. Porém, se eu notar que estou sendo demais ou você começar de esfrega esfrega com a vaca, esqueça que um dia me conheceu.

– Cyd. Eu gostaria que você respeitasse meus sentimentos ao referir-se à Claudia.

– Tentarei.

Preocupou-se com Mike:

– E o que eu faço com o bofe? Afinal, estamos juntos há mais de dois meses.

– Invente qualquer coisa. Diga que resolveu trepar com outro.

– Com você?

Sorri:

– Você sabe que meu amor por você é platônico.

– À merda com platonismo.

Levantou, avisou para os companheiros:

– Aí, galera. Cidinho está indo.

– E eu, querido? – Perguntou Mike.

– Desculpe, amor. Amanhã a gente se vê. Divirtam-se crianças.

– Claudia! Olha só quem encontrei. Disse retornando a minha mesa.

– Não diga que no bar em que comprou os cigarros.

– Não. Por coincidência, numa mesa próxima à saída.

– Você se incomoda? Ele perguntou.

– Absolutamente. Os amigos de Jô são também meus amigos.

Depois de uma hora de conversa, Cyd parecia ter mudado o conceito que fazia de Claudia. Convidou-a para ir ao seu escritório para ver a maquete de um novo projeto: – Não deixe de ir. Será um prazer recebê-la.

– Fique certo que aceitarei. Não só para ver a maquete, mas, principalmente para desfrutar de companhia tão agradável. Olhou a hora. – Nossa! Não pensei que fosse tão tarde. Amanhã tenho que estar cedo no escritório.

– Patrão não tem hora para chegar.

– Você diz por que seu trabalho não depende de outros. Se não estou presente nada funciona como deve. Voltou-se para Claudia: – Amor, conhecer você foi o ponto alto da noite. – Deu-lhe dois beijinhos. – Não esqueça da promessa.

Em seguida, cochichou ao meu ouvido: – Sua namorada é encantadora. Leve-a lá em casa qualquer noite dessas. Beijou-me, e deixou-nos apressado.

Acompanhei Cyd afastar-se no seu jeito elegante de caminhar. Atravessou a porta de vidro, suspirei vendo-o desaparecer.

Claudia perguntou: – Estou enganada, ou esse suspiro vem mesmo do coração?

– Do coração, da alma, e de todo meu ser, pois tenho a sorte de ter você e Cyd, em minha vida.

– Nossa! Você hoje está inspirado.

– E há coisa mais linda do que o amor para ser exaltada?

– Claro que não! Mas uma boa transa, e muitos beijos, conseguem torná-lo ainda mais belo. Se não acredita, vou dar-lhe prova da minha filosofia de vida. Claudia sugou minha língua entre a sua, a mão correu pelas minhas coxas procurando o zíper.

– Calma, vadia! Estamos em público.

– Então vamos de uma vez antes que eu esqueça e seja autuada por estupro e agressão a moral:

– Eu adoraria transar em cima dessa mesa ao som desse blue.

– Você está louca.

– Por você, meu garanhão gostoso. Deu-me um chupão no pescoço sem largar meu pênis:

– Louquinha para ter isso dentro de mim.

Deixamos o restaurante, abraçados, esfomeados de desejo.

Claudia não esperou chegarmos ao seu apartamento. Mal entrou no carro, sentou-se ao meu colo, beijou meu pênis aprisionando-o, em seguida, dentro de si:

– Amor, preciso de uma rapidinha antes de chegar em casa.

Ao contato da pele, as labaredas da paixão, erguiam-se, devorando nossas entranhas em gozos e gemidos prazerosos. Nunca fazíamos amor uma só vez! Nosso sistema glandular estava condicionado à repetição do ato.

– Passava das 4 quando acordei. Sentei-me à beirada da cama, peguei a cueca preparando-me para deixar o apartamento. Claudia abraçou-me pelas costas, os lábios roçando-as de alto a baixo. Suplicou:

– Não vá agora. Quero comê-lo até o dia clarear.

– Bem que eu gostaria se não tivesse de estar no jornal às 9.

– Hummmm! Droga de trabalho. Pulou da cama e foi ao banheiro.

Acompanhei as formas perfeitas à mostra, subi o fecho da calça. O sinal disparou sob ela. Num esforço supremo, afastei o pensamento de ir ao banheiro, tratei de dar o fora: – Tchau, estou indo, disse abrindo a porta.

– E o meu beijo?

– Pago com juros logo mais à noite.

Bati a porta, e entrei no elevador. Um casal de idosos descia com uma mala. A mulher enviou-me um sorriso. Perguntou: – Vai viajar também, meu filho.

O homem piscou um olho para mim, dirigiu-se a esposa:

– Que é isso, filha! Talvez o jovem esteja indo para o trabalho.

**

O Domingo amanheceu radiante assim como o meu espírito. Iria receber para o almoço, as duas pessoas mais importantes da minha vida, claro, depois de Dinda.

Cyd chegou uma hora antes do combinado. A felicidade do retorno do filho pródigo a casa, fez Dinda cobri-lo de beijos. Cyd ergueu-a vinte centímetros do chão, rodopiou-a pela sala na alegria contagiante.

Do meu quarto, eu ouvia os risos dos dois, e a demonstração das falsas queixas:

– Para com isso, menino. Começo a ter dor de barriga de tantas cócegas.

– Onde é que anda dona Carolina – ele perguntou.

– Ainda não se levantou. Não se atreva a entrar no quarto dela ou levará uma bronca do tamanho de um bonde.

Coloquei um short e fui compartilhar da alegria. Bocejei diante do casal, os cabelos arrepiados e a cara enfarruscada:

– Ora vivas! Caiu da cama? – Perguntei dirigindo-me a Cyd.

– Para ser sincero, estava louco para ver Dinda. Também quero levar um papo contigo antes de Claudia chegar.

– Vou deixá-los a sós. Tenho muito que fazer na cozinha.

Dinda retirou-se e o levei ao meu quarto. Cyd olhava meu tórax e minhas pernas malhadas:

– Você continua lindo e apetitoso!

– Não mais que você.

Usava um bermudão caqui, camisa pólo preta e tênis de marca famosa. O sol batia-lhe nos cabelos, deixando-os num loiro cinza, destacando o azul das pupilas como duas água marinha. À atração mutua, levou-nos a colar nossos corpos num abraço. Emocionado Cyd suspirou: – Como esperei esse dia!

Ato contínuo beijou-me os lábios, a procura da língua. Ao mel de sua saliva, retribui o beijo apaixonado na mesma intensidade. No minuto seguinte, voltei à realidade. Afastei-o suavemente, cruzei os braços, encarei-o:

– O que você tem de tão importante a me falar?

Cyd compreendeu minha posição.

– Desculpe! È difícil controlar meus impulsos quando estou contigo. Arrumou a gola da camisa, perguntou de olhos baixos. – Preciso saber se conseguiu resolver seus conflitos.

Acendi um cigarro, oferecendo-o:

– Obrigado. Deixei de fumar.

– Que legal. Eu gostaria de ter a sua força de vontade. Quanto a sua pergunta, saiba que encontrei a saída para o dilema que me encontrava.

– Antes ou depois de Claudia?

– Na verdade, Claudia foi de grande ajuda para a solução.

Cyd inclinou a cabeça, os olhos no chão. Compadeci-me de sua dor:

– Por favor, não fique assim.

– Estou bem! Não se importe comigo.

– Você não faz ideia da confusão que sobreveio com a descoberta da minha virilidade. Perdi-me num labirinto complicado, onde a lógica não funcionava para as questões surgidas. Se por um lado, eu me sentia feliz pelo despertar da minha condição hétera, por outro, a angustia infligia-me o peito, pelo amor platônico dedicado a você. Deu para entender onde quero chegar?

Acendi outro cigarro a espera da resposta. Ele encolheu os ombros:

– Eu acho que você está sobrecarregando de incógnitas os seus problemas. Cheguei à conclusão que você se encontra dividido entre razão e sentimento. Isso é mal! Além de, o deixar inseguro, traz-lhe sofrimentos desnecessários. Já pensou em juntar ambos e partir para a decisão correta?

– De que modo?

– Meu caro, viemos ao mundo para sermos felizes! Está em nós saber o caminho que leva a esse fim.

– Talvez, se eu não desejasse o impossível. Será que não entende que quero ficar com você e Claudia. Que a minha felicidade se resume a um absurdo.

Cyd deixou escapar uma sonora gargalhada:

– Se um estranho o ouvisse, diria que você pirou de vez. Como seu amigo, acho que você pisou na jaca! Mas por favor, não entenda isso como recusa a tomar parte nessa loucura.

Abracei-o agradecido: – É por isso que o amo tanto!

– Tudo bem! Mas quanto a Claudia? Aceitaria dividir seu amor com o amigo gay? Acaso ela sabe do sentimento que nos une?

– Ainda não! Mas não será difícil convencê-la. Claudia é uma mulher emancipada e liberal.

– Certo! Mas até que ponto? Tem certeza de que ela não tomaria essa proposta indecente como uma puta sacanagem?

– Eu não tinha pensado sob esse prisma. Terei que dar um tempo para preparar-lhe o espírito.

– Você e seus tempos de espera! – Deu uma risada ao termino da frase:

– Jô, você devia aproveitá-la para titulo do novo romance.

– Fala serio! Estou numa enroscada dos diabos e você vem com brincadeira!

– Porra! Fazer o que? Na aguento mais vê-lo ficar em cima do muro. Cara! Fique antenado. Seu tempo de adolescência já vai longe. Se continuar bancando o menininho sem decidir o que quer da vida, vai se arriscar a vê-la passar por entre as pernas.

– Não encha meu saco! Sua filosofia barata não vai me convencer de que está certo. À sua bondosa sugestão, digo que pimenta no... dos outros é refresco.

– Já vi que esse papo não vai dar em nada. Foda-se! Faça o que bem quiser, mas não venha depois chorar suas mágoas em meus ombros. Quer um conselho. Continue a trepar com Claudia enquanto pensa em mim.

– Chega! Você conseguiu extrapolar meus limites. Vou falar sobre nós na primeira oportunidade.

A campainha obrigou-nos a interromper a discussão: – Deve ser a sua ninfa chegando. Vá recebê-la, antes que a merda role solta. Puxou-me contra o peito, beijou-me:

– Esse, é por conta dos ciúmes reprimidos que terei de suportar no dia.

Na manhã seguinte, Dinda fazia planos de casamento: – Filho, Claudia tem tudo para ser a esposa perfeita. È educada, formada, bonita e carinhosa. Não demore a decidir-se em pedi-la em casamento. Moça como ela, é difícil de encontrar. A nossa casa é grande o bastante para abrigá-los, isto é, se você desejar continuar morando aqui.

Bati-lhe no ombro, puxei-a para sofá:

– Sei que está louca para se ver livre de mim. Brinquei cutucando-a na cintura. Mas, sinto decepciona-la. Ainda é cedo para pensar dar um passo nessa direção.

– Cedo? Você está chegando aos 30! Meu pai casou-se com 22 . Vai esperar se tornar um solteirão renitente para formar uma família?

– Dinda! Estamos no final do século 20. O casal se curte sem preocupar-se com compromissos.

– Sabe por que chegamos a esse ponto? – Ela mesma respondeu: – A emancipação radical das mulheres derrubou o preconceito da sociedade contra a amigação de casais. Porém, essa atitude extrema, levou-as a tornarem-se mercadorias descartáveis para os homens. Do jeito que as coisas vão, em breve, o casamento será visto como algo ultrapassado e desnecessário.

– Para que casamento, se a liberdade de escolha de seus parceiros não depende mais dos pais! Antes, muitas mulheres viam-se obrigadas a casar para deixarem as cadeias paternas. Hoje, isso não existe.

– Em contrapartida, casam e descasam como se o compromisso fosse brincadeira.

Dinda levantou, deu-me um beijo:

– Espero que a libertinagem do mundo não lhe atinja. De qualquer modo, continuarei esperançosa em vê-lo casado e com muitos filhos.

– Isso não são votos que uma tia deseje ao sobrinho. Parece-me mais uma praga.

Dinda saiu sorrindo.

Venturas

Cheguei ao final do livro! Junto com a alegria do término de um longo trabalho, a tristeza da despedida.

No desenvolvimento da historia, a integração escritor-personagem era tão intrínseca, que, muitas vezes, eu me via obrigado a parar no meio de um capitulo, sufocando em risos. Outras, acendia um cigarro e ia fumá-lo no quintal espairecendo a raiva do vilão. Bendita hora em que eu optara pela Literatura!

O envolvimento com cada integrante, trazia-me um inigualável sentido de realização pessoal na vivencia de meses. Afinal, eu era quase um deus nesse universo fictício. Tinha nas mãos o poder de vida e morte, prazer e dor no destino de cada um.

Lembro de certa vez passar horas de angústia e compaixão, por decidir eliminar um personagem a quem me afeiçoei. Depois de longa meditação, dei uma guinada no enredo, acabei matando a pessoa menos indicada.

Dinda chegou a tempo de me ver pensativo, mãos caídas sobre as pernas, o olhar perdido em algum lugar do passado. Desculpou-se, pensando atrapalhar minha concentração:

– Cheguei em má hora, não é mesmo?

– Ao contrário. Acabo de concluir o livro.

– Ela deu um sorriso:

– E por que essa expressão de tristeza quando deveria soltar foguetes?

– Saudade dos meus personagens.

Ela beijou-me o pescoço:

– A sua sensibilidade é comovedora, mas agora, precisamos festejar esse passo para a vitória. Levante-se que tenho um vinho guardado para essa ocasião.

Enquanto bebíamos, eu falava sobre as alterações sofridas. Ela indagou:

– Você mexeu na história ou apenas nos personagens?

– Um pouco de tudo.Talvez não lhe agrade tanto como antes.

– Estou louca para ler e opinar sobre as modificações.

Terminou sua taça e foi alimentar os gatos.

A sós, repassei o tema à mente, antes e depois do meu relacionamento com Claudia. Numa virada radical, havia transformado a linha light do romance, numa curva perigosa, em que sexo, drogas, e intrigas, rolavam em cascata. Tudo, numa linguagem carregada de gírias. Meu faro de escritor, sentia o cheiro da vitória na abordagem de uma história atualizada.

Escrever é como o vício! Mal se termina uma obra, uma outra dança impaciente à mente. Quando começo um livro, tudo fica restrito a segundo plano. As idéias flutuam à massa cinzenta, impacientes para serem impressas na tela branca do computador. Mal consigo dormir quatro horas por noite; os pensamentos independentes da minha vontade, leem e releem os texto escrito durante o dia, martelando o intelecto com novas frases. É uma loucura! Até o último parágrafo meus dias são agonia e êxtase.

Gravei o rascunho em pen drive, a fim de Eduardo passá-lo no crivo. Imprimi as duzentas páginas do documento, em A4, para aprovação de Claudia durante o jantar em seu apartamento.

Tomei uma ducha quente relaxando os músculos tensos. Meus pulsos e ombros doíam, pelas horas ininterruptas, no teclado.

Girei a chave na fechadura do ap. de Claudia. Entrei, estranhei o silêncio absoluto: – Claudia! Chamei avisando-a da minha chegada. Não houve resposta. Percorri os aposentos à sua procura, voltei para a sala, consultei a hora. Eu me adiantara ao encontro.

Servi-me de uma boa dose de uísque, fui para a varanda a fim de pregar-lhe um susto.

Debruçado na grade protetora, apreciava o fim do dia bebericando o drinque. Próximo às 20 horas, e devido ao horário de verão, o céu mostrava-se azul cobalto, longas faixas vermelhas estendendo-se no horizonte, lembrando labaredas acima do mar.

Sob os 18 andares, eu comparava o movimento dos carros nas pistas a autoramas de brinquedo. Voltei-me para o prédio vizinho. Uma jovem senhora curtia a piscina, num monoquíni que mal dava para cobrir o sexo. Esticou a toalha na cadeira, levantou o olhar na minha direção. Cumprimentei-a num gesto de cabeça. Ela sorriu, sem importar-se com os lindos seios de fora.

Embora bonita e sofisticada, a selva de pedra não me atraía nem um pouco. Meu sonho de consumo era uma casa na praia, de preferência, sobre uma elevação. Um janelão de vidro, onde eu colocaria minha mesa de trabalho, tendo a frente o mar como inspiração. Ao pôr do sol, a brisa como refrigério do corpo e da alma.

Bastava-me fechar os olhos para ver realizados o projeto.

Sentado nos almofadões confortáveis da cadeira de vime – cama provisória para as transas com minha ninfa-, eu contemplava o relevo das montanhas distantes, em semi-círculo.

Meus ouvidos aguçaram-se ao giro da chave. Escondi-me num canto onde poderia observar o movimento sem ser visto.

Claudia entrou, jogou a bolsa no sofá, tirou os sapatos e a saia. Foi à cozinha, e de lá voltou com um copo de suco, vestida apenas da calcinha. Tomou a bebida, recolheu o que espalhara no chão e dirigiu-se ao interior. Esperei alguns minutos. Pé, ante pé, cheguei à suíte. Claudia estava no banho.

Tirei minhas roupas, cheguei ao banheiro enfumaçado. O vapor deu-me cobertura para a intenção pré-concebida. Num puxão, corri a porta do box. Pobre Claudia! A brincadeira de mau gosto quase a fez cair ao chão. Furiosa, ela socou-me o peito:

– Filho da puta! Está querendo me matar de susto?

Prendi seus punhos atrás das costas, pressionei meu corpo sobre o seu:

– Calma vadia! Vou ter de amansá-la para não ir a nocaute. Ávido, suguei-lhe os bicos dos seios até ouvir-lhe os gemidos de gata no cio. Forcei-a contra a parede, ela montou sobre meu corpo beijando-o loucamente. A fogueira extinguiu-se sob a água fria. Molhados, jogamo-nos sobre os lençóis da cama, a brisa entrando pela janela, refrescando os corpos abrasados.

A fome bateu. Claudia preparou um congelado no micro ondas, levando-o para a varanda minutos depois. Entre uma garfada,e um gole de vinho, ela opinava sobre o livro.

– Nossa! Isso está parecendo a nossa autobiografia. Saiba que se um dos meus clientes suspeitar, levantarei um processo contra você. – Brincou.

– Fique à vontade se o desejar. Contudo, irei à forra. Direi em juízo que fui estuprado e desvirginado por você.

Ela girou o anel no dedo:

– Basta-me apresentar esse anel de noivado como prova que sou inocente.

Encerramos as trocas de brincadeiras. Claudia sentou-se nas minhas coxas, fitou-me séria:

– Amor, quando poderemos fazer um bebê?

– Tem certeza de que esse vinho não está adulterado?

– Não fuja do assunto. O vinho está ótimo e eu, em plenas faculdades mentais. Responda ao que perguntei:

– Bem! Não quero desapontá-la, mas não levo o menor jeito para crianças.

– Seu bobo! Quando as tiver pensará diferente. Vamos querido, estou louca para ter um filho seu.

– Esqueça por enquanto. Voltaremos ao assunto quando eu me tornar conhecido no exterior. Até lá seremos apenas eu e você.

Claudia foi sentar-se na outra cadeira, frustrada pela recusa ao seu desejo.

Ajoelhado aos seus pés eu pedia:

– Não fica assim minha deusa. Mais um tempo, e juro que farei um lindo bebê em você. Convidei:

– Se quiser, podemos ensaiar agora mesmo.

– Você não passa de um garanhão!

– E você a minha égua preferida. Disse, marcando-lhe o pescoço num chupão.

Retirei-a da cadeira, sentei-a sobre minhas pernas: – Que tal aproveitar a Lua cheia para ensaiarmos uma menininha bem rechonchuda.

A paz voltou sobre nós!

Na sala, Claudia fez comentários negativos sobre o que acabara de ler:

– Amei quase tudo, mas sua descrição sobre beleza em homossexualismo não bateu comigo. Você acha mesmo lindo o amor entre duas pessoas do mesmo sexo?

Respondi secamente:

– Sim.

Eu não estava a fim de entrar em detalhes sobre meu conceito.

Ele deu uma risada: – Desculpe paixão, mas embora eu seja uma mulher liberal, é difícil enxergar beleza e grandiosidade num relacionamento contrário à natureza humana.

– Quem ditou regras para o amor?

– Você tem razão. Talvez eu ainda esteja presa a alguns preconceitos.

– Com certeza! Para entender os mistérios do amor, é preciso estar aberta a ele e, não, às convenções ultrapassadas.Como você, muitos conservam discriminações passadas por séculos.

– Professor, o.k.Tudo é possível nesse mundo, inclusive a minha abertura de pernas.

Claudia dirigia o assunto para a direção em que era mestra. Entrei no seu jogo:

– Sou testemunha ocular dessa proeza. Ela sorriu esfregando-se em mim. Prossegui:

– Espero que seus discursos no fórum tenham também tanta flexibilidade.

– Procuro agir como os grandes pensadores, ao citar que o que está em cima, é como o que está em baixo.

Censurei-a com o olhar:

– Continua usar desse artifício para ganhar as causas?

– Claro que não! Depois que estamos juntos larguei de mão esse recurso. Sou fiel nas minhas relações.

– Assim espero, pois não tenho dom para corno.

Ela abriu meu robe, explorou meu corpo com olhar malicioso. – Adoro ver sua mágica em riste implorando para ser usada. Lambeu meu peito, parou a altura do púbis. Agarrei-me aos seus cabelos, enquanto ela levava-me a delírios prazerosos.

**

O lançamento do livro foi adiado. Motivo. A editora pedia moderação na linguagem e nas cenas de erotismo.

Eduardo tentou explicar:

– Amigo, saiba que não tenho nada contra, mas alguns leitores podem entendê-las como agravo aos bons costumes.

Reformulei vários trechos, usando a maquilagem agradável à burguesia. Apesar de o meu ego precisar de massagem, valeu a pena. O livro estourou na praça para minha surpresa.

Na demanda, a segunda edição foi lançada após dois meses.

O sucesso fez minha vida tomar novo rumo.

O raio do telefone tocava o dia inteiro. Às 7 da manhã, mal acabara de levantara, a maldita campainha deixava-me sobressaltado. Largava a xícara de café, disfarçava o mau humor nos convites para entrevistas em rádio, tevê e auditórios estudantis. Uma verdadeira loucura!

Cansado do assédio da mídia, pedi refúgio no ap. de Claudia. Deixei minha base, de mala e cuia, antes de um possível ataque de nervos.

Mas o sossego durou pouco. Apenas o tempo de ser descoberto por um repórter furão.

Telefonei ao Cyd queixando-me da sorte: – Cara, o sucesso chegou como um furacão avassalador. Não me sobra tempo sequer para uma transa relaxada. O pior, é que Claudia começa a cobrar-me e não posso continuar aqui.

– Arrume suas coisas e vá para o meu ninho depois das 20. Vai ser o máximo tê-lo sob o mesmo teto.

– Valeu querido! Outra coisa. Preciso urgente de um agente para aliviar a barra.

– Estou as suas ordens.

– Como se seu tempo é tão escasso quanto o meu!

– Darei um jeito de esticá-lo. Tratando-se de servi-lo nem o céu é o limite.

A presteza de Cyd deixou-me comovido. Minha voz saiu embargada pela emoção: – Não sei o que seria de mim sem você e Claudia.

– Por falar nela, já lhe falou sobre nós?

– Estou preparando-lhe o espírito para fazê-lo no próximo fim de semana. Você está convidado a ir conosco à casa da praia. Claudia faz questão que você vá.

– Está louco! Pode cortar essa, amor. Nem morto eu iria me expor a esse vexame.

– E você ainda diz que sou eu o covarde! Pense bem, Cyd, sua presença me dará mais segurança.

– Não e não! Já é difícil imaginar a cena, quanto mais participar diretamente dessa miscelânea de drama e comédia. Sinto muito, mas não dá.

– Se você me deixar na mão, nunca o perdoarei por essa sacanagem. Por favor, fala serio!

– Seriíssimo querido! Por acaso já conjeturou a reação de Claudia ao saber que o coração do seu macho balança entre ela e o amigo gay? Só em pensar fico todo arrepiado. Mil coisas podem acontecer após a confissão.

Só agora eu atinava com o hilárico drama. Uma inesperada gargalhada ecoou.

– O que foi agora? Ele perguntou confuso.

– Logo que eu chegar a sua casa lhe direi.

Claudia tentou deter-me quando abri a porta: – Amor, porque não fica mais uns dias. O cara lá fora vai acabar desistindo de falar contigo.

Duvido. Há dois dias ele, e o substituto se revezam para pegar-me na saída. Tenho meus motivos para não conceder entrevista a qualquer repórter desse jornaleco. Não posso ir contra o pedido de Eduardo.

Tudo bem! Ela disse enlaçando-me ao pescoço. Mas não esqueça de mim enquanto estiver com Cyd.

– Acha que eu poderia?

Despedimo-nos com um beijo. Depois de prometer que nos veríamos em três dias, dirigi-me ao fundo do prédio.

Com a cumplicidade do porteiro, enfiei-me numa abertura da garagem, ganhando a rua. Olhei para trás, vi o homenzinho de tocaia, a câmera pendurada ao pescoço. Dei-lhe uma banana, peguei o primeiro ônibus que passava em direção ao Leblon. O calor do dia se estendia pela noite quando cheguei ao apartamento de Cyd.

O funcionário abriu-me em seguida a porta: – Entra seu Josh. O doutor Cyd está lhe esperando no terraço.

Elogiei-o:

– Olá Paulinho, como sempre, elegante, hein! Esse uniforme de mordomo não é quente nessa época?

– E como! Mas o patrão faz questão que eu o use.

– Já falou com ele sobre usar apenas a camisa social?

– Deus me livre! Disse soltando-se, esquecido do cargo. – Adoro o doutor Cyd e não quero pôr em risco o meu emprego.

Dei-lhe uma palmada nas costas: – De qualquer modo, vou falar com ele sobre esse uniforme.

– Desde já eu lhe agradeço.

Deixou-me no terraço e voltou para o andar inferior.

Cyd deixou a piscina. Depois de enxugar-se na toalha veio abraçar-me:

– Bem vindo ao novo lar!

Paulinho trouxe-nos gelo e a garrafa de uísque:

– Se precisar de mais alguma coisa, doutor, é só chamar.

– Por ora está tudo bem, querido. Mais tarde traga-nos uma salada verde e frutos do mar.

Ele retirou-se e sentei na cadeira ao lado de Cyd.

– E então? Foi difícil escapar dos abelhudos?

– Mais fácil do que tomar doce de criança. O difícil foi convencer Claudia.

– Mulheres!!! Agora me fale sobre o que pensava quando deu aquela gargalhada ao encerrar o telefonema.

– Você ainda lembra?

– E não devia?

Expliquei-lhe:

– Não pude conter o riso, quando me passou pela cabeça uma possível atitude de Claudia.

– O que lhe veio nessa mente brilhante?

– Imaginei Claudia baixando o maior barraco. Na pior das hipóteses, me vi coberto de porradas.

– Ai ai! E você ainda insiste para que eu vá junto! Não duvido que ela caia de pau sobre mim.

Prendi o riso:

– Juro que o defenderei se Claudia chegar a esse extremo.

– Olhe, meu, mulher ofendida em seus brios vira tigreza. Não vai se fiando nesses músculos, pois quando sentir as unhadas no seu corpo vai se arrepender do que fez. Já passei por vexame semelhante quando andei com o marido de uma socialite. A dondoquinha meteu as unhas no meu rosto, pegou o que achou na frente, baixou o cacete em mim. Saí todo fudido do hotel.

Engasguei-me de tanto rir.

– Vá rindo. Quero ver esse sorriso na hora do rala e rola.

Tornei a encher o copo de uísque. Bebi um gole, prometi defender Cyd com a própria vida.

– Isso, se ela lhe poupar.

– Conheço Claudia o bastante para saber que ela jamais tomaria uma atitude tão degradante. Ainda mais em relação a você a quem preza.

Ele pareceu pensativo. Afaguei-lhe o rosto, beijei-o na boca convencendo-o a aceitar o programa.

– Com esse beijo não tenho como recusar-lhe seja lá o que for. Vou dar um mergulho para baixar os hormônios.

Enquanto ele nadava, abri o notbook, tentei revisar o primeiro capitulo do novo livro. Cyd gritou: – Pode fechar esse brinquedinho.

Está proibido de abri-lo por hoje. Ele deixou a piscina, sacudiu a cabeça respingando água dos cabelos, próximo ao computador.

– Porra, meu! Quer estragar meu trabalho?

– Não! Quero apenas desfrutar da sua atenção.

Esperei-o sentar-se, lembrei-lhe de que havia pedido a algum tempo:

– Você foi ver o apartamento pelo qual me interessei?

– Não tive tempo. Por que a pressa?

– Cara! De uns tempos para cá, vivo pulando de galho em galho por causa dos caras do jornal. Quero também aplicar meu dinheiro.

– Logo que sobrar uma folga, irei ao lugar e farei uma oferta ao proprietário. Mas tenho uma exigência a fazer, caso você feche com o imóvel.

Desconfiado, perguntei:

– Qual?

– De ficar com a responsabilidade da decoração do apartamento.

– Fechado!

Cyd levantou-se: – O raio desse calor não melhora! Tenho vontade de ficar de molho na piscina até ficar todo enrugado.

– E o que o impede?

– Acabei de me enxugar. Na borda da piscina ele estava hesitante em pular. Aproximei-me e o empurrei. Ele debateu-se, cobrindo-me de palavrões. Mergulhei, saí ao seu lado, afoguei-lhe a cabeça, em brincadeira.

Terminamos de jantar. Cyd avisou que estava cansado e que iria recolher-se. Acompanhei-o ao quarto e minutos depois de jogar-se à cama, pegou num sono profundo.

Na varanda, eu conferia a come-tragédia, baseada em fatos reais da minha vida. A ideia estava longe de ser uma autobiografia, mas, aproveitar a bagagem de frustrações acumuladas da infância aos dias atuais transformando-a em experiências divertidas.

Para isso, lancei mão de um novo estilo. A principio, foi difícil desligar-me das convenções usadas. Porém, ao final da décima página eu não ciscava mais no mesmo terreno. Criei asas, voei às alturas como as águias!

A sensação de liberdade empurrou-me a mundos inexploráveis, onde descobri as inúmeras facetas do amor.

Terminei adormecendo ali mesmo.

**

Ao fim da tarde, de sexta-feira, Claudia nos esperava no ponto combinado. Entrou no carro, seguimos para a Ponte Rio Niterói.

Logo que pegou a Alameda São Boaventura, Cyd baixou a capota do carro.

Claudia bronqueou pelo vento fustigando-lhe os cabelos. Pulei para o banco traseiro tentando acalmá-la: – Chegou o Super-homem para a missão de segurar seus cabelos.

Ela ironizou:

– Nem mesmo o Quarteto Fantástico seria capaz de tal proeza. Se eu soubesse que Cyd viria no conversível, teria trazido um lenço.

– Desculpe, mas está muito quente para subir a capota.

– O ar não está funcionando?

– Não é a mesma coisa. Gosto de sentir o vento acariciar meu rosto.

– E eu o detesto por me fazer parecer uma leoa descabelada.

Cyd ficou na sua. Pediu á Claudia que lhe passasse uma fruta da cesta.

– O que deseja?

– Uma banana. Adoro o formato dela. Faz-me lembrar algo divino e gostoso.

– Tome duas para ficar saciado.

– Garota esperta, hein!

Pedi a Cyd que parasse na primeira lanchonete: – Estou morto de sede!

Estacionou num lugar movimentado e chegamos ao balcão. Pedimos chope bem gelado e,enquanto bebíamos, observávamos casais acompanhados da prole, idosos arrastando-se nos chinelos, rapazes de shorts sem a camisa assemelhando-se a deuses de bronze. Entre eles, um garotão de cabelos parafinados chamou a atenção de Cyd:

– Nossa!Que gato. Esperou ele passar ao seu lado, beliscou-lhe a bunda sem cerimônias. O rapaz voltou-se num sorriso de garoto propaganda de creme dental, deu-lhe uma piscadela e dois passos para trás:

– Desculpa cara, vou ficar devendo essa. – Apontou o queixo numa direção. – Está vendo o coroa de camisa estampadona? Pois é, chegou primeiro.

– É uma pena!

O garotão tirou do bolso do short um cartão, entregou-o a Cyd:

– Quando quiser me ver, é só ligar. Tchauzinho.

Cyd leu o nome. – Marquinho. Suspirou. – Com esse visual só podia ser menino de programa. Esses caras, fazem coisas que nem mesmo chapadão tenho coragem.

– Vai ter de esperar sua vez. Disse penalizado.

Encerramos os chopes e prosseguimos viagem.

No carro, Claudia acendeu um baseado, e o fez girar. Doidona com a bebida e a maconha, passou a acariciar meu falo. Retirei-lhe a mão, no momento em que Cyd olhava no retrovisor:

– Por mim, fiquem à vontade – disse amigável. Só peço que avisem se decidirem ir alem. Não estou para levar uma multa e entrar em cana por causa de vocês:

– Valeu amigo. Disse Claudia passando-lhe o baseado.

Sedenta de sexo, ela subiu às minhas coxas comendo-me de beijos. Era hora de avisar Cyd. Não levamos cinco minutos para a transa.

– Pode levantar esse troço – pedi.

– Mas já! Vocês foram mais rápidos que galo solto entre as frangas.

Por fim, chegamos a casa.

Boquiaberto, pus-me a contemplar a cópia viva dos meus sonhos de consumo. Para ser exato, faltava apenas o penhasco à sua base.

Cyd deu um longo assobio:

– Parabéns, menina! Seu ninho de amor está bem além do que imaginava. Dirigiu-se a mim em gozação: – Jô! Acho que vou deixar a Arquitetura para fazer Direito.

A varanda no nível superior, dava acesso aos quartos. Dela, tínhamos a panorâmica de quase toda a orla marítima. Tomamos um drinque e cansados da viagem recolhemo-nos aos nossos quartos.

Na manhã seguinte, acordei com o sol brilhando como rei no firmamento, prometendo praia e muita diversão.

Claudia dormia. Deixei o leito, o lençol enrolado na cintura, fui fumar um cigarro na varanda.

Encontrei Cidinho, de binóculos, na caça aos banhistas.

– Bom dia, dom Juan! Encontrou alguém para fazer-lhe companhia?

– Até agora só vejo coroas barrigudos. Estou de olho naquele grupo alegre perto das pedras.

– Procure direitinho. Quem sabe seu gato faça parte dele.

– Pode ser!

De repente, um gritinho histérico partiu de Cyd:

– Uau! Não acredito. Começou a dar pulinhos alegre.

– Deixe-me ver o que o deixou tão agitado.

Ele passou-me o binóculo: – Olhe naquela direção. – Pediu.

Não consegui identificar o que queria mostrar-me. Perguntei:

– O que propriamente?

– O gato que ontem belisquei a bunda! Está vendo duas piranhas naquelas pedras? O gostoso está do lado da loira.

– Está na mira! Aproveite e vá antes que ela o carregue.

Claudia apareceu esfregando os olhos:

– Qual o motivo dos meninos parecerem duas araras na areia quente?

Cyd levou-lhe a mão sobre o seu peito:

– Sente só.

– Ela fez um muxoxo. – Frescura!

– Frescura? Estou mais para mormaço do que para frio. Achei o bofe de ontem à noite.

– Que legal. E o que pretende fazer?

– Colocar a sunga e dar um chega pra lá naquelas vadias.

– Sem tomar o desjejum?

– Quem quer saber de comida quando se está cheio de amor para dar! Abanou a mão desdenhando-nos, deixou-nos a sós.

Não levou cinco minutos e estava de volta. Canga amarrada na cintura, óculos de sol e chapeuzinho comprado numa das viagens ao Exterior:

– Tchau, queridos. Fui! Não me esperem antes das 22.

Lembrei-o:

– Não esqueça de levar o celular no caso de perder-se.

Respondeu a caminho do portão:

– A única maneira de ficar perdido, é nos braços daquele garotão.

– O que faremos agora? – Perguntei à minha deusa.

– Espere um minuto que já vai saber.

Levou-me para o sofá no rol, deixou cair o lençol:

– Primeiro a transa matinal, depois café da manhã a seguir transas no mar.

– Hummm! Será que vou dar conta do recado?

– Tenho certeza que uma boa gemada vai ajuda-lo neste fim. Quero meu garanhão firme e pronto a qualquer momento.

Caminhávamos na areia aquecendo os músculos para um mergulho.

O rebolado sensual de Claudia chamava a atenção de jovens e idosos. Enciumado, encerrei a caminhada em busca da esteira. Parecíamos dois lagartos, ao sol inclemente, depois de uma longa invernada.

Cansado de rolar de um lado a outro, como frango no espeto, chamei-a para entrar no mar.

Ao contato da água fria, bati os dentes enquanto meu pelos eriçavam-se.

Claudia não perdeu a oportunidade de gozar a minha cara. – Imagino com deve estar o pinto!

– Mais encolhido do que sanfona em descanso.

Ela deu uma risada:

– Deixe comigo que darei um jeito de trazê-lo ao normal. Arrastou-me para o fundo, meteu a mão dentro da minha sunga. – Nossa! Está tão geladinho como um picolezinho.

– Para com isso que alguém pode nos ver.

– E daí? Acaso é proibido salvar um membro de trombose?

– Você é mesmo uma vadia.

Em minutos, ela aqueceu o passarinho. Deu-me um sorriso, iniciou as braçadas no mar:

– Vamos que o perigo já passou.

Longe da praia, boiávamos descansando do exercício. Decidi voltar à praia.

– É cedo, pediu agarrada ao meu pescoço.

– Estou ficando com frio. É melhor voltarmos antes que surja uma cãimbra.

– Nada mal se for nesse bilau morto.

– O que é que você esperava. Não há pau que levante nessa água gelada.

– Se eu fosse você não teria tanta certeza.

Para Claudia não havia o impossível em questão de sexo. Pouco depois a barraca armava-se e pude realizar seu desejo. Ela suspirou:

– Agora podemos retornar.

– Arre! – eu disse tentando acompanhá-la no nado – Só muita gemada com catuaba para conseguir apagar esse furor uterino.

A areia quente nos obrigou a dar uma corrida até a esteira. Claudia enxugou os cabelos, e ao prende-los apontou numa direção:

– Aquele não é o Cyd?

– O próprio!

– Não é que o danado conseguiu fisgar o garotão! Também com aqueles olhos azuis e a pinta de galã não há quem resista.

– Regale-se com os olhos, porque mulher não é a praia dele.

– Por isso você fica tranquilo em deixar-me a sós com ele.

– Você me trocaria por ele, caso não fosse gay?

– Depende.

– De quê?

– Do tamanho da masculinidade. Embora seja difícil encontrar alguém tão bem dotado como você.

Tive de sorrir ao descaramento.

À noite, pedi por telefone comida chinesa para três:

– Vai demorar um pouco, avisou o rapaz.

– Não tem problema. Traga-nos também uma caixa de cerveja.

Abri uma garrafa de vinho, enchi as taças. Estávamos doidões. Durante o dia, havíamos tomado três garrafas de vinho, em meio a baseados. Cyd conseguira com o namorado algumas gramas de pó e o coquetel de drogas ficou perfeito.

Claudia estava chapadona, distribuindo carinhos a mim e a Cyd. Levantou cambaleando, foi escolher um CD. Espalhou-os ao chão, e finalmente achou o que procurava.

Ao som da melodia árabe, começou a dançar em movimentos voluptuosos. Excitada, desabotoou o camisão jogando-o em cima de Cidinho. Os seios à mostra continuou dançando no ritmo da música apenas de calcinha. Parou a nossa frente, roçou os mamilos em nossos lábios, provocante, num dejá vu de Reia a amamentar Rômulo e Remo.

– Isso está ficando quente! – Exclamou Cyd.

Um misto de ciúme e tesão apossou-se de mim. Sutilmente afastei Cyd puxei Claudia para o meu colo. Ela fitou-me com olhos lânguidos:

– Está com medo de Cidinho ter uma recaída, perguntou.

Ele adiantou-se:

– Josh sabe que não corro esse perigo.

– Tem certeza?

A campainha salvou-o do aperto:

– Deve ser o rapaz com a comida. Vou atender.

Voltou com as sacolas:

– Onde coloco isso?

– Na varanda. Não quero perder esse divino luar.

– Eu não conhecia esse seu lado romântico.

Ela me respondeu:

– Amor, uma mulher não pode revelar tudo ao amante. Venha me ajudar a pegar os pratos e talheres.

A Lua, no céu estrelado, compunha o cenário perfeito para uma noite de amor. Mas eu tinha dúvidas se realmente poderia vivê-la depois da penosa confissão programada.

Após o jantar Claudia foi fazer café:

– Um minutinho só! Precisamos de algo para manter-nos acordados.

Depois de uma boa xícara, acendi um cigarro, passei a fazer bolinhas com a fumaça. Claudia levantou sua xícara num brinde. – A nós e a sobriedade.

Ironizei, ao tempo que dava a pala para o inicio da revelação. – Ao trio maravilha ou para ser mais claro, ao insólito triangulo amoroso.

Meu amigo retesou-se à cadeira enquanto Claudia caía na gargalhada:

– Como é que é? Gostei dessa! Você deveria aproveitar o titulo para o próximo romance.

Pobre Claudia! Brincava sem saber quanto de verdade existia na brincadeira.

Cyd deixou escapar um suspiro quando os convidei a dar um mergulho. Ela respondeu admirada:

– Não acha que está tarde?

– Preciso estar numa boa antes de lhe revelar um segredo.

– Então aceito, pois dependendo do que vou ouvir preciso estar lúcida para o que der e vier.

Numa louca corrida chegamos totalmente nus à praia deserta. Claudia desejou ir até as pedras, mas a dissuadí, prometendo faze-lo pela manhã. Cyd esperava-nos sentado na areia.

Levei Claudia para dentro do mar. A intenção era possuí-la como se fosse pela última vez. Quem poderia dizer que eu estava errado, preconizando sua reação ao saber dos fatos.

O banho de mar e o café, conseguiram dispersar os efeitos da orgia. Claudia deitou-se nas minhas pernas, fiz sinal a Cyd que chegara o momento. Ela percebeu:

– O que é que vocês estão tramando?

– Meu bem, quero falar sobre um segredo que guardo a anos.

Ela levantou num pulo, arregalou os olhos numa falsa expressão de horror.:

– Não diga que você é o conde Drácula e Cy seu fiel servidor!

– Eu gostaria de dizer que está certa.

Ela continuou a brincadeira:

– Então...O lobisomem!

Cidinho caiu na risada:

– Você é demais, querida.

Protestei contra o rumo que ia o papo:

– Por favor parem com isso. Dirigi-me a Claudia. O momento é de seriedade e preciso de sua atenção para o que eu vou falar.

O tom de voz a fez engolir o riso:

– O.k. Pode começar a soltar a língua.

Inspirei profundamente, expeli o ar sem pressa. A primeira frase saiu pausada, rouca e quase inaudível. Pouco a pouco, a narrativa tornou-se clara, quase agressiva. A curva começou a decair ao citar o amor platônico por Cyd:

– ... eu estava na sétima série, quando conheci Cyd. Tentamos ocultar dentro de nós esse amor, mas... Bem! No tempo certo, tomei a iniciativa de declarar-lhe meu amor. Continuei citando as juras trocadas, os beijos apaixonados e o tempo de espera para saber o caminho a seguir.

Terminei a narração, de olhos baixos, sem coragem de encará-la.

Claudia levantou-me a cabeça, obrigando-me a fitá-la:

– Isso é tudo? Perguntou sem alterar-se.

– Sim.

Olhou para Cyd e em seguida para mim. Deixou-nos embaraçados com a pergunta cortante e direta:

– Preciso saber se esse relacionamento chega às vias de fato?

– Você quer dizer se eu e Cyd...

– Isso mesmo. Existe vida sexual entre ambos?

– Cyd tomou a palavra: – Não ouviu Josh dizer que nosso amor é platônico?

Ela permaneceu calada. Cyd continuou quase agressivo:

– Claro que você não se importou com essa parte relevante ao nosso sentimento. Do contrário não faria essa pergunta, ainda que, tenha provas suficientes do desempenho de Josh como macho.

– Desculpe. Mas é difícil acreditar que entre beijos de língua e carinhos, talvez ousados, não se sintam atraídos pela posse.

– Quanto a mim, não há duvida. Sou gay convicto e não me envergonho em ser.

Claudia parecia confusa. Tomei-lhe as mãos e ela as recolheu:

– Por favor, Josh. Dê-me um tempo para refazer-me da surpresa.

– Escute, meu bem. Sei que é difícil a alguém que nunca teve experiências nesse sentido, aceitar de cara essa situação, cont...

– Você se engana! Quando me separei do meu marido, encontrei conforto nos braços de uma mulher. Nosso relacionamento durou quase um ano, até conscientizar-me de que não era isso o que eu buscava. Quando a ficha caiu, passei a tomar dez banhos por dia pensando livrar-me da sujeira em que pensava estar. O nojo era tanto, que para penitenciar-me, decidi fazer jejum de sexo por tempo indeterminado. E quanto a você? O que tem feito para purificar-se desse estranho sentimento?

– Não preciso preocupar-me em lavar culpas que não mais existem. O que sinto por Cyd é limpo e maravilhoso. Olhei-a dentro dos olhos. – Claudia! Em você encontrei a outra parte de mim que faltava para realizar-me como criatura. Cyd é a complementação da minha alma. Se eu tivesse de optar por um dos dois, eu me tornaria metade de mim. Entendeu onde quero chegar? Em vocês encontrei o amor pleno!

– Defina esse tipo de amor. – Ela pediu.

Cruzei os dedos para ser claro na descrição:

– O amor comporta as mais diversas variações, dentre elas, o amor de mãe. Dizem ser mais o puro e bonito. Particularmente, eu não concordo, pelos exemplos de algumas mães. Não vou citar-lhe outros tantos, até por não haver necessidade. Entretanto, não se pode falar em amor, sem deixar de citar o casal, como modelo de sua expressão máxima. Diga-me: onde fica o amor, passado os minutos de êxtase, morte e ressurreição após a transa?

– Jô! Desde que mundo é mundo, homem e mulher foram feitos para o sexo. No seu caso fica complicado entender qualquer explicação. Continue. Preciso chegar a uma conclusão satisfatória.

– Amor pleno, é aquele que inclui corpo e alma num perfeito entrosamento, e no qual, e pelo qual, o homem pode assumir sua identidade no mundo como criatura divina e humana. Entendeu agora?

Ela abraçou-me:

– Não sei se consegui assimilar sua explanação. Porém, continuo amando-o apesar das suas complicações, frustrações, e seja lá o diabo mais. Assim como Cyd não se importa de dividi-lo comigo, tambem eu nada tenho a opor nesse relacionamento a três.

Brindei ao final feliz com um café fresquinho:

– Ao triângulo amoroso e o inicio de uma vida plena!

– Salve!

O sono bateu no dia longo e cansativo. Levei Claudia no colo até a porta do quarto. Cyd nos desejou boa noite seguindo para os seus aposentos:

– Onde pensa que vai? – perguntou Claudia. Ele voltou-se:

– Ora, para o meu quarto!

– Nada disso. A cama é grande demais para dois.

Ele tentou resistir ao convite, mas acabou cedendo.

Sem cerimônia, Claudia despiu-se, tomou o centro da cama. Fiz o mesmo deitando-me ao seu lado direito. Constrangido, meu amigo tomou o lugar à esquerda, sem tirar a roupa.

Claudia o jogou fora do leito:

– Hã, hã! Tem que ficar pelado como eu e Jô.

Fazer o quê!

Dormimos abraçados como três anjinhos até o meio dia de domingo.

O sol se punha no horizonte, quando deixamos o esplêndido cenário da natureza.

**

Os anos transcorriam sem alteração no relacionamento a três.

Dinda passou a nos chamar de Os três Mosqueteiros em razão de estarmos sempre juntos. Porém, depois de assinar o contrato com a editora indicada por Eduardo e o prazo para entrega das obras, minhas visitas ao ap. de Claudia tornaram-se raras.

Envolvido com tantos compromissos, as semanas passavam sem contato pessoal com meus dois amores.

De um modo insensato, busquei na bebida consolo para a saudade. Isso redobrou os cigarros fumados no dia.

Decididamente, eu não queria perder Claudia e nem sabia o que fazer para evitar o desastre. Não lhe tirava a razão, quando ligava queixando-se da minha ausência. Eu tentava contornar a situação, usando de promessas que dificilmente cumpria. Contudo, sabia que mais cedo ou mais tarde, ela me imprensaria no paredão dando-me um ultimato. Mais um motivo de estresse, não bastasse tantos outros!

Certa tarde, quando escrevia o romance baseado na vida de Dinda, parei de estalo no final da frase. Voltei dois parágrafos acima. Incrível! Inconscientemente, eu acabara de colocar na tela, a saída para o problema que mais me afligia.

Liguei para Cyd:

– Olá, amigão!

– Aleluia! Pensei que havia me esquecido.

– Pensou o impossível. A verdade, é que ando sem tempo de estar com você e Claudia.

– Isso é mal, principalmente para uma mulher fogosa como Claudia. Ela está pensando chegar de surpresa em sua casa e lhe dar uma surra. Não duvido que o faça, até porque a abstinência sexual está lhe dando nos nervos. Pelo menos foi o que disse quando esteve no meu escritório da última vez.:

Meu bem, dá um tempo no trabalho e vá fazer-lhe uma visita antes que o caldo engrosse.

– Preciso de sua ajuda para evitar o pior.

– A que você se refere?

Falei por alto o drama que vivia pensando em perder Claudia. A seguir, a ideia que me veio quando escrevia. Entretanto, agora, no exato momento de pedir-lhe o favor, tinha dificuldades em encontrar as palavras:

– Amigo! Vai depender de você a solução entre

Claudia e eu

– De mim?! Em que sentido?

– Escute bem. O que tenho a pedir-lhe, talvez pareça uma proposta absurda e indecente. Mas juro, não foi essa a intenção.

– Deixa de rodeios e diga logo o que quer.

– É o seguinte: preciso que você me substitua na cama de Claudia.

– Tem certeza de que está batendo bem da cachola?

– Eu sabia que você iria pensar isso de mim. Asseguro-lhe que nunca estive tão bem das faculdades! E então, o que tem a dizer?

– Sinceramente? Continuo achando que você pirou com o dramalhão que iniciou a escrever. Você conhece bem a minha postura. Sou gay e não gilete! Portanto, esqueça dessa loucura.

– Eu não lhe peço o impossível, apenas, que dedique à Claudia alguns momentos de carinhos especiais. Não estou pedindo que você chegue ao extremo, entendeu?

Ele deu uma risadinha histérica:

– Você está exigindo demais a quem não tem nenhum interesse de agradar mulher na cama.

– Cyd! Por favor, tente fazer isso por mim.

– Diga-me uma coisa: Claudia está de acordo com essa sacanagem?

– Ainda não lhe falei, mas acredito que não fará objeção. Caso você não recuse meu pedido, ligarei em seguida para colocá-la a par.

Do outro lado da linha ouvi seu suspiro enfadonho:

– Ligue-me assim que tiver sua resposta. No caso de ela aceitar esse despropósito, providenciarei pó suficiente para deixar-me desinibido.

– Valeu, querido! Eu sabia que podia contar com você.

Claudia ficou indignada com a proposta. Aceitei todos os insultos, torcendo intimamente que ela aceitasse o pedido. No entanto, estava firme na recusa:

– Você é um tremendo cafajeste. Como tem coragem de pedir-me que tenha orgasmos com outro homem que não seja você?

Foi preciso muitas promessas para convencê-la:

– Amor, é só por essa semana. Juro que lhe proporcionarei momentos inesquecíveis quando estivemos juntos na casa de praia. O que você diz de transarmos nas pedras, sob o luar, e só voltarmos para o ninho quando o dia amanhecer? Prometo deixá-la tão louca, que será preciso jogá-la ao mar para aplacar as labaredas.

– Tudo bem! Mas aviso-o. Não me responsabilizo pelo que possa rolar entre mim e Cidinho.

– Se você fala na intenção de deixar-me encucado na possibilidade de meter-me uns chifres, escolhi Cyd, justamente para evitar tal coisa.

– De qualquer modo, farei o relatório das noites passadas com ele.

– Esperarei ansioso.

Dois dias depois ela ligou:

– Amor! Estou nas nuvens. Se eu pudesse imaginar a capacidade de Cidinho aos anseios de uma mulher, teria aceitado de cara a sua proposta sem criar caso.

– Verdade?

Ela suspirou:

– Estou pensando até em fazer revezamento entre os dois uma vez por semana. É incrível a sensibilidade de Cyd. Em certo momento, pensei que chegaríamos juntos ao auge da transa. No entanto, esse lance não fez falta pelos múltiplos orgasmos que ele me proporcionou. Ficamos de nos encontrar logo mais para repetir a dose.

Enquanto ela entrava em detalhes ousados, eu me arrependia da oferta. Não esperava que Cyd se saísse tão bem nessa missão quase impossível. Os ciúmes levaram-me a pedir:

– Não vá com muita sede ao pote! Não quero que dê a ele o que a mim é reservado.

Ela sorriu: – Avisei-o no inicio que não me responsabilizaria pelo que pudesse acontecer.

– Vadia, filha da puta!

– E o que dizer de você? Empurra o amigo para a cama da noiva confiante por ele ser gay. Amor! Não esteja tão seguro de não sair dessa coroado de cornos. Comprei num sexy shopping umas coisinhas para nos divertirmos logo mais. Ele vai adorar!

– Sua égua vagabunda, cachorra no cio. Espere até eu chegar aí para comê-la de porrada. Quanto aquele puto, vai ter de se explicar comigo quando ficarmos cara a cara em sua casa.

Bati o telefone sem dar-lhe tempo de contestar.

Sonhos e Pesadelos

Voltei às boas com Cidinho, depois de saber que ele e Claudia tramavam enciumar-me.

Acordei certa manhã, bem humorado, disposto a levar avante os planos da casa de praia. Por diversas vezes, tentei avisar Cyd da visita que lhe faria ao escritório. Cansado das tentativas, por telefone, resolvi procurá-lo de qualquer forma.

A secretária, uma jovem novata na empresa, atendeu-me cheia de pose:

– O senhor tem hora marcada?

Sorri à pergunta:

– Não.

Deu-me um sorrisinho sacana: – Sinto muito. O doutor Cyd está com a agenda cheia. Tente daqui um mês.

Senhor da situação, pedi:

– Faça o favor de avisar-lhe que seu amigo Josh se encontra aqui.

– Josh de que?

– Para ele, apenas Jô!

– Um momentinho só.

Deixou a cadeira, pude vê-la de corpo inteiro. Alta, um par de pernas longo e torneado, traseiro largo e perfeito. Enquanto dirigia-se a sala de Cyd, balançava a bunda em molejo sensual, despertando-me as mais eróticas fantasias.

Imaginei-me seu chefe e as horas extras que a obrigaria a passar diariamente. Com Cyd ela não corria esse perigo.

Minutos depois o tremendo avião estava de volta. A saia justa marcava-lhe o V (da vitória, da vergonha?) entre a junção das coxas. Por sinal, avantajado! O pinto ficou indócil, enfiei as mãos nos bolsos tentando segurá-lo.

A danada chegou com um sorriso, percebendo meu olhar sobre seu monte de Vênus.

– Por favor, acompanhe-me. O doutor Cyd irá recebê-lo.

– E os outros clientes?

– Não se preocupe. É meu dever de secretária resolver essas situações.

Abriu a porta da sala, deixou-me entrar.

Logo que me viu, Cyd apontou a cadeira à sua frente:

– Sente-se enquanto aviso Laura para não ser interrompido.

Cyd estava lindo na calça de pregas caqui e camisa de seda bege! Enquanto falava ao telefone, eu admirava o belo espécime de criatura.

Repôs o fone no lugar. Ao meu lado, puxou-me pela mão para um abraço. Não tive tempo de escapar ao seu beijo apaixonado. Ajeitou-me os cabelos, passou a língua nos lábios:

– Que saudade desse mel!

Voltou à sua cadeira, olhou-me fixamente:

– A que devo o prazer de sua visita?

Desculpei-me por vir sem avisá-lo, explicando-lhe o motivo. – Você não precisa anunciar-se quando desejar vir aqui. Disse num sorriso sedutor.

– Obrigado. Venho para pedir-lhe um favor.

– Hiiii! Fico até arrepiado quando você precisa de mim.

Sorri:

– Dessa vez pode relaxar. Trata-se de um sonho que a muito idealizo.

– Acaso me encontro nessa quimera?

– Hã, hã. Como o arquiteto escolhido para torná-lo realidade.

– Ora vivas! Já era tempo de colocar a ideia no papel e no concreto.

– Você já tem o terreno para construir?

– Ainda não. Conto com você para isso.

– Qual a região de sua preferência.

– Búzios, e que o terreno seja numa elevação.

– Aviso-o desde já que não será fácil encontrar o que quer.

– Algo me diz que o conseguirei.

– Faço votos. Amanhã colocarei meu corretor para as pesquisas. E o que deseja propriamente na planta?

– Algo bonito e acolhedor, semelhante à casa de Claudia. Contudo, faço questão de que meu ambiente de trabalho tenha um janelão para divisar a paisagem. Colocarei a mesa à sua frente, tendo o mar e o pôr do sol como inspiração e, à noite, receber a brisa refrescando-me a cuca e a alma.

– Nossa, que romântico!

– Psiuiu. Fala baixo! Não quero que conheçam esse meu lado.

– Mais algum pormenor?

– Um belo espaço externo onde possa receber meus amigos e um cantinho reservado para o meu ninho de amor.

– Como se você e Claudia precisassem disso! O elevador, e as escadas do prédio onde ela mora, são testemunhas de que falo sério.

– Quando você prevê entregar-me a obra?

Ele deu uma risada:

– Cara, ainda nem temos o terreno e você já me cobra a moradia? Pera lá!

Cyd tirou da gaveta um bloco, anotou as solicitações e seguiu com um esboço. Terminou, mostrou-me o desenho:

– Será isso que deseja?

– Exatamente!

– O.k. E como vai Claudia? Não a vejo desde o dia em que quase você e eu saímos na porrada.

– Eu diria ótima, senão fosse a fixação de ter um filho meu.

– E por que você não lhe realiza a vontade?

– Está louco! Não posso assumir essa responsabilidade antes de lançar o livro no Exterior. Nós já falamos sobre o assunto, mas ela continua insistindo.

– É um caso sério! Felizmente não tenho esses problemas para perturbar-me. – Ofereceu-me:

– Quer tomar um drinque para selarmos o início da grande decisão?

– Fica para outra hora. Hoje não abri o computador. Vou direto para casa compensar as horas de ociosidade.

Levantei, Cyd acompanhou-me a porta.

– Ganhei o meu dia com a sua visita.

– Também estou feliz de vir aqui.

Sem esperar, beijou-me apaixonadamente. Um calor subiu das coxas ao abdome erguendo a barraca. Mordi-lhe os lábios, afastei-me. Um filete de sangue escorria no lábio inferior:

– Desculpe, eu não queria fazer isso.

Ele passou a língua na mordida:

– Seu vampiro do meio dia. O que acha que vou responder à Laura quando perguntar onde me machuquei.

– Sei lá! Invente algo convincente. Por sua causa, vou ter de procurar Claudia para aliviar-me.

– Perdoe-me por deixá-lo de tesão? E se ela estiver com clientes.

– Sei que dará um jeito de encaixar-me entre eles. Só espero não repetir o que fiz da última vez que lá estive.

– Posso saber?

– Eu estava tão excitado que derrubei o telefone da mesa. A barulheira foi tanta, que um dos clientes bateu à porta perguntando se ela precisava de auxilio. O cara pensou que eu estava agredindo-a.

Cyd deu uma gargalhada:

– Eu daria tudo para estar presente nessa hora.

À noite, surpreendi Claudia ao chegar ao seu ap. sem avisá-la.

– Mas que surpresa agradável, disse vendo-me parado à porta. Eu já me preparava para passar a noite sozinha! Entre querido.

Maliciosamente, contei-lhe sobre a visita a Cyd, o beijo apaixonado e o tesão. A intenção era provocar-lhe ciúmes. Recebi um olhar desdenhoso ao dizer:

– Bem que desconfiei que Cyd era o autor dessa fome de sexo.

– Bobinha! Você sabe que não é verdade.

Conversamos, bebemos, e fizemos amor com intensidade.

Por volta da madrugada, levantei, peguei minhas roupas espalhadas no chão. Vestia a calça quando Claudia acordou. Abraçou-me pelas costas:

– Fica mais um pouco. Logo vai amanhecer e tomaremos banho juntos.

– Não dá. Aproveitei ela ir ao banheiro para sair:

– Estou indo. Logo à noite nos veremos.

A caminho de casa, eu apreciava o movimento nas ruas em marcha lenta. Sob as luzes claras de néon, prostitutas liquidavam a mercadoria em final de feira, alguns transexuais abordavam os carros em trajes sumários, ambulantes ofereciam amendoins e água mineral aos boêmios.

Embiquei na rua Vinte e Quatro de Maio. A fraca iluminação da rua oferecia proteção aos marginais atocaiados, à espera dos patos. Nas calçadas, mendigos disputavam latões de lixo com os vira-latas. Um bêbado de dedo em riste, discutia com alguém invisível, trombava no muro, desequilibrando-se ao meio fio. Desviei a tempo de não atropelá-lo.

As diferenças gritantes , Zona Sul- Suburbão, enchiam-me de revolta a cada vez que eu retornava. Verdadeiramente, vergonhosamente, essa parte do Rio ficava à deriva das promessas políticas.

Eu ouvia Cyd trocar ideias com a turma de amigos, recordando coisas simples e que agora, a fama impedia-me de fazer. Deixara de ir ao supermercado com Dinda, de comer cachorro quente nas barracas...A essa lembrança, uma lágrima rolou. A saudade de Jack doía-me no peito:

"O que eu não daria para tê-lo comigo, meu querido irmão e amigo!" – Pensei tristonho.

Claudia percebeu a lágrima e a tristeza em meu rosto:

– O que você tem que deixou-lhe os olhos rasos d'água?

– A cinza do cigarro.

Cyd não engoliu:

– Para cima de mim, querido! Em que você estava pensando nesse momento?

Não tive como negar:

– Em Jack. Talvez pela proximidade do meu aniversário.

– Foi bom você tocar nisso. Vou aproveitar a reunião dos amigos para brindarmos a você.

– Pare com isso, Cyd! Sabe muito bem que não comemoro meu aniversario desde a morte de Jack.

– Desculpe, mas esse ano, iremos erguer um brinde a você, embora antecipado.

– Por favor, não faça is...

Sem atender minha objeção ele chamou o garçom:

– Amigo! Traga-nos duas garrafas do melhor champanhe que tiver na casa.

Curiosa, Claudia quis saber a que iria brindar. Ele respondeu para ser ouvido por todos:

– Ao aniversário do nosso escritor.

O garçom encheu as taças.

– A saúde do meu amigo. Paz e prosperidade. Desejou Eduardo e esposa.

Seguiram-se os demais. A cada intenção, eu intercalava o champanhe com uma dose dupla de uísque. Ao final das valiosas intenções, resolvi fazer um brinde a Helô:

– Por Helô e ao maridão. Que a felicidade reine eternamente na vida do casal e dos filhos.

André agradeceu:

– Devo a Dinda, a sorte de ter Heloisa como esposa.

Bêbado, levantei da cadeira saudando minha tia e madrinha:

– À Dinda! Musa da inspiração do futuro Best Seller! A mulher Maravilha da minha vida.

As 2 horas tentei levantar. Minhas pernas estavam trôpegas, voltei ao lugar. Claudia e Cyd conseguiram colocar-me no carro.A última coisa que lembro é cair no banco.

Na manhã seguinte, abri os olhos, reconheci a cama de Cyd. Quis levantar, mas a cabeça parecia que ia estourar de dor.

Claudia entrou dirigindo-se para a cama. A cada passo um carrilhão ressoava aos meus ouvidos.

– Como é que passou a noite sem mim, ela perguntou assanhando meus cabelos.

– Ai! Gritei. Minha cabeça está intocável.Tenho impressão que fui atropelado por uma carreta!

– Não é de estranhar com a mistura de bebida que fez.

– Não lembro como cheguei aqui. Quem foi que tirou minhas roupas?

– Eu e Cyd. Por sinal, deu um trabalhão. Olhou-me com um sorriso safado:

– Não sei quem estava mais caído, você ou o pobre do menino. Vim ver se você quer suco ou café.

– Por favor, Traga-me um suco de laranja e uma aspirina.

Claudia voltou rápido, sentou esperando eu tomar a bebida e o remédio. Perguntei por Cyd: – Levantou cedo para atender o cliente das oito e meia.

– E você? Não pretende trabalhar hoje?

– Pedi à minha secretária que remarcasse os clientes para à tarde.

Terminei, pedi que me deixasse dormir novamente.

– Nem pensar! Respondeu retirando a coberta. Vou levá-lo para tomar um banho e jogar ralo abaixo essa ressaca.

– Agora não! Meus olhos estão ardendo e preciso dormir

Ela fez ouvidos de mercador. Arrastou-me na marra para o banheiro, meteu-me embaixo do chuveiro. Quis fugir da água fria, mas a fraqueza do corpo não permitiu.

Claudia ensaboou meus cabelos com xampu, passou a esfregar as costas com a bucha:

– Vai com calma. – Pedi. Lembre-se de que está dando banho em gente.

Escorreguei, agarrei-me na barra de metal. Bronqueei:

– Viu só! Quase caio por sua causa. Ela não se importou:

– Vire-se para eu poder lavar a frente.

– De jeito nenhum! Não vou deixar em suas mãos tanta responsabilidade.

– Josh! Para de resmungar e ponha o condicionador nos cabelos para que eu termine de uma vez.

– Tudo bem! Mas só da cintura para cima. Começou pelas axilas e repente, meu corpo retesou-se! Claudia tocou onde eu tanto temia. Constrangido, morrendo de medo pela bucha que tinha nas mãos, pedi sem mover um só músculo:

– Pode parar!

– Deixe de ser bobo! Esse pinto não tem segredos para mim. Quanto aos ovos, serei tão cuidadosa, como fazia ao levar os da galinha para minha avó.

Relaxei quando ela passou-me o roupão:

– Agora sim! Está cheirosinho.

– Obrigado por tudo, querida. Mas agora preciso ficar só. – Disse, arriscando um olho para a cama.

– Hã, hã! Vamos para a varanda respirar o ar da manhã.

– Tenha dó!

Acabei cedendo.

Depois dos comentários da noite anterior, Claudia trocou os lençóis, arrumou os travesseiros: – Venha deitar-se que lhe farei companhia. Quase não dormi preocupada com você. Vou tirar uma soneca ou não terei condições de trabalhar.

Peguei no sono, acordei com o beijo de Claudia:

– Amor, estou indo.

– Que horas são?

– Quase 14. Se você desejar comer algo, peça ao Paulinho. Ele fez uma omelete de camarão que está de arrasar. Beijou-me, avisou da soleira da porta;

– Do escritório vou direto para casa. Se desejar ver-me, dá uma ligadinha avisando.

Logo que saiu, peguei a máscara protegendo os olhos. Meus pensamentos se voltaram para Claudia e a dedicação ao homem que amava. Dinda estava certa ao afirmar sobre os seus predicados! Porém, eu agia como cego não percebendo as qualidades dessa mulher. Quantos homens não dariam tudo para ter uma companheira como ela! Bonita, inteligente, sensual, verdadeira Afodite nas artes do amor. Paciente como Penélope, esperava o casamento sem pressionar-me, contentando-se com as migalhas de amor oferecidas no ato sexual. Só agora, eu me dava conta quanto fora egoísta. Mas ainda era tempo de compensar essa falta. Logo que eu voltasse de Paris, casaríamos numa cerimônia simples e eu a levaria numa lua de mel á Europa. Realizaria seu desejo de ser mãe, e lhe daria quantos filhos quisesse. Decididamente, Claudia era a mulher da minha vida!

**

A casa da praia ficou pronta.

Deixei para Cyd a distribuição dos convites para a inauguração: críticos literários, jornalistas e o pessoal da editora para a qual trabalhava. Quanto aos amigos, a missão ficou por minha conta.

Arrumei o carro, avisei as mulheres fofocando no alpendre. – Quem deseja ir comigo, pode tomar lugar no carro.

– Vou à frente com você! – Avisou minha avó. – Há quase um ano, que não faço uma viagem longa, e preciso de espaço para o pobre traseiro.

Todos acomodados liguei o motor:

– Atenção senhores passageiros, coloquem os cintos de segurança que vamos decolar.

Peguei a estrada, puxei à velocidade máxima. Vovó ia tensa, mal piscava segurando o "puta que pariu":

– Por favor, meu filho, não corra tanto. Seria literalmente um desastre se acontecesse uma tragédia logo hoje!

– Mãe – pediu Dinda censurando-a- ! Vira essa boca pra lá.

– Você acha que estou errada? Todo dia a televisão mostra gente morrer por excesso de velocidade. Estou avisando para não acontecer o mesmo.

– A senhora não tem jeito mesmo. Vê sempre desgraça onde quer que vá.

O possante ganhava a estrada na maciota. Se o trânsito fluísse no ritmo, chegaríamos a Búzios na hora combinada.

Passamos Cabo Frio, tive de reduzir com o congestionamento. Na imensa fila, perguntei ao policial que passava sobre o motivo. Informoume do acidente com vitimas a 1 quilômetro à frente.

– Viu como eu tinha razão? – Disse vovó escutando. Alertou-me:

– Vê se agora você aprende.

Sob o forte sol, aguardávamos a liberação da pista aos resmungos de minha avó.

Quarenta minutos de atraso e finalmente chegamos.

Uma faixa vermelha estendida na extensão do portão levou-me a risadas:

– Esse Cyd não tem o que inventar. Desci do carro, dirigi-me ao seu encontro:

– Que historia é essa de faixa de inauguração?

– Praxe! Corte de uma vez para dar sorte a nova casa.

Depois de saber a causa do atraso, pediu que me apressasse:

– Os convidados devem estar chegando e não ficará bem encontrá-lo vestido como turista vagabundo. Vá trocar-se, e desça em seguida para ver se está tudo de seu agrado.

A decoração interior estava acima do que eu imaginava. Arranjos de flores por toda a casa, davam a impressão de um casamento.

Desci as escadas, vestido de acordo com a ocasião. Cyd esperava-me no rol:

– Agora sim, você está apresentável. Pena não poder beijá-lo como desejo. Colocou-me a mão ao ombro, levou-me para o exterior:

– O que você me diz da área?

Numa olhada geral, respondi deslumbrado:

– Magnífica.

Caminhamos sobre as pedras intercalando o gramado como um tapete verde. O paisagismo era de tirar o fôlego. Cyd inspirara-se em jardins exóticos, sem esquecer de usar uma cascata artificial onde a água caía na piscina. Ao final, uma esplendida cerca viva dividia o terreno ligando a churrasqueira. Emocionado, abracei-o fervorosamente:

– Obrigado, meu amigo. Você trouxe para a realidade o que existia apenas em sonho.

– Fico feliz. Está na hora de voltarmos para receber os convidados. Preciso ver também como anda o bufê.

Os elogios gerais deixaram-me orgulhoso. Tudo estava perfeito! O churrasco, as bebidas, a música, o serviço dos garçons.

às 22, todos já haviam se retirado. Pude então apreciar melhor, os detalhes da decoração interna. Nota dez para Cidinho.

**

As paredes e janelas do casarão gritavam por pintura. O assoalho de madeira estava bichado com tábuas soltas oferecendo perigo aos desprevenidos. Em dias chuvosos, era uma correria com vasilhas para aparar as goteiras. Mais uns anos e ele se tornaria inabitável. Contudo, vovó botava pé firme em não mexer em nada. Nem mesmo a equipe de profissionais que eu me oferecera para as devidas reformas ela aceitava.

Cansado de tentar convencê-la, apresentei uma sugestão numa noite em que conversamos sobre o assunto:

– Dinda e vó! Escutem o que tenho a oferecer. O que vocês acham de ir morar no apartamento que comprei? Desde a aquisição, pago uma nota alta de condomínio sem ninguém para ocupá-lo. É uma solução de bom senso para as duas deixarem esse casarão aos pedaços.

– Por mim aceito sem pestanejar – respondeu Dinda.

– Daqui só saio para a cidade dos pés juntos!

– Mãe,deixe a intransigência de lado e pense como todos lucrariam com essa possibilidade. Josh ficaria mais perto do trabalho, eu pediria transferência para a agência mais próxima e a senhora faria novas amizades.

– Não estou mais em idade de procurar coisas novas. Quanto a Josh, ele tem carro para deslocar-se de um lado a outro quando bem queira.

Na sua resposta, exibia o pensamento egoísta na satisfação pessoal. Nunca o lado prático e correto das coisas.

– Se a senhora tivesse de enfrentar o trânsito dessa cidade, jamais pensaria dessa maneira. Eu disse sacaneado.

– Não sou empecilho para ninguém. Sua tia pode mudar-se quando bem quiser sem se preocupar comigo. Tenho Odete para olhar por mim

– Tudo bem! Mas saiba desde já, que quando eu regressar de Paris deixarei essa casa.

Dinda perguntou surpresa:

– Por quê?

– Vou casar-me em seguida com Claudia!

– Mas que noticia maravilhosa!

– Aleluia! Eu já pensava em deixar esse mundo sem a alegria de ver meus bisnetos!

– Você já tem idéia de quando viajará?

– Segundo meu agente, em pouco mais de um mês.

– E Claudia?

– Infelizmente não conseguiu adiar as audiências marcadas nesse período. De qualquer modo Cyd irá comigo e não me sentirei tão só.

– Beleza!

Vovó resmungou entre dentes:

– Imagino a alegria do fresquinho curtindo uma semana com o seu queridinho!

– O que foi que disse mãe?

– Nada! Eu falava com o meu crochê.

Deixei passar. O prazer de minha avó era cutucar onça com vara curta. Não se dando por vencida, espezinhou-me:

– Josh! Não ficarei admirada se Cidinho acompanhar você e Claudia na lua de mel.

À ironia, foi a gota que faltava para transbordar o copo. Quem diz o que quer, ouve o que não quer! Até pensei moderar a resposta, mas de saco cheio e limites chegando ao final, pensei: "Danem-se educação e consideração pela sua idade".

– Se Cidinho desejar dormir entre os noivos, tenho certeza de que Claudia não se oporá assim como eu.

Ela ficou vermelha como um pimentão, ouvindo o que não esperava. Levantou, arrastou-se para beber água.

Tia Júlia sorriu:

– Dessa vez você foi um pouco longe! Mamãe está pra lá de chocada com a resposta que recebeu.

– Ela mereceu. Espero que isso sirva-lhe para respeitar os outros.

Aquela casa começava a mexer com os meus nervos.

Procurei meu reduto de sonhos e fantasias em busca de descontração. Ao contrário do que normalmente acontecia, faltou-me vontade de escrever. Joguei-me na cama procurei relaxar olhando o teto. A atitude levou-me ao que eu lutava para apagar da memória; os agravos dos colegas na escola, as broncas machistas do meu pai, a doença e a morte de minha mãe. As lembranças chegavam-me como um filme em terceira dimensão.

Até quando minha alma seria machucada pelos traumas da infância e adolescência?

Acionadas as comportas das glândulas lacrimais, as lágrimas jorraram molhando o travesseiro. Passada a enxurrada, debrucei na janela buscando refrigério para as mágoas.

Odete arrastava-se, ao peso do corpo e da idade, para pegar a roupa no varal. Compadecido pulei a janela. Tomei-lhe o cesto em ajuda:

– Deixe que eu faço .

Ao gesto humanitário deu-me uma bronca:

– Pensa que sou uma velha inútil que não possa carregar esse peso? Tome jeito! Vá fazer seu trabalho que eu cuido do meu.

Levei-a na marra para a cadeira no alpendre:

– Mal agradecida, disse fingindo raiva. De outra vez, coloco tijolos só para ver se realmente está forte como diz. Ela balançou os ombros:

– Já sei o motivo de tanta presteza. Com certeza está querendo comer kibe no jantar.

– Alem de ingrata, ainda tem a petulância de achar-me interesseiro!

– Vai dizer que não é verdade, hein?

Enquanto eu levava o cesto para a área de serviço, cochichei-lhe ao ouvido:

– Minha avó pediu pra você fazer kibe?

Odete deu uma gargalhada debochada:

– Eu sabia que por trás dos panos havia interesse. Tudo bem. Vou já fazer um monte de kiube pra você deitar e rolar.

Dei-lhe um beijo, retornei ao meu quarto. Apoiei os dedos no teclado, ensaiei escrever. Decididamente, a veia de escritor abandonara-me.

Tentei preencher uma pagina mas terminei por deletar o lixo literário. Fechei o computador sem pretensões de lutar contra a maré.

Na sala do meu chefe, eu o ouvia discutir acertos financeiros. Nervoso e exaltado, tentava dissuadir meu agente do aumento das verbas pedidas para as despesas da viagem.

Apresentou-lhe argumentos convincentes:

– Temos de ser práticos e evitar ônus desnecessários à editora?

– Em que sentido? – Perguntou Silvio.

– Em vez de primeira classe, por que não a executiva? Quanto ao hotel, podemos trocar o cinco estrelas por um de quatro. Afinal só o usaremos para banhos e dormida. Voltou-se para mim:

– O que você diz dessas alterações?

– Concordo plenamente. Afinal, ficaremos somente cinco dias!

O agente chiou: – Espero que os cortes parem por aí. Não tenho cara de mandar suspender o coquetel programado, por um serviço de vinho tinto e canapés. Faço idéia do fiasco que seria, se ficasse por sua conta a parte de divulgação.

– Também não é por aí, Silvio. Restringimos o número de convidados para conservar o que havíamos combinado e decidido.

– Altere o que bem entender. Só não admito que mexam na porcentagem pré- estabelecida sobre os meus serviços.

Soprei a fumaça do cigarro em seu rosto enojado com tanta prepotência:

– Tem certeza? Estou pensando seriamente em reduzi-la, se você continuar com essa sua presunção.

– Pô, camarada. Meu interesse está unicamente voltado para a sua decolagem internacional. Se me preocupo com cifras, é porque sem elas não se vive. Você há de ad...Ele parou de estalo. – Você está bem?

Um súbito aperto no peito deixou-me em pânico. Desfiz o nó da gravata buscando o ar. Eduardo veio em meu socorro, ajudou-me a sentar no sofá, chamou a secretária ao telefone:

– Dona Mara, traga-me rápido uma toalha encharcada de água.

Um suor gelado descia da testa ao peito. O coração batia descompassado tornando a respiração difícil.

Silvio refrescava-me o rosto, Eduardo pedia ao médico que viesse com urgência.

– Graças a Deus! Disse Eduardo à chegada do médico.

– Vim logo que recebi sua chamada. Acontece que esse maldito trânsito não colabora para a rapidez de ninguém. Aproximou-se, indagou sobre o que eu sentia.

Examinou-me, deu-me dois comprimidos:

– Coloque-os sob a língua.

Enquanto ele esperava a reação, perguntou pela esposa de Eduardo, lembrando-o do jantar que lhes havia prometido. Consultou o relógio, voltou-se para mim:

– Sente-se melhor do desconforto?

– Sinto-me ótimo, doutor.

Deu-me uma palmada no ombro: – Muito bem! Josh! Eu gostaria de fazer-lhe um exame minucioso. Daria para você passar amanhã em meu consultório?

Preocupado, perguntei:

– Doutor, o senhor acha mesmo necessário?

– Pelo menos para você. O coração avisou-o de que algo não vai bem. Fica a seu critério dar-lhe ou não ouvidos.

– Isso é uma droga! Logo agora que estou cheio de compromissos.

– Infelizmente essas coisas chegam de repente, meu caro.

– O senhor acha que é serio?

– Só poderei responder essa pergunta depois de passá-lo por uma bateria de exames. Estarei à disposição caso queira procurar-me amanhã na Clinica.

– Ok.

Ele marcou o horário e depois de fechar a maleta tranquilizou-me. – Relaxe. Seu caso não me parece grave. Amanhã você ficará sabendo realmente o que tem.

Eduardo o levou até a porta. Pedi quando voltamos a ficar a sós. – Por favor. Eu gostaria que isso ficasse em sigilo.

– Nem precisava pedir, não é mesmo Silvio?

– Claro. Sou um túmulo para guardar segredos.

– Obrigado. Não quero preocupar minha família e os amigos.

Cheguei à clínica do doutor Marcondes pontualmente.

Depois de passar por vários exames, fique sabendo que sofria de prolapso da válvula Mitral:

– Nada assustador – disse o médico. Uma anormalidade congênita ou provavelmente, uma febre reumática pela infância. O que aconteceu ontem foi proveniente dessa anomalia.

– Isso é comum?

– Não. Normalmente acontece numa porcentagem inferior a 10% na população. Apesar de não apresentar perigo, aconselho-o a praticar atividades físicas, junto a uma dieta sem gordura. Nada de excesso de bebida alcoólica e fumo. Rabiscou no receituário alguma coisa e entregou-me a folha:

– Por ora tenha em mãos esse remédio para o caso de tonteiras ou dores no peito.

– O senhor aliviou-me a angústia que eu sentia desde ontem.

Deixei a clínica, decidido a seguir os conselhos do médico. O mais difícil seria controlar a ânsia de tabaco.

Convidei Claudia e Cyd para o fim de semana em Búzios. O ar da praia, e a ótima companhia, me fariam relaxar do susto passado. A recusa de Cyd, entristeceu-me: – Eu adoraria, mas estou atolado de clientes para esse sábado. Fica para outra oportunidade.

– È pena! Fazer o que? Nem sempre podemos desfrutar da presença de quem amamos.

– Tenho certeza de que Claudia não lhe dará tempo para sentir minha falta. Na segunda, o procuro em casa.

Passamos a manhã de sábado na praia. Comemos uma peixada, tomamos vinho, voltamos para casa. A bebida misturada ao calor que fazia, mais o sol da praia, deixou-me sonolento.

Um rápido mergulho na piscina e subimos ao quarto para uma soneca.

A brisa gostosa embalou-me no leito e em minutos entrei num sono profundo.

O sol se punha quando acordei molhado de suor. Tateei ao lado, procurei Claudia para ligar o ar. Esfreguei os olhos, sentei-me e a vi encolhida na poltrona com expressão zangada.

– Aborreceu-se com algo? – Perguntei de onde estava.

Os olhos dela lançaram-me chispas de ódio ao encarar-me.

– O que deu em você para me olhar desse jeito?

Ela abanou um pedaço de papel.

– O que é isso?

– O que é isto, pergunto eu! Levantou, e junto a mim jogou-me o cartão. – Responda você que merda é essa?

Peguei, li o nome escrito. Onde você encontrou esse troço?

– No bolso do blazer.

– Honestamente, não sei de quem se trata.

– E eu sou a deusa da misericórdia! – Continuou furiosa: – Exijo saber quem é essa fulaninha.

Sem arredar pé, ficou à espera de uma resposta que eu não podia dar-lhe.

– Ora, Claudia. Talvez alguma fã enfiou-o em meu bolso sem que eu percebesse.

Furiosa, despejou o ciúme agredindo-me com palavras:

– Conta outra, seu puto! Não sou trouxa para engolir essa desculpa esfarrapada.

Puxei-a para a cama, na tentava de apaziguar o ânimo exaltado. – Não seja infantil, docinho. Você sabe que é a única em minha vida.

– Largue-me! Não pense que vai limpar a barra com uma trepada. Quero uma explicação convincente ou vou embora agora mesmo.

Levantei, vesti o roupão, ignorei seu histerismo.

Ela segui-me ao bar, insultando-me como uma puta enciumada. Servi-me de uma dose de uísque, dirigi-me à varanda, sempre acompanhado da sombra.

Sem saco para aturar por mais tempo tais asneiras, dei-lhe um chega pra lá:

– Chega!

Claudia assustou-se ao meu grito:

– Agora é minha vez de saber o motivo do seu mau humor. Há dias venho notando você chorar à toa e colocar sempre a culpa em mim. Deixei passar, mas agora você extrapolou suas neuroses. Ou procura urgente um psicólogo ou o nosso relacionamento desmoronará como barraco em enxurrada.

– Não precisa dizer que está louco para que isso aconteça. Você não passa de um gilete, macho de veado, fornicador de fãs...

Segurei seus punhos, impedindo-a de continuar socando o meu peito:

– Pare com isso antes que sinta o peso da minha mão em sua cara.

Claudia conseguiu livrar-se. Armou-se de uma garrafa, ameaçando-me:

– Venha seu covarde. Tente me bater se é mesmo homem.

Numa ágil presença de espírito, tentei arrancar-lhe a arma. Rolamos pelo chão e o saldo da disputa foi um feio corte no meu braço.

Ao ver o sangue, ela abraçou-me, começou a chorar e a desculpar-se.

– Não foi nada! – Respondi controlando o sangue na barra do roupão até chegar ao lavabo. Claudia lavou a ferida, colocou um curativo.

Voltei à varanda, e ela sentou-se ao meu lado: – Perdoe-me, querido. Sei que ando neurastênica, mas acredite, nada tem a ver com desequilíbrio mental. Para o que tenho não é necessário ajuda de psicólogo. Eu mesma posso curar-me.

Lancei-lhe um olhar desconfiado. Ela deixou escapar um sorriso tímido: – Acha mesmo que estou ficando louca?

Desviei o olhar sem pedir-lhe explicações.

– Amor! Sinto muito por ter me descontrolado. Juro que teci os melhores planos para esse fim de semana, para dar-lhe uma notícia maravilhosa. – Fez uma pausa, acariciou meu rosto:

– Você não desconfia nem um pouquinho sobre o que tenho a dizer?

Respondi sarcástico:

– Depois de tudo que ouvi, espero qualquer coisa de você.

Chegou-se mais para perto:

– Eu estou grávida!

– O quê?!

Uma onda de calor e indignação levou-me a sacudi-la pelos ombros:

– Diga que está a fim de gozar com a minha cara e quer se vingar contando mentira!

– Não posso.

– Por que você desobedeceu ao trato que tínhamos?

– Não foi premeditado. Simplesmente aconteceu na noite em que abusamos da bebida e das drogas. Você estava faminto de amor, e... e não tivemos tempo de nos prevenir.

– E agora? O que pretende fazer por esse descuido?

Ela sorriu:

– Só tenho uma alternativa para essa bendita negligência. Levar a gestação ao fim.

– Mesmo sabendo que terá de assumir essa criança sozinha?

– Hã, hã! È o que mais quero.

– Você é louca! Não conte comigo como pai até que eu volte da viagem a Paris.

Claudia afastou-se: – Será como você deseja. Porém, tenho também um aviso a dar-lhe. Minha porta estará fechada para você a partir de hoje.

– Fala sério!

– Espere e verá. Deixou-me, subiu ao andar superior.

Abalado com a novidade fora de hora, procurei conforto na bebida. Em vão. Eu me encontrava uma poça de nervos, desejoso de voltar ao Rio e confinar-me no meu quarto.

Claudia não fez objeção quando propus a ideia: – Estou de pleno acordo.

– Vou tomar um banho e seguiremos para o Rio.

De repente, uma vertigem obrigou-me a buscar a barra de apoio no box. O peito começou a doer. Com dificuldade cheguei ao quarto, buscando o remédio na mochila. Foi então que lembrei, que deixara o frasco na casa do Rio:

– Maldição! Espero conseguir uma farmácia por perto.

Apressei Claudia: – Vamos que quero chegar ainda hoje.

De pé enfiado no acelerador, o ponteiro chegou a 120. Tinha pressa de adquirir o remédio em falta nas três farmácias que havia procurado.

Claudia pediu: – Por favor, não corra tanto. Sinto-me nervosa pelo meu estado.

– Relaxe. A estrada está favorável e sou bom motorista.

– Por que tanta pressa?

– Preciso de algo para aliviar a azia. – Menti.

Próximo a Alameda São Boaventura, a dor tornou-se insuportável. Um gemido escapou-me: – Está sentindo alguma coisa? – Perguntou Claudia.

– Não. Apenas cansaço.

Terminei de falar, uma forte tonteira pegou-me desprevenido obrigando-me a soltar o volante. O carro ziguezagueou e imprudentemente pisei no freio. O carro capotou por duas vezes e parou de rodas para o ar.

Aturdido, vi um filete de sangue na testa de Claudia. Chamei-a pelo nome, mas estava desacordada. Tentei num sobre esforço ajudá-la, mas a dor lancinante no braço direito impediu-me qualquer ato. Tudo escureceu em seguida.

Acordei na cama do hospital.

Na mão direita, uma agulha espetada com o soro, o braço engessado, e o punho esquerdo envolto em ataduras com vestígio de sangue. Num movimento brusco pensei alcançar o botão ao lado da cama. Meu grito de dor dispensou a intenção. A porta do quarto se abriu, e uma enfermeira surgiu prestativa:

– Qual foi a arte que você aprontou agora? – Disse num sorriso

Perguntei rudemente:

– O que foi que aconteceu comigo?

Meu tom de voz não a impressionou. Continuou a fazer seu serviço, e sem voltar-se para mim, respondeu tranquila:

– Apenas o osso da perna quebrado em duas partes, alguns hematomas, leves concussões, e um corte no pulso de fazer inveja ao Frankstein.

Gemi alto, soltei um palavrão quando ela ergueu minha perna, acomodando-a no aparelho:

– Porra! Vê se tem um pouco de consideração.

– Calma! De nada vale essa brabeza. Só vai agravar-lhe a situação. Tente relaxar e terá alta em uma semana.

– Tudo isso? – Pensa que não tenho o que fazer? Há quanto tempo estou aqui?

– Desde ontem! Terminou o serviço, olhou-me com indiferença. – Imagino se você estivesse no lugar de sua companheira de viagem! Deu-me as costas e parou na saída:

– Se precisar de algo é só puxar essa corda que coloquei ao seu lado.

– Espere! Chamei-a quando ia fechar a porta.

No meu egoísmo, eu havia esquecido por completo de Claudia.

– Pois não.

– Pelo amor de Deus, diga-me como ela está? Armei-me de coragem para a pergunta que precisava fazer:

– Ela...Ela está viva?

Percebi em seus olhos um misto de tristeza e compaixão. – Pergunte ao doutor quando ele vier para a visita.

Fechou a porta e angustiado, fiquei à espera do médico .

Eu a Amo

O telefonema de Cyd trouxe à tona lembranças que eu buscava apagar da memória. Continuei sentada ao lado sem qualquer reação.

Odete chegou à sala munida dos apetrechos para a faxina. Ao ver-me apática perguntou admirada:

– Ué! ? O que foi que houve?

Automaticamente respondi: – Mais uma noticia desastrosa.

– O que foi agora, minha filha?

– Josh e Claudia sofreram um acidente e foram levados para o hospital.

Ela tapou a boca sem poder indagar qualquer coisa.

– Sossegue! Josh está bem apesar dos ferimentos.

– Graças a Deus! E a Claudia?

– Cyd ainda não tem noticias quanto ao estado dela.

– Ah, meu Deus. Tomara que esteja bem. Você vai vê-los?

– Cyd ficou de me pegar dentro de meia hora.

Ela abraçou-me comovida: – Pobre, Júlia! Vai num vem, passa por coisas tristes.

– É a vida! Mas não se preocupe por mim. Por tudo que já passei, sinto que estou vacinada contra os reveses que ela traz.

– A gente nunca se acostuma com coisa ruim. Encostou o material num canto, perguntou o que diria à mamãe caso ela perguntasse por mim:

– O que bem entender. Mamãe aceita o que vier de desgraça sem deixar-se abater.

– Sei disso. Mas...

– O que, Odete?

– E se ela passar mal quando souber?

Esgarcei meus lábios num sorriso de descaso:

– Parece que não conhece sua patroa! Bastam-lhe as rezas decoradas para ficar numa boa. Parei a caminho do quarto. – Sabe o que mais? Nessa vida tudo cansa. Não tenho mais saco de tapar o sol com a peneira.

– Num leva a mal. Mas acho que você devia ser mais paciente com sua mãe. Ela está velha e...

– Diga isso a ela e tomará um baita fora.

Odete sorriu, iniciou o serviço.

No trajeto ao hospital, Cyd colocou-me a par dos fatos como haviam sido. Pensei:

"Josh sempre demonstrou ser um bom motorista... O que o levou a perder o controle do carro? E por que resolvera antecipar a volta se estava certo de retornar no domingo? Será que brigaram? Qual o motivo se estavam tão bem?"

Chegamos à recepção e Cyd foi informar-se com a atendente.

– Está tudo bem, Dinda. Venha comigo ao quarto de Josh.

Meu coração ficou pequenino ao ver-lhe o estado. Aproximei-me do leito, tentei fazer uma brincadeira:

– Conta essa historia direitinha pra tia. Tem certeza de que não esteve num campo de batalha?

A brincadeira tirou-lhe um sorriso. – Perguntei: – Como é que está passando?

– Agora melhor. Por que demoraram tanto a vir?

– Logo que eu soube do acontecido pensei vir imediatamente ao hospital. Mas a pessoa informou-me que eu só poderia visitá-lo no dia seguinte. Foi quando liguei para Dinda e viemos sem mais demora.

– Já teve noticias de Claudia? – Perguntei. – Os olhos de Josh encheram-se de lágrimas: "Senhor, que não seja o que eu estou pensando!"

– Ainda não. E isso me deixa tenso. Ninguém sabe informar-me.

– Pois irei agora mesmo saber na portaria.

– Vou com você, prestou-se Cyd.

– Obrigado, tia.

Logo que saíram, o médico chegou:

– Bom dia, rapaz de sorte! Como é que está passando?

– Mal!

– Não é o que me parece. Asseguro-lhe que está tão bem quanto eu, a não ser pelos remendos.

– Doutor! Por que ninguém me fala sobre o estado de minha namorada.

Ele olhou-me pesaroso:

– Acredito que para poupar-lhe maiores sofrimentos.

Segurei-lhe o braço:

– Pelo amor de Deus. Não diga que ela...

Retirou o esfgnomanômetro do meu braço:

– Realmente vocês formam um casal afortunado. Dificilmente alguém escaparia com vida de um acidente como o seu. Sua namorada está em melhores condições físicas do que você. O que precisa é de atenções especiais pela perda do bebê.

– Pobre Claudia! Estava tão feliz...

– Acredito. Felizmente não houve lesões comprometedoras para uma nova gravidez. Fica com você o encargo de massagear-lhe o ego.

Dinda chegou pondo fim à conversa. Piscou um olho para o médico:

– Cheguei tarde para as informações, não é mesmo?

Ficamos a sós e ela avisou:

– Agora que está tudo bem, vou deixá-lo em boas mãos e fazer uma visita á Claudia. Beijou-me prometendo voltar no dia seguinte.

– Espere mais um pouco e a levarei para casa.

– Obrigada, mas não é necessário. Fique com Josh. Vocês devem ter muito a falar.

Cyd puxou a cadeira para junto da cama. Segurou-me a mão, fitou-me profundamente como se soubesse o que acontecia em meu intimo:

– Pode abrir-se que não há perigo de sermos ouvidos. O que houve entre você e Claudia para levá-los ao acidente?

– Tantas coisas... Nem sei por onde começar.

– É simples. Comece pelo início ou se desejar, pelo que acha mais importante.

Seu gracejo não ajudou. Tudo era digno de apreço! Minha doença, o remorso por ter negado à Claudia o apoio esperado de mim, e agora, o peso da consciência acusando-me da morte do bebê. Somado a isso, a vergonha de me considerar um estúpido e egoísta crápula.

Consciente das mesquinhas verdades hesitei em confessar-lhe minhas faltas.

– Vamos, estou esperando sua confissão por mais incrível que seja.

A quem abrir meu coração na esperança de aliviar a opressão no peito?

Enchi-me de coragem, pus-lhe a par dos últimos acontecimentos. Arrasado pela vergonha, cheguei ao fim.

A reação de Cyd surpreendeu-me: – Mais do que egoísta, você é um tremendo louco. Quando é que vai aprender a confiar naqueles que o amam! Francamente, Jô! É difícil acreditar que você não se importa com os sofrimentos causados aos que estão ao seu redor. Depois do que me revelou, não sei se poderei continuar amando-o com a mesma intensidade. Sou levado a crer que você só ama a si mesmo.

– Você está enganado.

Cyd deu uma risada debochada: – Ai de mim se continuo a dar crédito a você e as suas juras. Quem ama, não omite da pessoa amada o que é importante para o bom relacionamento. Inocente à sua doença, colaborei para a sua gravidade oferecendo-lhe drogas de todas as espécies. Você obrigou-me a ser conivente com um mal que eu desconhecia. Isso é imperdoável a quem o ama verdadeiramente.

Como um menino apanhado em flagrante, eu o ouvia calado sem argumentos para a defesa.

Ele fez uma pausa. Olhou os batimentos cardíacos registrados no aparelho. Suspirou e voltou a falar com voz menos carregada de paixão: – E quanto à Claudia? Pretende lhe falar sobre seu mal ou a deixará iludida pensando ter como amante o super-homem?

– Embora você não acredite nas verdadeiras intenções, quero poupá-la de sofrimentos antecipados como fiz com você. Creia-me. Não sou tão desumano como você insinuou.

Cyd ficou pensativo, quem sabe, refletindo sob outro aspecto. Retirou a mão do queixo, olhou-me na expectativa de acertar nos prognósticos: – Tomara que eu não venha a arrepender-me de lhe dar nova chance. Tentarei acreditar que seu raciocínio lógico seja também verdadeiro. Maldita hora em que me apaixonei por você!

– Obrigado por mais esse voto de confiança.

– Aproveite essa chance para revelar tudo que me esconde.

Era hora de pedir o que eu ensaiava a algum tempo.

– Cyd! Há algo que vem me preocupando desde a descoberta da maldita doença. Tenho medo de bater a caçuleta antes de deixar descendência.

– Por favor, não me venha com pedidos insólitos.

Sorri, lembrando do que havia lhe aprontado: – Descanse. Dessa vez não vou pedir-lhe o impossível. A finalidade é nobre e depende de mim.

– A avaliação ficará pendente até que eu saiba o que quer.

– Preciso que descubra onde poderei congelar meu sêmen para uma eventual surpresa.

– Hiiiii! A coisa é pior do que eu imaginava.

– Nada disso. Escute: – Apesar do médico afirmar que posso ficar sossegado, tenho medo de bater a caçuleta enquanto durmo. Nem tudo estará perdido, se Claudia desejar um filho meu depois da minha partida para o além.

– Bobagem, Jô! Basta uma transa no dia fértil e o problema está resolvido.

– O problema é que não quero filho antes do lançamento do livro e do casamento com Claudia. Agora escute com atenção sobre o que tem a fazer se algo acontecer antes dos meus planos. Tenho comigo duas cartas escritas que só deverão ser abertas após minha morte. Uma para você e a outra para Claudia. Nelas, exponho meus últimos desejos.

– Outra vez dizendo besteira!

– Preste bem atenção. Você ficará responsável por ambas as cartas.

– Não seria melhor confiar em Claudia para a macabra missão? Sinceramente! Eu não gostaria de ter comigo algo similar a uma herança fúnebre. De mais a mais, o que o leva a crer que eu não caia na tentação de abri-las quando me der vontade?

– Porque confio em você, porque sei que sabe respeitar a vontade de um amigo e que posso contar consigo para o que der e vier. Preciso que prometa não falar sobre o que conversamos com ninguém.

– Acho que não preciso disso, embora muita gente ache que a coluna do meio não é confiável.

– Só quem não tem a sorte de ter como amigo, alguém que se encontra entre os privilegiados. São raros os héteros que possuem a capacidade de amar intensamente como alguns de vocês. Um dia, a humanidade entenderá que amar, é muito mais do que desejar a posse total do outro.

– Sinto não viver até esse dia!

A viagem teve de ser reprogramada.

Tentei convencer o médico, na sua visita, de que estava bem, e que a perna já não me incomodava ao andar.

– Não tente dar uma de machão e ficar aleijado para o resto da vida. Talvez em um mês, eu possa liberá-lo. Por enquanto, recomendo-lhe o máximo de repouso.

Dinda providenciou uma cadeira de rodas, facilitando meus dias.

Eduardo ligou pedindo meu consentimento para uma reunião a três no casarão.

– Estou às suas ordens para quando desejar. Agradeceu, marcando para dentro de dois dias.

Silvio chegou primeiro. Enquanto aguardávamos por Eduardo, eu sentia sua decepção nas entrelinhas da conversa. Eu o ouvia sem muito interesse, ao falar de sua frustração pelo atraso da viagem. Eduardo chegou, e ele continuou a desfilar seu rosário de queixas.

– Lá se vão meus planos da casa de veraneio e a troca do carro. Eduardo lançou-lhe um olhar repreensivo.

– Por que você me olha assim? Pimenta no c...do outros é refresco. Se você estivesse nas minhas condições financeiras, entenderia muito bem a minha decepção.

– Não seja ridículo, respondeu Eduardo. Você fala como se Josh fosse culpado do que aconteceu.

– Tenho lá minhas dúvidas. Todos que o conhecem sabem dos excessos que comete na bebida. De repente, encheu a cara na casa da praia e decidiu ir contra o aviso de "se beber não dirija"! Ninguém capota daquele jeito sem mais nem menos. Pelo que sei, o tempo estava firme e a estrada em boas condições de rodagem. Dirigiu-se a mim:

– Não estou certo?

Silvio continuou a infringir-me gratuitamente a culpa:

– Vamos, amigo. Isso acontece nas melhores famílias.

Tanto me espezinhou que cheguei ao limite: – Você não passa de um maldito filho da puta e pretensioso. Acha mesmo que lhe darei satisfação dos meus atos como se faz a um amigo? Dê-se por feliz por eu não demiti-lo do cargo. A não ser que queira voltar para a merda de onde o tirei.

Eduardo aplaudiu: – Que essa lhe sirva de lição.

Silvio se tocou: – Desculpe Josh, por ter-me excedido no julgamento. Dou-lhe minha palavra que não se repetirá.

Continuamos os projetos para o lançamento do livro.

Eduardo passou-me as últimas recebidas da editora em Paris. O contrato continuava de pé, levando em consideração a minha impossibilidade de assumi-lo no prazo combinado.

– Beleza! Não tenho palavras para expressar minha gratidão a ela, e a equipe que me apoia.

Saudei com entusiasmo o enfermeiro ao entrar no meu quarto. Finalmente eu ficaria livre do gesso para deslocar-me sem ajuda.

Quando vi a sutura na perna branca, e fina, fiz cara de nojo:

– Eca! Parece mais uma perna de rã depois da briga.

O rapaz sorriu:

– Um pouco de sol, e logo estará igualzinha a outra.

Com a ajuda de Dinda dei o primeiro passo, temeroso de deslocar-lhe o ombro. Pedi que chamasse Odete para ajudá-la. Embora idosa, era corpulenta e acostumada a pegar no pesado. Ela chegou limpando as mãos no avental: – Pronto!

– Dete! Dá uma mãozinha à Dinda que ela está quase botando os bofes para fora.

Segurou-me na outra axila:

– Para onde o patrãozinho deseja ir? Aviso que se for muito distante, esse carro velho só pega no tranco.

– É bom saber. Retirei a mão do ombro de Dinda, apoiei-me na bengala. Pedi:

– Tia, dá um empurrão nessa charanga para eu poder chegar ao jardim.

– Você está louco menino? Achou que eu estava mesmo falando sério! Vamos de uma vez antes que eu desista.

Deixou-me no banco, beijei-lhe o rosto agradecido.

No mesmo banco, em que Jack, mamãe e eu, sentávamos aos domingos, estiquei a perna aquecendo-a ao sol. A saudade bateu forte nas lembranças da infância. Tratei de expulsá-las antes que me deixassem deprimido. Dinda perdera a única irmã, o pai que tanto amava e o sobrinho que tinha como filho. Como se não bastasse, jamais encontrou alguém para dividir os anseios, compartilhar momentos de dor e alegria, preencher a solidão dos dias. Não faltava-lhe motivos para ser uma mulher revoltada e frustrada. No entanto, sempre fora exemplo de coragem e perseverança para todos, inclusive, os vizinhos.

Um pardal pousou no bouganville ao lado. Em seguida um outro. Com certeza seu par. Até as criaturas inferiores precisam de um outro da mesma espécie! Não acredito em quem diz viver sozinho numa boa, pois é no reflexo do outro que chegamos à conclusão de quem somos.

A pele sensível não suportou por muito tempo os raios de sol. Ajudado por Odete deixei o jardim do Éden.

Claudia ligou para saber como eu estava depois de retirado o gesso: – Como está a perna?

– No lugar, apesar de branca e fina como vela de batismo.

Ela sorriu:

– De qualquer modo, estou louca para acariciá-la.

– Logo mais você terá a chance.

– Não acredito! Você não deve ter condições de dirigir.

– Eu não. Vou deixar por conta do motorista de táxi.

– O. k. Vou providenciar comida árabe para festejar a ocasião. Ou você deseja algo diferente?

– Fica à sua escolha. O que faço questão, é encontrar o prato principal de calcinha bem sexy.

– Tarado!

– O que esperava de mim após tanto tempo de jejum?

Continuamos a trocar sacanagem como aperitivo para o encontro.

Cyd apareceu para uma visita. Suspirei, vendo as pernas bronzeadas sob a bermuda de linho, branca. Beijou-me a boca antes de sentar-se ao meu lado: – O que você traz de novidades – perguntei.

– O mesmo de sempre. Sem a sua companhia tudo fica restrito a um monte de merda.

Correu os olhos sobre mim, notou a alta do gesso: – Quando foi que retirou?

– Hoje pela manhã.

– Desculpe, cara, mas ficou parecendo pescoço de ganso.Eu não me exporia ao ridículo com um troço feio desse.

– Tá afim de encarnar, é!?

– E os movimentos?

– Devagar, mas dá para o gasto. Quando você chegou, eu acabava de marcar com Claudia de visitá-la em seu ap.

– Cuidado com as extravagâncias, hein.

– Depois de todo esse tempo sem molhar o biscoito, vai ser difícil ir com calma ao pote.

– E a reunião sobre os acertos da editora que você me falou? Correu satisfatória?

– Melhor do que eu previa. A não ser por um aparte do Silvio, que se diga de passagem, quase me fez perder as estribeiras.

– O que foi que o cretino disse dessa vez.

– Dentre tantas abobrinhas, acusou-me de ser o responsável pelo acidente.

– Jura? Daquele safado se espera tudo. Ah se estou aqui nesse momento! O faria engolir as palavras pelo rabo.

– Não vale a pena ficar chateado. Já lhe dei o troco merecido. O pobre só faltou implorar para eu não destituí-lo do emprego. Depois desse contratempo, recebi uma ótima noticia. A data prevista para o lançamento.

– Huhu! Quando?

– Chuta.

– 7 de Setembro.

– Quase acerta. Optei pela data do aniversario de morte de Jack. È uma homenagem que quero prestar-lhe.

– Chego a invejar Jack pelo irmão .

– Você não precisa disso. Sabe que eu o amo tanto, quanto amei Jack.

O jantar estava divino.

Claudia pensara em tudo, inclusive nas velas enfeitando a mesa e o meu vinho preferido. Abri a segunda garrafa, enchi as taças, tirei o cachimbo enchendo-o de fumo. Claudia ficou surpresa: – Que historia é essa agora?

– A conselho medico, troquei o cigarro por esse complemento do Popeye. Em vez de espinafre, Half and Half.

– Vou abrir as cortinas. Esse cheiro me incomoda. Sentou-se novamente a meu lado, comentou tocando-me os lábios: – Você sabia que cahimbeiros ficam de boca caída depois de uns anos de uso?

– Ainda bem que são apenas os lábios.

– Seu maldoso.

– Menos mal.

Olhou-me intrigada. – O que você quer dizer com isso?

– Fico preocupado com o que pode me acontecer. Dizem os entendidos que os homens, a certa idade se tornam ricos pela prata nos cabelos e o ouro nos bolsos.

– E qual a preocupação?

– O chumbo no saco.

Claudia explodiu em gargalhadas.

Levantou, colocou uma música suave, puxou-me para dançar esquecendo-se da minha perna: – Vamos!

Continuei sentado, encarando-a. A ficha caiu: – Sou mesmo uma bobalhona quando estou contigo.

– Uma linda boba! Aspirei sua colônia, envolvi-a em meus braços: – Cheirosa e gostosa.

"Como pude sobreviver todo esses dias sem o elixir da minha vida?", Perguntei-me.

Durante minha recuperação, descobri que Claudia era muito mais que um vício saciando-me o desejo. Longe de santidade, operou em mim, milagres, ao simples toque das mãos de veludo. Seus conselhos atingiam meu espírito indomável, dissipando os conflitos dos traumas sofridos. Se eu professasse o espiritismo, diria que Claudia veio ao mundo para ajudar-me a resgatar os erros de uma vida pregressa.

A melodia chegava-nos à varanda, fundo propício para o que eu tinha em mente:

– Junte as cadeiras para ficarmos mais próximos e ouvir o que descobri nesse período em que estivemos afastados. – Senti em seu olhar, temor. Beijei-lhe as faces.: – Relaxe, querida, está tudo bem.

Ela suspirou. Continuei: – Tantos anos junto e só agora posso dizer sem nenhuma sombra de duvidas. Eu a amo Claudia. Você é a mulher da minha vida.

Os olhos dela encheram-se de lágrimas, a voz saiu embargada de emoção ao perguntar:

– Você fala serio?

– Seriíssimo.

Abraçou-me, as lágrimas molhando-me o ombro:

– Êpa! Cuidado que a camisa é nova.

– Seu bobo! Pouco me importo com isso. Vou derramar todas as lágrimas até convencê-lo de que me fez a mulher mais feliz deste mundo.

– E o que eu levo em troca?

– O que desejar!

– Vá com calma, mulher. Só conto com uma perna e um braço para suas loucuras.

Na cama, retirou-me delicadamente as roupas e os tênis:

– Pronto! Sentiu alguma coisa?

– Não, doçura.

– Começou a beijar-me o corpo pelos pés, chegou ao peito e a seguir os lábios:

– Pronto para um passeio no bosque? Perguntou maliciosa.

– Sem corridas e chicotadas!

– Você manda, eu obedeço como uma gueixa.

Na verdade, eu me sentia como uma donzela na primeira noite de amor. Retesei os músculos quando ela montou:

– Por favor, tome cuidado com se eu fosse um jarro de louça.

– Prometo, se você relaxar os músculos do umbigo para cima. Deixe fluir essa força para o que está embaixo.

Claudia cuidou de mim com zelo e muita paixão.

Depois de algumas baforadas no cachimbo, encostei-o no cinzeiro. Segurei as mãos de Claudia, beijei-as agradecido. Perguntei fitando-a com amor:

– Senhorita Claudia! Quer se casar comigo?

– É o que mais desejo. Mas sem anel, sem flores e champanhe?

– Hummmm! Acho que vou retirar o pedido até poder providenciar o que quer.

– Não, não! Delete o que ouviu. Caso contigo sem anel, sem festa e sem flores. Alias, não preciso de outro anel. Mostrou-me o dedo:
– Tenho esse que me deu tempos atrás como compromisso.

– Pois continue a usá-lo até minha volta de Paris, quando então o trocaremos pela aliança de casamento.

Realizações

Eu fazia companhia à minha mãe, quando Josh entrou na sala. – Sente-se e participe da conversa, pedi.

– Na verdade, tenho algo a pedir à minha avó.

– Desde que não seja novamente o papo de mudar-me daqui, tudo bem.

– Esse, prometo não voltar à tona. È o seguinte. Eu gostaria de oficializar o meu noivado nesta casa e chamar alguns amigos para a ocasião.

– Por mim não tenho nada contra!

– Porém, o casarão precisará passar por uma rápida reforma.

Mamãe deu o contra: – Acho besteira gastar um dinheirão numa casa tão velha.

– Diga-me então por que a senhora toma banho todos os dias, se perfuma, pinta os cabelos e os lábios nessa idade?

– Ah, isso é diferente!

– O que é que você acha dessa sugestão, Dinda?

– Acho ótima.

Mamãe levantou a voz: – Vocês esquecem que quem manda aqui, sou eu!

– E a senhora de que como filha, tenho direitos comuns.

– Só depois que eu morrer. E espero que esteja bem longe esse dia.

– Se é assim, também eu como neto, tenho uma parte nessa herança. Pela votação, são dois votos contra um. Desse modo, vó, fica decidido que o casarão entrará em reforma o mais breve possível.

– Hirra! Quando pensa começar? – Perguntei.

– Vou ligar para Cyd e saber quando ele poderá resolver o problema.

Intimamente, visualizava as paredes em tom claro, as janelas de venezianas, trocadas, o assoalho brilhando no sinteco. Sem dúvida, Cyd mexeria na área externa, deixaria o jardim tão bonito, como na época em que papai cuidava.

Animada, perguntei a Josh se tinha ideia do tempo que levaria. – Acredito que com uma boa equipe, quinze dias serão bastante para essas reformas.

Dias depois Cyd chegou com os homens para a empreitada.

Logo, mamãe queixava-se de não tirar sua sesta pela barulheira, da poeira, do cheiro da tinta, e de outras coisinhas mais.

Enquanto três homens cuidavam da parte externa, outros quatro ocupavam-se das dependências internas.

Um pouco mais do que Josh previra, o casarão tomou novo aspecto. Mamãe estava encantada com a transformação.:

– Nossa! Até parece que acabou de ser construído. Abraçou Josh agradecida:

– Se eu imaginasse como ele ficaria, teria consentido na sua ideia desde a primeira vez que você tocou no assunto.

– Fico feliz por ter-lhe agradado. Agora temos que pensar nos móveis.

Mamãe carregou o semblante:

– Essa não! Seria um crime desfazer-se da mobília em Jacarandá por essas porcarias que estão fazendo. Eu jamais permitirei substituí-la, até pelo valor sentimental.

Tomei seu partido:

– Estou de acordo com a senhora.

– O. k. – Disse Josh sem insistir, respeitando os nossos sentimentos. Contudo, acredito que possamos trocar esse tapete que já deu o que tinha de dar, por um de pele de carneiro. A senhora faria objeção?

– Absolutamente. Esse tem mais buracos do que a rua que moramos. Como estamos falando em decoração, quero parabenizá-lo pela ideia dos bancos do jardim e das palmeiras em torno deles. Ficou lindo!

– Agradeça a Cyd pelo projeto. Ele ficará muito feliz em saber da sua satisfação.

– Ele é um rapaz muito capacitado. Pena que tenha aquele jeitinho duvidoso. – Mamãe prosseguiu:

– Diga-me uma coisa: – Aquilo é só aparência ou ele faz parte da coluna do meio.

– Vó! Quanto a isso eu não sei informar-lhe. Mas...a senhora poderá perguntar-lhe na oportunidade.

– E eu sou louca de fazer tal pergunta? Se ele for mesmo vea...Deixa pra lá! Mas quer saber minha opinião?

– Mãe! – Cortei a conversa antes que ela estragasse o humor de Josh:

– Por que cargas d'água interessa-lhe saber que apito ele toca. Saber quem somos já é o bastante para andarmos perdido neste mundo.

Josh retirou-se e voltou em seguida com uma caixinha: – O que é que você acha? Será que Claudia vai gostar?

O anel de noivado em ouro branco, tendo ao centro um diamante engastado, reluzia no veludo da caixinha. Peguei-o, coloquei no anular direito: – É lindo, querido. Nunca vi nada igual. Ela vai adorar! Passei-o para minha mãe. Ela olhou-o indiferente:

– Essa jóia deve ter custado uma fortuna! Espero que a sua dona saiba valorizar o homem que a presenteou.

– Estou tranquilo quanto a isso. Não há fortuna que cubra o nosso amor.

Como mulher, cheguei a invejar Claudia pelo amor que os unia. Desejei-lhes os mais profundos e sinceros votos de uma união feliz e duradoura.

Josh assinou um cheque, passou-me às mãos:

– Para você providenciar o necessário para a festinha de noivado.

Surpreendi-me com a quantia: – Isso é muito dinheiro, meu filho! A metade será suficiente para proporcionar uma boa recepção.

– Use o dinheiro sem preocupar-se. Compre bons vinhos, salgadinhos e doces na melhor confeitaria. Ah! Não esqueça do champanhe. Quero que essa data seja sempre lembrada.

Como não podia deixar de ser, mamãe deu seu parecer negativo. – Antigamente, os noivados eram firmados entre o rapaz e os pais da moça. Hoje, está tudo mudado. Gastam o que tem e o que não tem, para um noivado que ninguém sabe se dará certo.

– Vó! Vire essa boca de agouro pros quintos do inferno.

Ela o censurou: – Josh! Onde está o respeito que me deve?

– Esquecido no fundo do baú no sótão. O dia que a senhora passar a ver o lado positivo das coisas, eu o trarei de volta.

Sem dar-lhe tempo de reagir, ele deixou-nos avisando que iria ver Claudia.

Retirei-me, deixando mamãe curtir as novelas na nova tevê.

Na cozinha, encontrei Odete desanimada junto ao fogão.

– O que você faz aí?

– Estou morrendo de frio! Liguei o forno para me aquecer.

– Não acredito que esteja com frio. Toquei-lhe a testa, e senti o pulso acelerado: – Você está ardendo em febre. Levei-a para o quarto, coloquei o termômetro medindo a temperatura. Quase trinta e nove e meio! – Vou ajudá-la a mudar de roupa e trazer-lhe um chá com aspirina. Deite-se que não demoro.

– Não estou doente para ir pra cama a essa hora.

Ameacei-a:

– Faça o que digo ou chamarei o médico para dar-lhe uma injeção.

Duas horas depois das providências tomadas, a febre voltou. Preocupada, liguei para o plano de saúde requisitando um médico.

Enquanto o aguardava, abri a janela do quarto, usei toalhas umedecidas à testa dela como recurso para baixar a temperatura.

A sirene da ambulância à frente de casa assustou minha mãe. Chamou-me da cama:

– Quem é que está passando mal aqui?

– Odete. Está com febre alta, e pedi um médico para vê-la.

– Besteira! Um chazinho de limão resolveria em dois tempos. Deve ser princípio de gripe.

Errou no prognóstico. Odete estava com pneumonia. Na observação do médico, a doença inspirava cuidados devido à idade.

– Ela terá de ser internada.

– Não há como cuidá-la em casa? – Perguntei ingenuamente.

– Absolutamente. A medicação terá que ser feita no hospital.

– Por quanto tempo?

– Depende de como reaja seu organismo. Não havendo complicações terá alta em dois dias.

– Escutou Odete? Ficará fora de casa por apenas quarenta e oito horas.

A casa ficou vazia sem os resmungos de Odete, e eu transbordando de ocupações.

Não via a hora de sair minha aposentadoria, e poder dispensar Odete do trabalho de cozinheira. Cabeça dura como era, criou o maior caso quando fiquei de arranjar-lhe uma auxiliar: – Se você fizer isso, vai ter de escolher entre eu e ela. Duvido que a outra saiba fazer comida árabe como eu! E não conte comigo para ensiná-la a fazer nem mesmo arroz com lentilha.

– Ta bom! Esqueça o que falei. Mais saiba que em breve vou dar-lhe a aposentadoria.

Minha sorte foi poder contar com a ajuda de Malu, até conseguir alguém confiável para os serviços.

Liguei para o hospital, pedi que transferisse a ligação para o quarto de Odete.

– Sinto muito senhora, mas a paciente não poderá atender.

– E por quê? – Perguntei angustiada.

– A senhora é da familia?

Para abreviar a informação, não entrei em detalhes: – Pode ao menos dizer-me como ela está passando?

– Seu estado agravou-se no fim da tarde e está no oxigênio. Mas nada para alarme.

– E eu posso visitá-la a essa hora?

– Hoje não será possível. Mas acredito que amanhã de manhã poderá vê-la.

No meu quarto, pus-me a refletir sobre a pobre Odete, e a velhice. Durante todos esses anos trabalhando em nossa casa, jamais a ouvira queixar-se de uma simples dor de cabeça. Imagino como deveria se sentir, internada num hospital, impossibilitada de sair do leito, e agora, num balão de oxigênio. E ainda ouço dizer que a velhice é bonita! Eu gostaria muito de saber onde se esconde tal beleza. A idade só traz doenças e cansaço, e a sabedoria dos idosos, a exemplo de minha mãe, vale muito menos do que as loucuras dos jovens. O mais gritante é que como ela, outros tantos passam pelo mundo sem tirar proveito das experiências vividas. Velhice é o monótono apagar da vela, a ausência dos sonhos, o fim das esperanças. Tomara chegar à idade avançada com um espírito quarenta anos a menos!

Terminei o café, troquei o pijama, avisei Malu que seria breve na visita à Odete.

– Não tenha pressa, ela respondeu. Dou conta do recado sem precisar de ajuda. Diga à Odete que estamos rezando pela sua recuperação.

– Direi.

Por incrível que pareça, eu percorria o corredor levando-me ao quarto de Odete, serena e segura de que logo ela teria alta.

Entrei em silêncio, sentei-me ao lado da cama esperando que ela acordasse. As bochechas continuavam rosadas, e não fosse a máscara ajudando-a a respirar, eu juraria que apenas descansava numa sesta.

Ele mexeu-se, abriu um olho:

– E aí, dorminhoca? Aproveita essas férias forçadas, porque quando voltar não terá tempo nem de reclamar com tanto serviço. – Disse brincando.

Ela forçou um sorriso:

– Como você se sente, perguntei. Abanou a mão, e entendi no gesto que ia mais ou menos.

Encorajei-a, vendo duas lágrimas rolarem nas faces:

– O que é isso? Onde está a mulher forte que conheço?

Com uma das mãos tocou-me o braço enquanto a outra retirava a máscara. Sua voz soou fraca e cansada:

– Júlia, eu adoraria voltar pra casa, mas qualquer coisa me diz que daqui só saio para a cova.

– Não diga bobagem.Estive com o médico, e ele disse que você está reagindo muito bem ao tratamento. Ela balançou a cabeça:

– Quem sabe o que sinto sou eu. Estou com muita idade e acho que chegou a hora de...

– Coloque essa máscara no lugar ou chamo a enfermeira.

Ela aquietou-se. Repreendi-a pensando no pior:

– Preocupe-se em ficar boa e não com a idade. Daqui a alguns meses mamãe completa 90 e está mais forte do que muita mulher de 40!

O som abafado, através da fibra, chegou-me com dificuldade: – Dona Carol vai chegar a cem anos.

– E você também se mudar o pensamento. Agora preciso ir. Deixei Malu cuidando da casa e não quero abusar da boa vontade dela.Quer que lhe traga algo de casa?

– O meu terço.

– Só isso?

Fez que sim com a cabeça. Beijei-lhe a testa, prometi voltar no dia seguinte.

Eu cuidava do jantar quando Cyd ligou para saber de Odete. O momento era impróprio e tratei de despachá-lo:

– Oi, querido!Cheguei a pouco do hospital e estou às voltas com o fogão. Por que não vem jantar conosco e saberá sobre a visita que fiz a Odete!

Acertou de vir, e fui ao quarto de Josh comunicar-lhe da vinda do amigo.

Estava deitado sem camisa, o peito molhado de suor, o computador ligado. Estranhando a cena, perguntei: – Você está bem?

– Senti-me cansado e vim descansar uns minutos.

Na testa, gotas de suor desciam-lhe ao pescoço: – Quer que eu lhe traga um suco ou um chá gelado?

– Obrigado, tia. Prefiro o chá.

Encafifada, enchi o copo, levei a jarra junto caso quisesse mais. Enquanto ele bebia, sentei-me ao seu lado, preocupada que estivesse doente.

Terminou o chá, pediu que eu tornasse a encher o copo:

– Por que você não me chamou se estava com tanta sede?

– Eu não queria incomodá-la. No entanto, vou tirar proveito de sua presteza. Por favor, pegue minha pasta no armário.

Fiz o que pedia e vi quando retirou dela um frasco de comprimidos. Colocou dois sob a língua e voltei a guardar a pasta no armário.

– Para que serve o remédio que você tomou?

Respondeu de olhos fechados:

– Para aliviar a azia.

– Desde quando você sofre desse mal?

– Há pouco mais de um mês. Fui ao médico e ele aconselhou-me a evitar frituras, bebidas gasosas, frutas ácidas e cigarros.

– E quanto ao álcool? Ultimamente, tenho notado que você anda exagerando na bebida.

– Proibiu – me apenas os excessos.

– Mas você não está cumprindo a recomendação médica, não é mesmo?

Olhou-me desconfiado:

– Claro que estou.

– Não minta, Josh. Tenho visto garrafas de vinho no lixo. – Ele não contestou. Acariciei-lhe os cabelos empapados e pedi carinhosamente:

– Por favor, meu querido. Cuide-se! Você é a única joia que resta do meu falido tesouro.

– Tentarei, Dinda.

– Ah! Quase esqueço do que vim fazer. Cyd avisou que passará aqui depois que sair da empresa. Quando se sentir melhor, tome um banho bem gostoso. Não leve a mal, mas todo esse suor o deixou com cheiro de gambá.

Cyd estava atrasado, e resolvemos iniciar o jantar sem ele. Chegou quase ao fim, desculpando-se:

– Gente! O trânsito fica um inferno a essa hora.

Convidei-o a sentar-se. Josh tornou a colocar comida em seu prato fazendo-lhe companhia.

Cyd terminou, ajudou-me a levar a louça para a cozinha. Na volta, percebeu o vestido que mamãe usava.Beijou-lhe as mãos, elogiou-a:

– Dona Carolina, a senhora está divina com esse tom de lilás! Concorda comigo, Josh?

– Obrigada. – Fiz questão de usá-lo por saber que você adora essa cor. Cyd enrubesceu como um pimentão. Mamãe adorava deixá-lo sem jeito.

Foi sentar-se junto a Josh: – Dinda me falou ao telefone que esteve hoje com Odete

Como é que ela está passando?

– Melhorando. Pelas previsões médicas, mais uns dias e estará em casa.

– Isso é muito bom! Fiquei muito aflito quando soube por Dinda. Dirigiu-se a mim: – O que você achou dela?

– Estou preocupada com sua baixo autoestima. Enquanto estive lá, estava desanimada, dizendo uma porção de besteira.

– É de se esperar. Não deve ser fácil para uma pessoa acostumada à lida, ver-se presa a uma cama de hospital. Logo essa fase passará quando retornar a casa. Cruzou as pernas, voltou-se para Josh:

– E você e Claudia? Estão muito animados com o noivado?

– Com o imprevisto de Odete estamos meio caídos.

O instante de silêncio foi quebrado. Para minha vergonha, e risos contidos de Cyd e Josh, mamãe deixou escapar um pum. Continuou a ver a novela sem se importar. Josh puxou Cyd para o quarto,e de lá ouvi as risadas.

– Mãe! Ela voltou-se. – A senhora quase me mata de vergonha. – Que foi que eu fiz? – Perguntou.

– Quando quiser soltar um desses, vá ao banheiro.

– Como se desse tempo! Quem tiver incomodado que tape os ouvidos. Não vou prender quem não paga aluguel por causa de ninguém!

**

Cyd comentava sobre o meu noivado:

– Estou morrendo de inveja de Claudia. Alem de roubar-me o homem que amo, leva de quebra um anel de noivado. Enfim, não se pode ter tudo que se deseja! Roubou-me um beijo:

– Pelo menos, sobrou-me o mel dos seus lábios para alimentar meus desejos.

– Não se faça de coitadinho. Sabe muito bem que continuarei a amá-lo até o fim dos meus dias.

Ele me viu pensativo, perguntou após um beijo rápido no meu rosto:

– O que deixou meu gato tristonho?

– De repente, uma espécie de fleche explodiu em minha mente. – Respondi.

– E?

– Sei lá. Foi tão rápido que não deu para pegar. Um homem e uma mulher...uma tristeza e dor em meio à paixão entre ambos. Ultimamente venho sofrendo essas alucinações.

– Acho que o meu fofo está trabalhando demais. Tenho um vinho maravilhoso que vai mandar essas visões para o espaço. Em todo caso, se a bebida não resolver, tenho uma outra sugestão.

– Qual?

– Encontrei semanas atrás com um colega de profissão que há muito não via. Por coincidência, irmão das mesmas preferências sexuais. Conversa vai, conversa vem, falou-me sobre um adivinhão morando próximo ao Leblon. Foi consultá-lo, a fim de saber da fidelidade do novo namorado. Saiu encantado, confiante, que dizia a verdade, pois o cara havia falado sobre fatos de sua vida passada. O que acha de procurarmos esse homem para sondar sobre essas visões?

– Corta essa! Eu não acredito nessa espécie de adivinhões.

– Bobagem. Aposto que Claudia adoraria o programa.

– Duvido!

– Pode ser.

– Pois providenciarei a visita o mais breve. Sua referencia a esse tipo de visão, me fez lembrar um sonho repetitivo que costumo ter.De repente descobrimos alguma ligação em nossas vidas passadas.

– Talvez. Confesso que ando um tanto amedrontado com o que vem acontecendo.

– Pobrezinho do meu gatinho frouxo!

– Não torra, Josh. Será que não pode levar nada a sério?

– Depende.

– Do quê?

– Não ouvir tanta besteira junta. Você hoje está parecendo mais fresco do que eu!

– Isso é um elogio ou uma censura?

– Sabe de uma coisa? Vou para a sala conversar com Dinda antes que a gente saia na porrada.

Cyd chegou com cara de poucos amigos: – Dinda! Eu gostaria de ver como ficou o jardim depois dos reparos.

– Pensei que você não estava interessado em vê-lo.

Acendi os refletores, ele juntou as mãos em oração: – Nossa! Ficou melhor do que imaginei. Aquele círculo de margaridas, embora singelo, ficou lindo. Correu os olhos na cerca viva ao final do terreno: – Vou arrumar uma folhagem colorida para completar o canto. Revirou os olhos, pensando alto:

– Talvez um Bouganville dê melhor efeito. Imediatamente sacudiu as mãos descartando a ideia:

– Pensando bem, vai matar o conjunto de hortênsia. Vou pensar com calma, o que devemos usar para harmonizar aquele cantinho. Contudo, de uma maneira geral o exterior está muito bom.

A caminho do alpendre, retive-o pelo braço:

– Alguma coisa, Dinda?

– Sim. É sobre Josh.

– O que tem ele?

Coloquei-o a par do que havia presenciado à tarde. Ele pareceu surpreso: – Afinal, o que você acha que ele tem?

– Disse-me que andava sofrendo de azia, mas sinceramente, não me convenceu. Fixei meus olhos nos seus ao perguntar:

– Acaso você sabe de algo que ainda não sei?

A expressão em seu rosto, levou-me a desconfiar que escondia a verdade:

– Não, não. Por que essa suspeita?

– Que fique entre nós. Nunca vi alguém naquele estado por uma simples azia.

– O que quer dizer?

– Josh suava mais que uma panela de pressão! Bebeu mais de meia jarra de mate e pediu que eu pegasse sua pasta onde guarda uns comprimidos. Por que ele não tomou logo que sentiu a queimação no estomago? Deu-me a impressão que não podia mover-se para pegá-los.

Cyd conservou os olhos no chão enquanto eu falava. Continuamos a andar, e ao chegarmos ao alpendre, supliquei:

– Cyd! Pela amizade que os une, jure-me que não conhece os verdadeiros motivos.

– Dinda! Eu creio que você está fazendo tempestade em copo d'água! Josh não esconderia de você se realmente estivesse com problemas de saúde.

– Duvido! Ele não gosta de me ver preocupada.

Beijou-me a testa na tentativa de tranquilizar-me;

– Relaxe Dinda. Josh é mais forte do que um touro!

Em solidariedade a doença de Odete, a festa programada para o noivado tornou-se uma simples confraternização de amigos.

Antes das 22, os convidados retiraram-se, desejando votos de felicidade aos noivos, e o restabelecimento de Odete.

Seu estado agravara-se consideravelmente e eu, preparada para o pior depois do aviso do médico.

A sós, em meu quarto, chorei, lembrando da vida que levava desde a juventude, quando começou a trabalhar conosco. Nunca fora a um baile, amigas em particular ou um namorado para provar o outro lado da vida. Sem familia, pois nascera de mãe solteira e deixada num orfanato logo que nasceu, Odete tinha pouco mais de 16 anos quando mamãe a conheceu numa visita ao orfanato. Interessou-se pela aparência saudável e sem atrativos e desde então começou a trabalhar para o casal. Feliz, com a única familia que conhecera, passou a dedicar aos membros um carinho especial, terminando por adotar as novas gerações como filhos.

Na iminência de sua morte, a dor da perda da amiga, da babá, e mãe por afinidade, deixou-me arrasada. "A vida é muito dura para os que ficam, após a partida de quem amamos".

Querida por todos da vizinhança, a Capela foi pequena para abrigar os amigos que fizera durante anos. Feirantes, donos de quitanda, padaria, e outros estabelecimentos, compareceram com a familia para prestar-lhe a última homenagem.

Josh encomendou um luxuoso esquife branco, símbolo de pureza. Na face gorducha, o sorriso costumeiro quando ouvia o rádio. A expressão serena a deixou 20 anos mais jovem. Quem sabe, nesse momento, participasse do pequeno cortejo das virgens, rumo às bem-aventuranças!

"Nem só de pão vive o homem e a mulher, mas tambem das delicias pós-vida!" pensei, contemplando o rosto querido.

De volta a casa, percorri os olhos pela cozinha. Tudo continuava em seu lugar, no entanto, eu tinha a impressão de estar num lugar estranho, abandonado. A ausência de Odete começava a pesar.

O sentido do "nunca mais" agrediu-me o peito como forte punhalada. Quem ouviria agora meus temores, minhas mágoas, meus planos? Quem compartilharia comigo o espaço, o fogão aos domingos, a pia em dias de festa? Quem faria o frango com lentilhas do jeitinho que todos adoravam?

Toda a casa respirava Odete! Sua marca estava registrada em todos os aposentos. Na sala, a jarra de cristal sobre a mesa de jantar enfeitada com flores colhidas no jardim; no meu quarto, a colcha de retalhos sobre a cama, confeccionada pelas mãos hábeis; no quarto de Josh, o tapete de sisal sob a mesa do computador; na mobília, os paninhos de crochê feitos durante a noite.

Até mesmo a meia dúzia de gatos parecia sentir sua falta. Por dois dias recusaram o alimento colocado nas tigelas. Havia um ditado que minha mãe gostava de usar:

"Quem quiser ser bom, morra ou vá para longe."

Embora eu o aceitasse como certo, nesse caso não batia com a verdade. Odete não precisou morrer para ser considerada boa. Sua existência foi uma sucessão de virtudes, ascendendo à perfeição, como um diamante bruto trabalhado diariamente.

Contratei os serviços de uma diarista, três vezes na semana. Adaptar-me a nova presença foi constrangedor. Porém, após um mês de treinamento, Tereza estava apta para assumir a cozinha libanesa. A roda da vida continua girando apesar dos pesares!

Também os planos de Deus, seguem o caminho por Ele traçado.

A viagem de Josh ao Exterior, deixou-nos exultantes e cheios de afazeres. Quinze dias para renovar o guarda roupa, colocar os documentos em dia, aquisição dos travel cheks, preparação das palestras em auditórios franceses.

Apesar de feliz pelo noivo, Claudia sentia a ausência de Josh em seu apartamento. Os longos telefonemas diários, não compensavam essa falta. Em contrapartida, Cyd era sorrisos e euforia.

Tantas tarefas, mais a emoção do prêmio destinado ao seu trabalho, terminaram por derrubar Josh. Na véspera da viagem, procurou-me de ombros caídos e voz fraca. Parecia-me ver o garotinho dos tempos escolares:

– Tia! Acho que estou com febre.

Corri para pegar o termômetro, rezando para ele não estar doente. Soprei aliviada constatando a temperatura. Menos de 37 graus:

– Sossegue! Está tudo bem. Tome um banho e ponha uma roupa bem leve. – Notei então que usava calça jeans e camisa pólo. – Está explicada a pretensa febre. Onde já se viu usar essas roupas em pleno verão! – Nem mesmo ele notara: – Cheguei da rua e fui direto para o computador.

Enquanto ele obedecia, fui à cozinha preparar-lhe um suco. Teresa prontificou-se a fazer. Deixei o recinto sem lembrar de avisá-la sobre as frutas proibidas.

Levou a jarra ao quarto, encheu o copaço entregando-o a Josh. Bebeu tudo num só gole, pediu que enchesse novamente o copo. Estalou prazerosamente a língua, dirigiu-se a mim: – Dinda! Não fique chateada. Mas o suco de Tereza deu de dez no que você me trouxe ontem.

Disfarcei o ciúme, ao perguntar: – O que foi que você pôs nele?

Vaidosa, respondeu:

– Abacaxi e suco de limão.

"Abacaxi e limão"! Dois venenos proibidos a quem sofria de azia. Fazer o que? O mal estava feito, e eu não me perdoaria se ele viesse a ter uma crise pelo meu esquecimento.

Com tolos pretextos, voltei varias vezes ao quarto a fim de sondar como ele passava. Josh desconfiou das minhas idas e vindas. - Dinda! Pode dizer o que tanto procura nesse entra e sai?

– Desculpe querido, preciso ver se está tudo em ordem.

Dispensou-me gentilmente:

– Vá relaxar um pouco. O que precisa ser feito depende apenas de mim.

Eu colocava em ordem minhas gavetas quando ele chegou:

– E então? Está mais calma? – Perguntou bem disposto.

– Hã, hã.

– Tia, ainda tem suco?

– Esqueceu que bebeu toda a jarra?

Abraçou-me pela cintura interessado: – Daria para você fazer mais um pouco? Estou morto de sede!

Dei uma de esperta: – O abacaxi acabou, mas posso fazer uma limonada.

– Boa pedida! Mas não esqueça de botar bastante gelo e açúcar.

"Bem que desconfiei que nunca teve azia! Então...O que será que realmente ele esconde?"

Deixei para indagar-lhe a verdade quando retornasse da viagem.

**

O voo estava previsto para a tarde.

As 9, Cyd chegou: – Oi de casa! Tem lugar na mesa para mais um no café?

Mamãe não perdeu a ocasião: – Você quer dizer para dois, não é mesmo? Do jeito que come...

Ele deu uma gostosa risada: – Ainda bem que não tenho tendência para engordar.

Ela murmurou para si:

"Antes tivesse. Ao menos essa não seria mal vista."

Tossi, abafando o som das palavras na crítica de mau gosto.

Distraído, ele continuou a passar geléia na torrada:

– Desculpe dona Carolina, falou alguma coisa?

– Deixe para lá. Não gosto de repetir o que digo.

Cyd mordeu o bolo:

– Nossa! Quais foram as mãos de fada que fizeram esse manjar dos deuses?

– Lá vem frescura! Resmungou.

– O que disse dona Carol?

– Acho bom você consultar um otorrino. Está mais surdo do que uma porta! Tome cuidado que esses voos longos costumam mexer com o organismo

– Espero que não atinja minha barriga. Normalmente,não tenho do que reclamar. Bateu na mesa, isolou o azar, lembrou. – Só costumo sentir cosquinha no estômago quando o avião está para aterrissar.

– Ainda bem que é no estomago. – Murmurou. – Pior se fosse no furículo. Eu daria tudo para ver você rebolar esse rabo sem poder usar o dedo.

Segurei a respiração. Dessa vez, Cyd pareceu ouvir o comentário maldoso.Dirigiu-se a ela muito serio:

– Dona Carolina! Há anos frequento essa casa e confesso, sinto-me como se de fato pertencesse a ela como membro. Não lhe tiro o direito de acusar-me do que bem quiser. Essas coisas surgem sem mandar aviso. Porém, juro-lhe. Sempre estive inocente a esse fato.

Mamãe ironizou:

– E eu, a rainha de Sabá!

– A senhora está sendo injusta desacreditando em mim. Infelizmente, por ora, não tenho como provar-lhe que está errada.

– Não precisa dar-se a esse luxo. Hoje em dia, com todas as reviravoltas do mundo, parece que isso virou moda nas famílias ilustres. Não se aflija por esse problema tão comum, embora desagradável a alguns. Graças a Deus, nunca tivemos sequer um exemplo desses nas gerações passadas. Espero que também na presente.

– Mesmo assim, prometo procurar meu otorrino quando voltar. Realmente estou com dificuldades de ouvi-la.

"Arre! O diálogo entre ambos não passou de um tremendo mal entendido."

Claudia ligou, avisando que viria para o almoço. Falei com Teresa que caprichasse nos pratos.

Fui ao quarto de minha mãe, prevenindo-a sobre os cuidados ao falar:

– Por favor, mãe, controle-se para não dar bandeira como fez pela manhã. Graças a Deus Cyd interpretou mal seus comentários.

– Pois diga a ele para comportar-se com decência se não quiser passar por vexames. Você sabe que não aguento ver certas coisas e ficar calada.

– Juro que se a senhora começar com as suas ranhetices vou comer em outro lugar.

– Problema seu! Estou na minha casa e não ficarei de bico calado vendo Cyd desmunhecar.

– Faça como quiser. Depois não se lamente se levar um baita pito de Josh.

Ocupamos nossos lugares à mesa à espera de Teresa trazer o prato principal.

Chegou com a travessa, colocou-a no centro da mesa, retirou a tampa. Avisou:

– Tenham cuidado porque acabou de sair do fogo.

Ao ver o que seria servido, Cyd deu um gritinho.:

– Nossa! A Teresa é demais. Esse frango com ervilhas deve estar de arrasar. Voltou-se para Josh: – Jô! Você se importa se eu não deixar um pouco desse acepipe para o jantar?

– Fique à vontade.

– Uma pivica! – Disse minha mãe arrastando a travessa. – Mateus! Primeiro os meus.

Amarelei!

Devolveu-a ao lugar depois de servir-se à vontade:

– Agora quem quiser pode atacar.

Claudia brincava com o garfo sem tocar a comida: – O menu não está do seu agrado? – perguntou Josh. Ela sorriu, explicou:

– Adoro tudo que tem na mesa, mas quando penso que ficarei uma semana sem você, perco o apetite.

Em boa hora, lembrei de pedir à Tereza para colocar as visitas longe de mamãe. Do contrário, eu me veria em palpos de aranha com a insinuação de mamãe após as desculpas de Claudia.

"Sei bem do que vai sentir falta! Josh deve continuar bem dotado como era em criança".

– Falou alguma coisa, vó?

Ela olhou para Cyd:

– Tem gente que se faz de surdo para fazer os outros de besta. Mas você, Josh, escuta até pensamento. Será que pegou a doença do seu amiguinho?

– Esteja certa que não!

Terminamos e Josh chamou-me a um reservado:

– Dinda! Fale com a vovó para parar com as suas rabugices. Como se não bastasse encarnar em Cyd durante o café, agora o alvo parece ser Claudia. Ouvi muito bem o que ela resmungou entre os dentes.Avise-a que se teimar em falar bobagens, eu pedirei a Malu que a leve a sua casa.

– Vai ser difícil ela ouvir-me. Antes do almoço, pedi-lhe que se comportasse na mesa. Adiantou? Foi o mesmo que malhar em ferro frio.

– Visto isso, terei de adiantar-me para o aeroporto antes que ela venha a estragar meus relacionamentos.

– Talvez seja uma boa ideia.

Sonhos e Aventuras

Eduardo e esposa, haviam viajado na véspera. Como chefe e amigo pessoal, antecipara a partida, preocupado com pormenores que pudessem surgir acarretando prejuízo à nossa programação.

Claudia levou-nos ao aeroporto, sem contudo esperar a decolagem. Tinha uma audiência marcada para as 16, e que já havia sido remarcada.

Despedimo-nos entre beijos apaixonados, lágrimas de sua parte,e promessas de fidelidade.

Acompanhei-a com o olhar até desaparecer na porta, enviando-me um beijo. Segurei a as lágrimas, convidei Cyd para um drinque no terraço.

Entre o uísque e a vodka pedida ao garçom, fui abordado por um jornalista de câmera a tiracolo. Descontraído como costumam ser, ele pediu licença e puxou a cadeira ao meu lado: – Alô, Josh. Eu gostaria de um minutinho seu para uma entrevista relâmpago. Sou Gerson ... do jornal ...

– Tudo bem! Porém, por favor, espero que respeite meu tempo.

– O.k. Sabemos que está indo a Paris lançar seu livro e receber a premiação mais cobiçada em literatura. Como se sente diante de premio tão nobre?

– Não só gratificado pela minha obra, mas também orgulhoso de trazer para meu país esse troféu.

– Pretende firmar contrato exclusivo com Paris?

– Por enquanto, não posso afirmar qualquer coisa.

– E quanto a noticia de seu casamento para breve? É verdade, ou não passa de boato para dispersar as fãs do solteiro mais desejado dessa cidade?

– È verdade. Eu e minha noiva pretendemos casar logo após meu regresso.

– Você poderia citar o nome da empresa que vem patrocinando seus livros?

Nesse momento, ouvimos chamar nossos nomes:

– Senhor Josh e senhor Cyd Silveira. Por favor, apresentem-se para embarque imediato:

– Vamos, Josh. Está na hora!

Chamei o garçom, paguei a conta, apressei-me: – Sinto muito, amigo. Meu tempo esgotou .

– Por favor, Josh! E a resposta para a pergunta que lhe fiz? – insistiu na minha cola.

O elevador chegou, entrei, dei-lhe a resposta: – Na volta lhe direi o nome.

– Salvos pelo gongo, disse Cyd ao meu ouvido. Se esse cara descobre sobre o meu patrocínio, seria o fim da minha tranquilidade.

A tripulação aguardava somente nosso embarque para trancar a porta do avião. Mal ocupamos os assentos, taxiávamos na pista. À espera da decolagem, uma linda comissária iniciou os avisos de segurança de voo. Vinte minutos depois, turbinas a toda, a nave rompia o espaço aéreo de nariz empinado.

Cyd benzeu-se em seguida. Enquanto ganhávamos altitude, Cyd mexia os lábios em movimentos rápidos. Finalmente cessou, quando a nave ficou em cruzeiro.

Perguntei curioso:

– Explique por que mexia a boca,sem parar, momentos atrás?

– Eu rezava. Não consigo ficar seguro na decolagem e na aterrissagem de um voo. Para relaxar, faço algumas preces nessa intenção.

– E consegue?

– Hã, hã!

– Eu gostaria de ter sua fé. Mesmo com muitas orações acho difícil chegar a Deus e aos santos.

– Contudo, você faz parte do número raro de corajosos a viajar tranquilo de avião.

Olhei em torno verificando a cara dos passageiros:

– Acho que a maioria se sente como eu.

– Há, há. Ele debochou;

– Pensa que essa galera que lê ou faz palavras cruzadas está realmente despreocupada? Aposto o que quiser que não passa de fingimento disfarçando o medo. Na verdade, estão de fiofó apertado e garganta seca! Digo isso com experiência comprovada. Certa vez, viajei ao lado de um homem que comia com os olhos uma revista. Interessado no que lia, espichei-me por sobre ela. Acredita que o assunto não era mais que uma propaganda de perfume?

– E daí?

– Daí que, uma hora depois, o cara continuava travado na mesma página, apavorado com a turbulência no voo.

– Verdade?

– Quer saber o apelido que dei a essa fobia?

– Hã, hã.

Um jovem comissário de aparência angelical interrompeu o papo. – Desejam algo para beber?

– Olá, príncipe dos ares! – Cumprimentou Cyd.

O rapaz entregou-nos o catálogo.

Cyd escolheu um tinto francês. – Querido, traga-nos esse. Que esteja na temperatura ideal, o. k.?

O rapaz piscou-lhe um olho. – Nota-se que o senhor é um expert no ramo. Um momentinho e trarei para ambos o néctar dos deuses.

A sós, censurei seu comportamento:

– Desculpa amigo. Mas acho que você não deveria dar bandeira a um desconhecido.

– Desconhecido, sim, mas nem por isso deixa de encontrar-se na coluna do meio.

– Tem certeza?

– Amor! Alguma vez já confundiu sapatão com sapatona? Apesar da semelhança dos nomes o sinônimo é bem diferente!

– E...

– ...e caso surjam dúvidas, olhe dentro dos olhos do fulano ou da fulana para descobrir a verdade.

Durante o jantar, Cyd programava eufórico o que faríamos nos dias livres.Eu o ouvia, duvidando que tivesse pique para cumprir o roteiro.

O Cointreau servido após entornar as duas garrafas do vinho, deixou-nos sonolentos. Disfarcei o bocejo enquanto tornava minha poltrona em cama. Apoiei a cabeça sobre os braços dobrados, convidei Cyd;

– Não vai fazer o mesmo?

Olhou-me com desprezo;

– Seria a glória se eu tivesse a sua coragem.Nem morto poderia dormir há mais de doze mil pés de altura!

– Não seja ridículo! Não acredito que passe toda a noite sentado nessa cadeira?

– E para seu governo, acordado.

– E se eu prometer cantar uma canção de ninar para embalar seu sono?

– Pode parar! Com essa voz grave você só conseguiria provocar-me pesadelos. Durma, e não se importe comigo.Estou acostumado.

– Então, boa noite!

Dormi como se me encontrasse em casa.

Acordei com o movimento dos comissários servindo o café da manhã. Sentei, esfreguei os olhos: – Bom dia, meu amigo medroso!

– Ao menos, estou pronto para fazer o desjejum. Olhe o que o espera até fazer o mesmo. Disse apontando a fila na porta do toalete.

– Por que você não me chamou antes?

– Porque você dormia como um anjinho.

Dei uma olhada na omelete que comia: – Estou morto de fome! Comeria um leão sem tirar a juba.

– Não adianta ficar de olho grande na minha comida. Passei a noite inteira bebendo água e suco. Trate de se levantar e tomar seu lugar na fila, antes de aterrissarmos.

Corri ao lugar, ensaiei uma dor de barriga aproximando-me do primeiro da fila:

– Amigo! Acho que o salmão de ontem não me fez bem. O senhor se incomodaria de deixar-me entrar em seguida?

– É tão grave assim a sua situação?

– Gravíssima! O senhor não faz idéia da luta contra a força da gravidade. Pelo jeito, não conseguirei resistir por mais tempo ao esforço.

A porta se abriu, e o sujeito parecia não acreditar no que eu dizia.

Estiquei meu braço barrando-lhe a passagem: – Desculpa, amigo, mas a criança está para nascer.

Sem dar-lhe tempo de reação, tomei-lhe a frente, tranquei a porta. – Ufa! Que sujeito impertinente. Terminei de escovar os dentes, lavei a cara, e ao passar ao lado do homem, ele sussurrou. – Espero que não tenha sujado a cueca!

Escovei rapidamente os dentes e ao deixar o toalete, o senhor sussurrou a minha passagem: – Espero que tenha tido tempo de não sujar as cuecas.

Dei-lhe o dedo médio direito e voltei à minha poltrona para forrarme com a refeição.

O intenso trânsito aéreo retardou nossa aterrissagem no Charles de Gaulle.Cyd voltou às preces. A expressão de cagaço em seu rosto, atiçoume a vontade de tirar-lhe um sarro: – Cara, fica frio. Peguei nos fones uma conversa da cabine de voo. Parece que estamos caindo!

Desesperado, ele agarrou-se ao meu pescoço em gritos histericos: – Gente! Estamos caindo.

No segundo seguinte, o caos instalou-se na nave. Passageiros gritando que não queriam morrer, comissários tentando controlar a caótica situação. Por minha vez, eu lutava para desprender-me do abraço sufocante de Cyd: – Pare com isso, maluco! Eu só estava fazendo uma brincadeira. Ele afrouxou o laço, lançou-me chispas de ódio, começou a socar-me o peito: – Seu cretino! Se alguém suspeitar que partiu de mim essa confusão, em vez de comitiva de boas vindas, teremos a policia armada nos recepcionando.

Desembarcamos sem qualquer contratempo.

À saída do aeroporto, jornalistas, do Le Monde, e do Le Figaro, aguardavam-nos com os respectivos fotógrafos. Cyd ajeitou os cabelos na explosão de fleches, e vi-me cercado de microfones e perguntas.

Na fluência da língua, dei-lhes respostas rápidas, sem qualquer detalhe importante. Ao lado, Cyd fazia sinais ao motorista de um Smart. Pegou-me pelo braço, arrastou-me do assédio, num francês perfeito:

– Allons-y. La voiture nous attend.

Chegamos ao hotel reservado, fomos levados à suíte localizada no sexto andar.

Mal entramos, Cyd jogou-se na imensa cama: – Preciso de uma hora para recompor-me do susto que você me deu.

– Não vai tomar ao menos um banho para relaxar?

– Deixarei para quando acordar.

Não levou cinco minutos e adormeceu num sono profundo.

Retirei da mala apenas o roupão, e fui tomar uma ducha. Olhei penalizado para o pobre Cyd, desmaiado, enquanto dirigia-me a janela para tomar conhecimento do local.

A localização era excelente! Através dos vidros, divisava os telhados de Paris, o Arco do Triunfo, a Avenida des Champs Elysees. Imaginava o panorama visto à noite, iluminado como se fosse época de Natal no meu país. Certamente eu me sentiria tão deslumbrado como a mariposa em torno das luzes.

Gravei na memória o magnífico cenário, na intenção de descrevê-lo numa obra futura. Meu coração palpitava a cada descoberta! Não sei por quanto tempo fiquei a observar a beleza que meus olhos alcançavam. Por fim, resolvi abrir a vidraça para aspirar o ar. Tive que fecha-la às pressas, pela baixa temperatura.

– Vai ficar aí por muito tempo Perguntou Cyd, do leito – espreguiçando-se e levantando.

– Cara, dormi mais do que esperava. O que faz aí tão entretido?

– Venha e verá por que.

Atravessou o espesso tapete, colocou as mãos na cintura ao ficar ao meu lado.: – Apesar de estar acostumado a esse cenário, cada vez que o vejo é como se fosse a primeira vez. A Cidade Luz me seduz como um lindo e másculo jovem. – Encarou-me: – Pelo brilho dos seus olhos, vejo que é mais um entre os tantos apaixonados.

– Amor à primeira vista!

– Vou deixá-lo curtir esse espaço enquanto tomo um banho de espumas. Aproximou seu nariz do meu pescoço: – Humuumm! Você tomou banho de Aqua di Giorgio, hein?

– Também. Por falar em perfume, quero ir a Hermès para comprar meia dúzia do que uso.

– E para Claudia?

– Estou pensando em levar-lhe um estoque de Cabotine.

– Iremos também à Galeries Lafayette. Quero levar alguma coisa bem graciosa para Dinda e dona Carolina.

– Quando iremos?

– Depois de você cumprir seus compromissos. Precisamos de tempo livre para visitar os dois prédios de luxo e prazer.

À noite, demos umas voltas nos quarteirões, jantamos e voltamos ao quarto para descansar da viagem. Eduardo ligou, dizendo que nos encontraria no café da manhã.

No dia seguinte, chegamos ao restaurante. Eduardo acenou do rol de entrada. Olhou o relógio: – Mais uns minutos e perderiam o desjejum.

Cyd, apressou-nos:

– Vamos de uma vez que estou louco para comer os croissants deste lugar.

O garçom serviu-nos uma xícara de café fumegante, enquanto Cyd visitava o bufê. Voltou, com o prato repleto de croissants, queijos e outras iguarias.

Olhou para as nossas xícaras: – Não acredito que com tantas gostosuras os dois ficarão apenas no café.

Servi-me de uma fatia de queijo holandês, do seu prato, ouvindo atento o relatório de Eduardo para os compromissos: – Hoje, o dia será tranquilo, mas amanhã... Iniciaremos pela sua apresentação aos diretores da editora. A seguir, será levado para conhecer as instalações da mesma. Às 14, temos um almoço com a chefia, onde será passado o cerimonial de premiação, entrega do troféu, e todo um bláblábla cansativo. Em compensação, fomos convidados para o irresistível show no Lido.

– E depois de amanhã?

– Precisamente as dez, você fará a apresentação do livro em auditório reservado á imprensa, críticos conceituados, professores, e alunos da Faculdade de Literatura. À tarde, um chá oferecido no Shopping Le Quatre Temps, em La Défense. Noite livre. No outro dia, finalmente a entrega do prêmio. Encerrando as comemorações, jantaremos num lugar, em que poderemos desfrutar da vista panorâmica de toda Paris.

– Ufa! Já me sinto cansado por antecedência.

– Coisas da fama! Lembre-se de que ainda temos que ir às compras! Disse Cyd mordendo um sanduíche.

Eduardo levantou-se:

– Fui!Apressem-se para não chegarem atrasados ao compromisso. Aqui, pontualidade é símbolo de responsabilidade.

Cyd curtiu o aviso de Edu:

– Será que você não daria um jeitinho se houver um pequeno atraso de nossa parte?

Recebeu dele um olhar de reprovação:

– Esqueça Cyd. Não venha com essa de bobo, se sabe que na Europa não há lugar para o jeitinho brasileiro. – Bem! Agora tenho que dar um pouco de atenção à minha mulher.

– Hiiii! Está pensando em levá-la a Champs Elysees?

– Você acha que sou louco! no frio que faz, tenho em mente um programa bem mais rápido.

– Ulalá! Já entendi. Nada melhor do que fazer amor sob as cobertas macias e quentinhas de um bom hotel.

Aproveitei para fazer o relatório de viagem, e do programa, á Dinda. Queria detalhes.

– Dinda! Você saberá tintim por tintim na volta ao Brasil. Preciso ligar para Claudia ou ela pegará o primeiro voo para cobrar-me pessoalmente as notícias.

– Pois faça logo que desligar. Boa sorte querido e que Deus o abençoe.

Cyd ouviu o que eu dizia Claudia. Apressou-me.:

– Vamos, cara! Deixa a sacanagem para quando estiver com ela. Estamos em cima da hora.

Enfiei-me no sobretudo, agasalhei o pescoço com o cachecol de lã, calcei as luvas:

– Podemos ir. Estou preparado para enfrentar o frio lá fora.

– Esqueceu o principal.

Diante do espelho observei o visual: – O quê?

Cyd aspergiu-me a colônia: – Agora sim! Está cheiroso como um parisiense.

Nosso dia foi sobrecarregado de compromissos. Chegou à noite e como ninguém é de ferro, fomos curtir numa casa de espetáculos, com belas mulheres e muito champanhe.

Uma chuva miúda e gelada caía na madrugada silenciosa, quando regressamos ao hotel. Um vento frio e cortante transpassava o sobretudo, atingia os ossos quando deixamos o táxi:

– Vite, vite, senão congelamos! – Disse Cyd puxando-me.

Bêbado como estava, agarrei-me ao seu braço para não cair na calçada molhada. Um funcionário jovem e bonito, correu ao nosso encontro com um gigantesco guarda chuva. Num francês engrolado, dispensei a ajuda numa crise de risos:

– Se eu fosse você não me arriscaria a uma cantada do meu amigo. Ele é fã de rapazinhos bonitos e educados.

Cyd ensaiou uma de macho: – Não lhe dê ouvidos. Está apenas divertindo-se às minhas custas. Boa noite.

O elevador subiu, e tentei beijar Cyd na boca:

– Componha-se, Jô. Não estou a fim de tirar proveito da sua bebedeira. Quando passar, cobrarei em dobro seus carinhos.

Não lembro como cheguei à suíte, muito menos de deitar sem roupas e sapatos.

No dia seguinte, a cabeça girava, os olhos pesavam como chumbo. À fraca luz do dia, sacudi meu amigo: – Acorda Cyd!

Ele esticou o braço, pegou o relógio na mesinha lateral:

– Caraca! Já passa das 8. Levante-se e corra ao banheiro para tirar a ressaca numa boa ducha.

– Antes, preciso tomar alguma coisa para aliviar a pressão na cabeça. Parece que tenho um capacete de chumbo com sininhos tocando insistentes.

– E o que é que você queria depois de encher a cara como um desesperado?

– Faz favor de não encher meu saco lembrando-me da bebedeira.

Cyd trouxe-me um comprimido e um copo d'água:

– Engula isso e se sentirá melhor.

– Que droga é essa?

– Não interessa! Levou-me pelo braço ao banheiro sem dar trela às minhas queixas. Abriu a porta do box, enfiou-me dentro. Entrou em seguida:

– Tomaremos banho juntos para poupar tempo.

Dirigi lhe um olhar desconfiado:

– O que foi? Perguntou. Sem esperar resposta, ele garantiu:

– Sossegue que não vou cobrar-lhe o serviço de babá. Abriu as torneiras, colocou-me debaixo da água. Encolhido a um canto, eu esperava ele ensaboar-se e passar-me o sabonete. Por duas vezes deixei-o cair das mãos. Puto da vida, me abaixei praguejando:

– Merda! Essa droga parece feito de vaselina.

Rapidamente, Cyd enxaguou-se, deu-me uma olhada:

– Deixe-me cair fora antes que falte ao trato que fiz ao enfiá-lo no chuveiro.

Passou a toalha na cintura avisando que eu fosse rápido.

Sozinho, sentei-me no chão, os jatos de água caindo-me ao corpo, como chibatadas. Minha vontade era mandar tudo as favas, e ficar ali sem tempo determinado.

– E aí, cara! Vai ficar de molho até quando? Desligou as torneiras, passou-me a toalha, arrastou-me ao quarto.

Minhas roupas estavam estendidas cuidadosamente na cama. Com movimentos rápidos, Cyd enxugou-me os cabelos e as costas. Jogou a toalha sobre meus ombros:

– O resto é com você. Não vai querer também que eu passe talquinho no bilau, não é mesmo?

O café reforçado renovou-me o ânimo.

Às 9h30, o táxi chegou. O porteiro chegou a nossa mesa, avisando-nos. No rol, recebi o cumprimento cortês de um funcionário: – Como passou a noite senhor Josh?

– Muito bem, obrigado.

Seguíamos por uma avenida arborizada, quando Cyd perguntou, distraído em apreciar os canteiros:

– Lembra do rapaz que o cumprimentou na saída?

– Deveria?

Ele sorriu irônico.

– Deixe de mistério e diga logo o motivo desse sarcasmo.Acaso dei alguma mancada?

– Não, querido. Apenas entregou-me ao boy como gay!

– Desculpa, Cyd. Eu estava de fogo. Você sabe que jamais o faria em sobriedade. Não lembro de nada do que aconteceu depois da saída daquele puteiro.

– Deixe para lá! Nem sei por que toquei no assunto.

Puxei-lhe o rosto, beijei-o:

– Prometo nunca mais comportar-me como um idiota.

O motorista olhava no retrovisor com um sorriso cordial. Na França, é comum a troca de beijos amigáveis entre homens.

– Estamos chegando, avisou o motorista. Os senhores descerão em frente ao prédio ou preferem que eu os deixe no estacionamento?

– Entre, por gentileza.

Paguei a corrida, e ao dar-me o troco dirigiu-me um olhar mais intenso:

– Desculpe-me. Estou errado ou o senhor é mesmo autor do livro...

– O próprio!

– Foi um prazer servi-lo! Esteja certo de que comprarei um exemplar logo que se achar nas livrarias.

Tomamos o corredor levando à sala da diretoria.

O Reencontro

Aproveitei a ausência de Josh, para pedir a aposentadoria. 25 anos de trabalho dedicados ao Ministério.

Mamãe precisava de mais atenção,e eu de algum trato no visual esquecido.

Próximo ao seu regresso fui ao cabeleireiro. Pedi um corte de cabelo combinando com meu rosto fino e, se possível, algo que disfarçasse as rugas.

Paulinho, um profissional na arte das madeixas das coroas, recebeu-me com entusiasmo:

– Vou deixá-la 20 anos mais nova com um tonalizante cor de cobre. Esses fios prateados não caem bem na sua tez.

– Confio minha cabeça em suas mãos! Quero surpreender meu sobrinho ao voltar, parecendo menos velha e feia do que quando partiu.

– Você nada tem de velha e feia! Precisa apenas de algum trato para valorizar seus traços apagados. Deixe comigo.

Ligou a tevê para distração da clientela e iniciou a trabalhar.

Eu acompanhava o programa, interessada na receita de um bolo. Encerrando a seção, a apresentadora anunciou os assuntos em pauta depois do intervalo:

– No próximo bloco, dicas de beleza com o estilista Fabio ... e em primeira mão, a entrevista com o talentoso escritor Josh...diretamente de Paris. Aguardem.

Paulinhopulou de contentamento, chamando a atenção das clientes: – Gente! O sobrinho de Júlia vai aparecer já, já, no vídeo.

– Uhuh.uuu. Gritou uma jovem. Em seguida pediu ao rapaz que cuidava dos cabelos dela:

– Para um pouco, Carlinho. Quero ver como fica o gostosão do Josh na tevê.

Minutos depois, lá estava ele de sobretudo preto, cachecol vermelho, cercado de pessoas e microfones. Lágrimas desceram-me à face, pela emoção de ver meu menino cumprir a promessa feita anos atrás.O livro baseado em fatos reais da minha vida, tornava-se Best Seller conforme previra.

Solidário, Paulinho entregou-me um lenço de papel: – Quem diria que Josh se tornaria internacionalmente conhecido!

Respondi convicta e orgulhosa:

– Eu, e todos aqueles que acreditaram nele.

– Estou tão feliz! Quando é que ele volta?

– Dentro de dois ou três dias.

– Acabo de ter uma ideia. Voltou-se para os colegas. O que vocês acham de prepararmos uma faixa em homenagem ao nosso ilustre vizinho?

– Acho supimpa! – Respondeu Carlinhos. A proprietária do salão foi além:

– Por que não, também, uma explosão de fogos de artifícios à sua chegada?

– E bandeirinhas enfeitando a rua! Sugeriu o ajudante de cabeleireiros.

– O que você acha, perguntou Gracinha, a proprietária, dirigindo-se a mim.

– Josh vai adorar essa demonstração de carinho vinda de todos.

Gracinha continuou:

– Pena, que eu não seja tão jovem e ele comprometido. Senão...

– ...senão o quê? Sempre o admirei pela educação e.... e por que não, pela beleza máscula. Ela suspirou.

Sorri:

– Na verdade, Josh sempre foi disputado entre as moças do bairro. Contudo, nunca teve interesse por nenhuma. Agora, só tem olhos para Claudia.

Quase não me reconheci quando Paulinho terminou o meu cabelo.

– Viu como ficou linda! – Disse com espontaneidade.

– Não exagere, embora eu reconheça que você conseguiu realizar milagre neste rosto desprovido de graça.

– Meu bem, um pouco de trato, e não há beleza que fique oculta na mulher.

Deixei o salão e fui olhar as vitrines. Tinha tempo de sobra para escolher algo para usar nas bodas de prata de Amanda. Só um porém! Achar uma roupa de acordo com minha idade. 80% das lojas exibiam apenas moda jovem. A esperança, era Magazin recém-inaugurado na Dias da Cruz.

Bati os olhos num longuete amarelo queimado pendurado a uma arara. Procurei um espelho para sentir o efeito no novo tom de cabelo, coloquei o vestido à minha frente antes de experimentá-lo. Adorei! Era exatamente o que eu pretendia comprar. Distraída, eu observava o comprimento indecisa quanto à bainha.

Alguém falou-me às costas:

– Parece que foi feito para você.

Num primeiro momento, pensei ser vitima de alucinação ao som da voz familiar. Voltei-me automaticamente. O vestido escorregou-me das mãos diante da surpresa:

– Sergio!

– Eu mesmo, em carne e osso, e cabelos grisalhos.

Continuava bonito, elegante e charmoso. Estendeu-me a mão como da primeira vez em que nos vimos. – Como tem passado desde o nosso último encontro?

Recobrei a estabilidade emocional:

– Indo como Deus quer!

– Júlia! Nunca pensei voltar a vê-la. Os anos não passaram para você.

– Até as pedras se encontram. Senti o constrangimento quando perguntou:

– Continua solteira...ou está casada ?

– Precisamente uma tia solteirona. E você?

– Casei, tenho dois filhos. A filha está casada e o rapaz faz pós-graduação nos Estados Unidos. Por mais de vinte anos, tentei ser feliz no casamento. Entretanto, não consegui. Por todos esses anos, não deixei de amá-la um só dia.

– E?

– Estou viúvo, há dois anos e creio que esse encontro é mais do que uma coincidência.

– Sinto muito pela sua mulher. De qualquer forma, você conseguiu realizar-se constituindo uma familia. Quanto a mim, continuo a cuidar de minha mãe e do sobrinho que me restou.

– Não tem planos para o futuro? Quer dizer, não pensa em casar e ter sua própria familia?

Um sorriso irônico aflorou em meus lábios: – Pelo que diz, seu senso de humor continua o mesmo.

– Acaso disse algo engraçado?

– Ora Sergio! A essa altura da vida, o que espero é ter saúde e paciência para cuidar de minha mãe.Continua a mesma, com seus preconceitos ridículos e ultrapassados e sua negatividade quanto ao mundo.

– Sinto muito.Tem gente que vive cem anos sem se libertar das amarras. Porém, não acho justo você continuar a vida como simples espectadora. Até quando pretende estar ligada ao cordão umbilical de uma mãe dominadora, intransigente e preconceituosa! Você precisa viver a vida.

– Poupe seu discurso. É óbvio que deixei passar as oportunidades que a vida me ofereceu. Por saber que elas não voltam, procuro tornar menos penosa minha existência dedicando-me aos que precisam de mim.

– Você está errada apesar do seu pensamento altruísta.

Sergio tomou minhas mãos entre as suas, olhou-me ternamente como nos tempos de namoro: – Júlia! Nunca é tarde para ser feliz. Se ainda sente o mesmo por mim, por que não recomeçarmos de onde paramos?

– Isso é impossível. As ilusões e sonhos estão enterrados há mais de 20 anos.

Num esforço incrível, eu tentava reter as lágrimas. Retirei minhas mãos das suas desfazendo qualquer réstia de esperança. – Esqueça-me Sergio. É tarde para qualquer recomeço.

Corri para a saída, Sergio seguiu-me tentando alcançar-me: – Espere Júlia! Ainda não terminamos.

Fiz sinal ao táxi que passava, entrei, sem olhar para trás. No trajeto, maldizia à hora em que resolvi entrar na loja.

Cheguei em casa, disposta a amargar em meu quarto o encontro.

Esbarrei em Teresa quando entrei. Ao ver-me, elogiou-me entusiasmada:

– Dona Júlia! A senhora remoçou muitos anos. Está linda com essa cor de cabelo!

– Obrigada. Mamãe já almoçou?

– Está esperando pela senhora.

– Pois então, avise-a que pode iniciar sem mim. Estou com dor de cabeça e não vou almoçar.

– Quer que eu lhe faça um chá?

– Não é preciso. Um analgésico resolverá .

– Cuidado para não desmanchar os cabelos.

"Que se danem cabelos, o mundo e seja lá o que for!", pensei revoltada com a minha sina. Abri a gaveta da cômoda, peguei a foto de Sergio escondida no fundo. Rasguei-a em pedacinhos, joguei-a na lixeira, como se o gesto levasse também as recordações.

A cólera me impulsionou a abrir o armário, jogar fora as cartas de amor recordando o romance. A ideia, era retirar do livro da minha vida, a página mais importante. Como Jó, amaldiçoei o dia do meu nascimento.

**

A entrega do premio estendeu-se além da hora programada.

Dispensamos a sobremesa com a desculpa de arrumar as malas para a viagem de retorno ao Brasil na manhã seguinte.

Em frente ao armário, eu imaginava como organizar roupas, e pacotes espalhados pelo chão da suíte.

– Deixe para fazer isso amanhã. – Pediu Cyd.

– Prefiro deixar tudo pronto hoje, a ter de levantar mais cedo. Ainda bem que comprei essa mochila para enfiar tanta bagulhada!

Quando terminei entrei no chuveiro para um banho antes de dormir. Esses dias em Paris, embora agradáveis e inesquecíveis, deixaram-me esgotado, louco para retornar à minha casa e à vida esquematizada.

Joguei-me na cama pensando acordar às 7. Cyd pareceu-me disposto a passar a noite acordado. Cabeça sobre os braços, olhava o teto hipnotizado:
– Está sem sono? – perguntei.

– Eu recordava a nossa adolescência, quando você e eu virávamos a noite estudando. Depois, quando o sono batia, tínhamos de dormir apertadinhos para não acordar Jack para juntarmos as camas.Esse momento tão ansiosamente aguardado, era o maior tributo recebido na semana. O calor do seu corpo nas noites de inverno, deixava-me a alma aquecida muito mais que o corpo. O que eu não daria para voltar aquele tempo!

Puxei-o para junto de mim;

– É impossível trazer a adolescência para a atualidade, mas podemos repetir agora o que tanto nos deu prazer.

A 20 centímetros do meu corpo, ele acariciou meus cabelos, aproximou-se mais um pouco e trocamos um beijo apaixonado. Abraçados, como dois amantes, dormimos por toda a noite. Fomos acordados pela primeira luz do dia.

Corremos juntos ao banheiro para um banho divertido. Cyd ensaboava-me o corpo e eu, encharcava-lhe os cabelos de xampu. Parecíamos duas inocentes donzelas brincando sob os jatos de água. De repente, tomou meu rosto entre as mãos. A voz estava emocionada ao falar:

– Jô! Obrigado pela felicidade que você me proporcionou nesses breves dias. Quando teremos novamente a sorte de expandir nosso amor com tanta intimidade?

Eu ia responder, mas ele tapou meus lábios: – Não. É melhor ficar calado para não desfazer esse precioso momento. Nossa sina parece estar ligada a outra dimensão.

Só a morte nos libertará dessa prisão. Até que chegue para um e outro, teremos de nos conformar em viver como dois condenados.

Deixamos o hotel, sob um fraco sol de inverno brilhando no céu azul. A temperatura estava abaixo de zero ao chegarmos ao aeroporto. Cyd foi diretamente ao chek in enquanto eu pagava a corrida de táxi.

Juntei-me a ele, na fila, procurei o passaporte para entregá-lo junto com o seu, adiantando o expediente.

Remexi os bolsos sem encontrar o maldito documento:

– Acho que você terá de viajar sozinho. Esqueci o passaporte no hotel.

– Veja se está dentro da pasta.

Nada!

– Vou pegar um táxi e tentar voltar a tempo.

A moça que fazia o chek in desfez-me a intenção:

– Desista, senhor! O voo está quase fechado. O que posso fazer é reservar seu lugar para o próximo que sai amanhã.

Cyd prontificou-se a ficar comigo. Descartei a ideia: – Nem pensar. Esquece do compromisso importante marcado para amanhã à tarde?

– Posso adiar.

– E perder um grande negócio? Agradeço, mas não me sentirei bem sendo o motivo da causa. Não se preocupe comigo. Assumo meu descuido e amanhã nos encontraremos à noite. Avise Dinda e Claudia do acontecido.

– Tem certeza de que ficará bem?

– Absoluta.

Levei-o ao portão de embarque, acenando-lhe até desaparecer de vista.

À tarde do dia seguinte, aterrissava no Galeão. Transpus a porta de vai e vem, procurei Claudia e Dinda entre o agrupamento de pessoas junto ao desembarque. Desapontado, dirigi-me à saída.

– Josh! Ouvi Dinda chamar-me.

Em meio a galera, vi Dinda acenar e a seguir fui cercado de gente que há muito não via. Depois dos abraços dirigi-me as duas mulheres da minha vida.

O beijo trocado com Claudia levou a torcida a delirar em palmas e assobios. Consegui enfim chegar ao táxi e deixar o aeroporto.

Que bom retornar ao lar! Sentir-se amado pelos amigos, em companhia daqueles a quem amamos. Esses poucos dias de ausência, despertaram-me para as riquezas da simplicidade de um lar; demonstrações de afeto, uma casa respirando amor, a comidinha caseira feita pelas mãos de uma mulher humilde.

Eu era o centro de todas as atenções, e como tal, coberto de indagações sobre a aventura gloriosa. Vovó e Dinda deixaram-me de garganta seca, pigarros e voz rouca na cobrança.

Às 22, eu não tinha mais condições de falar:

– Por hoje chega. Amanhã continuarei o relato, o. k.?

Vovó levantou da cadeira de balanço, perguntou preocupada:

– A que horas você vai levar sua noiva para casa?

– Claudia dormirá aqui. Depois de uma viagem de 11 horas, e falando sem parar, não tenho pique para levá-la em casa.

– Mas não temos lugar para ela dormir.

– Como não? Esqueceu da cama de Jack!

– E você de que ainda não são casados.

Para não criar caso, concordei:

– Tudo bem. Ela dorme no quarto e eu no sofá da sala.

– Sendo assim não há problemas. Boa noite para todos.

Dinda a seguiu.

– Ufa! Pode uma coisa dessas? – Vamos para o quarto que ela só se levantará amanhã. Disse convidando Claudia.

– È melhor aguardarmos um pouco. Vá você, que irei assim que ouvir seus roncos.

– Como sabe que vovó ronca?

– Quase todas as pessoas idosas o faz.

Terminei de juntar as camas, Claudia entrou em surdina:

– Enfim sós!

Sedentos de amor, despreocupados com a hora, curtimos o reencontro na cama até a exaustão.

Antes de adormecermos, combinamos que quem levantasse primeiro, arrumaria o sofá, para que vovó não desconfiasse de que dormíramos juntos.

Porem, o cansaço e o fuso horário, fizeram-me ir além da hora. Pulei da cama ao ver que Claudia dormia, e que passava das 10.

Enfiei-me no robe, abri a porta de mansinho, apurei os ouvidos. Escutei minha avó comentando na cozinha com Tereza:

– Tem certeza de que quando levantou não havia ninguém no sofá?

– Sim, senhora. Estava tudo arrumado como agora.

Tornei a fechar a porta. Acordei Claudia:

– Bom dia amor. Espero que eu esteja errado, mas pelos comentários que acabei de ouvir, estamos ferrados. Minha avó desconfia que dormimos juntos. Só espera que deixemos o quarto para nos chamar a atenção.

Ela começou a rir.

– Você ri porque não faz ideia do esporro que vai levar. Por mim, não estou nem aí para as broncas.

– E o que faremos?

– Ficar de castigo no quarto até ela tirar a sesta depois do almoço.

Claudia beijou-me:

– O jeito é esperar.

– Isto é! Se ela não bater antes na porta.

– Eu me escondo e se ela perguntar por mim, diga que fui cedo para casa.

Não deu outra! Antes de marcar 13 horas, ouvimos batidas:

– Quem é, perguntei.

– Quando é que vocês pretendem sair daí?

– Um momento.

Claudia enfiou-se no armário. Abri a porta deixando-a dar uma boa olhada:

– Onde é que está sua noiva?

– À essa hora deve estar no trabalho.

– Ela dormiu com você?

– Claro que não! Por quê?

– O sofá estava arrumado e pensei...

– Claudia é muito organizada. Antes de sair deixou tudo como estava.

Desculpou-se, convencida de que tirara conclusões precipitadas. – Vai levantar agora?

– Vou dormir até o final da tarde para compensar o fuso horário.

– Durma, meu filho. Mais um pouco e farei o mesmo.

Claudia foi embora, tomei um banho e fui comer qualquer coisa.

Teresa fez alguns sanduíches, e uma jarra de suco. Enquanto eu abastecia o estomago perguntei por Dinda.

– Saiu logo depois do almoço. Disse que ia ao comércio e que não demoraria.

Anoitecia quando Dinda chegou carregada de sacolas. Jogou-se no sofá, chamou-me para ver o que havia comprado para as bodas de prata de Amanda:

– Gostou?

– Muito! Você vai arrasar na festa.

– Depende do que você chama arrasar. Se a ideia é despertar a atenção masculina, hoje os homens só se interessam por garotinhas. Não há chances para mulheres acima dos cinquenta.

– Não seja tão radical. Muitos homens preferem as coroas por serem mais sábias.

– Apenas em filmes e novelas. O que você tanto olha nesse vestido? Ela perguntou.

– Me parece que falta qualquer coisa nele, apesar de bonito. Deixe-me ver. Já sei! A estola colorida que eu lhe trouxe cairá muito bem nele.

– Acho que ficará muito chamativo.

– Qual nada! Roupas alegres rejuvenescem as mulheres.

– Pensarei com carinho na sua sugestão.

Deitei a cabeça nas suas pernas como fazia na adolescência. Dinda afagou-me os cabelos, fechei os olhos, deixei aflorar as lembranças das nossas idas ao Municipal:

– Dou dez cafunés por cada um de seus pensamentos. – Ela brincou.

– Olha que cobrarei sem piedade dos seus dedos. Suspirei profundamente:

– A vida deveria parar por tempo indeterminado nos momentos de felicidade.

– Eu não concordo com a sua filosofia. Ao contrário dos maus momentos que devem ser congelados no passado, a felicidade deve ser contínua.

– Deleta o disparate. Ultimamente venho invertendo a ordem das coisas.

– Talvez por se encontrar sobrecarregado de planos. Por falar neles, tem idéia sobre o tema do próximo livro?

– Sim, mas vou deixá-las arquivadas para depois do casamento. No momento, só penso relaxar em Búzios antes de começar a procurar casa para o novo lar.

– E que seja grande para abrigar os sobrinhos-netos tão aguardados.

– Pela vontade de Claudia, teremos um filho por ano.

– Estou com ela. Essa casa precisa de risos de crianças para alegrá-la.

Dias depois, Cyd ligou. Queria companhia para a aventura da noite:

– Lembra do vidente o qual meu colega me falou?

– Não diga que está querendo também saber da sua sorte?

– Não é bem por aí. Só estou a fim de dar uma chegada ao local para saciar minha curiosidade. Convide Claudia para ir conosco.

– Vou tentar, mas acredito que não verá esse programa com bons olhos.

– Isso é a sua opinião. Mulheres adoram saber do futuro! Vou aguardar seu telefonema no escritório sobre a decisão de ambos.

Como Cyd predisse, Claudia adorou a ideia. Combinamos de nos encontrar em seu apartamento e seguir para a cobertura de Cyd.

À hora marcada, o encontramos na garagem do seu prédio onde trocaríamos de carro. Abriu a porta de um carro popular e nos convidou a entrar.

– O que houve com seu possante, perguntei surpreso.

– Peguei esse emprestado com um amigo para não despertar curiosidade no local.

Girou pela terceira vez a chave na ignição. O carro pegou, mas o ronco do motor me deixou preocupado:

– Tem certeza de que esse troço pegará novamente sem ser empurrado?

– Fica frio! O bichinho só faz barulho, mas não morde.

Cyd entrou em ruas estreitas, becos mal iluminados e para minha inquietação, estacionou em frente a uma servidão com uma escadaria sem fim.

– Está certo que é aqui mesmo? – Perguntei, contando mentalmente os degraus.

– Pelo esquema que o cara fez, não há duvida. Só não imaginei que teríamos de encarar essa subida.

Claudia pareceu desanimada:

– Gente! Não sei se tenho pique de enfrentar esses degraus. De mais a mais, não seria difícil encontrar uma gangue de maus elementos em meio ao caminho. É mais sensato eu ficar no carro para garantir a fuga, caso surja um imprevisto.

– Não seja boba! Claudinho garantiu que aqui só mora gente boa. Deixa de ser frouxa!

– Acho que ela tem razão. – Eu disse.

– Vocês dois são uns bananas! Fiquem então se borrando que irei sozinho.

Disposto a dar uma de macho, Cyd começou a subida:

– Espere! Não podemos quebrar nosso lema por um simples cagaço.

– Josh tem razão. Vou levar esse guarda chuva como arma de defesa.

Quase sem fôlego, chegamos à frente do numero indicado após os cinquenta degraus. Nervoso, Cyd procurou a campainha:

– Onde é que fica a porra dessa droga?

– Aqui! Disse Claudia comprimindo-a.

A luz da varanda acendeu em seguida e um cara de quase dois metros de altura chegou à porta. Perguntou amigavelmente: – O que desejam?

Cyd explicou a que vinha, e quem o enviara. O homem retirou o cadeado, convidou-nos a entrar e a sentar no sofá.

– Fiquem à vontade enquanto preparo a sala de consulta.

De onde estávamos, víamos arrumar na sala ao lado, uma mesa com toalha branca, velas e alguns objetos não identificados. Desapareceu por instantes, voltou vestido com uma túnica branca e um turbante à moda dos indianos. Chegou à sala, perguntou quem seria o primeiro a consultar-se.

Num olhar interrogativo, os três Mosqueteiros tornaram-se indecisos. Claudia quebrou por fim o silêncio:

– Eu!

Vinte minutos depois ela estava de volta com um sorriso esquisito. A curiosidade era grande em saber o que o babalorixá lhe dissera. No entanto, a chance foi cortada ao chamado do homem:

– O próximo, por favor.

Cyd perguntou: – Meu amigo poderia entrar junto?

– Como queiram.

Eu quis recusar, mas Cyd arrastava-me pelo braço porta adentro.

A saleta não passava de quatro metros quadrados envolta na penumbra. Num toque de mistério, duas velas iluminavam o pequeno espaço. Na parede às costas do adivinho, uma prateleira com a imagem de São Jorge cercado por dois outros santos.

O pai de santo acendeu um fogareiro portátil, e um cheiro de ervas tomou o ambiente enfumaçado. Em seguida, o homem revirou os olhos, invocou nomes desconhecidos, passou a remexer os búzios na mesa com incrível rapidez. Parou de estalo, o olhar e mãos postas sobre eles. A voz, enrolada como a de um velho de idade avançada, deixou-nos confuso ao iniciar as previsões:

– Ocês são muito chegados, num é mesmo meus, fios?

Assentimos num gesto de cabeça. Ele continuou:

– Tô vendo aqui que isso num vem de agora.

– Não senhor. Eu e Josh nos conhecemos desde a adolescência. – Confirmou Cyd.

Ele sorriu:

– Hê, hê hê! E vão continuar juntos pela eternidade afora.

Soprou a fumaça do cachimbo, apontou para mim.:

– Ocê voltou de novo como homem nessa encarnação. Mas seu amigo... coitadinho... veio meio a meio. Mas a alma continua a mesma da vida anterior.

Não entendi onde ele queria chegar:

– O que é que o senhor quer dizer com isso?

Ele deu uma risada:

– Na outra encarnação, vocês viviam como amantes. Entendeu?

Cyd disfarçou um sorriso ao perguntar:

– E por que voltei no corpo de homem se minha alma continua feminina?

O cara tornou a mexer as peças:

– Mistérios do karma! Ergueu o indicador, apontou para Cyd. – Ocê, meu fio, num tinha nada que dá veneno ao seu marido pra ficar cum esse aí! Por isso, veio desse jeito. Quando a dívida dos dois for saldada, vão ficar juntos de novo para sempre.

– Será que dá para ver aí quanto tempo falta? Perguntei.

– Isso é impossível para nós aqui na terra, mas em breve, você mesmo poderá saber.

A garganta secou, pigarreei, enchi-me de coragem para fazer a pergunta:

– Terei ao menos cinco anos de vida pela frente?

Ele encarou-me com tristeza: – Muito menos?

– Vamos, não tenha receio de dizer a verdade. Assim terei tempo de resgatar os erros desta existência.

– Se quer mesmo saber, antes de se passar um ano!

Ironizei:

– Há possibilidade do pessoal lá de cima esticar esse prazo?

– Isso eu num sei dizer.

– Pois deveria se pode prever meu tempo de vida. Levantei contrariado, chamei Cyd:

– Vamos embora. Estou cheio de ouvir tanta abobrinha.

Claudia ensaiou perguntar sobre a consulta, mas pedi que não falasse nada até passar minha raiva. Entramos na Avenida Atlântida e ela desabafou:

– Respeito seu direito de estar zangado, mas não posso continuar calada depois do que ouvi daquele sujeito.

– O que foi que ele disse?

– Teve o descaramento de dizer que eu fui homem em outra vida.

Cyd caiu na gargalhada.:

– Essa é boa! O que é que você acha dessa, Josh?

– Acho que aquele cara é um tremendo enrolador. Se duvidar, não sabe o que se passa a um palmo de seu nariz.

– Tem mais! – Disse Claudia: – Falou que minha mulher e o amante haviam-me envenenado para poderem ficar juntos.

O relato de Claudia batia com a história sobre Cyd e eu segundo o adivinhão. Fiquei curioso:

– O que mais ele disse?

– Que depois de ameaçar minha esposa de deixá-la na miséria, os dois tramaram de envenenar-me com vinho. Ah! Quase esqueço da melhor parte. Antes de morrer, jurei vingar-me de ambos ainda que estivesse no inferno.

– Cruz credo! Eu é que não queria estar no lugar desses dois. – Exclamou Cyd.

Impressionado, pus-me a refletir sobre as coincidências: "E se de fato o tal homem tivesse acesso a um mundo desconhecido?", pelas historias de Dinda, algumas pessoas eram dotadas desse dom. O melhor a fazer era esquecer o que havia ouvido essa noite.

Claudia notou minha preocupação:

– Por que meu gato está tão distante! Um beijo pelos seus pensamentos.

– Nada sério. – Eu pensava nas bobagens que o cara disse. Dirigi-me a Cyd:

– O que você diz de tudo isso?

– Você pode me achar um otário, mas depois de ouvir Claudia sou levado a crer que existe algo de verdadeiro nessa historia.

– Mesmo sem ter provas?

Cyd saiu com uma pergunta que nada tinha a ver com o que falávamos:

– Josh! Você acredita em Deus?

– Não meta Teologia no meio dessa sandice.

– Espere e verá que minha pergunta não fica de fora. Acaso temos alguma prova da ressurreição de Cristo e que Ele tenha subido ao Céu?

– A Bíblia nos diz que...

– E quem garante ser verdade, o testemunho de um grupo de pessoas desesperadas por um Salvador entre tantos conflitos da época?

Cyd deixou-me sem argumentos:

– Há fatos que aceitamos como verdadeiros sem necessidade de provas. Você foi criado numa fé que aceita a palavra de Deus como verdade. Nesse mundo há de tudo! Disse o próprio Jesus.

– Pode ser! Mas dar crédito a um cara que diz ver o futuro e o passado através dos búzios, é o mesmo que admitir a existência de fadas, duendes e bruxas.

– Com licença, pediu Claudia. Até agora não entendi todo esse bláblábla. Quem pode me dizer o motivo de tanta argumentação?

– Escute, meu bem, depois diga-me se não tenho razão de estar confuso.

Tive de contar-lhe os detalhes da nossa consulta. De sobrancelhas arqueadas, ela deu seu parecer:

– Realmente, há qualquer coisa relevante em tudo isso, menos, a afirmação do seu tempo de vida. Espero que você não tenha dado ouvidos a essa furada.

Cyd parou o carro depois do aterro:

– Até Claudia concorda existir congruência em tudo isso. Pense bem, e compreenderá o óbvio do nosso relacionamento insólito e sem explicação. Encontre um argumento que descarte a possibilidade de encarnação e eu prometo aceitá-lo como verdadeiro.

– Quem sabe somos vitimas de um desvio comportamental.

– Onde, quando e por quê?

– Sei lá! Mas segundo a previsão do fulano, em breve poderei decifrar essa incógnita.

– Para com isso, amor!

Cyd ligou o motor, e seguimos sem tocar mais no assunto.

Adeus às Ilusões

A missa terminou, fui cumprimentar o casal: – Deus abençoe essa união por mais vinte e cinco anos.

José Luiz respondeu:

– Êpa Júlia! Brincadeira tem hora. Aturar essa megera por mais esse tempo é dose.

– Imagine eu, com um velho babão na minha cama cheirando a cerveja.

– Pelo jeito, esse casamento irá muito além dos meus votos.

– Só depende dele. – Disse Amanda.

– Se fala de sexo, não haverá problema. Os Viagras da vida estão aí para compensar a brochura.

– Está vendo, Júlia. Os homens pensam que o amor se resume a isso. Amanda virou a página da conversa: – Você está linda! Faz-me lembrar a Jenifer Jones em Duelo ao Sol. Só lhe falta um Gregory Peck como par.

– Isso é o mais difícil! Nessa idade, não arranjo nem um simples figurante da vida.

José Luiz olhou-me da cabeça aos pés:

– Amanda tem razão. Você está uma coroa enxutona. As meninas que se cuidem.

Fiz uma gozadora reverencia, agradecida pelos elogios, e retirei-me para a mesa próxima aos músicos.

Enquanto eu bebia o Martine apreciava os casais na pista de dança. Com saudade, relembrei os antigos bailes. O cavalheiro abraçado à dama, rostos colados, passos acertados. Terminei a bebida, justamente quando os músicos fizeram uma pausa.

Prevaleci-me para pegar docinhos no bufê. Enchi o prato, voltei à mesa desviando-me dos convidados. Procurei por Josh e Claudia para ajudar-me dar baixa nas gulodices, mas ambos, com certeza deveriam estar no jardim entre os amigos.

Os rapazes voltaram ao palco, e a pedido de um casal de meia idade, passaram a tocar músicas dos anos de 1960. Encostei os doces, fechei os olhos, relembrei o filme cujo fundo musical era agora tocado.

Em seguida, Moon River. Imaginei-me a própria Audrey Hepburn em Bonequinha de Luxo. Os acordes de *Love is a many Splendored Things*, tema, do filme *Aeroporto*, levou-me a delírios de prazer.

– A senhorita me concede essa dança?

Sobressaltada, abri os olhos ao pedido. Encontrei Sergio de braço estendido esperando a resposta.

Recusei, com a desculpa de estar cansada. – Por favor, só essa. Ele suplicou.

– Por favor, não insista. Além do mais, sou péssima dançarina.

– Juro que nem vou notar.

Sergio conduziu-me à pista, abraçou-me, encostou seu rosto no meu. Afastei-o, tentei dar uma de moderna: – Hoje em dia não se dança mais desse jeito.

Sem se importar, tornou a estreitar-me em seus braços:

– Quanto a mim, prefiro continuar no passado e ter você junto a mim. Não abrirei mão desse sonho que guardo por anos. Por ventura não deseja o mesmo?

Sonhar, sonhar e sonhar! Era o que eu fazia desde que cheguei ao lugar. Era hora de despertar para a vida, para a felicidade. Afinal sou humana e com direito a ser feliz. Dane-se o orgulho, o amor próprio, as mágoas! No momento sou Cinderela nos braços do príncipe encantado enquanto dure a dança.

O calor do corpo, e a respiração ofegante,de Sergio acordaram em mim, partes até então adormecidas. Uma sensação maravilhosa de prazer tomou-me da cabeça aos pés. Comecei a suar frio, as pernas bambeando a cada passo. Sergio olhou-me dentro dos olhos, e pensei, invadida pelo louco desejo de ser possuída: "Tome-me nos braços e faça-me sua."

Interrompi a dança e o pensamento:

– O que foi? Ele perguntou sem entender meu gesto.

– Desculpe-me. Está muito abafado e não me sinto bem com o calor.

Acompanhou-me à mesa, ofereceu-me um refrigerante. Recusei.

– Quer tomar um pouco de ar lá fora?

"Não será ar fresco e nem bebida gelada que aplacarão essa fornalha dentro de mim".

Decidida a terminar com a agonia, cortei bruscamente qualquer chance de um novo recomeço:

– O que quero realmente, é que você vá embora e esqueça que eu existo.

– Você sabe bem que o que pede é impossível. Contudo, como sou um cavalheiro vou satisfazer-lhe a vontade. Saiba, porém, que enquanto eu viver não desistirei de você.

Fiquei olhando-o afastar-se, maldizendo-me pela covardia.

Amanda chegou. – Por que está sozinha? Vi quando você e Sergio dançavam e fiquei torcendo para que vocês reatassem.

De repente, veio-me a verdade:

– Você o convidou com esse propósito, não é mesmo?

– Não foi bem assim. Ele me ligou querendo saber de você, e aproveitei para convidá-lo. Fiz mal?

– Como dona da festa você tinha o direito de convidar quem quisesse. Eu só gostaria que tivesse me avisado para ter tempo de me preparar para a surpresa.

Amanda puxou a cadeira, sentou-se ao meu lado: – Achei que você não viesse se soubesse. Juro que tive a melhor das intenções.

– Acredito. Talvez houvesse chance de acontecer se eu tivesse dez anos a menos.

– Idade não conta quando amamos verdadeiramente. Eu gostaria de saber por que você teima em colocar obstáculos para ser feliz? Sergio continua a amá-la, e sei que seus sentimentos também não mudaram. Acorda Júlia! Você já é bem grandinha para tomar decisões.

– Parece que você esquece que tenho de cuidar de minha mãe.

– E daí? Isso não a impede de realizar o sonho de casar com o homem que sempre amou.

– Você fala como se fosse fácil fazer. Seria o mesmo que abreviar a vida de mamãe.

– Não vou mais insistir no meu ponto de vista. Faça como bem entender. Falando em casamento, o de Josh e Claudia sai ainda este ano?

– Está marcado para Novembro.

– Nossa! Já vai fazer 17 anos que Jack nos deixou! Amiga, o tempo passa e nem percebemos.

Claudia chegou com Josh para nossa alegria.:

– Aleluia! – Disse Amanda abraçando-os. Soube agora por Júlia que os pombinhos estão de casamento marcado. Meus parabéns! Quando lembro que vi você nascer é que caio na real de estar envelhecendo. Onde pretendem passar a lua de mel?

– Na Europa. Queremos curtir o inverno entre cobertores e lareira. Disse Josh com um sorriso moleque.

– Por mim, iria para a Tailândia. Mas meu gato acabou me convencendo, que calor por calor, ficaríamos no Rio.

– Acho que ele tem razão. Nada melhor do que um friozinho para esquentar o amor!

**

Abri o computador, dei sequência ao capítulo do novo romance. Apesar do intento de escrever, só após o casamento, não contive a ânsia de expressar no papel o mar de ideias latejando na cabeça. Precisamente uma ficção, diferente de tudo que havia escrito. Porém, o amor continuava presente num mundo distante da nossa Galáxia.

A motivação do novo tema, veio da consulta ao babalaô. A possibilidade de um fundo de verdade nas absurdas previsões, incentivou-me a trazer o Macro Cosmos para o Micro,e vice versa.

Reabasteci o copo de uísque, acendi instintivamente um cigarro. A ansiedade do casamento para breve, levou-me ao antigo vicio. Consequentemente, às sucessivas dores no peito.

Os dedos no teclado pareciam movidos à eletricidade. Em minutos, preenchi as páginas finais do primeiro capitulo.

Iniciava o próximo, quando tive de interromper o primeiro parágrafo pela dor nas costas e peito. Coloquei os comprimidos sob a língua e foi preciso usar mais dois para resolver a parada. Tentei prosseguir no trabalho, mas as imagens concebidas desapareciam a cada toque de tecla. Irado,e frustrado, liguei para o meu médico marcando uma consulta. A seguir, peguei a chave do carro sem destino certo a tomar. Na porta da rua, esbarrei em Dinda que voltava das compras. Deu-me um sorriso, perguntou se eu estava saindo. Respondi que sim com a cabeça. Ela fitou-me profundamente, desconfiada de que algo não ia bem: – Aonde você vai?

– Aliviar a tensão por aí.

Afagou-me o rosto, o olhar cheio de doçura:

– Não quer se abrir comigo? Quem sabe eu possa ajudá-lo com essas preocupações.

Como eu gostaria de deitar a cabeça em seu colo, chorar, chorar, chorar, até secar completamente o manancial de lágrimas. Mas eu não podia e nem queria despejar-lhe nos ouvidos, a torrente de angústia afligindo- me. Maldita hora em que aceitara o convite de Cyd! Minha doença era o que menos pesava sobre os demais agravantes. Bastava-me alguns comprimidos para mandar a dor às favas. Mas o que fazer com a neurose estabelecida no subconsciente depois da minha sentença de morte? A contagem regressiva dos dias deixava-me estressado. Eu estava convencido de que esse tormento minava dia a dia a estabilidade emocional e que breve, antes mesmo de expirar meu prazo de validade estaria internado num hospício. Mil vezes maldito o senhor da minha agonia. Respondi ao convite de Dinda: – Eu estou bem! Só preciso de uma pausa para colocar os pensamentos em ordem.

– Josh! Venha comigo. A entonação era grave, quase uma ordem. Apenas uma vez a ouvi dirigir-se a mim nesse tom. Foi quando quebrei o nariz de um colega de ginásio ao ser chamado de veado.

Não tive como resistir à intimação. Acompanhei-a ao banco do jardi: – Dinda, já disse que estou bem. Por que você insiste em pensar que preciso de ajuda?

– Porque o conheço mais que a mim mesma. Vamos! Comece a soltar os diabos que lhe infernizam. Fale a verdade que estou aqui para ouvi-la.

Sorri desajeitado:

– Alguma vez você me pegou em mentira?

– Não me refiro a isso, mas o que vem escondendo de todos. Dinda foi incisiva: – Desde quando você tem problemas de coração?

Dei uma boa risada: – Quem lhe falou sobre tal absurdo?

– Ninguém! Soube pela embalagem do remédio, na lixeira, pouco antes de você viajar.

– Eu não sabia que você tinha aptidões para Sherlock Holmes.

– Não desvie o rumo do assunto! Quero saber o diagnóstico médico.

– Tia! Você está vendo coisas onde não existem.

– Não minta! Por duas vezes o vi pegar o remédio no bolso e colocá-lo sob a língua. Não tente me enganar dizendo que eram balinhas de hortelã. O tom da voz suavizou: – Por favor, Josh, não esconda de mim o que tem. Ela começou a chorar.

Abracei-a, suavizei a verdade: – Não é nada grave. O doutor Marcondes descobriu que tenho uma má formação congênita, mas nada que cause preocupações. Tranquilize-se. Seu sobrinho tem muitos anos pela frente.

– Jure pela sua mãe e por seu irmão, que fala serio?

– Você sabe que é pecado jurar, hein?

– Preciso que você o faça para ficar tranquila.

Fazer o quê? A honestidade seria um desastre. Porque acrescentar dissabores, apreensões e tristeza, a quem os tinha de sobra! Mamãe e Josh que me perdoassem e entendessem o perjúrio. Coloquei a mão no peito, enfatizando a promessa: – Eu juro!

Dinda suspirou em alivio:

– Tudo bem! Está liberado para fazer o que eu interrompi.

Na Avenida Niemeyer, arrisquei o olhar na imensidão do mar azul.

Cheguei ao Barra Shopping, entrei na primeira livraria, direto a seção de auto ajuda. Procurei entre os inúmeros autores, o melhor, segundo a opinião dos leitores. Virei algumas páginas do exemplar, parei num trecho interessante em que o autor abordava o subconsciente. Procurei uma cadeira e relaxado, assimilava as explicações dadas sobre essa área do cérebro. Ao final, levantei os olhos para chegar a uma conclusão depois das reflexões. Utopia! Dei de cara com um grupo simpático vindo em minha direção, acompanhado da vendedora. Pensei:

"Pronto, acabou meu sossego".

Levantei da poltrona, como quem não quer nada e de fininho cheguei ao corredor para devolver o livro. Às minhas costas, ouvi uma voz tímida pedir: – Por favor, você poderia autografar meu exemplar?

Voltei-me, esperançoso de despachar a fã e correr porta afora. A expectativa esvaeceu. Atrás da moça, uma fila com mais de vinte pessoas esperavam pelo mesmo.

Meia hora depois, abracei a vendedora quando ela avisou aos que chegavam não haver mais livros à venda. Em troca, ela me presenteou com o livro que havia me interessado.

Liguei para Claudia, deixei o shopping, dirigi-me ao seu escritório ao saber que ela atendia ao último cliente.

Entreguei-lhe as flores depois de um longo beijo.

– A que devo o prazer de sua visita?

– Estou precisando de um colinho.

– Só isso?

Sorri, entendendo onde ela queria chegar: – Faça do meu sofá o divã da psicóloga. Solte todas as minhocas que você tem na cabeça?

– Antes fosse tão simples. Do jeito que me sinto, está mais para Anaconda.

– O.k. Enfrentaremos esse monstro com uma bebida bem forte. Pegou entre os livros na estante a garrafa de uísque, serviu-nos uma boa dose com gelo.

Virei a bebida de uma só vez. Tornei a encher o copo. Ela avisou:

– Podemos começar antes de você ficar bêbado?

Deitei a cabeça em seu colo: – Claudia! Estou caminhando para o precipício e, o mais grave, não consigo desviar-me da rota por mais que deseje.

– Isso é mal!

– Mal?! Eu diria péssimo.

– Sinto não ter sido solicitada, antes de você chegar a esse limite. Qual a desculpa. Orgulho ou falta de confiança em sua futura esposa?

– Nenhum dos dois. Só queria poupá-la das minhas neuroses. Tentei vencê-las sozinho, usando da lógica e de muita reflexão. Mas de nada adiantou. Só consegui complicar o que já era difícil de entender. Claudia! Tenho medo de enlouquecer e tentar contra à minha vida.

– Calma, querido. Conte-me o que o deixa desesperado e, juntos, encontraremos uma saída.

– Tudo começou quando...

Amor, – disse ao termino da confissão- Você está fazendo tempestade num copo d' água. Tenho certeza de que tudo não passa de má interpretação do seu subconsciente. Conheço alguém que é cobra no assunto. Se você desejar, consigo uma consulta com o tal bambambam da massa cinzenta, num simples telefonema. Ele me deve alguns favores, e sei que ficaria gratificado se pudesse pagá-los. Pense bem e me avise caso queira.

– Nem preciso. Do jeito que me encontro, topo tudo para sair desse buraco negro.

– Tenho outra sugestão mais fácil. Olhei-a desconfiado:

– Qual?

Ela alisou minhas coxas:

– Enquanto começa o tratamento, podemos fazer uma seção de relaxamento e autoestima. Não existe melhor remédio para qualquer encucação do que uma boa trepada?

Ato contínuo tirou toda minha roupa, subiu no meu corpo:

– Vou dar-lhe uma massagem que o deixará mais lerdo do que tartaruga. Quando eu sentir que está incapacitado para qualquer defesa, tirarei proveito do domínio.

No consultório do doutor Marcondes eu ouvia seu oráculo: – Está tudo bem com você. As dores que vem sentindo são provenientes do uso do tabaco e da vida sedentária que leva. Aconselho-o a reduzir o fumo, praticar exercícios físicos e caminhadas.

– Tentarei, embora saiba que na minha profissão isso é quase impossível.

– Continue com o remédio quando sentir dor, mas se teimar em continuar com os excessos, seu problema se agravará.

– O que pode acontecer?

– Entre outros males que não vou enumerar, poderá chegar a um enfarto.

– Obrigado pelos avisos. Como disse, farei o impossível para dar um trato na minha saúde.

De volta a casa, pensava em distribuir horários para os compromissos, o meu trabalho e cuidados da saúde: "Se o dia tivesse quarenta e oito horas, menos mal."

A quatro meses do casamento, a casa que havíamos escolhido passava por uma boa reforma. Minha presença na obra, era indispensável para que ela ficasse pronta no prazo estipulado. Diariamente, era necessário dispor de quatro horas para a vistoria. Por sorte, Cyd se encarregou da decoração e também, o encargo da escolha dos móveis e complementos.

Felizmente, tudo saiu como previramos.

Levei Dinda para ver a transformação que passara, a velha e maltratada casa colonial. Boquiaberta, admirava-se de cada aposento: – Só acredito ser a mesma casa, pela piscina que vocês conservaram junto ao caramanchão.

– Foi ideia do Cyd. Eu e Claudia pensávamos em derrubá-lo, para ter um espaço maior para a futura criançada. Vou mostra-lhe agora a parte superior.

Chegamos ao rol, e ao passarmos pelo largo corredor ela interessou-se em saber o que tinha acontecido aos oito quartos. – Foram reduzidos a quatro.

Corri uma porta de vidro: – Este é o quarto das meninas com banheiro privativo.

– É quase tão grande como a nossa sala! Curiosa, abriu a porta do banheiro em tom de rosa bebê:

– Que lindo Josh! Se eu fosse criança, estaria sempre nele. A banheira está mais para piscina infantil do que para um banho. Sinto inveja de quem irá ocupá-la futuramente.

– Não precisa. Você estará aqui para ajudá-las nos banhos.Mostrei-lhe o escritório, o quarto de hospede, o dos meninos. A cada apresentação, Dinda elogiava entusiasmada: – Imagino o quarto dos noivos!

– Maravilhoso. Cyd abriu toda a área dos fundos para que tivéssemos uma varanda comunicando-se com o escritório, a saleta e a suíte.

Deslumbrada, comentou ao chegar ao quarto: Nossa, parece um sonho! Nunca vi nada igual em minha vida. Essas tábuas corridas são divinas. Onde foi que você as conseguiu?

– De um antigo casarão demolido. Cyd tem olhos de lince para coisas bonitas e raras.

– Aquele menino vale ouro! Não é sem motivo que se tornou conhecido em todo o Rio de Janeiro.

Encerramos o tour e Dinda apressou-se olhando a hora:

– Eu não sabia que era tão tarde. Infelizmente não posso ficar mais tempo. Amanda e Zé Luis ficaram de almoçar conosco e, Teresa está contando comigo para fazer o tabule.

– Que pena! Claudia deve estar chegando para ver o que ainda falta. Não vai ser possível levar você em casa.

– Não se preocupe. Vou de táxi.

– Guarde um pouco do tabule para eu comer à noite.

– Por que não convida Claudia para almoçar conosco.

– Combinamos de ir ao apartamento de Cyd para os detalhes finais. A essa hora, com certeza ele já encomendou a comida no bufê.

– Aproveite bem o dia. As oportunidades surgem como a brisa nos campos, e devemos estar atentos a todas.

Depois que Dinda se foi, suas últimas palavras ecoaram em meus ouvidos como um prenúncio. Quase um ano se passara desde a visita ao vidente!

A angústia da proximidade do prazo, voltou a afligir-me. Entre o desejo e o temor de que o tempo chegasse mais rápido, para descartar de vez a cruel espera, as palpitações chegaram como um exército, à ordem do cérebro. A bateria de glândulas sebáceas, inundou os poros de um suor frio e pegajoso. A seguir, o pelotão de dores no contra-ataque. Enviei ao inimigo, quatro comprimidos sublinguais como arma mortífera e em suspense, esperei a reação. Pouco a pouco, a batalha foi vencida.

De onde estava, vi Claudia entrar com o carro e deixá-lo na garage. Por pouco, ela presenciaria a cena e eu teria de falar-lhe da doença.

Depois de umas braçadas na piscina, sentei-me à borda, servi-me de nova dose de uísque, acendi um cigarro. Claudia havia se retirado para uma soneca. Vali-me da ausência para contar a Cyd a crise que tivera:

– A troco de nada? – ele perguntou.

Soprei a fumaça, distraído com as bolhas.

– Não escutou o que eu perguntei? – ele insistiu.

– As neuroses voltaram a me perturbar.

Ele deixou a água e ao meu lado enxugava-se sem mostrar preocupação:

– E o psicólogo que Claudia ficou de lhe arrumar?

– Vou começar as seções na semana que vem. Para ser sincero, não levo fé num bláblábla com tempo estipulado.

– Você fala como uma comadre fofoqueira dando crédito a mexericos baratos. O que penso na realidade, é que está com medo que a fera o julgue ridículo ou que não bata bem da bola.

Com Cyd, eu podia me abrir francamente: – Verdade! Não estou a fim de ser tomado como um neurótico, um palerma ou um miolo mole. Mas tranquilize-se. Superarei meu orgulho para ter chance de ficar curado.

– Assim é que se fala! Fico feliz por entender que a saída para os seus males está aí dentro. Disse, batendo com os nós dos dedos na minha testa.

**

Diferente do que eu imaginava, meu psicólogo era um homem simpático, de aspecto confiante, incrivelmente carismático. Apesar de me sentir calmo, eu não pude evitar a secura na garganta ao sentar-me à sua frente.

– Relaxe, ele disse numa voz firme e serena. Você está com um amigo. Embora eu não seja nenhum padrão de beleza, também não sou o bicho papão das historias que você ouviu quando criança.

Suas palavras agiram como bala de menta na garganta.

Tirou a lapiseira do bolso, pegou o bloco de anotações, o mini gravador na mesinha ao lado:

– E então? Está pronto para soltar os demônios ?

– Todos! – Respondi confiante.

– Os adormecidos ficarão por minha conta. Tenho recursos para acordar até os mortos. – Olhou-me por cima dos óculos:

– Vou começar a gravar nossa conversa.

– À vontade, desde que ela não saia daqui.

Ele ficou sério. Tornou a colocar o gravador e o bloco no lugar ocupado antes. Apoiou o cotovelo esquerdo, no braço da poltrona, apoiou o queixo contemplando-me por minutos. Desconcertado, ajeitei-me no assento consciente da minha gafe, incomodado com o olhar. Por fim ele falou: – Josh! Sua resposta deixou-me constrangido. Para ser mais claro, senti-me como o pior dos cafajestes.

– Sinto muito. Não tenho palavras para desculpar minha grossura.

– Tudo bem! Vou levar em consideração o seu estado, mas fique certo que a minha profissão tem tudo a ver com o sigilo do padre nas confissões.

Os convites de casamento ficaram prontos. A distribuição contribuiu para aumentar as demais tarefas. A falta de tempo impediu-me de continuar o livro. O computador só era aberto para ler e-mails enviados da França, e do meu editor. A caixa de entrada cheia de mensagens de leitores e eu, triste, por não poder respondê-las.

Sobrecarregado de afazeres, tive de cancelar as consultas com o meu psicólogo. Logo quando começava a recuperar o equilíbrio. Fazer o quê?

Dinda chegou ao meu quarto, animada. Uma famosa ópera estrearia no Municipal na próxima semana. Pediu que eu comprasse os ingressos com antecedência para garantir nossos lugares: – Não esqueça do de Cyd. Com certeza ficará magoado se não for conosco.

Há muito eu não me dava a esse luxo! Garanti de imediato que teríamos os bilhetes até o fim da semana.

No dia da estréia, Dinda amanheceu de piriri. Na véspera, havia comido uns salgadinhos comprados na padaria e, que pelo visto, estavam passados. Triste, por ela não poder ir, prometi-lhe contar tintim por tintim os pormenores no dia seguinte.

No trajeto ao teatro, era como se eu entrasse no túnel do tempo.

Ao volante, Claudia gesticulava em comentários banais, chegando aos meus ouvidos num sussurro longínquo. Meus pensamentos eram dirigidos a Jack, que dentro de uma semana completaria dezessete anos de falecido. Metade da minha idade.

A coincidência levou-me a um mundo de conjecturas:

“Se ele fosse vivo, estaria casado com Helô, com filhos e realizado na profissão.”

A saudade oprimia-me o peito: “Por que você tinha de nos deixar tão cedo?”

Num impulso de revolta, pedi a Claudia que entrasse a direita. Ela contestou:

– Por quê? O caminho é este, e dentro de alguns minutos chegaremos ao teatro.

– Desisti de assistir a ópera. Vou ligar para Cyd avisando-o e, convidá-lo para uma noitada em Ipanema.

– Posso saber o motivo da virada radical?

– De repente, me deu vontade de ouvir o murmúrio do mar na calçada de um bar.

– Espero que você não tenha uma dessas venetas a caminho da igreja. Não quero passar a vergonha de ser deixada pelo noivo no dia do casamento.

Claudia obedeceu. Chegamos ao bar costumeiro, pedimos um drinque, descontraídos, tecíamos planos para o futuro.

Pouco depois, Cyd encostava a Mercedes esportiva alguns metros de onde estávamos. Dirigiu-se à nossa mesa, cheio de charme. – Oi pra vocês, birutas!

– Alto lá! – disse Claudia. Pergunte ao seu amigo o que lhe deu na cabeça.

Acariciou minha mão sem se importar com os olhares: – O que houve para você desistir do que tínhamos combinado?

– Sei lá! Comecei a lembrar do que não devia e deu vontade de encher a cara. Desculpe por ter cortado o seu barato.

– Não tem importância. A companhia de ambos é mais agradável do que qualquer outro prazer: – O que é isso que estão bebendo? Perguntou cheirando a bebida.

– Um explosivo de vinho, vodka, e pimenta. – Respondi.

– Estou fora! Vou pedir um Campari com limão e tônica. Cruzou as pernas, voltou-se numa tomada geral do ambiente: – Hoje, esse lugar está parecendo um asilo de velho! Só tem coroas caindo aos pedaços. Que tal darmos uma chegada à Urca e molhar os pés no mar. Tenho no porta luvas uma garrafa de escocês para animar o passeio.

– Boa pedida.

A praia deserta, ofertava aos casais momentos de amor na sombra da noite.Sentamo-nos na areia descalçando os pés e correndo ao mar:

– Quem chegar por último é mulher de padre. – Disse Claudia ofegante.

Cyd gracejou: – Acho que vou me atrasar. Nunca tive a sorte de transar com um ungido.

Passamos horas jogando conversa fora sem nos importarmos com os gemidos do casal vizinho. Terminamos o programa num banho de mar, em trajes de Adão e Eva.

A semana transcorreu tranquila, sem qualquer contratempo. Tarefas cumpridas pude então dedicar-me ao livro.

Eu tomava o café da manhã, imaginando como me sairia no ensaio da igreja logo à noite. Tia Júlia chegou convidando: – Quer ir comigo levar umas flores ao túmulo de Jack?

Rejeitei a lúgubre ideia: – Sinto muito, mas você está a par do que penso sobre isso. Por que colocar flores onde só existe um monte de ossos à espera de se tornar pó!? Francamente, Dinda, admira-me você, uma pessoa esclarecida agindo como uma pagã. Não vou estranhar o dia em que levar comida e bebida para o túmulo como no tempo dos faraós.

– Sei que você tem razão, mas ainda assim desejo prestar minha homenagem a quem tanto amei.

– Aproveite para dizer-lhe que continuo chorando sua falta, e que, um dia estaremos novamente reunidos.

Ela balançou a cabeça e sorriu: – Darei o seu recado.Algo mais?

– Pergunte a ele se onde vive é melhor do que aqui?

– Continue seu café que tenho mais o que fazer.

Eu terminava de morder a fatia de bolo quando o telefone tocou. – Tereza! Chamei de boca cheia. Atenda para mim.

Ela chegou com o sem fio:

– É o doutor Cyd.

– Oi! – Disse engolindo o pedaço.

– Desculpe se interrompo a refeição.

– Pode falar.

– Tem certeza de que não vai se engasgar com o que tem na boca?

– Deixa de enrolar e diz logo o que quer.

– Consegui reservar o bar em Ipanema para a despedida de solteiro.

– Você é porreta! E que dia e hora você marcou para o bacanal?

– Dois dias antes do casamento, precisamente às 23. Vê se não se atrasa. Consegui com uma amiga, uma dúzia de lindas garotas e três belos exemplares masculinos para satisfazer as fantasias de solteiros e casados. Cyd passou a lista dos convidados para aprovação.

– Aprovo com dez! – Leve quantos amigos quiser. Quero que a noite seja inesquecível.

– Não tenha dúvidas. Daqui a meio século será lembrada por todos que comparecerem.

Dinda entrou no quarto quando eu terminava de me aprontar para a despedida de solteiro: – Posso falar consigo um minutinho?

– O tempo que quiser. Não tenho hora para sair e nem para chegar em casa.

Ela sentou-se na beirada da cama, fitou-me como se acabasse de me conhecer: – O que foi? – Perguntei sem jeito. Não gostou da minha roupa?

– Ao contrário:

Você está lindo nessa camisa vinho.

– Obrigado. Tive a impressão de que não estava agradando-a.

Ela sorriu enigmática:

– Deu para perceber minha melancolia?

– Até um cego perceberia. Fiz-lhe cócegas na cintura tentando desfazer o semblante. Solta logo o que a deixou assim, antes de ficar sem fôlego de tanto rir.

– Bobagens. Apesar de estar feliz com o seu casamento, não consigo evitar a tristeza ao lembrar como essa casa ficará triste sem você. – Ela deu um longo suspiro. – Prosseguiu:

– Vai ser duro acostumar-me a não vê-lo durante o café, no computador, ouvir suas brincadeiras. – Fez uma pausa, enxugou as lágrimas:

– Devo estar parecendo uma tola com esse papo. – Fungou: – Compreenda...Isso é coisa de uma tia velha e solteirona apegada demais ao sobrinho.

Abracei-a comovido.Nesse momento, tive a certeza de que custara a decidir-me pelo casamento pelos mesmos motivos. Beijei-lhe as faces, tentei desfazer a emoção nos dominando: – Tudo continuará igual. Virei vê-la todos os dias, contarei as últimas novidades, e lhe farei cócegas até sufocá-la.

– Depois, quando os sobrinhos-netos chegarem, eu ficarei à sombra deles.

– Sossegue, Dinda. O casamento jamais me afastará de você.

Dinda recompôs-se, pediu que eu a perdoasse pela demonstração de tristeza:

– Continue a se arrumar, querido! Afinal, hoje é seu glorioso dia.

Precisamente às 23, pedi um táxi. Queria assegura-me de na volta, chegar inteiro.

– Aproveite bastante essa noite! Só não se exceda na bebida.

– Cadê meu abraço gostoso para lembrar dessa recomendação.

Logo que pisei no salão enfumaçado, cheirando a erva e bebida alcoólica, fui saudado num coro: – Salve o senhor da festa!

Cyd aproximou-se vestido numa túnica grega, curta, junto com quatro homens usando o mesmo tipo de veste: – Ensaiou seriedade ao convidar: – Ave César! Acompanhe-me ao trono para receber o cetro de Afrodite. Em seguida fui levado ao colo a uma poltrona forrada de vermelho. A estonteante moça, apelidada de Afrodite, passou-me o bastão numa reverencia. Cyd colocou-me na cabeça a coroa de louros;

– Qual o seu primeiro desejo?

– Uma dose dupla de uísque com gelo.

– Huhu! É para já, digníssimo, senhor.

A penumbra do ambiente, em estilo greco-romamo, deixava as moças descontraídas nas vestes de deusas e sacerdotisas. Os rapazes compunham o cenário, usando túnicas transparentes sobre mini sungas.

A um estalar de palmas, dançarinas surgiram seminuas no palco improvisado. Aos acordes da melodia, iniciaram a dançar sensualmente provocando delírio na platéia.

Tudo fora premeditado por Cyd. Em vez de mesas e cadeiras, tapetes e almofadas macias acomodando os convidados. A cada lado em que eu me voltava, encontrava casais e transsexuais desfrutando dos atributos físicos dos parceiros.

Jarras de vinho eram servidas por amigos fantasiados de escravos. Duas moças seminuas conservavam-se aos meus pés,enquanto uma terceira, sentada ao meu colo cobria-me de beijos molhados. De vez em quando, abria a túnica que Cyd me obrigara a usar, bolinava o passarinho até vê-lo teso.

Minha bexiga explodia de líquido. Corri ao banheiro, dei de cara com uma simulada serviçal: – O que faz aqui? – Perguntei encabulado

– Não precisa ficar vermelho – respondeu fazendo biquinho e apontando para o meio das minhas pernas:

– Estou aqui para ajudar você com o pipiu.

– Obrigado, mas ainda sei onde achar meu pau. Por favor, saia, que ele fica tímido na frente de estranhas.

– Tudo bem! Se precisar, estou aqui perto.

Lavei a cara para espantar a bebedeira

A orgia rolou até as 5 da madruga.

Duas garotas estavam deitadas ao meu lado, as pernas atravessadas sobre meu corpo. Consegui afastá-las, coloquei-me de pé. Senti as pernas bambas e a cabeça a girar. Meu anjo da guarda segurou-me, prestativo à porta de saída. Agradeci a Cyd numa voz pastosa, pedi que ele me arrumasse um táxi.

– Não precisa. Eu mesmo o levarei para casa.

Levantei o dedo indicador à moda dos bêbados:

– Não, senhor! Você está tão chumbado como eu. Garanti a Dinda que voltaria são e salvo.

– Não vou insistir. Promessa é divida.

Fez sinal a um táxi, ajudou-me a entrar. Dirigiu-se ao motorista: – Amigo, leve esse rapaz nesse endereço. Entregou a anotação e o dinheiro para a corrida.

Com dificuldade, achei o buraco da fechadura, e entrei trocando as pernas. No meu quarto, joguei-me na cama com as roupas e sapatos. Pouco depois, acordei com a garganta seca e o peito doendo. Enfiei os comprimidos na boca e fui à cozinha beber água. Encontrei Dinda tomando café: – Quer um pouco, ela perguntou.

– Não, obrigado. Vim apenas beber água. Até mais!

Um Futuro Risonho

Quando Josh chegou à cozinha, notei que ele não estava bem. As mãos tremiam, molhou toda a camisa ao levar o copo à boca.

– Raios! – ele blasfemou. Fechou as mãos em concha para beber o líquido.

Deixou a pia cambaleando, tropeçou na minha cadeira:

– Quer que eu o ajude até o quarto?

Ele deu de ombros. Levantei o mais rápido possível e chegando ao quarto, retirei-lhe a camisa molhada e os sapatos. Deitou-se, virou-se para a janela puxei o lençol para cobrir-lhe as costas. – Deus o abençoe, querido.Disse depois de um beijo. Fechei a porta e voltei para terminar o café.

Era folga de Teresa e eu não tinha preocupações com o almoço. Mamãe andava de fastio e, certamente, Josh almoçaria com Claudia como fazia todos os domingos. O que sobrara de véspera, era o bastante para nós duas.

Tive de interromper o descanso, pelos 15 gatos famintos rondando meus pés. Acompanhada do batalhão, coloquei a ração nos pratos e fui observar o resultado do spray de jardim nas lagartas.

Junto aos vasos, uma grande quantidade das intrusas fulminadas pelo inseticida. Calcei as luvas de jardinagem, recolhi as malditas, e por toda manhã entretida nessa terapia não dei conta do tempo. As costas doíam ao levantar-me, mas eu estava satisfeita com as plantas livres do mato daninho. Reguei o jardim e o gramado, e entrei para refrescar-me num banho.

A porta do quarto de Josh fechada, indicava que dormia. Mamãe assistia ao programa favorito na tevê. Terminei o banho e fui perguntar se mamãe queria almoçar.

Ela respondeu com outra pergunta:

– Josh ainda está dormindo, ou saiu?

– Ainda dorme. Chegou tarde e acho que não se levantará antes das 16!

– A farra deve ter sido das boas! Espero você terminar de secar os cabelos para comer qualquer coisa.

Depois de colocar a cozinha em ordem, fui terminar o romance louca para saber o final. Terminei cochilando.

Acordei surpresa ao ver que anoitecera:

– Nossa! Já passa das 18. Mamãe deve estar reclamando pela demora do lanche. Ao passar pela porta de Josh, dei de ombros. – Com certeza, foi ver Claudia enquanto eu dormia.

Logo que me viu, minha mãe censurou-me:

– Pensei que você tinha esquecido de mim. Arre! Nunca vi ninguém gostar tanto de cama como você e seu sobrinho!

– Josh ainda dorme?

– Acho que sim. Se passou por mim estava invisível!

Temerosa de acordá-lo, esperei um pouco mais para chamá-lo.

Nesse ínterim, Claudia ligou:

– Oi, tia! Afinal alguém atendeu a esse telefone. Já liguei umas três vezes e já começava a me preocupar.

– Acordei a pouco, e mamãe não deve ter ouvido o telefone.

– E o meu noivo? Sabe me dar notícias dele? Estou com os dedos doendo de ligar para o celular dele.

– Ele deve ter desligado.

– O estranho é que não. Chama até cair a ligação. Você poderia acordá-lo?

– Espere um pouco que vou tentar. Deixei o fone e encostei o ouvido na porta. Tudo estava em silêncio. Não tive coragem de abrir a porta e despertá-lo.

– Claudia! Ligo daqui a meia hora.

– Tá legal. Vou ficar aguardando o retorno.

Expirado o prazo, colei o ouvido na porta. Bati de leve, chamando:

– Josh! – Nada de resposta. Abri a porta de mansinho, chamei-o novamente:

– Claudia está querendo lhe falar.

Pé ante pé cheguei à janela, abri a cortina. A luz do refletor do jardim penetrou nas trevas. Josh continuava de olhos fechados, na mesma posição em que o havia deixado pela manhã. Aproximei-me, toquei-lhe o ombro, delicadamente: – Filho! È hora de levantar. Continuou inerte:

– Vamos querido, disse sacudindo-o. – Um dos braços despencou junto as minhas pernas. Abaixei-me para colocá-lo na cama. Estava gelado. Um arrepio percorreu-me da nuca aos pés. Um grito deixou as entranhas do meu corpo:

– Josh!!!

Minha mãe apressou-se:

– O que está acontecendo aqui?

– Josh!

– O que tem ele? – Disse aproximando-se.

Ela o sacudiu tentando despertá-lo:

– Acorda, meu filho! Não brinque conosco dessa maneira.

Fiquei em dúvida se de fato ela falava serio ou se tentava esconder sua suspeita. Deixou o quarto, correu ao telefone pedindo com urgência um médico.

Toda esperança que restava foi destruída à sua chegada. Josh estava morto a mais de dez horas. No atestado de óbito, a causa mortis. Enfarto fulminante durante o sono.

O desespero tomou conta de todos nós. Claudia agarrada ao corpo, chorava, chamando pelo noivo.

À beira da cama, Cyd fixava o amigo, o semblante pesaroso, as lágrimas descendo como cascata. Mamãe, a única a aceitar a tragédia, como algo absurdamente inerente à própria vida.

Algo aconteceu. A rede do meu cérebro fora atingida por um curto circuito. Passei a fazer cócegas em Josh, enquanto dizia um monte de asneiras em gostosas gargalhadas.

O médico aplicou-me uma injeção. Apaguei.

Acordei no meio de uma multidão:

– O que faço aqui nesse salão cheirando a flores e velas? – O vestido preto que usava, deixou-me aborrecida:

"Não foi isso que escolhi para usar no casamento de Josh! Por que então estou vestida assim?"

Observei a uniformidade das cores sóbrias usadas pelos presentes. Foi então que dei com o esquife sobre a mesa: – Quem terá morrido? – perguntei à Claudia ao meu lado, sem noção de quem era:

– Moça! Quem é o rapaz que está aí? Acaso é seu irmão ou marido?

Ela abraçou-me caindo em pranto. Tentei consolá-la: – Sinto muito, querida. Sei que é muito triste perder quem amamos. – Acariciei o rosto de Josh:

– Coitado! Era tão jovem e bonito... Imagino o sofrimento da pobre mãe!

Alguém me levou pelo braço, sentou-me junto de minha mãe. Continuei alienada:

– Onde está a mãe do falecido? Eu gostaria imensamente de dar-lhe as condolências.

– Filha! Venha que vou levá-la para tomar um pouco de ar fresco.

– Deixe, dona Carolina. Eu me encarrego disso. Ofereceu-se o rapaz ao seu lado.

Como uma criança obediente, deixei-me conduzir pela mão do jovem. Sentados a um banco sob ciprestes, elogiei o lugar:

– Que lugar bonito! É aqui que o moço no caixão vai dormir para sempre?

– É sim, Dinda! Escolhi o melhor para o sono do meu querido Josh.

– Que nome bonito. Se eu tivesse um filho gostaria de dar-lhe esse nome. E como você se chama, querido?

– Cyd.

– Pelo que vejo em seus olhos, você amava muito seu amigo, hein?

– Mais do que a mim!

– Pobrezinho, disse abraçando-o. Com certeza também ele correspondia ao seu amor.:

– Olhe – disse ao ver as pessoas deixando o salão. Vamos apressarnos para dar o último adeus ao seu amigo.

Cyd entregou-me uma rosa vermelha para ser colocada no caixão quando descia ao jazigo. Beijei-a, depositei-a com amor:

– Deus o acompanhe, meu jovem. Pena eu não té-lo conhecido antes!

Minhas faculdades mentais, comprometidas, não mostravam melhoras. Há quase um ano, Cyd patrocinava as consultas no melhor neurologista. Também havia contratado os serviços de uma enfermeira para os cuidados necessários quanto a minha saúde. Apesar do tratamento, ninguém parecia ter esperanças de que eu retornasse do mundo em que penetrara. Apenas Cyd continuava confiante.

Ao fim de um ano, comecei a ter fleches contínuos de cenas passadas, ajudando-me a retomar à consciência de minha mãe e de alguns fatos. Entretanto, os dois mosqueteiros restantes permaneciam desconhecidos, assim como a realidade que pesava sobre Josh.

A abnegação de Cyd, em meu favor, foi coroada; certa manhã em que estávamos ao caramanchão. Olhávamos as lagartas comerem as folhas dos Amarílis, quando ele levantou-se furioso: – Essas pragas não se dão por vencidas! Espere-me enquanto vou pegar o inseticida para dar cabo dessa raça.

Repeti mentalmente suas palavras numa associação de ideias:

"Lagartas, inseticida, café, gatos famintos... Automaticamente, diirigi o olhar para uma das janelas. Alguém dormia naquele quarto...Estava cansado...Acho que era um rapaz bonito e... e muito querido!"

Tudo começou a deixar as densas brumas do cérebro. Pouco a pouco, as imagens se formavam e eu me ouvi nomeando as figuras.

Cyd chegou com o produto. Olhou-me, estranhou minha concentração:

– E aí Dinda! Tudo bem?

Levantei a mão em sinal de silêncio: – Psiuiuu! Não interrompa o fio que me conduz à realidade. Sentou-se, passou o braço nas minhas costas, protegendo-me. Mentalmente, penetrei num quarto escuro e as cenas dolorosas emergiram como uma tsunami do abismo de trevas:

– Cyd!!! – Gritei abraçando-o e molhando a manga de sua camisa de lagrimas. No momento seguinte éramos dois a chorar.

Perdi a noção do tempo, na amargura do coração despedaçado, das lágrimas de dor, da saudade destroçando a alma.

Finalmente, quando pude falar, perguntei:

– Quanto tempo faz?

– Pouco mais de um ano!

**

Cyd aguardava minha recuperação, para abrir a carta em seu nome, deixada por Josh. O que passo a narrar, foi fielmente copiado das palavras desse amigo:

"Eu examinava o envelope atentamente, sem pressa de abrir. Aspirei o perfume, levei-o aos lábios, beijei a caligrafia do meu amigo impressa no meu nome. Suspirei melancólico: Amado Josh! O mundo ficou sem cores e brilho depois de sua partida.

Enxuguei as lágrimas com as costas da mão, retirei o conteúdo do envelope, desdobrando com cuidado o papel. A mensagem escrita do próprio punho, reabriu a ferida da saudade."

"Querido amigo! Sei que nesse momento você continua a chorar minha falta. Se lhe serve de consolo, saiba que o amor que sempre lhe tive continuará pela eternidade. Saiba também que, nenhuma dimensão de tempo e espaço servirá de obstáculo impedindo-me de estar junto a ti. O que digo, não é apenas uma simples confissão, mas uma jura eterna que perdurará através dos tempos. Não quero continuar falando de coisas que para você não são novidades. Por isso, vou entrar sem mais preâmbulos na finalidade desta carta. Conto com você e Claudia, para que meus últimos desejos sejam respeitados. De outro modo, não poderei descansar em paz.

Lembra da doação de esperma que fiz ao banco? Pois é! Foi a forma que encontrei de ludibriar a morte. Ela levou meus entes queridos sem dar-lhes tempo de regatar os erros. Mais esperto, não lhe dei chance de levar tudo de mim. Garanti uma parte de vida nesse mundo, ao doar minha semente para o futuro. .Entende agora o que na época achou absurdo?

Claudia é a esperança de tornar realidade esse desejo. Quanto a sua parte nessa missão, é zelar pelo fruto que vier A essas alturas, você deve estar se perguntando onde eu quero chegar. É simples, amigo. Quero que perante todos, você assuma meu filho como se fosse seu. Desculpe o mau jeito, querido, mas no momento, não vejo pessoa melhor para tal responsabilidade. Como? Saberá num segundo. Case-se com Claudia e tudo estará resolvido. Tem dúvidas quanto ao consentimento dela para aceita-lo como marido? Pois lhe digo: Certamente dirá sim, pois sabe também não existir ninguém melhor do que você para representar-me. Sossegue. Claro que não precisará assumir seu papel de marido na cama. Longe de mim pedir-lhe o impossível. Pense bem e verá que a herança que lhe deixo vale qualquer sacrifício; um pedaço de mim, para cuidar diariamente com o mesmo carinho que sempre me devotou. Confiante de que você não me decepcionará, espero recompensá-lo desse bem quando chegar a hora de estarmos juntos novamente.

Até qualquer dia, amor da minha vida.

Josh"

Ao terminar a leitura, senti-me como um animal enjaulado. Pus-me a andar de um lado a outro da piscina, censurando Josh pela insensibilidade do absurdo pedido. Por que escolhera logo a mim, alguém libertino e cheio de falhas, para uma missão paterna! Apesar de todo meu amor, eu o critiquei pela carga depositada em meus ombros: "Você não tinha o direito de me imprensar contra o muro! O que é que vou fazer da minha vida com mulher e filho para criar? Josh, Josh! Maldita hora em que você entrou na minha vida! Um dia e espero que chegue breve, acertaremos essa conta. Até lá, pensarei numa maneira de fazê-lo sentir a minha situação".

No dia seguinte liguei para Claudia. Ela atendeu simpática:

– Olá Cyd! A quanto tempo!

– Como vai, querida?

– Retornando à vida.

– Sorte sua. Aproveite para tirar partido, antes de saber o que ela reservou para você.

Escutei seu riso forçado: – Por que você fala por enigmas? Sabe bem que nunca fui chegada a esse tipo de coisa.

– O.k. Passe logo mais em minha casa e ficará por dentro das últimas novidades vindas diretas do alèm.

– Fala serio! Não diga que voltou à casa daquele vigarista metido a vidente!

– Claro que não! Até em memória de Jô. Dessa vez as noticias chegaram por cartas.

– Cyd! Você é um tremendo filho da puta! Coloca minhocas na minha cabeça para deixar-me encucada por todo o dia. Diga logo o que se passa?

– Calma, amor. Dentro em pouco você saberá do que falo.

Claudia chegou bem antes da hora prevista. Entrou sem cumprimentar-me, foi ao bar, serviu-se de uma bebida, acendeu um cigarro, enterrou-se na poltrona da sala. Olhou-me fixamente e depois de soltar a fumaça do cigarro, ordenou:

– Está esperando o que para soltar a língua e mostrar-me as cartas?

– Melhor terminar o drinque para conservar-se calma com o que vai ouvir.

– Por favor, não prolongue por mais tempo essa espera. Passei o dia com dor de cabeça, depois que você me telefonou.

– Antes, preciso entrar em detalhes que você desconhece. – Ela suspirou em enfado:

– Agora vem você querendo florear o assunto com o que talvez não me interesse.

Fiquei a observá-la com um sorriso cínico. Ela apagou o cigarro com fúria:

– Vamos! Sobre quem você faz questão de expor minúcias?

– Do nosso Josh.

Ela deu uma gargalhada: – Josh não tinha segredos para mim!

– Tem certeza?

– Absoluta.

– E o que você tem a dizer sobre a doação de esperma de Josh, ao banco? Ela abriu os olhos desmesuradamente. Continuei. – E sobre a doença que o levou a morte?

Claudia ficou arrasada ante as perguntas. Respirou fundo, perguntou magoada: – Por que ele escondeu de mim algo tão importante?

– Por amá-la verdadeiramente, e poupá-la de preocupações.

– Se assim fosse, pouparia você também.

– Querida! Embora gay nasci homem. Além do mais, nosso amor e amizade já existiam antes de você aparecer em sua vida.

Ela sussurrou: – Sinto-me frustrada como mulher e amante!

Abracei-a comovido. – Você está errada. Posso assegurar-lhe que Josh a amava mais do que a mim.

Servi Claudia de outra dose de uísque, retirei do bolso a carta dirigida a ela.

– O que é isso? Ela perguntou.

– Josh deixou duas cartas comigo para serem abertas depois de sua morte. Nelas, explica seus últimos desejos. Leia com atenção, e depois compararemos uma a outra.

Antes de abrir o envelope, ela o beijou e o levou por segundos ao coração. Rasgou o papel, começou a leitura.

As lágrimas brotavam-lhe sucessivas, e por fim, dobrou a folha. Eu perguntei curioso:

– O que achou das propostas?

– Tem tudo a ver com a argúcia de Josh. Apesar de suspeitar de ele poder ir além do horizonte, jamais cogitei que pudesse atravessá-lo. Faço ideia do que fervilhava à cabeça dele ao sentar-se diante do computador. Pena que a vida de Josh tenha sido tão breve!

– Porém, conseguiu alcançar o que velhos e talentosos escritores tentam por anos seguidos.

Ela estendeu-me a carta: – Leia.

A missiva semelhante à minha, diferenciava-se apenas na ênfase sobre o amor. Entreguei-lhe a minha para que ela comparasse. Claudia sorriu serena:

– Sempre sonhei ser mãe de um filho seu. Obrigada querido, Josh, por deixar-me um legado tão precioso. Não tenha duvidas que o aceitarei com imensa alegria e prazer.

Timidamente, decidi perguntar:

– E o que diz sobre a possibilidade de virmos a ser marido e mulher?

– Achei genial a proposta de Josh. Concedeu a mim o que sempre desejei, e a você a sorte de cuidar e continuar ao lado de um novo Josh. Ela segurou minhas mão:

– Quando poderemos dar inicio a esses planos?

Claudia e Cyd vieram visitar-me num domingo. Traziam novidades que me deixaram vibrando de alegria. Claudia estava grávida e de casamento marcado.

Levantei as mãos ao céu:

– Deus! Obrigada pela felicidade que me reservastes após tantos sofrimentos. Sentada entre eles, abracei-os:

– Quando será mesmo o casamento?

– Dentro de dois meses.

– E onde pretendem morar?

– Por enquanto, na cobertura de Cyd.

– Por que por enquanto?

– Cyd tem uma irresistível proposta de emprego nos arredores de Paris e estamos pensando em mudar para lá.

Cyd notou minha decepção:

– Não fique triste, Dinda. Só iremos quando o bebê completar 6 meses de vida. Tempo bastante para você curtir seu sobrinho- neto.

– E depois? Como irei aguentar a saudade de vocês, principalmente desse bebê abençoado?

– Viremos ao Brasil duas vezes por ano para amenizar a saudade. – Disse Claudia.

Era um consolo!

– Vocês já escolheram o nome que lhe darão?

– Pensávamos em dar-lhe o nome do pai ou o de Cyd. Mas decidimos finalmente batiza-lo por Jack.

– Vocês são maravilhosos! Sei que de onde Josh estiver, ficará feliz com essa escolha.

Jack nasceu, e a alegria voltou a reinar no casarão.

Passado o primeiro mês, Claudia o trazia diariamente à nossa casa ou então, quando não podia, eu ia à cobertura.

Os meses voavam!

"Por que os momentos de prazer passam como a brisa nos campos?"

Eu me perguntava, lembrando da conversa que tivera certa vez com Josh.

Os novos Mosqueteiros partiriam para Paris.

Com pesar, os levei ao aeroporto. Enquanto esperava a chamada do voo, mimava o pequeno Jack com beijos e abraços, querendo guardar seu cheiro e o calor do corpo pelos meses a seguir. O sorriso do bebê lembrava o do pai nessa idade. No braço roliço, o mesmo sinal do tio e do avô materno.

Foi difícil a separação na hora da despedida. Se me fosse possível, largaria tudo para acompanhá-los nessa jornada. Minha mãe precisava mais de mim do que o pequenino. A promessa dos pais, confortava-me para os meses da longa ausência .

Ansiosa, eu contava os dias para estreitar Jack em meus braços. Finalmente minha espera foi coroada com a chegada de Claudia

Jack estava lindo, grande e forte. Dava os primeiros passinhos e já chamava: "mamãe". Duas semanas de total felicidade e depois a partida. Fazer o quê?

Ao cabo de seis meses, liguei para confirmar a nova vinda. A resposta de Claudia foi como um balde de gelo na minha esperança: – Sinto muito, tia. Mas não dará para ir conforme havia prometido. Comecei a trabalhar e não posso me afastar agora por tanto tempo.Um ano passa rapidinho e voltaremos a nos ver.

Um ano passou e nova desculpa. Mais um e outras, tipo:

"Cyd está abarrotado de compromissos".

"Comecei um curso muito importante na minha área sem data de termino".

"Jack entrou no colégio e você sabe como é, não é mesmo?"

A foto de Jack em cima da arca, tirada alguns anos atrás, quando aqui esteve pela última vez, servia-me de consolo para a saudade. Talvez um dia, eu tornaria a vê-lo.

Com quase cem anos, mamãe pegou uma forte gripe que se tornou pneumonia. A lembrança de Odete, encheu-me de preocupações quando mamãe foi hospitalizada. Duas semanas depois, recebeu alta.

O trabalho em casa aumentou. Teresa não dava conta da roupa de cama pela incontinência urinaria de minha mãe e o almoço requisitava minha presença no fogão para sair na hora certa. Contratei uma lavadeira e uma enfermeira para cuidar das necessidades de mamãe.

Financeiramente eu não podia queixar-me. Josh deixara-me uma vultuosa poupança, assim como os direitos autorais das suas obras. Às vezes, tinha vontade de doar uma boa parte para algumas instituições, mas o desanimo impedia-me de tomar as providências. A um mês de completar o centenário, mamãe estava tão lúcida como aos 20 anos. Queixava-se apenas da fraqueza nas pernas e das tonteiras. Segundo o médico, sintomas normais da idade. A aparência, era de uma mulher de 70 e poucos anos. A saúde, melhor do que a minha, desafiando a regra dos idosos. Mas quanto ao pessimismo...,esse se agravava dia a dia pela impossibilidade de sair às compras na quitanda.

A enfermeira ligou cedo avisando que se atrasaria. Fiquei chateada, pois pretendia aproveitar a manhã para visitar minha amiga Amanda. Mamãe dormia, peguei um romance e fui para o caramanchão. Mal terminei a quinta página, Teresa chamou:

– Dona Júlia! Sua mãe acordou e quer falar com a senhora:

"O que será que ela quer"?, pensei apreensiva, enquanto chegava ao quarto.

Encontrei-a sentada ao leito, e pela face tranquila respirei aliviada:
– Bom dia, mãe. Sente-se bem?

– Bom dia, filha! Sua pergunta parece mais um deboche. Onde já se viu alguém com quase cem anos se sentir bem! Mas deixa isso para lá. Pedi que viesse aqui, porque acho que já é hora de fazer o que preciso antes que eu bata as botas. Sente-se aqui na beirada, como você fazia "séculos" atrás quando queria pedir-me alguma coisa.

Eu sorri à sua citação. Realmente, pareciam ter transcorridos séculos desde aqueles dias.

– Dessa vez não sou eu a pedir-lhe qualquer coisa. O que a senhora tem de tão importante a fazer?

– Redimir-me perante o único laço de sangue que me restou.

– A senhora não precisa disso para continuar vivendo tranquila.

– Mas tenho receio de que após a morte, eu descubra que tenha agido mal com aqueles a quem amava.

– Bobagem. A senhora sempre foi uma esposa fiel, ótima dona de casa e mãe dedicada na educação das filhas.

– Será que isso foi o bastante para a felicidade do marido e de minhas filhas?

– Mãe! Deixe essas coisas como sempre estiveram. Não sou mais criança, e há muito, meu pai e Tininha se foram.

À menção de ambos, os olhos ficaram rasos d'água. Baixou a cabeça, confessou: – Tenho consciência de ter sido uma esposa intransigente e ciumenta e de nunca ter dispensado demonstrações de afeto por minhas filhas. Contudo, sempre as amei verdadeiramente e se houvesse necessidade eu daria minha vida por qualquer uma de vocês. Talvez seja tarde para esperar de você alguma consideração, mas mesmo assim, eu não gostaria de descer à cova sem saber que sou perdoada de algum mal que lhe tenha feito.

– Se isso lhe satisfaz, os sofrimentos que passei serviram-me de aprendizado para perdoar aos meus semelhantes.

Pela primeira vez, vi as lágrimas verterem desses olhos violetas, profundos e enigmáticos. Compadecida, beijei-lhe as mãos e disse animando-a: – Esqueça do passado e trate de ficar forte para a missa do seu centenário.

Ela abriu um sorriso de escárnio:

– Não sei se no céu permitem celebrar missas.

Dias depois ela entregava a alma a Deus.

Eu me sentia mais só do que nunca, depois da partida de Claudia, Cyd e Jack. Vieram para a solenidade fúnebre, ficando comigo por apenas uma semana.

Teresa avisara que em breve deixaria o emprego. O marido estava aposentado e dera para reclamar sua presença em casa:

– Se a senhora quiser, posso arrumar outra para colocar no meu lugar. – Ela disse preocupada em deixar-me.

– Ficarei muito grata se você conseguir uma diarista para dois dias na semana..

A rotina dos dias continuava por semanas e meses. Tricô pela manhã, leitura à tarde, recordações à noite.

Entretida no tricô, assustei-me com o toque do telefone. Pedi que a nova secretaria atendesse:

– Desculpe, dona Júlia. Estou cuidando do peixe.

Mal-humorada , levantei atendendo a chamada: – Alô!

– Como vai? Está chateada?

Imediatamente reconheci a voz:

– Você novamente!

– Esqueceu da promessa que lhe fiz da última vez que nos vimos?

– Sem dúvida os anos o tornaram mais persistente.

Ouvi sua risada:

– E determinado a alcançar o objetivo.

– Dou-lhe os parabéns! São poucos os que persistem nas metas a essa altura da vida.

– O tempo não é empecilho para quem conserva os sonhos. Soube que você perdeu sua mãe! Meus sentimentos. Como você tem passado depois desse golpe?

– Levo os dias como eles se apresentam. Quando há sol, vibro com os sons e a luz da natureza. Mas se amanhece nublado, minha alma fica tão cinzenta como o dia.

Sergio continuou animado:

– Se eu soubesse desses pormenores, teria deixado para ligar amanhã.

Dessa vez foi minha vez de sorrir:

– Apesar de hoje estar nublado, estou feliz por você ter ligado.

– Aleluia! Vou aproveitar esse privilégio antes que o seu humor se altere. Você aceitaria jantar hoje, naquele cantinho que costumávamos ir?

– Não acredito que o restaurante ainda esteja de pé! Lembro que naquela época ele parecia bem antigo, apesar de muito bem cuidado.

– Pois acredite que está mais firme do que eu. E então? Não está curiosa em constatar seu estado?

Que interesse tinha eu de vistoriar um sobrado mais velho do que eu? Entretanto, respirar o ar da noite em companhia de Sergio, era algo a pensar com carinho. Já não me restavam quase escolhas na vida. Por que desperdiçar a única verdadeiramente desejada e que talvez, se transformasse na última. Eu não me perdoaria jamais de ter deixado escapar a chance de ser feliz.

– Tudo bem! – Disse convicta: – A que horas você passa para me pegar?

– Está bem para você às 20?

– Perfeito.

Larguei o trabalho, chamei Carmem para me ajudar a escolher uma roupa para a noite.

Ela deu pulos de alegria:

– Que bom que a senhora resolveu sair.

– Já passa da hora de tirar o mofo de casa.

Ela deu uma gostosa risada:

– Também acho. A senhora ainda está muito moça para ficar enfiada em casa tricotando. Tirou um vestido do armário:

– O que é que a senhora acha deste?

Para mim está lindo e ainda está na moda. – Coloquei-o sobre a frente: – È pena que esteja muito decotado para a minha idade.

– De jeito nenhum! De mais a mais, o que é bonito é para se mostrar.

– Como não tenho nada digno de exibição, vou escolher outro. Peguei um pretinho discreto: – Esse está mais de acordo.

– Desculpa, dona Júlia. Eu até concordaria, se a senhora fosse para algum enterro.

– Para uma solteirona velha e sem graça como eu, está mais do que bom.

– A senhora não é nada disso. Apesar de coroa, ainda está com tudo em cima. Quer um conselho? Se a senhora vai sair com algum fã, é melhor aparentar menos idade. Aquele estampado que lhe mostrei, vai deixar a senhora dez anos mais nova.

– Vou fazer de conta que acredito! Leve-o para fora para tirar o cheiro da naftalina e depois dê uma boa passada nele para tirar esses amassados.

– Deixa comigo que vai ficar jóia. – Ela parou na porta: – E os sapatos?

– Por favor, veja se encontra na sapateira alguma coisa que combine.

Faltavam dez para as 20 h0ras quando Sergio buzinou:

– Carmem! Atenda e peça ao senhor que entre e espere. Estou quase pronta.

Ela fez o que eu pedi e voltou ao quarto para ajudar-me: – Nossa, dona Júlia! Que morenão mas bem apanhado! – Deu um suspiro: – Ai, ai. Só eu não encontro um gato desse! A senhora precisa ver como ele está alinhado. Parece mais o Denzel Wasington naquele filme...Droga! Esqueci o nome.

Coloquei o perfume, pedi-lhe opinião quanto ao visual: – Que é que você acha? Não estou parecendo uma senhora desfrutável?

– Está de arrasar! Não duvido nada que saia casamento desse encontro. Quando o gatão lhe ver vai cair de quatro.

Cheguei à sala sentindo-me como uma jovem no primeiro encontro. Sergio elogiou-me:

– Santo Deus! Do jeito que está linda e elegante, vou ter de levá-la a um lugar sofisticado.

Sergio levou-me a um chiquérrimo restaurante a beira mar. Deixei por sua conta, a escolha da comida e da bebida:

– Minha princesa gosta de lagosta? – Ele perguntou com um sorriso cativante.

Quem se importava com o que comer nessa hora! A magia do ambiente era o bastante para me deixar satisfeita. Contudo, não posso negar, que a lagosta estava deliciosa acompanhada do Merlot.

Antes de terminar a primeira taça, uma gostosa sensação de leveza apossou-se dos pés à cabeça. Completamente descontraída, relaxada, deixei Sergio acariciar meu braço e beijar-me as mãos. Ele estava romântico e atrevido: – Júlia, me belisque para eu ter certeza de que não vivo um sonho.

Belisquei-o. O efeito do vinho levava-me a uma soltura jamais prevista:
– E agora? Dá para acreditar que está acordado?

Aproximou seu rosto a um palmo do meu, tocou-me os cabelos.

Os olhos dele fixaram-se nos meus lábios, e automaticamente, nos aproximamos boca a boca. Sussurrou antes do beijo:

– Como esperei por esse momento, amor.

O coração disparou-me ao toque carnudo dos lábios dele. Meu primeiro beijo de amor! Tardio, intenso e apaixonado.

Outros mais foram trocados ao chegarmos ao carro. A mão de Sergio corria ávida pelos meus seios, enquanto beijava-me o pescoço e o colo. Não sei onde teríamos chegado se num átimo de juízo eu não pedisse:

– Por favor, querido. Apesar da idade, continuo pura como nasci.

– Desculpe. Juro que não tornará a acontecer. Retornou ao lugar no volante, seguimos para casa. Depois de um beijo de boa noite, ficou de me ligar no dia seguinte.

Mal pisei na sala, Carmem cobriu-me de perguntas.

– Vá dormir menina. Amanhã temos muito que fazer. Alguém ligou?

– A dona Ângela.

– O que ela queria?

– Não disse. Mas ficou muito feliz quando eu falei que a senhora tinha saído para jantar com um moreno muito bacana.

– Você é mesmo um saco furado! Amanhã toda a vizinhança saberá disso.

– Pela minha boca, juro que não vou contar para ninguém. Só falei para dona Ângela porque sei que ela é sua amiga.

– Está bem. Agora vamos dormir que já é tarde.

Minha euforia era tanta, que custei a adormecer.

Pela manhã, liguei para saber o que Ângela queria.

– Apenas um alô para saber como estava:

– Sua secretária informou-me que você decidiu sair da toca. Conta para mim quem é o coroa bonitão que a Carmem falou.

Suspirei: – Sergio.

– Eu imaginei. E aí? Rolou romance?

– Hã, hã! Quase cometo uma loucura depois de burra velha. Entrei em detalhes sobre a noite. Ângela vibrou: – Faço votos que dessa vez dê tudo certo.

– Amém! Mas é cedo para contar vitória.

– Cedo? Meu amor, você já está próxima dos setenta e...Olha! Eu gostaria de saber a receita desse otimismo.

– É segredo. Agora, diga-me o que queria me falar.

– Resolvi casar com o Fonseca.

– Verdade?! Meus parabéns. Por que a decisão?

– Achei que estava na hora de dar um basta à teimosia. De mais a mais, no cargo que ele ocupa agora, não ficaria bem apresentar-me aos novos colegas como sua concubina. Assim, decidi ser a senhora Fonseca.

– Para quando está marcado?

– De hoje a 15 dias. Casaremos no cartório, e em seguida comemoraremos numa casa de festa. Seu convite deve estar chegando por esses dias. Faço questão que vá acompanhada de Sergio.

– Irei com muito prazer.

Nas tardes ensolaradas, no vai e vem do balanço no caramanchão, perco-me na historia da minha vida. Quantas perguntas sem respostas! Quantos fatos sem esclarecimentos!

Após tantos anos ligada, numa religião voltada para o espiritual, começo a duvidar de algumas afirmações sobre Karmas e encarnações. Continuo acreditando em algumas regras, porém, há coisas que não batem com o meu entendimento. Um simples exemplo: por que um Espírito Onisciente, Onipresente e Onipotente, deixaria seus filhos após a passagem num Purgatório a fim de expiar os erros? Por que nos deu o Livre Arbítrio, se no fim da existência estaríamos todos a mercê de um julgamento? Por quantas encarnações devemos passar para sermos perfeitos?

De qualquer modo, creio num Deus Criador do Universo, do homem e de todas as coisas.

Segundo à minha religião, ao deixarmos esse mundo vamos para uma espécie de escola, em que aprendemos o verdadeiro sentido da vida.

Quando estamos prontos para regressar a esse mundo, escolhemos a familia a qual desejamos pertencer.

É difícil aceitar de cara essa hipótese. Por que voltar para resgatar erros de uma vida pregressa? Não seria mais fácil acreditar na doutrina budista que afirma que após a morte, nosso destino é o mesmo do fósforo riscado.

No vai e vem do balanço, meus pensamentos se confundiam em divagações. Se realmente for verdadeira a doutrina que professo, espero que essa seja minha última encarnação. Ou será que ainda carrego erros para outras encarnações?

Se acaso existir essa possibilidade, lá se vão para o espaço os créditos que eu julgava adquiridos por tantos sofrimentos.

Quase 19 horas!

Meus gatos, companheiros inseparáveis, retornam de mais um dia de vadiagem longe de casa. Em rodopios cercam minhas pernas a cobrar afetuosamente a ração da noite.

Mimi, a mais destemida, pula no meu colo.Coloca as patas em meus ombros, faz-me grados a lamber meu rosto.

Em marcha indiana os felinos me seguem em direção à cozinha. O telefone toca, ponho Mimi no chão para atender:

– Alô!

– Advinha quem fala?

Sorri. – Desculpe senhor, mas não faço ideia. – Zombei reconhecendo a voz de Sergio.

– O.k., senhora. Sinto muito. Estava tão ansioso em falar com minha noiva que acabei errando o número.

– Tudo bem. Faça de conta que está falando com ela. O que o senhor deseja?

– Amor! Prepare-se que estou indo em seguida com uma surpresa.

Corri para trocar a roupa e enfeitar-me para agradá-lo.

Pouco depois, Sergio chegou com um bouquê de flores. Enquanto eu desfazia o laço para colocá-las na água, ele surpreendeu-me:

– Largue isso e venha ver o que eu lhe trouxe.

Sentei-me ao seu lado no sofá. Sergio tirou uma caixinha do bolso, abriu-a. Um sorriso brotou-me no rosto ao ver o diamante reluzir à luz do lustre. Sergio pegou minha mão direita, beijou-a, colocou o anel:

– Aceita casar comigo?

Seis meses depois, viajávamos em lua de mel a Paris. Eu estava radiante em rever meus inesquecíveis amigos e abraçar depois de anos, meu adorado Jack.

Jan Marc
Fevereiro, 2011

Nota da Autora

No relato dessa história de origem verídica, foram acrescentados personagens e fatos, assim como, alterada a profissão de "Josh", a fim de dar-lhe característica de romance. Contudo, conservei-me fiel a versão de sua morte, a do irmão Jack e a de sua mãe.

Com quase oitenta anos, "Júlia" ainda vive no mesmo casarão cercada de gatos e sozinha. De aparência simples e modesta, o gosto pelas artes e pela música clássica, contribui para a riqueza dessa alma nobre e sensível.

Cabelos brancos, como o pelo de "Mimi", conserva o sorriso aberto de menina como décadas atrás. Sob a pequena estatura e a franzina complexão, oculta a fortaleza dos gigantes e a coragem dos guerreiros no exemplo de vida.